Sechseläuten

Das Buch

Kommissar Eschenbach und seine Chefin sind Ehrengäste beim Sechseläuten. Als dort eine Frau zusammenbricht, entsteht ein Tumult. Sie stirbt noch vor Ende des Volksfestes. Kommissar Eschenbach glaubt nicht an einen Unfall und beginnt zu ermitteln. Charlotte Bischoff, so hieß die Tote, arbeitete im Sekretariat des Weltfußballverbandes FIFA. Weder ihr Vorgesetzter noch die Familie scheinen daran interessiert zu sein, den Tod aufzuklären. Der kleine Junge, den man an ihrer Seite fand, schweigt. Als er nach Tagen zu sprechen beginnt, ist Eschenbach alarmiert – denn niemand versteht das Kind, niemand kennt die Sprache, die es spricht. Führte Charlotte Bischoff ein Doppelleben? In *Sechseläuten* erzählt Michael Theurillat von den tiefen Rissen in der bürgerlichen Fassade.

Der Autor

Michael Theurillat, geboren 1961 in Basel, studierte Wirtschaftswissenschaften, Kunstgeschichte und Geschichte und arbeitete jahrelang erfolgreich in einer Bank. Zuletzt erschien sein Roman *Eistod*.

Von Michael Theurillat sind in unserem Hause bereits erschienen:

Im Sommer sterben
Eistod

Michael Theurillat

Sechseläuten

Kriminalroman

List Taschenbuch

Besuchen Sie uns im Internet:
www.list-taschenbuch.de

MIX
Papier aus verantwortungsvollen Quellen
FSC® C083411

Ungekürzte Ausgabe im List Taschenbuch
List ist ein Verlag der Ullstein Buchverlage GmbH, Berlin.
1. Auflage August 2010
7. Auflage 2011

Konzeption: semper smile Werbeagentur GmbH, München
Umschlaggestaltung: bürosüd° GmbH, München
(unter Verwendung einer Vorlage von HildenDesign, München)
Titelabbildung: © HildenDesign, Stefan Hilden
Satz: LVD GmbH, Berlin
Gesetzt aus der Sabon und Interstate
Papier: Munkenprint von Arctic Paper Munkedals AB, Schweden
Druck und Bindearbeiten: CPI – Clausen & Bosse, Leck
Printed in Germany
ISBN 978-3-548-60944-7

Für Nicola und Doran
(und die Freundschaft, die sie verbindet)

»Was wir zu fürchten haben, ist nicht die Unmoral der großen Männer, sondern die Tatsache, dass Unmoral oft zu Größe führt.«

Alexis de Tocqueville

Einleitende Bemerkung

Die Ehrentribüne beim Zürcher Sechseläuten hat es nie gegeben.

Ebenso trifft dies zu für die Firma Goldmann Investments Ltd. in London, die Familien Bischoff und Kolegger sowie alle weiteren, agierenden Personen in diesem Roman. Sie sind frei erfunden, und mögliche Übereinstimmungen oder Ähnlichkeiten mit lebenden oder verstorbenen Personen sowie mit Handlungen (in der Gegenwart oder in der Vergangenheit) sind rein zufällig und vom Autor nicht beabsichtigt.

Andererseits kennt die Phantasie des Autors auch Grenzen: Das *Hilfswerk für die Kinder der Landstrasse* unter der Leitung der Pro Juventute Schweiz existierte tatsächlich. Die Aufzeichnungen in Kapitel 9 (Erste Halbzeit) und die Recherchen von Rosa Mazzoleni in Kapitel 7 (Verlängerung) wurden den Berichten von Thomas Huonker entnommen. Sie entsprechen weitgehend den historischen Gegebenheiten, nachzulesen unter: www.thata.ch

Zürich, 3. April 2008

Ich bin das Kind einer Feckerin.

An welchem Tag ich geboren wurde, weiß ich nicht, und auch nicht, wo. Man hat es mir nie wirklich erzählt.

Vermutlich flutschte ich auf einen dreckigen Küchenboden zwischen Ibach und Brunnen. Oder ich verbrachte meine ersten Stunden, Tage, Monate irgendwo im Stroh. Vielleicht in einem dieser alten Ställe beim Eschwäldli oder auf dem Tänsch bei der Muota.

Ich habe mir später diese Orte angesehen. Ärmliche Bleiben und Schlupfwinkel, die einem in der Not ein Dach über dem Kopf geben. Und die man wieder verlässt, wenn im Frühjahr die Sonne den letzten schmutzigen Schnee aus den braunen Matten brennt.

Mein Geburtstag ist der 12. Februar. Geburtsort: irgendwo. Ich bin Wassermann. Manchmal lese ich sogar mein Horoskop. Und ich habe gelernt, damit zu leben, dass es für mich keine Vergangenheit gibt.

Zürich ist eine schöne Stadt, auch wenn man keine Wurzeln hat. Nicht laut und nicht leise: etwas dazwischen. Ein Ort mit beschaulichem Lärm. Und wenn man sich anstrengt hier, wenn man sich hinbiegen lässt von dieser geschäftigen Bürgerlichkeit, dann wird nichts Dummes aus einem.

Manchmal denke ich, es war ein Fehler hierzubleiben. Vielleicht hätte ich woanders hingehen sollen. Woanders leben. Weit weg vom Dreck, aus dem ich stamme. Dann habe ich Angst, dass mich der Morast einholt, in dem noch immer meine Wur-

zeln stecken. Alte, knorrige Wurzeln, vor langer Zeit durchschlagen, abgetrennt und verbannt.

Man bleibt oder geht. Ich glaube, es liegt in den Genen, im Blut, was man tut. So gesehen, ist es mir ein Rätsel, dass ich hiergeblieben bin.

In Zürich grüßt man mich auf der Straße.

Ich bin stolz, ich habe es geschafft. Es war ein weiter Weg. Ich bereue keinen Schritt, ich will nicht zurück in diesen Dreck, den ich nur aus Erzählungen kenne, an den ich mich überhaupt nicht erinnern kann.

Es gibt eine Hackordnung in diesem Stall, den man Leben nennt. Oben ist besser als unten. Und ich bin oben, fast ganz oben. Der Ausblick ist schön, auch ohne Wurzeln.

Gestern hat sie mich angerufen. Ich weiß nicht, was sie wieder will. Ich habe ihr gesagt, sie soll mich in Ruhe lassen mit ihrem ewigen Wankelmut. Sentimentale Geister sind eine Plage. Sie bringen nichts als Unheil. Das war schon immer so. Die Vergangenheit bringt nichts Gutes; und es gefällt mir überhaupt nicht, wie sie sich entwickelt hat.

Sky is the limit.

Ich mag diesen Spruch, auch wenn ihn heute jeder Buchhalter gebraucht, um mit seiner jämmerlichen Existenz fertig zu werden.

Heute Morgen habe ich mir dieses Notizbuch gekauft. An der Bahnhofstrasse, bei Landolt-Arbenz. Handgeschöpftes Papier mit einem Ledereinband. Teuer, aber hübsch. Ich schreibe auf, was ich niemandem erzählen kann. Ich will es loswerden.

Ich habe nie Tagebuch geführt. Weshalb auch? Die Leute fragen mich, wenn sie Rat brauchen. Ich gebe Instruktionen und ordne an. Alle hören auf mich.

Das hier ist nur für mich. Wenn das Buch vollgeschrieben ist, verbrenne ich es.

Meine Heimat ist Zürich. Und bald kommt der Tag, das zu beweisen.

PAUSE

Nach der ersten Halbzeit ziehen sich die Spieler in die Kabine zurück. Je nach Verlauf der ersten fünfundvierzig Minuten erhobenen oder gesenkten Hauptes. Sie hinterlassen ein leeres Feld, eine dumpfe grüne Fläche, die zurückbleibt, wie ein ausgezogener Schuh.

Die Zuschauer holen Bier.

Im käsigen Licht der Umkleidekabinen wird die Mannschaft neu eingeschworen. Die Spieler hören ihrem Trainer zu, auch wenn er flüstert. Weitermachen, das will jeder; und doch hängt das Damoklesschwert einer Auswechslung über den schweißnassen Körpern der Stammelf. Nicht mehr auf den Rasen zurückzudürfen, wenn das Publikum tobt: Das ist der kleine Tod.

Die Pause wird unterschätzt. Sie ist eine unsichtbare Qual.

Kommissar Eschenbach von der Kantonspolizei Zürich hatte Pause. »Suspendiert« war der Fachjargon, den Elisabeth Kobler vier Tage zuvor verwendet hatte.

Trotzdem hatte der Kommissar weitergemacht. Erst gestern noch war er mit Rosa bei den Fahrenden in Seebach gewesen, hatte Gespräche geführt, bis die Kollegen kamen: Und wie sie gekommen waren. Mit Blaulicht und Sirene! Ein Einsatzwagen der Abteilung Sicherheit, inklusive Begleitfahrzeug. Insgesamt acht Mann. Und das alles wegen eines kleinen Jungen!

Dass seine Chefin auf diese Weise durchgreifen würde, hätte Eschenbach nie für möglich gehalten. Dazu an einem Sonntag, wenn andere Leute in die Kirche gingen.

Heute war Montag – und vielleicht der Zeitpunkt gekommen, etwas anderes zu tun, dachte er. Aber was, wenn Kraft und Mut dazu fehlten? Überhaupt, warum waren Neuanfänge immer dann ein Thema, wenn das Alte in Schutt und Asche lag? Auf dem Höhepunkt seiner Karriere aufhören – das hatte er gewollt. Nun war er weiter denn je davon entfernt.

Eigentlich hatte er von der Polizeichefin des Kanton Zürich Schützenhilfe erwartet. Wenn man als Polizeibeamter von außen unter Druck gerät, so wie er bei diesem Sechseläuten-Fall, steht die Kommandantin normalerweise hinter einem.

Erwartete Kobler etwa, dass er kündigte – in Schmach und Schande?

Wenn schon aufhören, dann freiwillig, dachte der Kommissar. Am Ende eines gelösten Falles den Hut nehmen und in den Sonnenuntergang reiten wie Lucky Luke.

Eschenbach saß auf der kleinen Terrasse seiner Stadtwohnung, sah in die dunklen Wolken eines späten Morgens und wurde die Gedanken, die ihn plagten, nicht los. Er stand auf, ging ins Wohnzimmer zurück und machte sich an der Stereoanlage zu schaffen. Wieder einmal erklang Mahlers *Neunte.*

Sein Seufzen gesellte sich zum *Andante comodo,* das in D-Dur aus den Boxen kroch. Er humpelte in die Küche, nahm ein Ibuprofen 600. Am liebsten wäre er aus der Haut gefahren. Oder aus dem Gips, der bleischwer an seinem linken Fuß hing.

Endlich war Frühling. Wie ein Kind hatte sich Eschenbach darauf gefreut: auf das erste Grün der Blätter und auf die Möwen, die am Bürkliplatz kreischend um die Wette flogen. Er hatte sich ausgemalt, wie er an den Wochenenden mit Kathrin und Corina (falls sie Zeit hatten) ein Picknick am Horgener Bergweiher machen oder durch das Niederdorf bummeln würde (mit anschließendem Spaghettiplausch in der Commihalle). Auf seine Liege auf der Terrasse hatte er sich gefreut, und auf die Samstagmorgen, die er lesend verbringen wollte: mit einem Glas Tessiner Merlot und der Wochenendausgabe der *Neuen Zürcher Zeitung.*

Endlich war Frühling. Und kaum etwas von alldem hatte er unternommen. Dazu der Gips, der alles noch zusätzlich verkomplizierte. »Du bist nicht genießbar«, hatte seine Frau am Telefon gesagt. Und so, wie es schien, war Corina froh, dass sie im Moment getrennt lebten und jeder seine eigene Wohnung hatte.

Kobler hatte ihm Alterssturheit vorgeworfen. Mit Sturheit hätte er noch leben können, aber das war zu viel gewesen.

Wieder ging er hinaus auf die Terrasse, setzte sich auf die alte Teakholzliege und sah mürrisch auf die umliegenden Dächer.

Wie die Zürcher Polizeibehörde gestern mitteilte, wurde die Untersuchung im Todesfall Bischoff eingestellt. Charlotte Bischoff, Mitarbeiterin des Zentralsekretariats der FIFA, war beim Sechseläuten auf tragische Weise zu Tode gekommen. Kommissar Eschenbach, Leiter der Kriminalpolizei des Kanton Zürich, musste sich seitens der Angehörigen wegen seines krassen Fehlverhaltens schwere Vorwürfe gefallen lassen. Er wurde auf unbestimmte Zeit von seinem Dienst suspendiert, hieß es.

Der Weltfußballverband begrüßte diesen Schritt. Zu den Ergebnissen der Voruntersuchung bezog niemand Stellung. Das Interesse gelte nun ganz der EURO 08, wurde betont.

Auf die Frage eines Journalisten, was nun künftig auf seiner Agenda stünde, antwortete Eschenbach lakonisch: »Brot und Spiele.«

Von all dem, was in der vergangenen Woche über den Fall geschrieben worden war, war dies noch der sachlichste Kommentar; und dennoch war er falsch. Es gab keine Untersuchungsergebnisse, jedenfalls keine, die Eschenbach bekannt gewesen wären. Es gab nur Vermutungen, angenommene Zusammenhänge und Ungereimtheiten, denen er nicht hatte nachgehen können. Alles war auf ein Machtspiel hinausgelaufen, auf Erpressung. Dass er alldem den Rücken gekehrt und den Kampf verweigert hatte, half ihm nicht. Es schmerzte wie die übelste Niederlage.

Eschenbach konnte die Niederlage verdrängen; aber vergessen konnte er sie nicht. Fußball hat seine eigenen Gesetze. Doch so, wie es aussah, hing in den Fluren der Demokratie nun das Regelwerk des Spiels. Eine Zeitlang wenigstens. Und deshalb hatte er sich die zweite Halbzeit sparen wollen.

Mitten in Mahlers erstem Satz läutete es. Das Hornregister blies in voller Stärke. Eschenbach zögerte. Er erwartete niemand.

Als die Glocke zum zweiten Mal erklang, humpelte der Kommissar zur Tür, öffnete sie und horchte.

»Ich bin's!«, hörte er von unten. Es war die vertraute Stimme von Rosa Mazzoleni. Groß, vollschlank und mit einem türkisfarbenen Kaschmirkleid stand Eschenbachs Sekretärin etwas später im Halbdunkel der Diele. Schnaufend. Hinter ihrem Rücken versteckte sich ein kleiner Junge mit dunklen Locken.

Rosa hebelte am Lichtschalter: »Sie müssen die Glühbirnen ersetzen, Kommissario«, sagte sie. »Sonst knallen Sie hin mit Ihrem Gips.«

»Sind Sie deswegen hier?«, fragte Eschenbach. Er suchte die Augen des Jungen. Was war los mit dem Kleinen, kannte er ihn nicht mehr?

»Draußen wird es gar nicht hell. Und hier drinnen ist auch alles zappenduster ...« Energisch nahm Rosa den Jungen bei der Hand, und gemeinsam marschierten sie an Eschenbach vorbei ins Wohnzimmer.

Rosa machte Licht. Sie knipste die Leselampe neben der Couch an, ging in die Küche und stürzte sich auch dort auf alle Schalter, die irgendwie mit Licht in Verbindung standen.

»Jetzt sieht man wenigstens etwas«, sagte sie zufrieden und zupfte dabei an ihrer Frisur. Seit ein paar Tagen trug sie ihr pechschwarzes Haar kurz, drapierte die kleinen, mit viel Gel gezähmten Strähnen um ihr altersloses, hell gepudertes Gesicht. Einen Moment standen sie sich gegenüber. Rosa, wie eine Madonna des einundzwanzigsten Jahrhunderts; der Kleine, den Blick auf den Fernseher gerichtet, und Eschenbach, gestützt auf eine Krücke (die zweite hatte er in der Eile nicht gefunden).

Der Junge schenkte ihm einen misstrauischen Blick.

Besorgt musterte Rosa Eschenbachs Bein. »Geht es?«, fragte sie leise. Dann glitt ihr Blick nach oben. »Und Ihrer Nase auch?« Ihre Stimme klang auf eine ungewohnte Art brüchig. Doch dann schickte sie ein »Ma, Kommissario!« hinterher. »Sie lassen sich doch wegen so was nicht hängen, oder?!« Herausfordernd sah sie ihm in die Augen.

Eschenbach humpelte zur Stereoanlage und drehte Mahler den Strom ab. »Es geht prima«, sagte er. Dann ging er zur Couch, sammelte Pullover, Socken und ein paar Bücher ein. »Setzt euch hin, Herrgott!«

»Ich kann uns auch einen Kaffee kochen.« Rosa hielt noch immer den Jungen an der Hand, der wie ein scheues Jungtier die Umgebung musterte.

»Er kennt mich doch.«

Rosa zuckte die Schultern. »Die haben ihn gestern gleich ins Heim gefahren. Frau Dr. Kirchgässner hat mich angerufen, sie meint, er habe immer noch einen Schock ...«

»Kunststück«, fuhr Eschenbach dazwischen, dem die Szene vom Vortag noch bestens in Erinnerung war.

Zögerlich, von einer kindlichen Neugier getrieben, löste sich der Junge von Rosas Hand und begann sich umzusehen. Auf dem Couchtisch lagen Stapel von Akten und Bücher. Halbvolle Gläser standen herum und eine Schale mit Früchten; auf dem Holzboden zwei leere Weinflaschen.

»Er muss sich doch erinnern«, sagte Eschenbach.

»Am besten, wir lassen ihn«, meinte Rosa. Langsam gingen sie zur Küche, die durch eine kleine Bar vom Wohnraum getrennt war.

»Und wie geht es nun weiter?«, wollte Eschenbach wissen.

»Frau Kirchgässner wird weiterhin ... Sie denkt, es brauche Zeit. Und so, wie die Dinge im Moment liegen ...« Rosa wollte den Satz nicht beenden.

Eschenbach nickte und stopfte dabei Pulver in den Kolben der Espressomaschine. »Jetzt verläuft es einfach im Sand.«

»Vermutlich.« Rosa nahm eine Flasche Cola aus dem Kühlschrank. »Trinken Sie auch dieses grässliche Zeug?«

»Kathrin, meine Tochter ... sie trinkt es, wenn sie mich mal besuchen kommt.« Eschenbach seufzte. Er sah zu, wie schwarzer

Ristretto brummend in eine Mokkatasse tröpfelte. »Der Junge ist der Einzige, der uns weiterhelfen könnte.«

»Sie glauben also immer noch, er hat etwas gesehen?«

»Er stand direkt daneben. Irgendetwas muss er gesehen haben.«

In diesem Moment erklang im Wohnzimmer ein Schrei.

»Mamma mia!«, rief Rosa und rannte los.

»Latscho hets gspient. Jell, der Mulo ischs gsii!«, schrie der Kleine. Er stand neben dem Couchtisch und drückte seine kleinen Finger auf einen Bildband: »Lagg … Mulo, der Mulo!«

Es klang wie ein Fluch.

»Er spricht«, sagte Eschenbach. Intuitiv sah er sich nach einem Stück Papier um, er wollte wieder notieren, was der Junge gesagt hatte.

»Dio mio!« Rosa drückte den Kleinen, der am ganzen Körper zitterte, an sich.

Das Bild auf dem Umschlag zeigte eine Schar mittelalterlicher Reiter, die um einen brennenden Scheiterhaufen herumgaloppierten. Zuoberst auf dem lodernden Holz stand festgezurrt ein Schneemann.

»Er erinnert sich«, sagte Eschenbach. »*Zürcher Sechseläuten* von Andreas Honegger. Das Buch hat mir Kobler geschenkt, bevor die ganze Sache angefangen hat.«

ERSTE HALBZEIT

Mit der ersten Halbzeit ist es wie mit dem ersten Kuss: Man beginnt einfach.

Wenn man sich auf dem Feld zum ersten Mal begegnet, gut vorbereitet durch einen ehrgeizigen Trainer, dann ist man zuversichtlich. Hoffnungsvoll. Und wenn es ein Heimspiel ist, vielleicht sogar euphorisch. Dies ist umso erstaunlicher, als dass keiner der Beteiligten wirklich weiß, wie das Spiel ausgehen wird. Womit wir wieder beim ersten Kuss wären, da ist es ebenso.

Aber wie fängt man an? Einfach loslegen ist nicht leicht. Die einen starten zögerlich, die Reaktion des Gegenübers abwartend, während andere drauflosstürmen wie junge Stiere. Es gibt kein Rezept. Beides kann gut oder schlecht sein. Je nach Gegner (und in Abhängigkeit von den eigenen Möglichkeiten) wird man sich für diese oder jene Strategie entscheiden.

Hat das Spiel einmal begonnen, gelten andere Gesetze. Das runde Leder rollt oder fliegt. Wem gehört es eigentlich? (Und wem die Liebe?) Mit etwas Glück treten Strategien in den Schatten der Intuition; die Lust triumphiert über das Kalkül, und es wird tatsächlich Fußball gespielt.

Der erste Kuss blendet das Ende aus. Seine Geschichte ist die Hoffnung, sonst nichts.

1

In Zürich kämpfte die Frühlingssonne gegen den Nebel. Kurz nach ein Uhr mittags verzogen sich die grauschwarzen Wolken, und die alte Stadt an der Limmat strahlte, als hätte sie kaum Schlechtes zu berichten.

Kommissar Eschenbach kam zu nichts an diesem Tag. Zu nichts Wesentlichem jedenfalls, wie er fand. Er saß in seinem Büro in der Kasernenstrasse am Schreibtisch und hatte den ganzen Morgen Akten studiert: Berichte, Statistiken und die Budgetkontrolle fürs erste Quartal. Das *Update Sicherheitsdispositiv EURO 08* war er durchgegangen und den *Schlussbericht zur Operation Bevölkerungsschutz, Großraum WEF Davos.*

Er streckte die Arme, drückte seinen breiten, schmerzenden Rücken gegen die Stuhllehne. Das schwarze Leder knarzte.

»Beep«, machte der Computer.

Mürrisch blickte der Kommissar auf den Bildschirm, eine weitere E-Mail war eingegangen. Die zweiunddreißigste an diesem Morgen. Er löschte sie.

Die Bürotür ging einen Spalt weit auf, und Rosa Mazzoleni steckte ihren Kopf herein: »Ich hab Ihnen eine E-Mail geschickt.«

»Aber Sie sind doch jetzt da, Frau Mazzoleni.«

»Frau Kobler hat angerufen. Sie lässt fragen, wo Sie stecken.«

»Hier«, sagte Eschenbach.

»Ich glaube, die Chefin erwartet Sie.«

»Hat sie das gesagt?«

»Nein.« Rosa seufzte. »So wie sie gefragt hat, habe ich das

herausgehört. Und sie hat Ihnen eine E-Mail geschickt, hat sie gesagt.«

»Tatsächlich?« Eschenbach blickte auf, sah seine Sekretärin an, für die der ganze Bürowahnsinn so normal schien wie der Abendverkehr in ihrer Heimatstadt Neapel.

»Hier ist sie.« Rosa traute sich nun doch ganz herein und legte ein Blatt Papier auf den Tisch. Daneben platzierte sie eine rosarote Sichthülle mit weiteren Blättern. »Ich habe gleich alle ausgedruckt.«

»Sie lesen meine E-Mails?«

»Natürlich nicht.« Rosa zupfte an ihren schwarzen Haaren, die ihr halblang auf die Schultern fielen. »Aber wenn Sie sie nicht lesen, dann muss ich sie wohl durchsehen.«

»Wissen Sie«, sagte der Kommissar. »Mit den E-Mails ist es wie mit Ihrem Sugo: Von den vielen Tomaten bleibt am Ende nur wenig übrig. Kochen lassen und abwarten, Frau Mazzoleni.«

»Das ist Porzellan.« Rosa betrachtete die zwei Zigarillostummel auf der Untertasse. »Und eine Luft ist das hier drin …« Hustend ging sie zum Fenster und öffnete es.

»Furchtbar«, sagte Eschenbach. Bedächtig nahm er eine neue Brissago aus der Schachtel und zündete sie an.

»Sie sind dieses Jahr Ehrengast«, sagte Rosa, nachdem sie auf dem Schreibtisch Ordnung gemacht und das Kaffeegeschirr auf ein Tablett geräumt hatte. »Und weil es das Jahr der Fußball-Europameisterschaft ist, hat die UEFA eine Ehrentribüne errichten lassen.«

»Steht das auch in Ihren E-Mails?«

»Ma sì. Traditionen sind der Kitt der Gesellschaft.«

»Tribünen haben keine Tradition, Frau Mazzoleni. Nicht beim Sechseläuten. So etwas hat es dort noch nie gegeben, in zweihundert Jahren nicht. Man steht einfach, basta!« Der Kommissar legte Rosas Sichthülle in die oberste Schublade und erhob sich. »Ehrengast, Ehrengabe, Ehrendame, Ehrenpreis,

Ehrenabzeichen ...«, referierte er, während er an Rosa vorbei zur Tür schritt. »Das sind alles Tomaten für Ihren Sugo.«

»Das heißt, Sie gehen nicht hin?«

»Doch, eben. Bei dem ganzen *global warming* muss man den Winter austreiben, solange es ihn noch gibt.«

»Was schätzen Sie, wie lange wird's dieses Jahr dauern?«

»Hoffentlich nicht so lange«, sagte Eschenbach.

Auf dem Weg von der Kasernenstrasse zur Sechseläutenwiese erfuhr Eschenbach von Elisabeth Kobler, dass eine Delegation deutscher Polizeiobersten eingeladen war. Er hatte seine Chefin abgeholt, um sich auf den neuesten Stand bringen zu lassen. »Die haben Erfahrung mit Fußballanlässen«, sagte sie. Als Mitglied der Gesellschaft zu Fraumünster, der einzigen Frauenzunft Zürichs, trug die Polizeichefin einen wallenden, dunkelblauen Umhang, unter dem, wenn sie sich bewegte, ein mittelalterliches, mit Brokatbändern verziertes Kleid zum Vorschein kam.

Eschenbach verkniff sich einen Kommentar zu ihrer Aufmachung, zumal er fand, dass Kobler schlecht gelaunt war und unter ihrer mittelalterlichen Kopfbedeckung aus dunklem Samt geradezu mürrisch dreinblickte. Vielleicht rührte der Unmut auch daher, dass sie dauernd auf ihren Umhang trat.

Eschenbach tat so, als ob er über alles im Bilde wäre. Vermutlich gab es auch dazu E-Mails, dachte er. Es ging also um die EURO 08 – um die bevorstehende Europameisterschaft, deren Austragung Kobler schon seit Monaten Kopfzerbrechen bereitete.

Kurz vor sechs saß Kommissar Eschenbach dort, wo er nach seinem Verständnis nichts zu suchen hatte: auf der Ehrentribüne beim Bellevue. Reihe fünf, Mitte.

»Aufregend, nicht wahr?«, bemerkte der Mann rechts neben ihm. Er deutete auf die Menschenmenge, die den Platz überflutet hatte. »Wann geht es denn los?«, fragte er.

»Um sechs.« Eschenbach sah auf seine Uhr, dann auf den riesigen Holzberg, der vor ihnen auf der Wiese zum Abfackeln bereitstand. »In fünf Minuten also.«

Sein Nachbar rieb sich die Hände. Er hatte sich als Lebenspartner von Klaus Wowereit vorgestellt. Wowereit, der zwei Reihen weiter vorne neben dem Zürcher Stadtpräsidenten saß, war als Regierender Bürgermeister von Berlin auch einer der Ehrengäste, mit denen sich die Zunftherren jedes Jahr anlässlich des Sechseläutens schmückten.

»Jetzt geht's los!«, riefen einige der Gäste.

Der Kommissar steckte die Hände in die Hosentaschen. Er sah auf den Scheiterhaufen, der nur mühsam zu brennen begann. Weil es am Morgen noch geregnet hatte, warf der Brandmeister in kurzen Abständen offene Behälter mit Benzin in den brennenden Holzberg. Eschenbach dachte an seine Zeit bei den Pfadfindern und daran, wie verpönt es gewesen war, ein Feuer mit Benzin anzuzünden. »Es wird schon noch«, sagte er.

»Und das Ganze heißt Sechseläuten, weil es um sechs Uhr beginnt?«, wollte sein Nachbar wissen. Er schien hell begeistert zu sein, und er betonte mehrmals, dass er es schätze, neben einem Einheimischen zu sitzen. Kobler, die links neben Eschenbach saß, hielt sich vornehm zurück.

Der Kommissar nickte. Und nach anfänglichem Zögern gab er einen kurzen Abriss über das *Sächsilüüte*, wie es die Zürcher nannten. Über die Schirmherrschaft der Gesellschaft zur Constaffel und die fünfundzwanzig Zürcher Zünfte und den Ablauf der Veranstaltung, die an einem Sonntag Mitte April mit einem Kinderumzug beginnt.

»Und am Tag darauf, am Montag um sechs Uhr abends, treffen sich alle hier auf dem Sechseläutenplatz beim Bellevue. Dann wird der Böög verbrannt.«

»Es geht also um diesen Kerl dort?« Eschenbachs Nachbar zeigte auf den Schneemann, der zuoberst auf dem Holzhaufen festgezurrt war.

»Richtig, um den Böög. Er verkörpert den Winter.« Der

Kommissar redete sich langsam warm. »In seinem Kopf befinden sich Knallkörper. Wenn die Flammen ihn erreichen, explodiert er. Dann brennt die ganze Figur. So treiben wir Zürcher den Winter aus.«

»Schreckliches Ende.«

Eine Weile sahen beide schweigend auf den Holzberg. Nur zögerlich bahnten sich die Flammen einen Weg durch das feuchte Holz. Der Üetliberg jenseits des Seebeckens verschwand hinter einer gewaltigen Rauchfahne.

»Achtzehn Minuten schon.« Eschenbach sah wieder auf die Uhr.

»Gibt es ein Zeitlimit?«, fragte der Berliner.

»Nein. Je schneller, desto besser. Denn je schneller, desto schöner der Sommer.«

»Ach so.« Sein Nachbar lächelte höflich, aber skeptisch.

Eschenbach zog ein zerknülltes Blatt Papier aus der Hosentasche. »Letztes Jahr dauerte es zwölf Minuten und neun Sekunden.«

»Da wird also richtig Buch geführt?«

Der Kommissar zeigte ihm die Liste. »Der Rekord war 1974. Da dauerte es gerade einmal fünf Minuten und sieben Sekunden. Und jetzt …«

»1974 wurden wir Fußballweltmeister.«

»Schon neunzehn Minuten … Das wird nix.«

»Gerd Müller schoss das 2 : 1 gegen die Holländer …«

»Ich weiß«, sagte Eschenbach. »Liegend!«

»Das waren noch Typen.«

»Zwanzig Minuten.«

»Das wird aber ein ganz schlechter Sommer. Und dann haben Sie noch die EURO 08.«

»Eben – und Spieler, die nicht einmal stehend treffen.«

Der Wind drehte und blies den Rauch direkt auf die Tribüne zu.

2

Lara Bischoff saß in ihrem Büro an der Finsbury Avenue in London. Vor ihr auf dem Tisch lag der Vertrag. Es blieben noch fünf Minuten bis zur Verhandlung. Danach wollte sie nach Zürich fliegen und ihre Schwester treffen. Charlotte hatte versucht sie zu überreden, früher zu kommen – »Dann gehen wir zum Sechseläuten und essen dort gemütlich eine Bratwurst«, hatte Charlotte gemeint –, aber »gemütliche Bratwurst« war nicht ihr Ding. Sie hatte es ihr, so freundlich wie eben möglich, zu erklären versucht. Es waren Welten, die sie trennten. Wenigstens arbeitete Charlotte bei der FIFA, als Sekretärin zwar nur, doch es gefiel ihr. Und der Vorstand war mit ihr mehr als zufrieden. Auch wenn Charlottes Leben bei weitem nicht so glamourös und spektakulär war wie ihr eigenes, Lara mochte ihre Schwester. Man konnte auch in einer Mietwohnung glücklich leben. In Wädenswil. Es musste nicht London Mayfair sein. Überhaupt schien ihre Schwester auffällig gelöst, als sie miteinander gesprochen hatten. »Es ist gar kein Problem, wenn du später kommst«, hatte sie gesagt. Die üblichen Sticheleien zweier so unterschiedlicher Schwestern waren gänzlich ausgeblieben.

In Gedanken ging Lara noch einmal die wichtigsten Punkte des Vertrags durch. Es war nichts Ungewöhnliches, nichts Spektakuläres darin. Genau genommen stand in diesen Verträgen immer dasselbe: Wer bezahlte wem wie viel und für was – that's it! Lara lächelte, als sie an ihre angelsächsischen Kollegen mit ihren *Law Firms* dachte, die es fertigbrachten, aus ein paar Verhandlungspunkten ein Vertragswerk zu zimmern, das hundertdreiundsiebzig Seiten maß. Die jede denkbare Eventualität einbezogen, um sie dann wortreich wieder auszuschließen. Viel Lärm um nichts – Shakespeare hatte es bereits gewusst.

»Die Herren sind da«, rief Abigail aus dem Vorzimmer. »Sie sind im Konferenzraum *Edward.*«

Die drei Besprechungsräume für repräsentative Zwecke befanden sich bei Goldmann Investments Ltd. in der obersten, einundzwanzigsten Etage. Sie trugen die Namen der englischen Monarchen aus dem Hause Windsor: *George, Edward* und *Elizabeth* (wobei nicht klar war, ob es sich bei George um den fünften oder sechsten handelte). Entsprechend königlich war der Blick auf die City von London.

Das Gebäude war ein Lichtbau moderner Architektur. Sir James Stirling hatte ihn entworfen, und als er fertiggestellt war, bemerkte Harry Goldmann, ein Urenkel des Gründers, dass man darin statt Männern in Nadelstreifenanzügen wohl besser Kunstgegenstände ausstellen solle.

Den ursprünglichen Backsteinbau aus dem achtzehnten Jahrhundert hatte man zur Schlachtbank geführt, als Tribut ans neue Millennium. Die Moderne hatte gesiegt; und mit ihr die Techniker und IT-Spezialisten, die endlich Mittel und Wege fanden, ihre armdicken Kabelstränge ohne Probleme zu verlegen.

Die älteren Partner der Firma hatten den Untergang der alten Werte befürchtet, die jüngeren sich tunlichst darüber ausgeschwiegen. Als Kompromiss hatte man die sieben Kellergeschosse erhalten. Die Archivschränke dort hatten schon den Bombenangriffen des Ersten und Zweiten Weltkriegs getrotzt. Eine halbe Million Laufmeter Akten beherbergten sie, so hieß es, die Historie der Firma. Und diese war aufs engste verbunden mit der Geschichte ihrer Kunden. Seit 1713 vertraute die Elite der kapitalistischen Welt darauf, wie man hier Geschäfte abwickelte, und mehr noch, dass man darüber schwieg.

In der obersten Etage residierten auch die elf Partner, intern wurde sie als »Heaven« bezeichnet. In den restlichen Stockwerken, zwischen Himmel und aktengefülltem Erdreich, erledigten vierhundert Angestellte das Tagesgeschäft. Anwälte, Broker, IT-Spezialisten, Investment Professionals. Die besten, die der Markt hergab: und natürlich auch die teuersten. Billige Arbeitskräfte konnte sich Goldmann Investments Ltd. nicht leisten. Lara Bischoff betrat den Konferenzraum.

»Mrs Bischoff, sind Sie sicher, dass wir nicht zu viel verschenken?«

Lara registrierte zwölf Augenpaare, die wie auf Kommando ans obere Ende des Besprechungstisches schwenkten. »Mr Kronenberger«, sagte sie mit ruhiger, sachlicher Stimme. »Sie haben Ihre Aufgabe erst vor kurzem übernommen, ich weiß. Zum Glück kenne ich das Unternehmen, das Sie vertreten, schon recht lange. Sonst müsste ich annehmen, dass Ihr Mandant bereit ist, überhaupt etwas zu verschenken.« An dieser Stelle huschte ein kleines Lächeln über ihre Lippen. Lara war mit Alexander per du – kannte den hageren Mann Ende sechzig schon seit ihrer Kindheit. Aber es gefiel ihr, wie sie beide dieses Gefecht austrugen, vor einer versammelten Mannschaft von Adlaten. »Sie und ich wissen, dass dies nicht der Fall ist. Wir können also ohne weiteres auf diese Art von Geplänkel verzichten.«

Vereinzelt zogen die Blicke ab, richteten sich wieder auf den Mann, der die Frage gestellt hatte: Alexander Kronenberger, seit Anfang des Jahres oberster Anwalt des Weltfußballverbandes.

Kronenberger verzog seinen Mund zu einem säuerlichen Grinsen, und Bruce Wayner, einer seiner Begleiter, ergriff das Wort: »Statt eines Exklusivvertrages könnte man die Lizenzen doch auch einzeln …«

»Könnte man«, warf Lara ein. »Das würde aber nur dann Sinn machen, wenn der Erlös aus den Einzelvergaben die Summe des Exklusivvertrags übersteigt. Also rechnen Sie!«

Und wieder schwenkten die Augenpaare.

Lara Bischoff sah auf die Uhr. Wenn sie jetzt aufbrach, könnte sie es schaffen. Der Flug vom City-Airport nach Zürich ging um 17.45 Uhr. Mit der einen Stunde Zeitverschiebung käme sie gerade rechtzeitig zum Essen der Zunft zur Constaffel im Rüden.

»Es ist derselbe Betrag«, sagte Wayner, der in der Zwischenzeit die Zahlen der Offerten zusammengezählt hatte. »Dann ist es also einerlei.«

»Eben nicht«, sagte Lara. »Wenn Sie die Kosten der Anwälte dazurechnen ... Ganz abgesehen von der Zeit, die wir brauchen würden, um mit fünf Parteien einzeln zu verhandeln.«

»Aber ...«

»Und dann hätten wir immer noch das Risiko, dass einer zurücktritt.« Lara lächelte. Das Wort *Risiko* hatte bei Anwälten dieselbe Wirkung wie Knoblauch bei Vampiren.

»Vielleicht haben Sie recht«, kam es zögerlich von Kronenberger. »Wir vergeben also an *Sunshine.*«

»Sie verkaufen!«, verbesserte Lara. »*Sunshine* bezahlt einhundertundfünfzig Millionen Euro für ein SMS-Übertragungsrecht. Hundertfünfzig Millionen! Das hat mit Vergeben nichts zu tun.« Lara machte eine kurze Pause. »Und weil wir bei den Rechten für TV und Radio eine Verzögerung von 2 Sekunden ausgehandelt haben, ist eine zeitgleiche Übermittlung via Handy möglich.«

Lara stand auf: »Meine Herren, bitte entschuldigen Sie, ich werde erwartet ...«

Zwölf Männer erhoben sich; auf jeder Seite des Verhandlungstisches sechs. Zwei Parteien, die sich wie Mannschaften gegenüberstanden, um ein Spiel zu spielen, bei dem am Ende jeder gewinnen würde.

Lara Bischoff ertappte sich dabei, wie sie es genoss. Einen kurzen Moment nur, bevor sie auf Alexander Kronenberger zuging, ihm die Hand reichte, ihm zuzwinkerte und sich verabschiedete: »Meine Kollegen werden im Anschluss mit Ihnen den

Vertrag noch im Detail durchgehen.« Sie ging zur Tür, ohne sich von den restlichen Sitzungsteilnehmern zu verabschieden. »Ach, noch etwas«, sagte sie. »Wenn ich Ihren Präsidenten heute Abend in Zürich treffe ... kann ich ihm sagen, dass wir uns geeinigt haben?«

Eine kurze Stille hing im Raum, dann grinste Kronenberger wieder: »Sag ihm einen Gruß. Du hast den Deal.« Trotz Kronenbergers Jovialität entdeckte Lara auch an ihm die Zerknirschtheit jener Männer, in deren Welt sich Frauen vornehmlich um Haus und Herd zu kümmern hatten.

Lara Bischoff schloss die Tür, eilte durch den Korridor zum Lift und fuhr ins Parterre.

»Randolph wartet in der Tiefgarage, Madam.« Eine Dame in dunkelblauem Deuxpièces kam auf Lara zu, überreichte ihr eine Reisetasche aus braunem Kalbsleder und einen Umschlag. »Ihr Gepäck und die Tickets, Madam.«

»Danke.« Lara seufzte: »Und Ira, wann hören Sie endlich mit diesem Madam auf. Ich könnte Ihre Tochter sein.«

Verlegen zupfte Ira Wendersley an ihrer perfekt ondulierten Dauerwelle. »Wie Sie wünschen, Mrs Bischoff ... Sie können übrigens die normale Route nehmen, es wurde nichts Besonderes gemeldet.«

»Dann ist ja gut.« Lara war erleichtert.

In den letzten Wochen hatte es mehrmals einen Bombenalarm in der Gegend gegeben. Das Viertel war abgesperrt worden, und es hatte von Sicherheitskräften nur so gewimmelt. Passiert war nie etwas. Man munkelte schon, die privaten *Security Offices*, die in den letzten Jahren wie Pilze aus dem Boden geschossen waren, hätten die Falschmeldungen initiiert.

»Und denken Sie an den Tee für Ihre Schwester«, sagte Ira, während sie ihrer Chefin die paar Schritte zum Aufzug folgte.

»Sicher«, murmelte Lara. Wenn sie den direkten Weg nehmen konnten, blieb genügend Zeit. Sie würde den Earl Grey von *Fortnum & Mason* am City-Airport besorgen. Charlotte liebte diesen schwarzen Tee in der grünen Alubox, der nach Rauch und Bergamotte duftete. Und wenn die Büchsen leer waren, dienten sie ihrer Schwester als Gefäß für die tausend unnützen Sachen, die sie aufbewahrte. In einen der Behälter hatte sie sogar einen kleinen Kaktus gepflanzt! Ja, sie waren so unterschiedlich, wie man es als Geschwister nur sein konnte. Aber Lara liebte ihre ältere Schwester über alles. Und sie vermisste die Zeit mit ihr, ihr Lachen und das Chaos, das Charlotte umgab.

»Der Aufzug kommt gleich«, sagte Ira.

Lara nickte. Eigentlich mochte sie Leute nicht, die das Offensichtliche aussprachen: »Der Aufzug kommt.« – »Es ist kalt draußen.« – oder: »Es dauert schon eine Weile, seit wir das Essen bestellt haben.« Wenn man nichts Interessantes zu berichten hatte, sollte man schweigen, fand sie. Doch Ira schwieg nie. Sie war nun einmal so, ändern ließ sich das nicht. Sie war eine Seele von Mensch. Lara wusste es. Und manchmal beneidete sie Ira darum, dass der Zynismus der Finanzwelt an ihr abperlte wie Wasser an einer Fischerkutte.

»Der Aufzug ist da«, sagte Ira und hielt ihr die Tür auf. »Ich wünsche Ihnen eine gute Reise, Madam.«

In der Tiefgarage wartete Randolph neben dem Bentley. »Na endlich«, sagte er, nahm das Gepäck und verstaute es im Kofferraum.

»Wir können die normale Route nehmen ... Es reicht bestimmt.« Lara setzte sich in den Fond des Wagens.

Randolph schloss die Tür. »Ich weiß«, presste er durch seine schmalen Lippen, dann fuhren sie los.

Randolph Maxwell war schon der Fahrer ihres Vaters gewesen. Groß, hager und steif wie ein Bügelbrett. Für Lara war Randolph immer alt gewesen. Eine Großvaterfigur; und er gehörte zur Familie, seit sie denken konnte.

Kurz vor halb sechs passierte Lara die Sicherheitskontrolle am City-Airport, und eine Viertelstunde später startete die Avro RJ 100 in Richtung Zürich.

3

Zweiundzwanzig Minuten schon …«, keuchte Eschenbach. »Das dauert jetzt aber lang.«

Die Ehrentribüne stand in dickem, beißendem Rauch. Überall hustete und röchelte es. Zögernd standen ein paar Leute auf, schauten sich um.

»Muss man hier eigentlich aushalten?«, fragte Wowereits Begleitung. Er hielt sich den Ärmel seines Wollsakkos vor die Nase.

»Was ist jetzt der Plan?«, zischte Kobler. Sie sah Eschenbach vorwurfsvoll von der Seite an. »Für solche Fälle muss es doch ein Dispositiv geben.«

»Natürlich«, der Kommissar nickte. Es gab neuerdings für jedes Quartierfest ein Dispositiv. Die Angst um die Sicherheit hatte die Dispositive gepachtet, und Michel Foucault, der große französische Philosoph, hätte sich im Grabe umgedreht, wenn ihm zu Ohren gekommen wäre, was man mit seinem Begriff alles angestellt hatte. Es gab Weisungen und Pläne. Aber für den Wind vom See, der den Rauch eines schlecht brennenden Böögs auf die Tribüne fegte … Eschenbach zuckte die Schultern. »Man sollte trockenes Holz nehmen.«

»So was können Sie sich bei der EURO 08 aber nicht leisten.« Einer der deutschen Polizeiobersten schaute ihn streng an.

»So ein Mist …« Kobler hustete in ihren blauen Umhang.

»Vierundzwanzig Minuten«, zählte Eschenbach und stand auf. »Jetzt wird's garstig.«

Der Böög flackerte hinter schwarzem Rauch. Flammen und Ruß hatten den Schneemann dunkel eingefärbt. Mit seinem Hut glich er einem Kaminfeger.

»Runter von der Rampe«, sagte jemand. Es klang wie ein Befehl.

»Mir wird schlecht«, stöhnte eine Frauenstimme.

Hustend suchten sich die Leute einen Weg von der Tribüne hinunter auf den Platz. Sie taten es geordnet, ohne Panik. Eschenbach wunderte sich. Er kannte es anders aus Fußballstadien und von Popkonzerten. Menschen, die andere niedertrampelten, in animalischer Angst. Aber hier wurde nicht einmal geschubst. Die Zürcher Elite und ihre Gäste stiefelten im Gänsemarsch durch die Reihen auf die Treppen zu; ließen sich bei Engpässen gegenseitig den Vortritt. Sie trippelten mit vorgehaltenen Taschentüchern in die rauchfreie Zone rechts von der Holztribüne, als begäben sie sich zur Pause ins Foyer, um sich zu erfrischen.

Als eine elegante Dame mit ihren Stilettos die Holzstufen suchte, reichte Eschenbach ihr die Hand. »Das Schlimmste bei einem Brand ist immer der Rauch«, sagte er.

»Brennt es denn?«, fragte die Frau amüsiert, stöckelte über zwei Tritte und verlor das Gleichgewicht.

Der Kommissar fing sie auf, hielt sie in den Armen, ging mit ihr die Treppe hinunter und stellte sie auf den Boden. »Normalerweise steht man hier, und der Rauch zieht über die Köpfe. So hat man's immer gemacht. Aber die Herren von der UEFA wollen es besser wissen. Ist kein Fußballspiel, das Sechseläuten.«

»Da sind Sie ja!« Es war die schneidende Stimme eines Polizeiobersten. »Die Luft ist rein … Wir können wieder Platz nehmen.«

Tatsächlich, der Wind hatte gedreht. Eschenbach sah sich nach Kobler um, konnte sie aber nirgends entdecken.

Plötzlich hörte man Böllerschüsse.

Ein Raunen ging durch die Menge. Der Böög auf dem Scheiterhaufen hing in Fetzen. Ein Feuergespenst.

»Sechsunddreißig Minuten«, registrierte Eschenbach.

Die Tribüne blieb leer. Gebannt richteten sich die Augenpaare auf die Puppe.

»Das war's wohl«, sagte jemand.

»Der Kopf ist noch dran«, ein anderer.

Vom Schneemann war nicht mehr viel übrig. Einzig ein brennendes, schwarzes Gerippe mit Hut. Es war bemerkenswert still geworden auf dem Platz. Nur das Feuer hörte man, und den Wind. Ein banges Warten auf das Ende eines Winters.

Ein Luftstoß hob den flammenumwogten Hut des Böögs etwas an. Einen Moment sah es so aus, als grüße er zum Abschied. Und etwas später flogen die zu Asche gewordenen Reste seiner Kopfbedeckung federleicht in den Himmel.

»Jesus!«, rief jemand aus der Menge.

Tatsächlich, auf dem Scheiterhaufen stand nun ein loderndes Kreuz.

»Heiliger Himmel!«

Und über dem Querbalken, dort wo der Kopf gesessen hatte, sah man deutlich einen Teil der Sprengladung; ein dicker Wulst, der wie eine Kröte auf dem Hals hockte und sich weigerte zu explodieren.

Noch immer gafften die Leute, warteten auf den erlösenden Knall. War's das gewesen? Man tuschelte, hob ratlos die Schultern.

Eschenbach ging zu einem der Wurstständе am Ufer des Sees. Doch auch dort herrschte Ratlosigkeit, und einige der Exponate auf dem Grill waren deutlich zu schwarz geworden.

»Jetzt sind's bald vierzig Minuten«, sagte die Frau am Stand. Sie war kräftig und blickte besorgt in Richtung Böög. »So lang hat's noch nie gedauert.«

Eschenbach wollte seinen Zettel hervorholen, auf dem er die Zeiten der letzten Jahre notiert hatte.

Da knallte es: ohrenbetäubend.

Die Metzgerfrau riss die Hände hoch. Die Bratwurst, die sie dem Kommissar hatte geben wollen, flog in hohem Bogen an ihm vorbei.

»Gott sei Dank!«, riefen die Leute. »Gott sei Dank!« Und die Menge jubelte, als hätte der Heilige Vater sie tatsächlich von der Last des Winters befreit.

Vorne beim Seebecken wurden die Menschenmassen lichter. Viele der Leute machten sich auf den Heimweg, schlenderten in Richtung Quaibrücke und rätselten darüber, was diesmal schiefgelaufen war. »So hässlich habe ich den Böög noch nie gesehen«, sagte eine ältere Frau zu zwei jungen Buben, vermutlich ihre Enkel. »Abgebrannt bis auf die Holzstangen.«

Eine erfrischende Brise wehte vom See. Der Kommissar atmete tief durch. Er hatte die Bratwurst, die ihm die Frau geschenkt hatte, weil es mit dem Böög doch noch geklappt hatte, viel zu schnell gegessen. Jetzt brannte sein Magen.

Er musste wohl oder übel zurück. Kobler hatte den ersten Stock im Vorderen Sternen reserviert; für die Delegation aus Berlin – und für wichtige Debatten unter Polizeistrategen.

Voller Unlust wischte er sich mit der Serviette den Senf von den Fingern, warf sie dann, zusammen mit dem Karton und dem Senfrest, in eine Mülltonne und wollte sich auf den Weg machen, als jemand hinter ihm um Hilfe rief.

Eschenbach drehte sich um.

Zwanzig Meter von ihm entfernt hatte sich ein kleiner Pulk Menschen gebildet. Er näherte sich ein paar Schritte.

Der Menschenauflauf wurde größer.

Eschenbach hatte nun Mühe, sich einen Weg durch die Leute zu bahnen. Als er sich endlich bis ins Zentrum des Gedränges vorgekämpft hatte, sah er, dass eine Frau am Boden lag; in Seitenlage und mit angewinkeltem Bein. Neben ihr kniete ein junger Mann. Die Nickelbrille saß ihm schräg auf der Nase, er machte eine besorgte Miene. Konzentriert hielt er zwei Finger an den Hals der Liegenden. Dann beugte er sich weiter über sie, sprach der Frau zu und nach wenigen Sekunden des Zögerns begann er sie zu beatmen.

Die Leute wichen zurück. »Man darf in einer solchen Situation nichts Falsches machen«, meinte ein Mann in der ersten Reihe.

»Handeln muss man«, sagte ein anderer. »Einfach handeln. Aber jetzt ist ja Hilfe da.«

Der Kommissar hatte genügend Platz, um sich ebenfalls hinzuknien. Er wartete, beobachtete den Mann, offenbar ein Arzt oder Sanitäter, wie er sich abmühte. Zwischen den Atemstößen, wenn der Mann nach Luft schnappte, sah Eschenbach das Gesicht der Frau. Er schätzte sie auf Mitte fünfzig. Einmal glaubte er ein Röcheln wahrzunehmen, und als der Arzt von ihr abließ, sah er einen Moment lang in zwei halboffene blaue Augen.

»Herzmassage!«, befahl der Mann mit der Brille. »Wissen Sie, wie so etwas geht?«

Eschenbach nickte. Gemeinsam drehten sie die Frau auf den Rücken, und der Kommissar setzte sich rittlings auf sie. »Probieren wir's«, knurrte er. In aufeinanderfolgenden Sequenzen: Beatmung – Druck auf den Brustkorb – Beatmung, versuchten sie verzweifelt, ein flüchtiges Leben in den schlaffen Frauenkörper zurückzuzwingen.

4

»Sie haben sie nicht umgebracht«, sagte Rosa.

Der Kommissar stand in seinem Büro am Fenster und sah in die finstere Nacht hinaus. »Das konnte doch kein Mensch wissen, dass die so einen Defibrillator hat«, murmelte er. »Man hat überhaupt nichts gesehen. Und ich bin auf ihr draufgehockt, hab ihr den Brustkorb gedrückt und gedrückt. Vielleicht hat das Gerät deshalb nicht mehr funktioniert.«

Der Kommissar wiederholte zum dritten Mal, was er vom Gerichtsmedizinischen Institut als erste, kurze Zusammenfassung bekommen hatte.

»Und der Arzt, der hat auch nichts gemerkt. Vollidiot.«

»Jetzt hören Sie endlich auf«, sagte Rosa. Sie stand neben Eschenbachs Schreibtisch. Nachdem sie es bereits mit Kamillenblüten- und Verveine-Tee versucht hatte, stellte sie nun eine Flasche Remy Martin hin. »Vielleicht war die Frau schon tot. Das geht schnell, wissen Sie. Schließlich hat sie schon eine Weile dort gelegen ... Haben Sie doch selbst gesagt. Und der Arzt hat keinen Puls mehr gefühlt. Haben Sie doch auch gesagt, oder?« Rosa füllte die Sätze mit Hoffnung, und die Gläser mit Cognac. »Jetzt trinken Sie etwas, Sie sind ja fix und fertig.«

Der Kommissar schwieg.

»Sie haben es gut gemeint.«

»Das Gegenteil von gut ist immer gut gemeint.« Eschenbach löste sich vom Fenster, ging langsam zum Schreibtisch und leerte das Glas in einem Schluck. Dann sagte er mit heiserer Stimme:

»Und dieser kleine Junge, der steht daneben und schaut mir zu. Sieht, wie's mit seiner Mutter den Bach runtergeht …«

»Fertig!«, zischte Rosa. »Fertig!« Ihr Zischen ging in ein Stottern und dann in ein tiefes, fast geräuschloses Schluchzen über. »Ich weiß doch auch nicht, Kommissario. Wenn man es gut meint, und es endet so schrecklich … Ich weiß doch auch nicht, was ich tun soll.«

Zum ersten Mal, seit Eschenbach mit ihr zusammenarbeitete, zum allerersten Mal seit einundzwanzig Jahren schien Rosa hilflos. Er sah es in ihren Augen, dunkle, fast schwarze Knöpfe, in denen sich nichts mehr spiegelte.

Es kam ihm vor, als könnte Rosa ihre Hilflosigkeit nicht ertragen. Die kraftvolle Spannung, die ihrem Körper etwas Ehrwürdiges verlieh, fiel in sich zusammen wie ein Kartenhaus.

»Sie dürfen doch nicht so denken, Kommissario. Sie können doch nichts dafür.« Und Rosa, diese starke, disziplinierte Frau, fing hemmungslos zu weinen an. Sie vergrub ihr Gesicht in zitternden Händen. Verwischte die sorgsam aufgetragene Wimperntusche. Schmierte und heulte, als kenne die Nacht keinen Morgen.

Eschenbach kam sich plötzlich schäbig vor. Dass Rosa nun wie ein Häufchen Elend auf der Schreibtischkante hockte und wimmerte, war seine Schuld.

Er hatte versagt, nicht sie.

Rosa hatte alles richtig gemacht. Mit kühlem Kopf und dem Blick eines Feldherrn hatte sie ins Debakel eingegriffen; hatte für ihn entschieden, als er mitten im Gefecht steckte. Noch einmal gingen Eschenbach die Bilder durch den Kopf. So wie sich alles vor dem Bellevue abgespielt hatte, drei Stunden zuvor, als alle den Kopf verloren hatten: der Böög, der Arzt und er selbst. Ja, auch er!

So schnell waren Fernseh-, Radio- und Presseleute noch nie bei einer Leiche gewesen. Kunststück, schließlich lag sie keine zweihundert Meter vom Böög entfernt. Kamera schwenken, ein paar

Schritte und weiter kommentieren. Nach diesem halb verreckten Böögenbrand schon das zweite Highlight des Abends.

Plötzlich waren sie alle da. Das Deutschschweizer- und Tessiner Fernsehen. Télévision Suisse Romande (was interessierte die der Zürcher Böög?) und natürlich die Deppen der privaten Sender: Zürich, Aargau und Sankt Gallen. Und die ganzen Radiosender, in allen vier Landessprachen. Mindestens! Die Journalisten der Tageszeitungen, die wirklichen und die selbsternannten. Und jeder machte Fotos mit seinem Handy. Der Schweizer Cupfinal war ein Dreck dagegen. Und wo war die Sanität, oder die Polizei? Keine Spur von beiden! Außer ihm natürlich, Eschenbach! Weil er zufällig dort gewesen war. Zu weit weg, als dass er etwas gesehen – und zu nah, als dass er sich nicht hätte darum kümmern müssen. Und wo zum Teufel war Kobler gewesen? Wo waren die ganzen Polizeistrategen aus Berlin? Es war wie immer: Wenn es gutging, brauchte man keinen von denen; und wenn's schlechtlief, war niemand da.

Die Leute, die zehn Minuten zuvor noch in der ersten Reihe beim Böög gestanden hatten, waren auch jetzt wieder ganz vorne mit dabei. Direkt neben der toten Frau glotzten, tuschelten sie oder kauten an einer Bratwurst.

Der Arzt verlor die Nerven. Er war es nicht gewöhnt, vor Hunderten von Leuten zu hantieren. Seine Bewegungen wurden fahrig; er schwitzte. Und die Verzweiflung war ein offenes Blatt in seinem bleichen Gesicht. In der Praxis hatte er Untersuchungsraum und Wartezimmer. Doch hier herrschte das Chaos. »Das wird nichts«, stammelte er. »Wir sollten vielleicht die Polizei ... und einen Krankenwagen.«

Und in diesem Tumult allgemeiner Verwirrung erreichte Eschenbach der Anruf von Rosa. Sie hatte es bereits dreimal versucht. Eschenbach konnte es vom Display seines Handys ablesen.

»Ich habe alle Stellen bereits informiert«, sagte sie ruhig.

»Unsere Streife, Krankenwagen, Spurensicherung … Na, Sie wissen schon. Hab's im Fernsehen gesehen, ist es schlimm?«

»Mhm …«

»Ich komme … Bin in zehn Minuten bei Ihnen.«

»Ja … ja, gerne.« Und nach einer kurzen Pause fügte er noch hinzu: »Sie ist tot. Vermutlich ist sie tot.«

Aber Rosa hatte schon aufgelegt.

Erst in diesem Augenblick bemerkte Eschenbach, dass ihm der Schweiß von Nase und Stirn tropfte, sein Hemd an ihm klebte. Nachdem er Jacke und Pullover abgelegt hatte, fror er, zog sich alles wieder über und war froh. Froh wegen Rosas kühlem Kopf. Unendlich dankbar, dass es sie gab.

Und jetzt stand sie neben ihm, lehnte an seinem Schreibtisch und weinte seine Tränen.

Eschenbach biss sich auf die Unterlippe. Er hasste sich für seine Rücksichtslosigkeit und seinen Egoismus, die keine Hilfe zuließen. Er hätte gerne mit Rosa geheult, aber er konnte es nicht. Rosa stand auf. »Ich geh jetzt«, schluchzte sie.

»Nein!« Eschenbach ging auf sie zu und legte seinen Arm um ihre Schultern. »Sie können nichts dafür«, murmelte er. »Sie zuletzt.«

»Ich weiß es doch«, schniefte Rosa. »Trotzdem … Es ist so schrecklich. Der Kleine, was machen wir mit ihm? Er hat vielleicht niemand mehr.« Und noch einmal brachen die Tränen aus ihr hervor und hinterließen auf Eschenbachs Hemd dunkle, traurige Flecken.

Dass der Junge zur toten Frau gehörte, war nicht wirklich sicher. Denn gesagt hatte der Kleine nichts. Er konnte oder wollte nicht sprechen. Auch darüber war man sich nicht ganz im Klaren.

Er hatte getan, was kleine Kinder immer taten: Er stand im Weg. Und trotzdem (oder gerade deswegen) hatte man ihn lange nicht bemerkt. Die Polizisten, die den Tatort absperrten, schickten ihn fort. Man schubste ihn weg; jemand stellte ihn neben eine Frau, die hartnäckig behauptete, es sei nicht ihr Kind.

Eine Zeitlang kümmerte sich eine ältere Dame um den Kleinen. »Hast du deine Mami verloren? Du hast doch eine Mami, oder? Bist du weggelaufen? Sag endlich was!« Eine zweite Frau mit einem Kinderwagen gesellte sich dazu. Auch sie stellte Fragen. Fragen über Fragen, und ein Kind, das schwieg. Verkehrte Welt.

Und immer wieder entwischte der Kleine, kroch unter dem rotweißen Band der Absperrung hindurch, suchte die Nähe der Frau, die mitten in einer Kreidemarkierung regungslos am Boden lag.

Es war Walter von Matt, dem als Ersten dämmerte, dass der Junge möglicherweise mit der Frau in Verbindung stand. Der alte Berner Kempe, seit vielen Jahren Leiter der Spurensicherung, rief Eschenbach zu: »Dä Büebu ... das isch doch däm siis Müeti?«

Eschenbach fuhr sich mit der Hand durch sein verschwitztes Haar. »Meinst du?« Er sah auf den Jungen, schätzte ihn auf acht oder neun Jahre. »Meinst du, sie ist seine Mutter?«

Von Matt ließ ein Foto machen.

Und weil der Kleine auch weiterhin keinen Ton von sich gab, nahm Eschenbach ihn bei der Hand. Sie gingen zu den Ständen. Immer wieder schaute der Junge zurück, dorthin, wo die Tote lag.

Der Kommissar kaufte zwei Bratwürste, bleich und ungebraten, außerdem eine große Flasche Cola mit zwei Bechern.

»Wir gehen zum Feuer«, sagte Eschenbach.

Der Junge riss die Augen auf, schüttelte verzweifelt den Kopf.

Eschenbach beugte sich zu ihm hinunter. Sprach mit dem Kleinen, behutsam, wie mit einem störrischen Schaf. Dann nahm er ihn bei der Hand. Langsam gingen sie weiter.

Auf einer Grünfläche vor dem Opernhaus schnitt der Kommissar einen dünnen Ast aus einem Haselstrauch. »Und das wird unser Grillspieß.«

Der Junge starrte auf das rote Offiziersmesser und streckte seine Hand danach aus. Eschenbach überließ ihm Messer und Ast, als wäre es die natürlichste Sache der Welt, da setzte der Junge die Klinge an das dünnere Ende der Gerte und spitzte es zu.

»Das kannst du also«, murmelte Eschenbach. Er sah in das konzentrierte Bubengesicht und fragte sich, was in dem kleinen Kopf wohl vorging. Hatte er etwas gesehen, und war er, wie von Matt meinte, wirklich das Kind der Frau? Seine Haut war sonnengebräunt, und er hatte dicke, braune Zapfenlocken, wie man sie bei Kindern hierzulande selten sah. Und in dem hübschen Gesicht stachen, als wollten sie nicht recht dazugehören, zwei wachsame indigoblaue Augen hervor.

Der Junge ließ sich Zeit. Das Holz wurde sorgsam abgetragen, die Kanten gebrochen und der Spitz mehrmals prüfend gegen das Licht gehalten. Als er damit zufrieden war, übergab er Eschenbach das Messer. Den Speer behielt er.

Nach dem Tod des Böögs, wenn der Scheiterhaufen sich langsam setzte, auf kleiner Flamme ausbrannte, war es über die Jahre üblich geworden, dass sich ein paar Leute ums Feuer herum niederließen und Würste brieten. Es war kein offizieller Brauch, der von den Zünften gutgeheißen wurde. Mehr eine Unsitte, die man nicht bekämpfte, so wie man früher nach einer Tafelrunde Essensreste übrigließ für diejenigen, die nicht dazugehörten.

Schweigend saßen sie am Feuer. Abwechselnd hielt einmal der eine, mal der andere den Spieß. Der Kommissar hatte längst aufgehört, Fragen zu stellen. Und wenn er es trotzdem einmal tat, gab er sich die Antwort selbst: »Sollen die andern die Arbeit machen.«

Als die Würste fertig gebraten waren und sich der Kleine mit Heißhunger darüber hermachte, da schien für eine kurze Zeit die Welt stillzustehen.

»Wir haben Sie überall gesucht«, sagte Rosa aufgeregt, als Eschenbach und der Kleine eine Dreiviertelstunde später wieder an den Unfallort zurückkehrten. Die einfallende Dunkelheit zeichnete ein düsteres Bild. Von Matt und zwei Beamte waren mit letzten Aufräumarbeiten beschäftigt. Wie Schatten bewegten sie sich, gaben Anweisungen und rollten die rotweißen Bänder wieder ein, die sie für die Absperrung verwendet hatten. Ein Fotokoffer stand verlassen neben einer Parkbank. Der Lichtkegel einer Taschenlampe blitzte auf und erlosch wieder. Eschenbach hörte das Glucksen der Wellen am nahen Ufer, und er beobachtete, wie von Matts Männer die Wolldecke nahmen, die neben der Kreidemarkierung gelegen hatte, und sie zusammenfalteten.

»Die Frau haben sie ins Gerichtsmedizinische Institut gebracht«, sagte Rosa. Sie fröstelte. »Und vom Arzt haben wir die Personalien. Es sei äußerlich nichts festzustellen, hat er gesagt.«

»Vermutlich ein Herzinfarkt«, sagte von Matt, der zu ihnen getreten war und weiter berichtete: »Gibt es immer wieder bei solchen Großanlässen. Die Leute muten sich einfach zu viel zu. Am besten, wir warten den Befund des Pathologen ab, dann wissen wir mehr.«

»Hoffen wir's«, sagte Eschenbach und gähnte. Der kleine Junge war, seit sie zusammen gegrillt hatten, nicht von seiner Seite gewichen. Kaum hatte Eschenbach daran gedacht, den Kleinen irgendwohin zu verfrachten, griff dieser – als könnte er Gedanken lesen – nach der Hand des Kommissars.

»Was machen wir jetzt mit ihm?«, fragte Rosa mit einem besorgten Blick auf den Kleinen. »Er hängt sehr an Ihnen, wir müssen uns um ihn kümmern ...«

Eschenbach spürte, wie sich der Druck der Finger in seiner Hand verstärkte. »Auf jeden Fall«, grummelte er. Und wie er es sagte, dachte der Kommissar an das Standardprocedere für solche Fälle. An die studierten Psychologen, die sich der Polizeiapparat leistete und die ihm allesamt ein Gräuel waren. Eine aufgeblasene Pfauenherde, besserwisserische Bleichgesichter, die nicht ihr Hobby, sondern ihre Probleme zu einem Beruf gemacht hatten. Außerdem fragte sich Eschenbach, ob es für all das nicht zu spät war. Er selbst hatte sich in den Mittelpunkt der Welt des Kleinen gerückt. Und wenn er es geschickt anstellte, würde es ihm vielleicht gelingen, sein Vertrauen zu gewinnen. Bis geklärt war, was es mit dem Sechseläuten-Fall auf sich hatte.

Der Presse gegenüber hatten sie ein paar nichtssagende Erklärungen abgegeben. Abgesehen von der Kulisse des Sechseläutens, den Hunderten von Leuten, die dumm herumgestanden und sogar den bedächtigen von Matt auf die Palme gebracht hatten; es war das Übliche. Und wie immer, wenn ein Menschenleben verlorenging, gab es einige wenige Fakten und Fragen über Fragen.

Trotzdem, der Kommissar fühlte sich fehl am Platz. Er war als Helfer aufgetreten, nicht als Ermittler. Hatte zugeschaut, eingegriffen und konnte es dennoch nicht richten. Jetzt musste er sich um den Jungen kümmern.

Als sie zu dritt eine halbe Stunde später den Schauplatz verließen, war von den Menschenmassen nicht mehr viel zu sehen. Ein paar kleinere Gruppen Jugendliche trieben sich noch herum, als suchten sie die wenigen Abenteuer, die die heutige Gesellschaft ihnen noch ließ. Dazu kamen Liebespaare und Besoffene. Diejenigen, die noch nicht nach Hause wollten, und die, die es nicht mehr konnten.

Mitten auf dem Platz war der mächtige Scheiterhaufen auf einen Glutfleck zusammengeschrumpft. Ein großes, rotes Auge starrte hinauf in den nächtlichen Himmel, und ein halber Mond stand schweigend über dem Üetliberg.

5

Wo zum Teufel ist der Junge?«

Rosa hörte schlagartig auf zu schluchzen, so als hätte die Pausenglocke die Schulstunde beendet. »Um Gottes willen!«, stieß sie hervor. »Sie haben recht. Was heul ich hier rum ... wir müssen nachsehen.« Rosa rutschte von der Tischkante, glättete mit beiden Händen die Falten ihres Rocks und verließ eilig Eschenbachs Büro.

Der Kommissar folgte ihr. Natürlich war das Großraumbüro einer Polizeiabteilung kein Spielplatz, aber gefährlich, fand Eschenbach, war es auch nicht. Ein paar Karten von Zürich, die in Großformat an den Wänden hingen, Flip-Charts und Magnettafeln, viel Interessantes für Kinder gab es da nicht. Schließlich war der oberste Stock die Chefetage und kein Schießkeller.

Der Wuschelkopf schoss auf keine Pinnwände. Er hantierte weder an der Kaffeemaschine noch an der Telefonanlage herum. Die einzigen Knöpfe, auf die er drückte, waren die von Rosas Computertastatur.

»Ich hab ihn gefunden, stellen Sie sich vor ...«, Rosa hielt den Bürostuhl fest, auf dem der Kleine kniete. »Er war die ganze Zeit über hier. Ach, bin ich froh ... Es ist so ein lieber Junge. Ein anderer wäre vielleicht ... Hätte dummes Zeug gemacht. Hier steht ja so viel rum in den Büros, und wer weiß ...« Ihre Worte sprudelten, als wäre ein Staudamm gebrochen.

Auf dem Bildschirm stand es drei zu null für Benjamin Blümchen.

»Ich hab ein Patenkind in demselben Alter«, sagte Rosa. Ihre Wangen leuchteten wieder. »Deshalb kenne ich diese Internetseite. Und als Sie vorhin telefonierten ... Also ich dachte, das lenkt ihn vielleicht etwas ab.«

Eschenbachs Lächeln schlich sich langsam davon. Er hatte versucht, Salvisberg zu erreichen. Aber die Leute am Institut konnten ihn nicht finden. Der Gerichtspathologe hatte versprochen, sich zu melden, sobald er mehr wisse. Vielleicht gab es schon ein eindeutiges Resultat. Eines, das Eschenbach entlastete und das aufzeigte, dass kein Zusammenhang bestand zwischen ihm und dem Tod.

»Haben Sie Salvisbergs Privatnummer?«

Rosa, die sich inzwischen hingesetzt hatte, den Kleinen auf den Knien, sah ihn zweifelnd an. »Es ist halb zehn ... Wollen Sie wirklich jetzt?«

Eschenbach nickte. »Stellen Sie's durch ... ist vielleicht besser.« Der Kommissar war schon auf dem Weg in sein Büro, als Rosa ihm nachrief:

»Läuft nur das Band dort. Soll ich's vielleicht auf dem Handy versuchen?«

»Hab ich schon. Er nimmt nicht ab. Ich brauch das Zeugs jetzt aber. Es ist wichtig!« Eschenbach erschrak über die Härte in seinem Tonfall.

Der Junge schlug mit der Faust auf den Tisch, und Benjamin Blümchen machte »Taaarrööö!«.

Rosa sagte nichts. Sie suchte in ihrer Rollkartei. Nach einer Weile meinte sie: »Handy, Privat, Institut ... Andere Nummern haben wir nicht.«

Eschenbach stand nun wieder im Türrahmen. Er sah zur Decke und spürte seine Anspannung. Es war, als zöge ihn jeder Teil seines Körpers in eine andere Richtung. »Macht nichts«, sagte er.

Und wieder: »Taaarrööö!«

»Könnten Sie vielleicht ...«, begann Eschenbach zögernd. Er sah auf den Kleinen. »Ich hab im Moment einfach nicht die Nerven dafür.« Kaum hatte er das ausgesprochen, überkam ihn ein schlechtes Gewissen.

Rosa schien einen Moment darüber nachzudenken.

Und wenn es schiefging, dachte der Kommissar. Wenn irgendetwas passierte, ein Unfall zum Beispiel, oder wenn sich der Kleine aus dem Staub machte. Es ließ sich überhaupt nicht ausmalen, was das bedeuten würde.

Rosa erwähnte nichts von alldem. »Ja, das geht«, sagte sie. »Ich habe eine Kiste mit Spielsachen, ein Gästezimmer ... Sie wissen, mein Patenkind Franco ... also der übernachtet manchmal auch bei mir.«

Kurz vor zehn wurden Rosa und der Kleine abgeholt.

Eschenbach hatte Ruedi Kalbermatten, einen Kollegen vom Streifendienst, angerufen und ihn gebeten, einen Wagen zu schicken.

Rosa hatte ein Taxi gewollt, aber Eschenbach war stur geblieben.

Zwei jüngere Polizisten kamen vorbei. Sie waren noch unerfahren. Eschenbach merkte es daran, wie sie miteinander umgingen, an der vorlauten Art, mit der sie ihre Unsicherheit überspielten. Sicher hätten sie sich einen härteren Fall gewünscht. Eine Schlägerei an der Langstrasse vielleicht oder einen Autounfall. Für einen Taxidienst gab es kein Tapferkeitsabzeichen.

Es war bereits nach zwölf, und der Kommissar saß noch immer an seinem Schreibtisch.

Salvisberg hatte nicht mehr angerufen. Erst nach zwei weiteren Tassen Kamillentee und einer lustlos gerauchten Brissago hatte Eschenbach aufgehört, seine eigenen Wunden zu lecken.

Auf dem Schreibtisch lagen fünf Seiten Fakten. Eschenbach hatte die Blätter entdeckt, als er das Wasser erhitzt und zwischen Kochnische, Rosas Arbeitsplatz und seinem Büro hin und her getigert war. Das Bündel Papier hatte in der Faxablage gelegen und trug einen Vermerk von Walter von Matt: *Du willst ja alles immer sofort.*

Es waren die Personalien der Toten (Kopie ihrer Ausweise, Kreditkarten etc.), diverse Fotos der Frau und der Gegenstände, die man bei ihr gefunden hatte (das meiste in einer dunkelbraunen Wildledertasche); eine erste Bestandsaufnahme, nicht viel zwar, aber immerhin ein Anfang.

Nachdenklich war Eschenbach Blatt für Blatt durchgegangen. Die tote Frau hieß Charlotte Bischoff, war zweiundfünfzig und wohnte in Wädenswil. Ihr Zivilstand war nicht auszumachen. Sie hatte keinen Pass bei sich getragen; und auf ID, Führerschein und den Kredit- und Kundenkarten war dieser nicht vermerkt. Interessanterweise fanden sich keinerlei Angaben zu dem Jungen. War sie doch nicht seine Mutter? Trugen Mütter nicht immer die Fotos ihrer Kinder bei sich – oder wenigstens einen Ausweis? In seinem Alter hatten viele Kinder schon eine Identitätskarte. Die Schweiz, dachte Eschenbach, ist ein größeres Laufgitter mitten in Europa, aber an den Grenzen gibt es noch immer Zollbeamte.

Was war mit Angehörigen? Eschenbach wühlte sich nochmals durch die Blätter. Jemand musste es doch geben. Mit zweiundfünfzig war man nicht allein auf der Welt. Wen hatte man benachrichtigt? Er fand auch dazu keine Hinweise. Gerne hätte Eschenbach Rosa angerufen. Vielleicht trug der Junge seinen Ausweis bei sich. Aber jetzt, mitten in der Nacht? Es musste warten.

Auch die Telefonnummer der Toten fehlte. Sie war nirgends vermerkt, und als Eschenbach einen Eintrag im elektronischen Nummernverzeichnis suchte, fand er keinen. Ebenso ratlos war die Dame von der Auskunft.

»Vielleicht gibt es eine Geheimnummer?« Eschenbach ließ nicht locker. »Sie wissen schon, die schwarze Liste.«

»Die dürfte ich Ihnen sowieso nicht geben«, unterbrach ihn die Frauenstimme.

»Aber ich bin von der Polizei.«

»Das sagen sie alle.«

Es hatte keinen Sinn. Eschenbach legte auf. Natürlich hatte die Kantonspolizei diese Nummern. Viele prominente Leute fand man nirgends, und es gab sie trotzdem. Aber Fritz Junker, der Kollege, der das in einer halben Minute herausbekommen hätte, schlief bestimmt schon. Inzwischen war es ein Uhr morgens. Die Nacht desBöögs. Vielleicht lag Junker auch besoffen in einem Zunftsaal. Möglich gewesen wäre es, aber genützt hätte es auch nicht viel.

Eschenbach stand auf. Er ging ein paar Schritte, öffnete das Fenster. Feuchte, kühle Luft strömte ins Zimmer, der Kommissar streckte sich. Die Hektik war abgeklungen, Gott sei Dank. Und auch seine Zweifel hatten sich etwas gelegt. Geblieben war eine innere Unruhe. Eschenbach kannte dieses Gefühl.

Es ging ihm fast immer so, seit er Polizist war. Irgendwann kam der Moment, in dem er sich mit einem Fall zu identifizieren begann. Manchmal war es eine Ungereimtheit gleich am Anfang, die ihn packte. Andere Male vergingen Tage oder sogar Wochen, ohne dass ihn die Sache berührte. Der Kommissar konnte sich dieses Vibrieren von Geist und Sinnen nicht herbeireden, auch wenn er sich noch so bemühte. Es kam oder blieb aus, so überraschend wie die Windpocken.

Nun hatte es ihn gepackt.

Eschenbach schloss das Fenster wieder. Er musste raus, er wusste es. Er würde in die Wohnung der Toten fahren und nachsehen, wie die Frau gelebt hatte. Egal, welche Uhrzeit es war.

»Du hast einen Vogel«, sagte Walter von Matt, als Eschenbach ihn anrief. »Aber bitte, der Schlüsselbund, den wir bei der Toten gefunden haben, er ist bei uns in der Zeughausstrasse.«

Die Räume der Kriminaltechnischen Abteilung lagen nur einen Steinwurf von Eschenbachs Büro entfernt. Die beiden Sicherheitsbeamten, die über das nächtliche Quartier wachten, standen mit dem Schlüssel am Eingang bereit, als Eschenbach dort eintraf. Von Matt hatte sie instruiert.

Alles wurde protokolliert, und eine Viertelstunde nach dem Telefonat mit von Matt hatte der Kommissar, was er brauchte.

Eschenbach nahm die Autobahn. Er erreichte die Ausfahrt nach Wädenswil in zwanzig Minuten, bog in die Zugerstrasse ein und gab sich in gemächlichem Tempo den weit geschwungenen Kurven hin, die hinunter ins Dorf führten. Der mit Lichtern gesäumte Zürichsee lag vor ihm wie eine Landepiste; ein herrlicher Ausblick, den der Kommissar mit zwei wüsten Remplern gegen den Bordstein büßte.

Einmal hielt er kurz an, schaute auf den Stadtplan, den er sich aus dem Internet ausgedruckt hatte, dann fuhr er weiter. Lange suchen musste er nicht. Sein Ziel war eine Seitenstraße in der Fußgängerzone. Der Kommissar fuhr auf einen kleinen Parkplatz, stellte den Wagen ab und stieg aus.

Alles war dunkel. Eschenbach suchte das Straßenschild. Türgass, das war's. Der Weg war mit Pflastersteinen ausgelegt und führte auf eine kleine Anhöhe. Die Hausnummer, die er gesucht hatte, gehörte zu einem mächtigen Fachwerkbau. Erdgeschoss und zwei Etagen zählte Eschenbach. Drei Namen standen neben Klingelknöpfen am Eingang; Bischoff war der oberste. Der Kommissar drückte.

Nichts geschah.

Nachdem Eschenbach es ein zweites und drittes Mal probiert hatte, entfernte er sich von der Haustür und sah nach oben. Er war nicht sicher, ob im zweiten Stock, als er auf den Parkplatz eingebogen war, Licht gebrannt hatte. Es war nur so ein Gefühl. Er hätte darauf achten müssen. Plötzlich kam sich der Kommissar alt und trottelig vor.

Eine Kirchenuhr unterstrich seine Gedanken mit zwei kurzen Schlägen.

»Halb zwei«, murmelte Eschenbach. Er wog den Schlüsselbund, den er schon die ganze Zeit über in der Hand gehalten hatte. Ein kleiner silberner Bär hing daran und vier Schlüssel. Der zweite passte. Nachdem der Kommissar im Treppenhaus Licht gemacht hatte, war ihm wohler. Neben dem Eingang zur Parterrewohnung führte eine steile Holzstiege nach oben.

Das Licht erlosch.

Eschenbach stieg weiter die Treppe hoch. Oben angelangt, spürte er sein linkes Knie. Das erinnerte ihn daran, wie übel er gestürzt war; auf Inlineskates zwei Wochen zuvor. Dass seine Tochter zuerst gelacht, sich dann aber ernsthaft Sorgen um ihn gemacht hatte. Er biss die Zähne zusammen.

Er hatte den Schlüsselbund noch immer in der Hand – wahrscheinlich passte derselbe Schlüssel, der schon unten gepasst hatte. Der Kommissar suchte den Lichtschalter, da bemerkte er, dass die Wohnungstür einen Spaltbreit offen stand. Zweiundfünfzigjährige Frauen ließen ihre Wohnungstür nicht einfach offen, wenn sie zum Sechseläuten gingen.

Etwas stimmte nicht. Besser, jetzt kein Licht zu machen, dachte der Kommissar. Es war eine dieser brenzligen Situationen, in denen Eschenbach früher seine Waffe gebraucht hatte. Weil er seine SIG 226 aber hin und wieder vergaß und immer dann nicht dabeihatte, wenn er sie benötigt hätte, ließ er es mit der Waffe ganz bleiben. Nur die Übungen schoss er noch; danach gab er sie dem Büchsenmacher, der sie reinigte und bis zum nächsten Mal aufbewahrte.

Es waren andere, die für ihn den wirklich harten Job erledigten. Spezialeinheiten. Trainierte Burschen eben. Jüngere! Vielleicht war er deshalb noch am Leben.

In diesem Augenblick wäre er froh gewesen um ein solches Team. Oder wenigstens um Claudio Jagmetti, dachte der Kommissar. Den hätte er gerne an seiner Seite gehabt. Claudio war nur halb so alt wie er. Hatte seine Pistole immer dabei, glaubte noch daran.

Eschenbach hatte nichts gegen Wohnungstüren, die mitten

in der Nacht halb offen standen. Sie gehörten zur Grundausbildung eines Polizeibeamten. Auch im Dunkeln. Man konnte einen Einsatz lernen wie Französischvokabeln. Es gab klare Anweisungen, wie man vorzugehen hatte. Übungsszenarien, die an jeder Polizeischule durchgespielt wurden.

Immer mit Waffe – mindestens zu zweit.

Eschenbach drückte mit dem Fuß die Tür so lange auf, bis der Spalt zu einem halben Meter angewachsen war. Kopf und Oberkörper versuchte er, so gut es ging, in Deckung zu halten. Dann warf er den Schlüsselbund in die dunkle Wohnung. Ein besseres Ablenkungsmanöver war ihm nicht eingefallen.

Dann stieß er die Türe ganz auf. Falls sich jemand dahinter versteckte, würde er es jetzt merken. Da war niemand. Er ging zwei Schritte in die Wohnung hinein, suchte den Lichtschalter und fand ihn. Alles ging sehr schnell.

Aber alles blieb dunkel.

Jemand musste die Sicherungen herausgedreht haben, dachte Eschenbach noch. Da traf ihn schon mit aller Wucht ein Schlag.

Ein Feuerball explodierte in seinem Kopf. Der Kommissar verlor das Bewusstsein.

6

Lara Bischoff atmete tief durch.

Die Anspannung, die ihren Körper in ein Korsett geschnürt hatte, ließ langsam nach. Ihr rechter Unterschenkel begann zu zittern, dann ihr Arm.

Plötzlich spürte sie das Gewicht der Bratpfanne. Es war ein Ungetüm aus Gusseisen. Den langen hölzernen Griff hielt Lara noch immer mit beiden Händen umklammert. »Mein Gott«, stieß sie hervor. Etwas Besseres hätte sie nicht finden können. Zuerst hatte sie an das Brotmesser gedacht. Es war lang, aber stumpf. Doch dann war ihr, als sie dort im Dunkeln gewartet hatte, die Idee mit der Bratpfanne gekommen. Es war ihr schon immer unverständlich gewesen, wie Charlotte mit diesem schweren Gerät überhaupt kochen konnte. »Damit kannst du jemand erschlagen. Nimm besser neue, leichtere … aus Teflon«, hatte sie ihrer Schwester geraten. Und nun war Lara zum ersten Mal froh, dass Charlotte ein so altmodischer Mensch war.

Lara ging zum Sicherungskasten und drehte am Hauptschalter. In der ganzen Wohnung ging das Licht wieder an. Ausgestreckt auf dem Holzboden im Flur, das Gesicht in einer Blutlache: ein Mann. Regungslos.

Im Dunkeln hatte er größer gewirkt, dachte Lara irritiert, irgendwie gefährlicher. So wie er da lag, mit grauer Flanellhose und weißem Hemd, sah er harmlos aus. Einbrecher trugen Schwarz.

Es gab keinen neuen Typen im Leben ihrer Schwester. Charlotte hätte es ihr gesagt. Sie tauschten sich aus, auch darüber. Wer war der Mann also? Warum hatte er nicht geklopft, nichts gesagt? Kein »Hallo« oder so.

Er war heraufgekommen, obwohl sie auf sein Klingeln gar nicht reagiert hatte, mitten in der Nacht.

Die Wohnungstür hatte sie angelehnt, weil sie sehen wollte, wer kam – ob überhaupt jemand kam. Und weil das Licht im Treppenhaus zu früh erloschen war, hatte sie nur die Umrisse erkannt ... nur Schritte gehört, und dann seinen Atem, als er vor der Tür innegehalten hatte. Als er plötzlich die Tür aufstieß – und dann der Schuss! Alles spielte sich vor Laras innerem Auge noch einmal ab.

Es war doch ein Schuss gewesen? Eine Waffe mit Schalldämpfer, ein Zischen nur. Lara hatte gehört, wie die Kugel irgendwo einschlug.

Noch immer tat der Mann keinen Wank.

Lara nahm ihn – immer noch aus sicherer Entfernung – genauer in Augenschein. Hatte er eine Waffe? Lag er vielleicht darauf? Sie zögerte. Sollte sie warten, bis er wieder zu sich kam? Ihre eigene Unentschlossenheit nervte Lara. Sie war doch sonst nicht so ängstlich. Also konzentrierte sie sich auf den liegenden Körper, versuchte auszumachen, ob sich der Brustkorb hob und senkte.

Sie gab sich einen Ruck und ging zum Telefon.

Zum Glück hatte Charlotte alle Notrufnummern auf einem Zettel notiert. Lara wählte der Reihe nach Polizei- und Sanitätsdienst. Während sie sprach, ließ sie den Mann nicht aus den Augen.

»Schließen Sie sich in ein Zimmer ein«, meinte der eine, der andere fragte: »Atmet er, blutet er, hat er Puls?« Und wenn sie einen Schock habe, empfahl er, solle sie sich hinlegen.

Bei Charlotte gab es keine Türen. Ihre Schwester hatte alle aushängen und in den Keller stellen lassen. Außer in Bad und WC – aber dort waren die Schlüssel abgezogen. Lara musste gar nicht nachsehen, sie wusste es. Charlotte hatte schon immer einen Vogel gehabt. Und wer wusste von sich selbst, ob er einen Schock hatte oder nicht.

Lara zog den Klavierstuhl aus dem Wohnzimmer hinaus in den Flur und setzte sich. Die Bratpfanne in Griffnähe. Wo Charlotte nur war? Es entsprach gar nicht ihrer Art, nicht zu einer Verabredung zu kommen. Zum Glück hatte Lara gewusst, wo der Ersatzschlüssel versteckt war. Sie beobachtete den Mann aufmerksam, rückte etwas näher. An seinem Hals wölbte sich eine Ader. Lara konnte deutlich sehen, wie das Blut darin pochte. Er lebte also. Lara atmete auf.

Minuten vergingen.

Einmal stöhnte der Mann leise, doch Lara erschrak nicht. Es war seltsam. So verwundet und hilflos, wie er vor ihr lag, war ihre Angst verschwunden. Sie fragte sich, ob sie Mitleid empfand. Aber das war es nicht. Es war ein Gefühl von zurückgewonnener Dominanz. Sein Leben lag in ihrer Macht. Sie war die Stärkere.

Plötzlich fiel ihr auf, dass er schöne Hände hatte.

Dann endlich kam Hilfe.

»Den haben Sie aber übel zugerichtet«, sagte der kleinere der beiden Sanitäter. Es war ein pausbäckiger, rundlicher Mann Mitte dreißig. Er kniete sich neben den Verletzten und sah Lara vorwurfsvoll an.

»Ich bin hier das Opfer«, sagte Lara.

»Ja, ja – ist schon recht«, sagte der andere. »Sind Sie denn auch verletzt?«

Lara schüttelte den Kopf.

»Na eben.« Pausbacke imitierte ihr Kopfschütteln. »Dann zeigen Sie meinem Kollegen, wo's hier kaltes Wasser gibt. Der braucht was zum Trinken ... ein Glas Wasser.«

»Ihre schnoddrige Art passt mir nicht«, sagte Lara. Sie war es nicht gewohnt, dass man so mit ihr sprach. »Wasser gibt's in der Küche.«

»Dumme Tusse«, murmelte Pausbacke.

Lara schwieg. Von einem Proleten des Sanitätsdienstes konnte man nicht mehr erwarten, dachte sie.

Die Nächsten, die klingelten, waren zwei Polizisten. Als sie in der Wohnung eintrafen, versuchte der Verletzte gerade leise fluchend, sich aufzurichten, und tastete vorsichtig sein Gesicht ab. Sie stürzten zu ihm.

Aber nicht in der Absicht, die Lara angenommen hatte. Kein Polizeigriff, keine Handschellen. »Um Gottes willen, geht's?«, fragten sie freundlich und besorgt. Und: »Ist es schlimm?« – »Tut es weh?« Die Polizisten schienen den Mann zu kennen. Und dieser Proll von einem Samariter kniete mit dem Wasserglas in der Hand daneben, als läge Jesus auf dem Flurboden.

Lara wollte gerade protestieren, da kam einer der Polizisten zu ihr.

»Wohnen Sie hier«, knurrte er.

Lara schüttelte den Kopf.

»Ihren Ausweis bitte.«

Auch er sprach in diesem herablassenden Tonfall mit ihr, der sie schon an dem Sanitäter genervt hatte. Lara schwieg, kochte aber inzwischen innerlich.

»Ihren Ausweis, habe ich gesagt.«

Lara biss sich auf die Unterlippe. »Ich hab Sie doch gerufen …«, sagte sie gereizt. »Der dort!« Sie machte eine fahrige Bewegung mit der Hand. »Er hat mich überfallen … Verhaften Sie den!«

»Ein Überfall also …« Der Polizist drehte den Kopf zu seinem Kollegen: »Hast du gehört, Sepp. Ein Überfall.«

»Es war …« Der Mann am Boden sprach leise, aber trotzdem so, dass es alle hören konnten. »Es war ein Missverständnis.«

Lara verschlug es die Sprache. »Shit!«, schrie sie. »Der Typ ist irre … kommt hier mit einer Knarre mitten in der Nacht vorbei. Und jetzt ist es ein Missverständnis. Verschwinden Sie! Haut endlich ab! Alle!«

»Aber hallo! Jetzt ist aber fertig, Fräulein zart.«

Lara hob die Hände und senkte sie wieder. »Ich möchte meinen Anwalt sprechen«, sagte sie leise.

Der zweite Polizist eilte herbei, packte Lara von hinten grob an den Armen. Und es dauerte nicht lange, bis sie kaltes, hartes Metall an ihren Handgelenken spürte.

»Auf dem Polizeiposten gibt's Telefone«, sagte der Mann. Da können Sie anrufen.«

7

Ich bin gestürzt«, sagte Eschenbach.

»Aha«, sagte der junge Assistenzarzt in der Notaufnahme des Spitals Triemli. Dr. Zweifel stand auf dem blauen Schild über der Brusttasche; und was der Name ankündigte, es fand sich im Gesichtsausdruck des Arztes wieder: eine Mischung, die gleichsam Besorgnis und Unglauben enthielt.

Trotzdem schwieg Eschenbach. Die Bratpfanne ließ er unerwähnt, und erst recht seine Weigerung, sich von den Sanitätern tragen zu lassen. Aufrecht hatte er die Wohnung verlassen wollen; und es wäre ihm auch gelungen, wenn sich sein Schnürsenkel nicht nach den ersten Stufen verfangen hätte, er so aus dem Gleichgewicht gebracht worden wäre. »Ja, eine steile Treppe hinunter«, murmelte er. Es war Pech im Pech gewesen. Etwas, das man am besten für sich behielt.

»So, so.« Der Arzt betrachtete Eschenbachs Auge. »So wie Sie aussehen ... Also ich sag es Ihnen ganz ehrlich: Wenn Sie eine Frau wären, dann würde ich wohl meinen, dass Ihr Mann sie verprügelt hat. Die sagen dann auch immer, sie sind gestürzt.«

»Ich weiß.«

»Gebrochene Nase ...« Der Arzt tastete behutsam Eschenbachs Gesicht ab. »Eventuell auch Wangen- und Kieferknochen ... geplatzte Augenbraue. Wir werden's uns genauer ansehen.« Zweifel seufzte. »Solche Stürze gibt's nicht mal bei der Tour de France.«

»Und mein Bein«, sagte Eschenbach. »Ich weiß nicht … vielleicht kann ich mich irgendwo hinlegen.«

Nase und Fuß waren gebrochen. Zu der Platzwunde oberhalb des Auges kamen ein paar Prellungen, außerdem hatte er eine Gehirnerschütterung. Eschenbach lauschte am nächsten Morgen gereizt der Aufzählung der Stationsärztin Dr. Häberli.

»Dann kann ich ja gehen«, sagte der Kommissar.

»Gehen …« Dr. Häberli deutete auf den Gipsfuß. »Sie werden Krücken brauchen, sechs Wochen lang.«

»Ich meine, aus dem Spital … nach Hause.« Eschenbach blinzelte. Der Pflasterverband im Gesicht juckte.

»Zwei, drei Tage hierbleiben wäre besser.«

»Ich kann nicht. Ich hasse Krankenhäuser.«

Dr. Häberli lächelte schwach. »Sie sind alt genug, ich kann Sie nicht anbinden.«

Der Kommissar nickte.

In diesem Moment klopfte es an der Tür, und Rosa kam herein. Sie hielt einen Blumenstrauß in der Hand. Als sie die Ärztin sah, zögerte sie: »Störe ich?«

»Ich bin schon fertig«, sagte die Ärztin.

»Und ich auch«, meinte Eschenbach. Mit einem leichten Stöhnen setzte er sich auf, dirigierte die Beine über die Bettkante. »Geben Sie mir doch bitte meine Krücken, Frau Mazzoleni.«

»Aber Sie müssen sich ausruhen«, sagte Rosa.

»Dummes Zeug.«

»Vielleicht haben Sie ja mehr Einfluss.« Dr. Häberli musterte Eschenbachs Sekretärin. Und als sie den Jungen entdeckte, der sich, so gut es ging, hinter Rosa versteckte, meinte sie: »Oder du, mein Kleiner. Vielleicht hört Papa ja auf dich.« Dann verließ sie mit einem leichten Kopfschütteln das Krankenzimmer.

»So schlimm?« Eschenbach konnte es an Rosas Blick ablesen. »So wie Sie mich anstarren, muss ich schrecklich aussehen.«

»Nein, nein.« Rosa schüttelte sofort den Kopf. »Es ist nur etwas … Come si dice …«

Eschenbach wusste, wie viel es brauchte, bis Rosa keine Worte mehr fand. Er versuchte ein Lächeln. »Also doch Frankenstein.«

Das Klebeband spannte.

»Ungewohnt …«, sagte sie. »Es ist einfach nur ungewohnt.« Und als wollte sie ihren Ausflug in die Sprachlosigkeit vergessen machen, streckte sie ihm den Blumenstrauß entgegen.

»Pfingstrosen … ein herrlicher Strauß, vielen Dank!«, sagte der Kommissar. »Frau Mazzoleni, Sie sind ein Engel.«

Und wieder starrte ihn Rosa an. Ungläubig. Sie rang von neuem um Worte und ließ es dann aber bleiben. Ihre Augen glänzten plötzlich.

Merkwürdig, dachte Eschenbach. Er hätte schwören können, dass Rosa es nicht bemerken würde, wenn er sich änderte. Doch er hatte sich geirrt. Der Kommissar war auf einmal froh um diese eine, lange Nacht im Triemli, um das, was ihm durch den Kopf gegangen war, als er durch die Gänge geschoben und in Wartezimmern stehengelassen wurde. Nachts schleicht der Tod durch die endlosen Flure der Spitäler. Eschenbach hatte ihn gesehen.

»Und jetzt hauen wir ab«, sagte er mit einem Augenzwinkern zu dem Kleinen, im Kopf die Liste der Dinge, die er in seinem Leben ändern wollte, und stand auf.

Eschenbach fühlte sich etwas besser. Am Tag zuvor, nachdem er aus dem Spital geflüchtet war, hatte er nur zwei Stunden im Büro verbracht. Heute würde seine Energie sicher für einen ganzen Tag reichen, dachte er.

In seinem alten Volvo kroch er durch den späten Morgenverkehr in Richtung Triemli. Er hatte Dr. Häberli versprochen, wenigstens zu einer Kontrolle vorbeizukommen.

Ein paarmal hatte er mit dem Gipsfuß nebst Kupplung auch die Bremse erwischt. Passiert war zum Glück nichts. Autofahren war ein Kraftakt, an der Grenze des Machbaren. Aber es war besser, als in diesem traurigen Spital übernachten zu müssen.

Mit Schaudern dachte der Kommissar an das kurze, offene Nachthemd, das man ihm gegeben hatte, und daran, wie ärmlich es aussehen musste, wenn der Hintern im Freien hing.

Die Ärztin schien zufrieden. Die Schwellungen an Stirn und Wange waren zurückgegangen. »Das wird schon«, meinte sie und tupfte mit feuchter Gaze das verkrustete Blut weg.

Eschenbach zählte die Sommersprossen auf ihrer Nase.

Die genähte Platzwunde über dem Auge wurde mit einem neuen Pflaster versehen und die Nase mit einer Schiene und einem Klebeverband stabilisiert. »Hoffen wir, dass sie einigermaßen gerade zusammenwächst«, sagte Häberli. Und zu den immer größer werdenden blauschwarzen Flecken meinte sie: »Nach zwei, drei Tagen sehen Verletzungen immer am schlimmsten aus.«

Als Eschenbach kurz nach elf im Büro eintraf, wurde er mit Entsetzen begrüßt.

»Es ist ja schlimmer geworden«, sagte Rosa, die ihn aus der Nähe betrachtete.

»Sieht schlimmer aus, aber fühlt sich besser an.«

»Unlogisch«, fand Rosa. Dann erzählte sie Eschenbach, dass ihr Findelkind nun pädagogisch betreut werde.

»Ach ja? Seit wann?« Eschenbach hatte plötzlich ein ungutes Gefühl.

»Heute Morgen.« Rosa fingerte nervös an der Brille, die an einem goldenen Kettchen über ihrem Dekolleté baumelte. »Es ging nicht, wissen Sie. Er hat hier alles durcheinander …«

Es klang wie eine Niederlage.

»Der hat sich doch wohl gefühlt, und mit etwas Geduld … Mit Kindern braucht es nur Geduld. Alles andere bringt nichts.«

»Sie waren gestern …« Rosa hielt einen Moment inne. »Ich

meine, Sie sind ja nur kurz hier gewesen. Und da hat es auch geklappt. Aber nachdem Sie gegangen sind …« Rosa zögerte.

»Er hat Ihnen also am Nerv gerissen.«

»Nein! Er hat den Papierkorb angezündet …«

Eschenbach lachte schallend.

»Das ist nicht lustig, Kommissario! Das ist gefährlich. In Ihrem Büro ist jetzt alles …« Rosa hob die Hände wie ein Fußballer nach einem Foulspiel. »Ich kann auch nichts dafür … Die ganzen Feuerzeuge, die bei Ihnen immer herumliegen.«

»Meinen Papierkorb?«

»Wir haben mit Frau Dr. Kirchgässner eine ausgewiesene Spezialistin. Sie arbeitet mit dem Kleinen jetzt.«

»Arbeitet?« Eschenbach setzte sich auf Rosas Pult, seufzte und ließ den Gipsfuß baumeln.

»So sagt man doch … pädagogische Arbeit.« Rosa hob die Schultern.

»Spricht er denn?«, hakte Eschenbach nach.

»Nein, noch nicht. Sie malen und zeichnen.«

»Ach ja? Und kann ich das mal sehen?«

»Wenn Sie sich jetzt Strichmännchen oder sonst einen Hinweis vorstellen, muss ich Sie enttäuschen.«

»Was ist es denn?«

»Sonnenuntergänge.« Rosa sagte es mit heiligem Ernst. »Mit Wasserfarben … schöne Aquarelle, hat Frau Kirchgässner gesagt.«

»Warum keine Sonnenaufgänge?«

»Sie nehmen die Sache nicht seriös«, sagte Rosa. »Ich habe es gleich gewusst.«

»So seriös es eben geht«, schnaufte Eschenbach und spielte mit den Krücken. »Ich kann auch nichts dafür, dass ich außer Gefecht gesetzt wurde … Hätte mich gerne selbst um den Jungen gekümmert. Jetzt hockt er bei irgend so einer Sozialdings und die Sache entgleitet uns.«

»Frau Dr. Kirchgässner ist immerhin Ärztin.«

»Ich habe genug von Ärzten.«

»Haben Sie denn immer noch Schmerzen?«

»Es geht.« Eschenbach stützte sich auf die Krücken und stand auf. »Manchmal könnte ich aus der Haut fahren.«

Rosa nickte verständnisvoll.

»Aber er wohnt doch noch bei Ihnen ... hoffe ich doch.« Der Kommissar sah Rosa erwartungsvoll an.

Sie schüttelte traurig den Kopf. »Frau Dr. Kirchgässner meinte, es wäre besser so. Er braucht ein anderes Umfeld ... und in einem Heim hat es auch andere Kinder.«

»Ein Heim«, murmelte Eschenbach. Dann humpelte er langsam und mit grimmiger Miene in sein Büro. Es war so gekommen, wie er befürchtet hatte, dachte er. Manchmal fährt die Karre geradewegs gegen die Wand, wie auf Schienen. Führerlos. Es war zum Verzweifeln.

Der Kommissar roch es sofort. Es war nicht der dezente Geruch seiner Brissagos, der im Zimmer hing. Nein, es stank fürchterlich. Wie nach einem Großbrand.

Und er wusste, dass es eine Zeitlang so bleiben würde. Trotz Rosas Lüftaktionen, und trotz der Duftkerze, die sie ihm hingestellt hatte.

Die rechte Seite seines Schreibtisches war angesengt, und das Brandloch im Teppich sah aus, als hätte ein Meteorit eingeschlagen. Die Decke über dem Pult war rußgeschwärzt, die Wände grau. Der einzige weiße Fleck war dort, wo der Tinguely gehangen hatte. Nur eine Lithographie zwar – dafür mit Widmung.

»Das Bild war ja hinter Glas, es ist ihm nichts passiert.« Rosa stand zerknirscht in der Tür. »Es sieht grässlich aus ... aber die Maler kommen morgen früh, und der Teppich wird ausgewechselt. Alles ist organisiert.«

»Sie sind ein Engel, Frau Mazzoleni.«

Rosa erwiderte nichts. Doch an ihrem Blick konnte der Kommissar erkennen, dass sie glaubte, er würde sich über sie lustig machen.

»Und geben Sie mir noch die Nummer von dieser Frau Doktor Sozialdings ... ich möchte mir die Sonnenuntergänge ansehen.«

»Wie Sie wollen.«

»Und was ist eigentlich mit dieser anderen Frau, dieser ... ähm, Sie wissen schon.«

»Bischoff«, sagte Rosa.

»Ja, genau ... die mir dieses Dings um die Ohren gehauen hat. Wo ist die eigentlich? Und warum kümmert sie sich nicht um den Jungen? Soweit ich gelesen habe, ist sie die Schwester der Toten.«

»Sie wusste nichts von dem Jungen.«

»Ach, ja?«

»Hat sie gesagt.« Rosa seufzte leise. »Steht alles im Protokoll ... die Unterlagen, die ich Ihnen hingelegt habe.«

Eschenbach erinnerte sich nur schwach. Er hatte die Mappe gestern mitgenommen. Plötzlich war er sich nicht mehr sicher. »Und dort hat alles dringestanden?«

Rosa nickte. »Sie sollten sich etwas ausruhen, Kommissario. Sie gönnen sich keine Ruhe. Aber das geht so nicht.«

»Und wer kümmert sich um den Fall ... Das geht den Bach runter, ich spür's. Uns läuft die Zeit davon, Frau Mazzoleni. Wir können nicht seelenruhig warten, bis das Zimmer neu tapeziert und Teppiche gelegt ... Ich werd sonst noch verrückt.« Eschenbach spürte, wie ihn die Kräfte verließen.

»Aber es ist doch ein Unfall«, seufzte Rosa. »Und den Bericht ... also den schreibt der Claudio Jagmetti jetzt ... Ich dachte, das wüssten Sie bereits. Kobler hat ihn darum gebeten. Sie hat auch gesagt, sie würde mit Ihnen reden.«

»Ach so.« Eschenbach sank in sich zusammen. Er hatte geglaubt, er würde es packen, am Morgen noch, als er sich die Bartstoppeln aus dem geschundenen Gesicht rasiert hatte – auch noch im Auto. »Ein Unfall«, murmelte er. »Ein Unfall ist es erst dann, wenn ich es sage. Ich bin noch immer der Chef hier ... und wir haben einen Zeugen. Solange der Kleine nichts sagt, ist es ein Fall,

Frau Mazzoleni. Mein Fall, um ganz genau zu sein – und kein Unfall.« Eschenbach starrte auf die kahlen Wände. Erst noch war er guter Dinge gewesen, und nun das. Die Zuversicht ist eine falsche Schlange, dachte er. Ein Dreckstück.

»Soll ich Ihnen einen Tee machen«, kam es zaghaft von Rosa.

Eschenbach schüttelte den Kopf. »Nein, danke«, sagte er.

Natürlich wusste er, dass er angeschlagen war. Dafür reichte ein Blick in den Spiegel. Dass man ihn hinter seinem Rücken auszählte, hatte er nicht für möglich gehalten.

Er nahm die Krücken, die er neben sich auf den Boden gelegt hatte. Sitzend hielt er sich einen Moment daran fest. Der Schmerz, den er verdrängt hatte, meldete sich zurück und kroch das Bein hoch, in seinem Kopf hämmerte es wieder. Es war alles zu viel. Eine späte Eingebung, Eschenbach merkte es: Er hatte sich überschätzt.

»Warum hat sich eigentlich von Matt noch nicht gemeldet?«

Rosa zuckte die Achseln und verließ sein Büro.

8

Zweimal an diesem Abend hatte Claudio Jagmetti ihn angerufen. Eschenbach erkannte die Nummer auf dem Display, als er mit leichtem Fieber kurz nach Mitternacht aufwachte. Er lag auf seinem Bett, trug noch immer Straßenkleidung. Seit wann schlief er?

Gegen drei Uhr morgens musste er sich übergeben. Der Kommissar nahm die Schmerztabletten, die ihm Dr. Häberli mitgegeben hatte. Kapitulation auf der ganzen Linie, dachte er.

Kurz nach acht riss ihn die Türklingel aus dem Tiefschlaf. Benommen stand Eschenbach auf. Er nahm seine Jeans, fädelte den Gips durchs Hosenbein und suchte seine Krücken. Weil er sie nirgends finden konnte, humpelte er zum Türöffner. Der Kommissar fühlte sich elend.

Wieder klingelte es. Zweimal.

Es war Jagmetti.

»Warum musst du immer zweimal läuten?«, fragte Eschenbach gereizt, als der Bündner in die Wohnung trat.

Claudio streckte ihm die Gehhilfen entgegen. »Sind das deine?«

»Ja, verdammt.«

»Standen hier draußen an der Wand … Hast du einen Moment Zeit?«

Jagmetti wirkte unsicher. Eschenbach merkte es sofort. Die dunklen Augen seines Kollegen wichen ihm aus, suchten den Boden und die Wände. Das sonst so selbstsichere Grinsen glich einem verlegenen Lächeln.

»Kaffee oder Tee?«

»Egal.«

Sie gingen in die Küche und sahen schweigend zu, wie die Espressomaschine ihre Arbeit verrichtete.

Claudio fuhr sich durch sein dunkles, fast schwarzes Haar. Seine hohen Wangenknochen glänzten in einem satten Braun.

»Du siehst aus wie ein Skilehrer«, fuhr Eschenbach ihn an.

»Ich kann auch nichts dafür ... bin halt ein dunkler Typ.«

»Du schreibst diesen Bericht«, sagte der Kommissar. Sein Tonfall wurde milder. »Hat mir Rosa gesagt. Ist lieb gemeint, aber nicht nötig. Bin wieder voll hergestellt ... siehst du ja.«

Claudio nickte, sah Eschenbach an und verzog den Mund.

Der Bündner war ein zuverlässiger Kamerad, Eschenbach wusste es nur zu gut. Ein Talent, vielleicht der beste Assistent, den er je gehabt hatte. Und weil gute Leute ihren eigenen Weg gehen, hatte er ihn damals nach Chur ziehen lassen. Schweren Herzens zwar, aber nicht ohne Hintergedanken. Denn als einer von Eschenbachs Bereichsleitern Ende des vergangenen Jahres pensioniert worden war, holte er Claudio zurück nach Zürich. Er gab ihm den Job, und mehr noch: Er machte Jagmetti zu seinem Stellvertreter.

Das System, in dem Dienstjahre mehr wogen als Leistung, schien damit aus den Fugen geraten zu sein. Auch heute noch, fünf Monate nach Verkündigung dieser Sensation, gab es eine Reihe von Beamten, die Eschenbach deshalb die Krätze an den Hals wünschten. Und so, wie er im Moment aussah, dachte der Kommissar, waren sie einigermaßen erfolgreich gewesen.

»Der Junge ist weg«, sagte Jagmetti leise. Sein Blick hing ausdruckslos an den Küchengardinen.

»Wie bitte?« Eschenbach riss die Augen auf. Mit einem Schlag war er hellwach. »Sag das noch einmal.«

»In diesem Heim in Stäfa ... Also offenbar hat ihn dort jemand abgeholt. Gestern Abend. Jedenfalls sagt das der Heimleiter. Bangerter heißt der ... Und eigentlich habe ich gehofft, du wärst das gewesen.«

»Bist du wahnsinnig?«

»Es war jemand von der Polizei, sagen die dort. Ich hab dich gleich angerufen, aber du hast dich nicht gemeldet.«

»Herrgott«, entfuhr es Eschenbach.

»Aber das ist noch nicht alles. Kobler ist ziemlich aufgebracht wegen allem. Um ehrlich zu sein, sie hat getobt.«

»Und?«

Claudio fingerte an der Kaffeetasse, setzte zu einem Schluck an und ließ es dann doch bleiben. Zweimal räusperte er sich. Sagte »Also« und »Ähm«.

»Mach's kurz, Claudio. Ich bin einiges gewohnt.«

Jagmetti streckte den Hals. »Du bist raus, hat sie gesagt.«

»Ach so.« Eschenbach schluckte. Dann erhob er langsam die Stimme: »Und aus was bin ich raus, wenn ich fragen darf?«

»Du sollst dich erholen. Ferien ...« Claudio stockte. »Und ich soll vorübergehend einspringen, verstehst du? Bis es dir wieder bessergeht.«

»Den Sechseläuten-Fall?«

»Nicht nur«, Claudio räusperte sich. »Alles, hat sie gesagt. Ich soll dich quasi ad interim vertreten ... Vorübergehend natürlich ... das war meine Bedingung. Vorübergehend, sonst käme es nicht in Frage.«

»Sehr witzig, Claudio.«

»Sie will dich sehen.«

»Wann?«

»Um zehn.«

Eschenbach sah auf die Uhr. »Das ist in einer Stunde.«

Claudio nickte. »Eigentlich bin ich gekommen, um dich abzuholen.«

Eschenbach blinzelte. »Für ein Meeting mit Kobler? Das hättest du mir gleich sagen können«, schnauzte der Kommissar. Er trank den Espresso in einem Schluck, dann nahm er seine Krücken: »Ich geh noch kurz ins Bad.«

Was lief schief? Der Kommissar sah nicht klarer, als er in den

Spiegel blickte, den kalten Waschlappen auf seine Stirn drückte und sich danach wusch. Keine Ahnung, wohin man den Kleinen gebracht hatte, den Jungen, den Lara Bischoff offenbar nicht kennen wollte. Und Salvisberg, weshalb meldete sich der Pathologe nicht? Hoffentlich hatte Kobler Antworten auf diese Fragen. Und Gründe, warum sie ihn aus der Sache raushalten wollte. Seit dem Sechseläuten hatte er seine Chefin nicht mehr gesehen.

Koblers Büro war ein Eckzimmer, groß und hell. Durch die schräg gestellten Jalousien fiel die Frühlingssonne in milchigen Lagen ein, wie große Leintücher aus Crêpe de Chine zog sich das Licht durch den mächtigen Raum. In der Ecke, die nicht den Fenstern gehörte, stand eine Sitzgruppe von Le Corbusier: kubisch, in mattschwarzem Leder.

Als Eschenbach nach kurzem Klopfen eintrat, erhob sich die Polizeichefin von der Couch, breitete zum Gruß die Arme aus und meinte: »Kommen Sie, mein Lieber. Setzen Sie sich zu uns.«

Ein Mann erhob sich ebenfalls. Er war groß, schlank und hatte, wie es bei großen Menschen häufig der Fall war, eine leicht vornübergebeugte Haltung.

»Das ist Alexander Kronenberger. Er ist Anwalt«, sagte Kobler.

Nachdem der Kommissar beide mit Handschlag begrüßt hatte, setzten sie sich. Eschenbach saß neben seiner Chefin. Für einen kurzen Augenblick sah er in die wässerig-blauen Augen seines Gegenübers. Ein Anwalt.

Dann begann Kobler mit einem sorgsam vorgetragenen Monolog: »Sie fragen sich vielleicht, weshalb Herr Kronenberger hier ist. Nun, er vertritt die Interessen der Familie Bischoff, in diesem Fall jene der Verstorbenen Charlotte Bischoff und ihrer Schwester Lara Bischoff. Mit der Zweiten haben Sie, wenn ich so sagen darf ... ein etwas unglückliches Rencontre erlebt, in Wädenswil. Ich habe das leider erst im Nachhinein vernommen. Reichlich spät, wenn ich mir die Bemerkung erlauben darf.«

Eine kurze Pause trat ein.

»Herr Kronenberger arbeitet übrigens auch für die FIFA, bei der die Tote als Sekretärin des Vorstands angestellt war.« Kobler machte einen unglücklichen Eindruck. »Und was die Vorkommnisse beim Sechseläuten betrifft: Es sind Fragen aufgetaucht, die Herr Rechtsanwalt Kronenberger wohl am besten gleich selbst vorbringen wird.«

»Nehmen Sie Wasser?« Das war die erste Frage, die der Anwalt stellte. In einem ruhigen, weichen Bariton.

Eschenbach nickte. Er sah zu, wie Kronenbergers feingliedrige Hand die Karaffe führte, ihm einschenkte und sie behutsam zurück auf das Rauchglas des Couchtisches stellte. Danach nahm der Anwalt ein paar Dokumente aus seiner Aktenmappe und legte sie vor sich auf den Tisch. »Sind Sie Arzt, Herr Eschenbach?«, begann er beinahe beiläufig.

»Ich bin Polizist.«

»Aha. Also kein Arzt.«

»Nein. Aber wenn Sie auf Charlotte Bischoff anspielen«, sagte der Kommissar. »Es war ein Arzt anwesend.«

»Richtig.« Kronenberger nahm eines der Mäppchen, zog ein paar Papierstücke hervor und las: »Doktor med. dent. Krähenbühl.« Er zeigte Eschenbach ein Foto. »Ist er das?«

Der Kommissar erkannte den jungen Mann wieder und nickte.

»Sie wissen, was med. dent. bedeutet?«

»Ein Zahnarzt.« Eschenbach lächelte.

»So ist es in der Tat, Herr Kommissar: ein Zahnarzt.«

Eine Weile schwiegen beide. Eschenbach sah in das gleichmäßige Gesicht Kronenbergers. Es war gepflegt und gebräunt, mit hohen Wangenknochen und einer schönen Nase. Zweifellos war der Anwalt ein gutaussehender Mann, dessen Alter schwer zu schätzen war. Anfang sechzig vielleicht, dachte Eschenbach.

»Ich lese Ihnen nun einige Stellen aus dem Protokoll vor. So zum Beispiel die Aussage von Doktor med. dent. Krähenbühl.« Kronenberger nahm das Papierstück. »Ich war froh, als endlich jemand kam, der sich in solchen Fällen besser auskennt als ich ...«

»Das ist doch Blödsinn«, unterbrach ihn Eschenbach.

Kronenberger sah zu Kobler.

»Lassen Sie den Rechtsanwalt bitte ausreden.«

»Danke«, sagte Kronenberger und fuhr fort. »Offenbar haben Sie auf den Zahnarzt einen sehr kompetenten Eindruck gemacht. Jedenfalls gibt er weiter zu Protokoll – ich zitiere: Ich habe Herrn Eschenbach gefragt, ob er wisse, wie eine Herzmassage geht. Er hat dies eindeutig bejaht. Und als er sich auf die Frau draufsetzte und damit anfing, da musste ich davon ausgehen, dass Herr Eschenbach ein fachkundiger Arzt ist.«

»Es gibt eine Pflicht, Erste Hilfe zu leisten«, sagte Eschenbach.

Der Anwalt hob seinen Blick. »Richtig, Herr Kommissar. Die gibt es allerdings. Und ich kann nur hoffen, dass Sie die Pflichtkurse, die regelmäßig für Polizeiangehörige angeboten werden, auch besucht haben.«

»Mehr oder weniger.«

Kronenberger sah wieder zu Kobler.

»Machen Sie weiter«, forderte die Polizeichefin ihn auf.

Der Anwalt schob ein Blatt Papier über den Tisch zu Eschenbach. »Das ist Ihr Testat für den Grundkurs *Erste Hilfe*. Können Sie mir das bestätigen, Herr Kommissar?«

»Wenn es da steht.«

»Schauen Sie bitte auf das Datum. Es steht ganz unten links.« Kronenberger machte eine Pause. »Sehen Sie? Es ist nun schon zwölf Jahre her, dass Sie diesen Kurs besucht haben. Ein jüngeres Testat haben wir leider nicht gefunden.«

»Diese Kurse sind Pflicht«, sagte Kobler.

»Wie wollen Sie da heute noch in der Lage sein, Leben zu retten?«, fragte der Anwalt. »Ich meine, zwölf Jahre. Das ist eine lange Zeit. Ich kann mir nicht vorstellen, dass man da mit seinem Wissen noch à jour ist.«

Nach einem kurzen, zögerlichen Blickwechsel mit seiner Chefin erwiderte der Kommissar: »Nachher ist man immer klüger. Aber wenn Sie mir hier weismachen wollen, ich hätte da einfach tatenlos zusehen müssen …«

»Wir wollen gar nichts«, sagte der Anwalt in beschwichtigendem Tonfall. Wieder nahm er das Protokoll zur Hand: »Aber es waren durchaus kompetente Leute vor Ort, die zu professioneller Hilfe in der Lage gewesen wären, wenn Sie sich nicht derart aufgespielt hätten. Dr. Lawatzky zum Beispiel. Stationsarzt am Unispital Balgrist.« Kronenberger zitierte, was der Arzt zu Protokoll gegeben hatte: »Als ich zur Unfallstelle kam, da hatten sich bereits zwei Kollegen um die Verletzte gekümmert. Niemand sagte etwas oder bat um Hilfe.« Mit einem Seufzer ließ Kronenberger das Protokoll sinken und sah den Kommissar an: »Mit *Kollegen* meinte Dr. Lawatzky Berufsgenossen, Herr Eschenbach. Denn aufgrund Ihres Verhaltens, da musste er annehmen, Sie wären das. Tragisch, wirklich tragisch … Übrigens gibt es neuerdings Defibrillationsgeräte am Bellevue.«

»Sie haben mich maßlos enttäuscht, Eschenbach«, sagte Kobler und wandte sich an den Anwalt: »Zeigen Sie ihm die E-Mail.«

Wieder glitt ein Blatt Papier über den Couchtisch zu Eschenbach, und der Anwalt meinte mit nichtssagendem Lächeln: »In dieser Mitteilung wurden alle Angehörigen des Polizeidienstes auf die Defibrillationsgeräte hingewiesen. Standorte, Handhabung et cetera.«

»Ich habe das nie gesehen«, murrte der Kommissar. »Und ehrlich gesagt, weiß ich auch nicht, warum ich mir das alles anhören muss.« Er stand auf.

»Setzen Sie sich.« Kobler klang ernsthaft verärgert.

Eschenbach blieb stehen.

»Diese E-Mail wurde Ihnen zugestellt …« Der Anwalt nannte

Absender, Datum und Zeit. »Aber sie wurde gelöscht. Ungelesen, wie andere übrigens auch.«

Der Kommissar wunderte sich, woher der Anwalt diese Informationen hatte.

»Das ist einfach unglaublich. So kann es doch nicht weitergehen.« Kobler seufzte.

»Wenn Sie Ihre E-Mails nicht lesen, dann ist das eine Sache«, sagte Kronenberger. »Wenn Sie aber durch Inkompetenz und großspuriges Auftreten lebensrettende Maßnahmen fehlerhaft ausführen – in diesem Fall sogar behindern –, dann sind dies schwerwiegende Verstöße.«

Eschenbach schwankte etwas, mit dem ganzen Gewicht auf seinem unverletzten Fuß, und sah wie ein Habicht auf Kobler und Kronenberger hinunter. »Wenn Sie mir jetzt bitte erklären könnten, was Sie mit diesem ganzen Theater bezwecken? Es gibt Dutzende von E-Mails täglich. Möglich, dass ich gerade diese übersehen habe. Das geht, glaube ich, fast allen so. Und vielleicht habe ich auch nicht alles richtig gemacht. Möglich ist es ja. Aber wenn Sie mir die Schuld am Tod Ihrer Mandantin geben wollen ... Wenn Sie tatsächlich dieser Auffassung sind, Herr Kronenberger, dann müssen Sie mich verklagen. Dafür gibt es Gerichte.«

»Das wollen wir eben vermeiden«, erwiderte Kobler entschieden.

Kronenberger seufzte zustimmend.

Nachdem sich Eschenbach wieder hingesetzt hatte, hörte er sich schweigend an, was Kobler zu sagen hatte.

»Ich werde Sie vorläufig suspendieren, Eschenbach.« Und zu Kronenberger gewandt, meinte die Polizeichefin: »Selbstverständlich werden wir auch eine interne Untersuchung anstellen, allenfalls weitere Maßnahmen treffen, um dem Anliegen Ihrer Mandantin Rechnung zu tragen. Kurzum, wir werden alles tun, damit diese Angelegenheit zu keinem Rechtsstreit führt.«

»Ich werde das mit meiner Mandantin besprechen«, sagte der

Anwalt nachdenklich. »Einfach wird es allerdings nicht werden.«

»Tun Sie das bitte.« Kobler schien besorgt.

Eschenbach stand auf, nahm seine Krücken und verließ ohne ein weiteres Wort das Büro.

9

Einen Tag nach dem Sechseläuten, am Dienstagnachmittag um halb vier, saß Lara Bischoff am Schreibtisch, in ihrer Suite im Hotel Widder am Rennweg, und starrte auf ihren Laptop. Zu ihrer großen Überraschung war es kein Dokument, das auf der CD gespeichert war.

Es war ein MP3-File. Lara klickte es an. Was um alles in der Welt hatte ihr Charlotte hinterlassen?

Am Abend, als sie in Wädenswil gewesen war, in Charlottes Wohnung, da hatte sie den Umschlag entdeckt. Während sie auf Charlotte wartete, war sie unruhig durch die Wohnung getigert. Er hatte auf dem kleinen Sekretär beim Eingang gelegen. *Für Lara*. In Charlottes Handschrift.

Lara hatte das Kuvert eingesteckt, in die Innentasche ihres Mantels, noch bevor die Sache mit diesem Polizisten passiert war. Ein Glück, denn zurück in die Wohnung war sie seither nicht mehr gegangen.

Das Medienprogramm ihres Computers startete.

Der Lautsprecher knackte.

Ein paar Sekunden geschah nichts, dann ertönte eine Männerstimme: »Also wir fangen an. Schießen Sie los!«

Lara zuckte zusammen. Sie hatte den tiefen, rauchigen Bariton sofort wiedererkannt. Es war die Stimme ihres Vaters.

Lara saß wie versteinert vor dem Computer. Das Rascheln von Papier war zu hören.

»Sie können jetzt sprechen«, sagte ihr Vater.

Wieder raschelte es. »Ich darf doch ablesen?«, fragte eine zweite Stimme. Auch ein Mann. Und wie Laras Vater sprach er Deutsch – allerdings mit einem starken Schweizer Akzent.

»Sicher können Sie es ablesen.«

»Also.« Der Mann, dessen Stimme Lara nicht kannte, räusperte sich. »Ich habe keine Überschrift. Soll ich kurz sagen, worum es geht?«

»Lesen Sie einfach«, erwiderte ihr Vater. »Erzählen Sie, was Sie herausgefunden haben. Es ist ja eine Art Forschungsbericht ... Das können wir ruhig so sagen, nicht wahr? Wir werden's dann schon ins Reine bringen. Keine Sorge. Schreibkräfte habe ich genug.« Laras Vater lachte.

»Es geht also um die Versorgung der weggenommenen Kinder«, sagte der Mann.

»Genau.«

»Aus den Unterlagen und Darstellungen, die ich gefunden habe, wird ersichtlich ... [Rascheln] – ich überlasse Ihnen dann das ganze Material. Ist Ihnen das recht?«

»So haben wir es vereinbart.«

Es raschelte wieder. Dann fing der Mann, dessen Stimme Lara nicht kannte, an zu sprechen; er las vor.

[Der Fremde]: Also. In der Zeit von 1926 bis 1973 hat das »Hilfswerk für die Kinder der Landstrasse« über 600 jenische Kinder ihren Eltern und Verwandten weggenommen. Man wollte sie Sippe, Kultur und Tradition entfremden. Ich sag das einfach nochmals als Einleitung, damit man weiß, um was es hier geht.

[Laras Vater]: Das ist gut so, erzählen Sie weiter.

[Der Fremde]: Man hat die Kinder nicht zentralisiert in speziellen Anstalten versorgt, wie das bei früheren Maßnahmen zur Bekämpfung der Vagantität mit Hilfe von Kindswegnahmen der Fall gewesen war. So hätten die Eltern ihre Kinder ja leicht

wiederfinden können. Aber im Seilergraben 1 in Zürich, dem langjährigen Sitz des Pro-Juventute-Zentralsekretariats – gleichzeitig die Adresse des Hilfswerks –, fanden die Eltern ihre Kinder nicht. Siegfried hat sehr bewusst Lehren gezogen aus früheren Umerziehungsversuchen an Kindern von Fahrenden.

[Laras Vater]: Dr. Alfred Siegfried war in den Jahren 1926 bis 1959 für das Hilfswerk verantwortlich. Er war zudem der Leiter der Pro-Juventute-Abteilung »Schulkind«.

[Der Fremde]: Das steht alles in den Unterlagen. Hätte ich es besonders erwähnen müssen? [Rascheln]

[Laras Vater]: Nein, ich sag's nur der Vollständigkeit halber. Machen Sie ruhig weiter.

[Der Fremde]: Also gut. In den »Mitteilungen des Hilfswerks für die Kinder der Landstrasse« vom September 1942 schreibt ebendieser Siegfried unter dem Titel »Aufbauende Fürsorge«, dass »man es sehr oft unterlassen habe, den Eltern die elterliche Gewalt zu entziehen ... mit dem Erfolg, dass diese jungen Menschen bald vollständig von den Sitten und Gebräuchen des fahrenden Volkes eingefangen wurden und den Weg ihrer Eltern gingen. Ein Psychiater, der sich mit Hunderten von Fahrenden abgegeben hat, fasst seine Meinung folgendermaßen zusammen: ›Das Zusammensein eines Kesslerkindes mit seinen Eltern kann in einer Stunde niederreißen, was in Jahren mühsam aufgebaut worden ist.‹ Eine fünfzehnjährige Erfahrung mit vielen hundert solchen Kindern hat uns davon überzeugt, dass dieser Ausspruch das Richtige trifft.«

Dasselbe wiederholt er dann in den »Mitteilungen« vom September 1943 im Artikel »Warum befasst sich Pro Juventute mit den Kindern des fahrenden Volkes?« sehr prägnant:

»Wer die Vagantität erfolgreich bekämpfen will, muss versuchen, den Verband des fahrenden Volkes zu sprengen, er muss, so hart das klingen mag, die Familiengemeinschaft auseinanderreißen. Einen anderen Weg gibt es nicht. Wenn es nicht gelingt, die einzelnen Glieder auf sich selbst zu stellen, so werden sie über kurz oder lang wiederum von ihrer Sippe eingefangen; alles, was man für sie getan hat, ist verloren.«

Das Hilfswerk verteilte deshalb die weggenommenen Kinder so dezentral wie möglich. Kinder, die im Tessin ihren Familien weggenommen wurden, kamen in Aargauer Anstalten, Bündner Kinder als Verdingkinder zu Schaffhauser oder Solothurner Bauern. Das Hilfswerk bediente sich dabei sowohl des Verdingkinderwesens und der staatlichen Anstalten verschiedener Kantone als auch der Anstalten des katholischen Sozialwesens, beispielsweise der Waisenhäuser der Menzinger und Ingenbohler Schwestern, der Heime und Pflegeplatznetze der Seraphischen Liebeswerke Luzern und Solothurn sowie der klosterähnlichen Mädchenheime der Kongregation Unserer Frau von der Liebe des Guten Hirten. Sogar im Mädchenheim des Guten Hirten Straßburg, also im Ausland, versteckte Siegfried eine größere Anzahl von jenischen Mädchen aus der Schweiz.

Am liebsten platzierte Siegfried die weggenommenen jenischen Kinder bei Pflegeeltern, die an einer Adoption interessiert waren. Sie haben auch ein solches Kind adoptiert, haben Sie mir erzählt.

[Laras Vater]: Ja. Fahren Sie fort.

[Der Fremde]: Bei diesen Adoptionen muss genau abgeklärt werden, ob sie gemäß den gesetzlichen Vorschriften vor sich gingen ... Ich meine natürlich jetzt nicht Ihren Fall, Herr Bischoff ... das ist ganz allgemein, im Sinne meines Berichts ...

[Laras Vater]: Sie müssen sich überhaupt nicht rechtfertigen. Es ist so, wie ich gesagt habe, Klarheit und schonungslose Aufdeckung der Fakten.

[Der Fremde]: Richtig. [Rascheln] Also … Wo war ich stehengeblieben?

[Laras Vater]: Adoption.

[Der Fremde]: Richtig. [Räuspern und Rascheln] Also bei dieser Versorgungsart, für die hauptsächlich sehr kleine und hübsche Kinder, vorzugsweise Mädchen, in Frage kamen, konnte in den glücklicheren Fällen das Kindswohl – in einem problematischen, rein individualistischen Sinn verstanden – mit dem übergeordneten Ziel der Entfremdung von der jenischen Kultur und Identität kombiniert werden. Denn sobald die Kinder adoptiert worden waren und ihren ursprünglichen Familiennamen nicht mehr trugen, waren sie für ihre Eltern praktisch unauffindbar. Es sind mir auch einige Fälle bekannt, wo die Pflegeeltern wider Erwarten plötzlich eigene Kinder bekamen und dann aus Gründen des Erbrechts auf eine Adoption des jenischen Pfleglings verzichteten – diese Kinder wurden wie überschüssige Ware ans Hilfswerk retourniert, weitergegeben und gehandelt und fanden selten mehr ein gutes Ende.

Jede Faser in Laras Körper war angespannt. Sie hatte in den kurzen Pausen, die der Fremde machte, immer wieder eingreifen wollen. Etwas sagen, einfach irgendetwas sagen wollen, das dieser unheilvollen Geschichte etwas Menschliches verleihen würde. So wie sie als Kind, wenn sie nachts durch den Wald gegangen war, laut gesungen hatte.

Aber für diese Dunkelheit gab es nichts. Kein Lied. Kein einziges Wort dagegen.

[Der Fremde]: Am ehesten konnten die fahrenden Eltern ihre weggenommenen Kinder in Waisenhäusern und Erziehungsanstalten wiederfinden. Drohende Kontakte der Eltern zu ihren Kindern unterband aber Siegfried, wenn möglich, durch sofortige Umplatzierung. Die Entfremdung von den Eltern und Verwandten, von der jenischen Kultur und Lebensweise war das Erziehungsziel, das vor allem anderen, auch noch vor dem Wohl des Kindes, höchste Priorität hatte. Dass die Kinder bei den Wegnahmen traumatisiert wurden, dass ihr Trennungstrauma durch die häufigen Heim- und Pflegeplatzwechsel stets neu vertieft wurde, all das wurde der »Bekämpfung der Vagantität«, der radikalen Zerstörung der kulturellen Identität der weggenommenen jenischen Kinder, untergeordnet. So wechselten einzelne Mündel Siegfrieds ihren Pflegeplatz Dutzende von Male, eines durchlief insgesamt neunundvierzig Versorgungsplätze.

Die Folgen der Traumatisierung der weggenommenen jenischen Kinder waren entweder Abstumpfung oder Auflehnung. Beides erklärte die Ideologie des Hilfswerks mit der erblichen Belastung seiner Zöglinge und bestrafte sie mit noch schlechterer Behandlung. Dies führte dann dazu, dass sich die Symptome der Traumatisierung verstärkten. Am Ende dieses Teufelskreises kam es in zahlreichen Fällen zu willkürlichen Versorgungen in einer der Abteilungen der Strafanstalt Bellechasse, Kanton – Fribourg. [Räuspern]

Es dauerte eine Weile, bis Lara realisierte, dass die Aufzeichnung zu Ende war. Sie suchte nach weiteren Dateien auf der CD, nach irgendetwas, einer Fortsetzung oder mindestens einer Erklärung. Aber sie fand nichts. Und weil es nichts anderes gab als diese eine Aufzeichnung, hörte sich Lara sie noch ein zweites Mal an. Und danach noch ein drittes und viertes Mal.

10

Er hat alles aus nächster Nähe mitgekriegt. Glaub mir, Claudio. Der Kleine hat etwas gesehen. Du musst dem nachgehen.«

»Und du bist wirklich suspendiert?«

Der Kommissar zuckte die Achseln.

»Dein Büro hat er angezündet.«

»Das heißt aber nicht, dass wir den nicht suchen müssen. Und bitte klär endlich ab, was in diesem Heim gelaufen ist.«

»Verdammt, ja«, sagte Claudio und blies sich eine Haarsträhne aus dem Gesicht.

Gleich nach dem Meeting mit Kobler und dem Anwalt hatte Eschenbach Jagmetti angerufen. Nun saßen sie in der Lounge des Restaurants Hiltl, tranken in der dritten Runde Espressi und überlegten sich seit einer Stunde, ob sie doch noch etwas essen sollten oder nicht.

»Und trotzdem hat Kobler den Jungen nicht mit einem Wort erwähnt«, sagte Eschenbach.

»Es geht um die Befindlichkeit höherer Kreise. Diese Lara Bischoff, die dir dieses Ding übergebraten hat ...«

»Es war Gusseisen, Claudio. Schwere Kanone.«

»Also gut. Und diese Frau ... die ist noch um einiges schwerer. Hast du den Bericht gelesen?«

»Ja ... Nein. Ich weiß nicht. Es war alles ein bisschen viel.«

»Lara Bischoff ist ein hohes Tier bei Goldmann Investments Ltd., mit Hauptsitz in London. Britische Hochfinanz ist das. Ich habe etwas recherchiert. Die beraten die FIFA schon seit Generationen. Verstehst du jetzt? Das ist ein dicker Dackel.«

»Charlotte Bischoff hat auch bei der FIFA gearbeitet, als Vorstandssekretärin«, sagte Eschenbach.

»Ich hab mit Christoph Klöti gesprochen«, sagte Claudio. »Das ist einer der beiden Polizisten, die nach Wädenswil ausgerückt sind und die Bischoff dann mitgenommen haben.«

Eschenbach erinnerte sich und nickte.

»Beide wurden abgemahnt. Es gab ziemlichen Zoff. Aber am besten erzähl ich dir das alles der Reihe nach. Also, die nehmen die Bischoff im Wagen mit und fahren mit ihr auf die Wache. Für den Papierkram. Du kennst es ja. Von dort aus hat sie dann den Anwalt angerufen.« Jagmetti rollte mit den Augen. »Kronenberger heißt der. Doktor Kronenberger.«

»Ich hab ihn heute kennengelernt.«

»Und diese Lara Bischoff ...«, fuhr Jagmetti fort. »Nachdem sie sich beruhigt hatte, sagte die kein einziges Wort mehr. Wie ein Kühlschrank, hat Klöti gesagt. Hat sich mit ihrem Anwalt ausgetauscht, und der diktierte dann, was laut seiner Mandantin vorgefallen war. Und ich sag dir, auf diesen zwei Seiten hagelt es nur so von Ungemütlichkeiten.«

»Zum Beispiel?«, fragte Eschenbach. Ungemütlichkeiten waren ein weites Feld, in dem er sich neuerdings recht gut auszukennen glaubte.

»Ungerechtfertigtes, gewaltsames Eindringen in eine Privatwohnung ...« Jagmetti versuchte die Formulierungen mit Händen aus der Luft zu greifen. »Unterlassene Hilfeleistung gegenüber einer schutzbedürftigen Person und so weiter. Den Wortlaut weiß ich nicht mehr ... geschliffener juristischer Wortschatz jedenfalls. Eine Reihe von Tatbeständen, Unterlassungen und Versäumnisse. Murphy's Law eben, fünf DIN-A4-Seiten voll.«

Eschenbach nickte, dachte an den Abrieb, den er zwei Stunden zuvor in Koblers Büro erhalten hatte, und setzte ein gequältes Grinsen auf. »Und dann trifft die Scheiße den Ventilator.«

»Genau«, sagte Claudio. »Weil dann hat er das alles direkt der Staatsanwaltschaft zukommen lassen. Per Kurier. Mit Kopien an Kobler und den Departementschef. Jetzt ist's politisch.«

»Das habe ich gemerkt.«

»Kobler meint, wenn sie dich aus der Schusslinie nimmt, lässt sich wenigstens das Schlimmste abwenden. Und dann hat sie Anweisungen gegeben, dass wir die Akte so diskret wie möglich schließen sollen.«

Der Kommissar bewegte sich nicht. Die letzten Worte erreichten ihn wie durch einen langen Korridor. Und als sie verhallt waren, kamen sie wie ein Echo wieder zurück.

Auch Jagmetti schwieg jetzt. Und als Eschenbach nach einer Weile noch immer nichts sagte, griff der junge Bündner zur Tasse auf dem Couchtisch und trank den kalten Espresso in einem Schluck.

»Und das willst du wirklich tun?«, fragte der Kommissar. Er richtete sich langsam auf, suchte eine Position, in der er bequem sitzen konnte. »Wir können das Ganze doch nicht ad acta legen, bevor wir diesen Jungen gefunden haben. Also ich meine natürlich du, Claudio. Du musst das tun. Denn ich bin ja jetzt weg vom Fenster ... das hat man mir überdeutlich klargemacht.«

»Ja, der Junge«, sagte Claudio finster.

»Das ist ein Zeuge, Herrgott noch mal.«

Claudio zuckte die Schultern. »Ich bin der Sache nachgegangen. Dieser Anwalt, Kronenberger, bis Ende letzten Jahres war der Partner bei einer Zürcher Anwaltskanzlei. Dann hat er diesen Posten bei der FIFA angenommen.«

»FIFA«, grummelte der Kommissar. »Das höre ich jetzt schon zum x-ten Mal. Was macht dieser Kronenberger dort eigentlich ganz genau?«

»Er ist Rechtskonsulent«, sagte Jagmetti. »So heißt das, glaube ich. Ich weiß allerdings auch nicht exakt, was so einer tut. Aber auf dem Organigramm der FIFA, da habe ich gesehen, dass er direkt dem Präsidenten unterstellt ist.«

»Dann ist er der Chefjurist dort«, warf Eschenbach ein.

»Eben. Das hat man mir auch gesagt«, meinte Jagmetti. »Und ich habe mich dann die ganze Zeit gefragt, warum kümmert sich der oberste Jurist einer Weltorganisation um diese Sache ... macht uns solche Probleme. Das ist doch irgendwie seltsam, finde ich.«

»Probleme, allerdings.« Eschenbach blickte nachdenklich zum Fenster hinaus auf die Straße. Er versuchte sich vergeblich an die Nacht in Wädenswil zu erinnern, an die Frau und daran, wie sie ausgesehen hatte. Eine Investmentbankerin? Aber er erinnerte sich an gar nichts.

Den Berichten nach mussten dieselben Beamten angerückt sein, die ein paar Stunden zuvor Rosa und den Jungen nach Hause gefahren hatten. Deshalb hatten sie ihn erkannt, als sie ihn blutüberströmt auf dem Boden gefunden hatten. Er, der verletzte Kripochef – was gab es da noch zu interpretieren. Täter oder Opfer? – eine Entscheidung, die bei Außeneinsätzen oft innert Bruchteilen von Sekunden gefällt wurde. Und nachträglich stellte sich manchmal heraus, dass man für die Beurteilung der Lage mehr Zeit gebraucht hätte. Wie viele Kriege waren aufgrund eines solchen Malheurs schon begonnen worden?

»Was denkst du?«, fragte Jagmetti.

»Dass wir uns warm anziehen sollten«, sagte Eschenbach in bedächtigem Ton. »Und dass wir diesen Jungen suchen müssen. Wenn wir ihn finden, und Glück haben, dann hilft uns der ein Stück weiter. Klein beigeben ist die letzte Karte, die wir spielen.«

»Ich mach das schon«, sagte Jagmetti.

»Kommt nicht in Frage«, sagte Eschenbach und stand auf. »Jetzt holen wir uns etwas zu essen und überlegen uns, wie wir das am besten anstellen.«

»Wenn du dich da nicht raushältst ...« Claudio stand nun ebenfalls auf. »Also das gibt Probleme, das sag ich dir.«

»Na und? Ein bisschen Gegenwind macht einen aufrechten Gang.«

Im Polizeigebäude an der Kasernenstrasse läutete pausenlos das Telefon.

Wer hat diesen Jungen gesehen? Die Frage stand im *Tagesanzeiger*, Inlandteil, rechts unten. Dazu gab es ein Foto vom Kleinen (samt ausführlicher Beschreibung) und eine Telefonnummer, unter der man sich kostenlos melden konnte.

»Ich hab so einen gesehen im Migros.« Der erste Anruf kam morgens um halb acht. Und der zweite Anrufer meinte: »In der Spielgruppe von unserem Jonas ist er. Das ist doch ein Ausländer, oder?«

»Er spielt Fußball beim FC Witikon«, lautete der nächste Hinweis.

»Macht endlich etwas gegen diese pädophilen Schweine!«

»Ich hab ihn im Fernsehen gesehen! Da bin ich mir ganz sicher.«

»Da sieht man, was man hat, wenn die Eltern arbeiten.«

»Wie hoch ist eigentlich der Finderlohn?«

Es hörte nicht auf.

Nach drei Stunden hatte Rosa rote Ohren. Zusammen mit zwei Mitarbeiterinnen des kantonalen Polizeidienstes nahm sie die Anrufe auf der Hotline entgegen. Kurz vor zwölf quoll ihr Notizblock über, vor lauter Schwachsinn, wie Rosa fand.

»Einfach weitermachen«, sagte Eschenbach.

In der Mittagspause holten sich Eschenbach und Rosa im Globus am Löwenplatz einen Salat: Tomaten mit Mozzarella, abgepackt in durchsichtigem Plastik. Außerdem gönnten sie sich eine Flasche Evian und zwei Erdbeertörtchen.

Der Freitagnachmittag verlief besser. Es kamen weniger Anrufe, und Rosa entwickelte zunehmend ein Gefühl dafür, was sie aufschreiben sollte und was nicht.

Zweimal hatte sie Elisabeth Kobler in der Leitung. Die Anrufe kamen über Jagmettis Durchwahl rein, doch Claudio telefonierte, und so landete Kobler bei Rosa. Gereizt erkundigte sich die Chefin, ob die Anzeige schon etwas Brauchbares ergeben habe.

Am Abend und am nächsten Morgen befragten Eschenbach und Claudio die Leute persönlich, deren Angaben sich vielversprechend angehört hatten. Genauer gesagt, Eschenbach führte die Gespräche, und Jagmetti protokollierte. Der Bündner nahm's gelassen.

Die meisten Zeugen kamen zu früh. Man hatte sie am Telefon gebeten, »pünktlich« zu erscheinen. Vermutlich war das ein Fehler gewesen, dachte der Kommissar.

»Ich bin jetzt dreiundachtzig und hab in meinem ganzen Leben noch nie etwas mit der Polizei zu tun gehabt.« Trotz frühlingshafter Temperaturen trug der Mann einen dunklen Flanellanzug und in seinem schütteren Haar pappte großzügig Brillantine.

Es kamen Frauen mit Kindern: »Ich kann sie doch nicht allein zu Hause lassen, oder? An einem Samstagmorgen, wenn die gar nicht zur Schule müssen.« Und ein Typ Anfang zwanzig streckte Eschenbach einen Strafzettel entgegen: »Wenn ich schon eine Aussage mache, dann nehmen Sie den doch bestimmt zurück.«

Obwohl das Wochenende begonnen hatte, ging es zu wie auf der Entbindungsstation. Und weil es im obersten Stock des Präsidiums keinen Warteraum gab, standen alle um Rosas Schreibtisch herum und erzählten ihre Geschichten.

»Das meiste hab ich schon gehört«, sagte Rosa am Nachmittag, als sie zu dritt über die Zeugenbefragungen berieten. Sie saßen am Besprechungstisch in Eschenbachs Büro. Es roch nach Farbe und frisch verklebtem Teppich.

»Rund die Hälfte können wir vergessen«, sagte Jagmetti. »Zwei haben den Jungen vermutlich zusammen mit dir gesehen.« Claudio sah zu Eschenbach. Und mit einem Blick zurück zu Rosa meinte er: »Ihnen überlasse ich die Protokolle, wenn's recht ist.«

Rosa lächelte tapfer.

»Und natürlich gehe ich davon aus, dass Sie den Unfug herausstreichen.« Jagmetti suchte einen Passus in den Notizen: »*Es war einer dieser Schlägertypen ... groß, mit dunklen Haaren. Der ist mit dem Kleinen am Feuer gesessen, beim Sechseläuten. Ich hab gleich gesehen, dass es so ein Pädophiler ist ...*«

»Die Leute schauen zu viel Krimis«, sagte Rosa und glättete mit den Händen ihren Rock.

»Ich muss«, sagte Jagmetti und sah auf die Uhr. »Heute Abend bin ich in Chur bei Freunden, und morgen früh haben wir einen Workshop – an einem Sonntag! Ich weiß nicht, wie es nun weitergehen soll. Gestern hat mir Kobler überraschend die Einsatzleitung von Eureka übertragen. Hans Würmelinger hatte einen Nervenzusammenbruch ... Vermutlich werde ich zu nichts anderem mehr kommen die nächsten Wochen.«

»Ach so«, murmelte Eschenbach. Wie ein Bär hockten ihm die Schmerzen im Nacken. Eureka hieß der Einsatzplan zur Gesamtüberwachung Großraum Zürich während der EURO 08. »Es wird schon«, sagte er.

»Es ist wie beim Fußball«, meinte Rosa. »Die Hoffnung stirbt zuletzt.«

Nachdem Jagmetti und Rosa gegangen waren, verfiel Eschenbach ins Grübeln. Erst sein Spitalaufenthalt, dann der verhängnisvolle Mittwochabend, an dem der Junge verschwunden war, und der Donnerstag bei Kobler. Nun war Samstag und vom Kleinen noch immer keine Spur. Es würde Tage dauern, bis man die Hinweise ausgewertet hatte. Vorausgesetzt natürlich, man hatte das Personal dazu. Aber ohne Leute? Wenn sich Jagmetti nicht mehr darum kümmern konnte, wer dann? Er selbst war schließlich suspendiert. Und Kobler hatte bestimmt schon bemerkt, dass er sich noch nicht aus der Sache herausgehalten hatte.

Der Kommissar streckte die Beine. Er fühlte sich erschöpft und auf eine ihm unbekannte Art machtlos. Was konnte er anderes tun als warten? Er beschloss, nach Hause zu gehen.

Auf dem Heimweg kaufte er bei Sprüngli am Paradeplatz einen Becher mit Birchermüsli, nahm ihn mit in seine Wohnung und schmierte in der Küche noch zwei Honigbrote.

Nachdem er gegessen hatte, widerstand Eschenbach der Versuchung, sich hinzulegen. Er trat auf die kleine Dachterrasse, um frische Luft zu atmen.

Irgendetwas lief verkehrt. Und ihm waren die Hände gebunden.

Der Kommissar wurde das Gefühl nicht los, dass es Koblers Strategie war, die Sache einzuschläfern, die Akte zu schließen, wie es Jagmetti formuliert hatte. Indem sie Claudio mit Arbeit zudeckte und ihn, Eschenbach, suspendierte. Er wusste nicht recht, wie er sich das Verhalten seiner Chefin erklären sollte. Elisabeth Kobler war grundsätzlich kein hinterlistiger Mensch. Dafür kannte er sie lange genug. Sie war ängstlich, auf ihre eigene Karriere bedacht. Aber noch nie hatte sie ihn auf eine solche Weise fallenlassen, nur weil jemand von außen etwas Druck gemacht hatte.

Er musste mehr über diese Bischoff herausfinden, nahm sich Eschenbach vor. Mit ihr reden, vielleicht.

Düstere Wolken hingen wie Baldachine über den Häusern. Womöglich war es doch so, wie man sagt: Ein später Tod des Böög bringt einen schlechten Sommer. Wenigstens musste er die Pflanzen nicht gießen, es würde wieder Regen geben, dachte der Kommissar. Die Glyzinie räkelte sich kraftvoll die Hauswand hoch, und das Basilikum strotzte in sattem Grün.

Eschenbach kam Rosa in den Sinn, wie rührend sie sich um den Jungen gekümmert hatte. Es war nicht zum Aushalten, sie mussten ihn einfach finden.

11

Als Eschenbach am nächsten Morgen aus einem tiefen Schlaf erwachte, wusste er zuerst nicht, welcher Tag es war. Er stand auf, ging in die Küche und machte Kaffee. Sein Blick schweifte zum Fenster hinaus. Es nieselte. Der Regen ließ die braunroten Ziegeldächer glänzen. »Kein schöner Lenz«, murmelte der Kommissar. Aber er fühlte sich etwas besser.

Unter der Dusche hörte er das Telefon klingeln und dann Rosas Stimme auf dem Anrufbeantworter, sie klang aufgeregt und verärgert: »Um Gottes willen, Chef, warum erreiche ich Sie nie? Es ist Sonntagmorgen ... Schalten Sie doch wenigstens Ihr Handy ein.« Was Rosa sagte, schlug sich über drei Oktaven. »Stellen Sie sich vor, wir haben den Jungen gefunden ... in Chiasso, bei Leuten, die sagen, sie seien seine Pflegeeltern. Die Polizei ... in einem Mercedes, bevor sie nach Italien ... Sind Sie nicht da, Kommissario?«

»Die Tessiner Polizei hält ihn hoffentlich fest«, keuchte Eschenbach. Hellwach und mit dem Plastiksack, den er sich zum Duschen um seinen Gipsfuß gebunden hatte, war er zum Telefon gehumpelt.

»Ma certo«, sagte Rosa. »Und die Leute mit dem Auto auch ... Und sie wollen wissen, was sie tun sollen, die Polizei. Sie haben nur die Hotline. Aus der Zeitung, mit dem Bild. Vorhin haben sie mich angerufen, zum Glück war ich im Büro, der blöde Bericht, ach, bin ich froh!«

»Ich fahre gleich los.«

»Ich komme mit«, rief Rosa. »Und ich sag den Tessinern Bescheid, dass wir kommen, weil die sprechen nur Italienisch.«

»Also gut. In zwanzig Minuten im Büro.«

»Mamma mia, il bambino!«, fing Rosa von neuem an.

Der Kommissar legte auf.

Eine Stunde später saßen sie in Eschenbachs Volvo. Rosa erzählte alles noch einmal von vorne: diesmal in normaler Stimmlage und in klaren vollständigen Sätzen, aber immer noch in hohem Tempo. Der Kommissar konzentrierte sich aufs Fahren.

Auf dem Rastplatz bei Erstfeld wechselten sie die Plätze, Rosa setzte sich ans Steuer.

Eschenbach, der sich nun entspannen konnte, streckte die Beine. »Reden die Leute eigentlich?«, fragte er.

»Die Tessiner Kollegen haben gesagt …«

»Ich meine nicht die«, fuhr Eschenbach dazwischen. »Sondern die in Zürich, im Büro.«

»Wie meinen Sie das, Kommissario?«

»Über die Sache mit mir … was beim Sechseläuten passiert ist. Über diese Sachen halt.«

»Sie meinen, ob getratscht wird?«

»Ganz genau, Frau Mazzoleni. Gerüchte … Vermutungen, irgendwelche Theorien und Spekulationen. Na, Sie wissen schon.«

»Man wundert sich halt«, meinte Rosa, nachdem sie den Blinker gesetzt und die Spur gewechselt hatte.

»Wer wundert sich, und über was genau?«, wollte Eschenbach wissen.

»Aber Kommissario …« Rosa wechselte wieder die Spur. »Wenn man alles genau weiß, dann sind es doch keine Gerüchte mehr.«

»Ach hören Sie auf, Frau Mazzoleni. Erzählen Sie!«

»Also die Eva Kollreuter hat gesagt, dass es die Kobler ziemlich getroffen hat.«

»Getroffen?« Eschenbach schnaufte. Eva Kollreuter war

Koblers Sekretärin, eine zackige, kleine Vorarlbergerin, Anfang vierzig, die ihr Herz auf der Zunge trug und bekannt dafür war, dass sie Tacheles reden konnte. »Getroffen hat es mich. Sagen Sie mir jetzt, was die Kollreuter wirklich gesagt hat.«

»Dass sie kündigen werde, wenn es so weitergeht …« Und wie jedes Mal, wenn Eschenbach etwas gefragt hatte, wandte sich Rosa ihm zu.

»Schauen Sie um Himmels willen geradeaus«, rief Eschenbach, als er den Stau sah.

Rosa machte eine Vollbremsung.

Sie standen kurz nach Amsteg. Mühsam ging es im Schritttempo weiter, und etwas später, mit Blick auf das Kirchlein von Wassen, steckten sie mitten in einer Blechlawine.

»Wir wissen ja, wie unsere Chefin ist«, fuhr Rosa fort. »Aber die Kollreuter hat gemeint, nun sei es wirklich eine Katastrophe. Nichts ist mehr recht, was sie tut … und immer meckert die Kobler an ihr rum.«

»Vielleicht setzt dieser Anwalt sie tatsächlich unter Druck«, meinte der Kommissar. »Was denken Sie, Frau Mazzoleni? Vielleicht ist da noch etwas, das überhaupt nichts mit mir zu tun hat. Und die fechten ein Sträußchen aus, ganz oben.«

Rosa wagte einen kurzen Blick zur Seite. Dann zuckte sie mit den Schultern. Und wieder dem Verkehr zugewandt, sagte sie: »Das kann jetzt aber Stunden dauern.«

Eschenbach drehte am Radio. »Vermutlich wieder ein Unfall im Gotthardtunnel«, grummelte er.

»Acht Kilometer Stau am Nordportal«, meldete der Verkehrsfunk.

»Das kriegen wir schon hin.« Der Kommissar drehte sich nach hinten und wühlte in einer Tasche auf dem Rücksitz. »Da ist doch ein Blaulicht irgendwo.«

Kurz darauf zirkelte Eschenbach eine Lampe mit Magnetfuß zum Fenster hinaus aufs Dach. »Das habe ich schon lange nicht mehr gemacht. Hoffentlich funktioniert's.«

Das Licht begann sich zu drehen, und die Sirene heulte.

»Dann ab durch die Mitte«, sagte er.

Vor ihnen wichen die Fahrzeuge langsam nach rechts und nach links aus. Rosa steuerte den Wagen mit ausdrucksloser Miene durch die geteilte Blechflut in südlicher Richtung.

Erst als sie schon fast durch den Gotthardtunnel hindurch waren (ein ukrainischer Tanklastzug hatte tatsächlich ein Rad verloren, wie die Kollegen sagten; aber die Unfallstelle war bereits wieder geräumt), da fiel Eschenbach auf, dass seine Sekretärin noch immer die Sonnenbrille aufhatte. Sie lachte, als er sie darauf aufmerksam machte – und setzte sie ab.

Luigi Gaffuri von der *Stazione di polizia cantonale* in Chiasso stand Rosa in nichts nach, nur klang er wie ein Maschinengewehr. Er war klein und schwarzhaarig, trug einen schmalen Oberlippenbart, und auf den dunkelblauen Schulterpatten glänzten die zwei Streifen eines Oberleutnants. Wenn Gaffuri Luft holen musste, redete Rosa für ihn weiter. Es war wie in der Oper.

Eschenbach stand daneben. »Il bambino« hatte er verstanden und »inferno« – vom Rest nicht die Hälfte. Schon bald gab er es auf, aus den italienischen Bruchstücken, die sich ihm erschlossen, einen Zusammenhang zu zimmern.

»Am Wochenende ist hier die Hölle los«, übersetzte Rosa zwischendurch einen Satz. »Es ist purer Zufall, dass sie den Jungen entdeckt haben.«

»Und wo ist er?«, fragte Eschenbach.

Aber Gaffuri hatte schon den nächsten Wortschwall gestartet. Rosa warf ein »Sì, sì« ein und wartete ungeduldig, bis sie wieder an der Reihe war. Beide gestikulierten und lachten erleichtert und hörten selbst dann nicht auf, als Gaffuri seine Besucher aus der *Stazione* hinaus in ein benachbartes Bürogebäude führte.

Der junge Sergente hinter dem Computer lächelte zufrieden. Rosa hatte ihm in druckreifen Sätzen diktiert, was ins Protokoll gehörte. Er las es ihr noch einmal vor.

»Perfetto!« Rosa hob den Daumen, und nachdem die Papiere ausgedruckt waren, unterschrieb der Kommissar alles, was man ihm unter den Füller hielt.

Gaffuri, der sich zuvor entschuldigt hatte, kam mit dem Elan eines Feldherrn zurück; gemeinsam gingen sie zu den Arrestzellen.

Die Zellentür quietschte, als Gaffuri sie öffnete, und Eschenbachs Blick fiel auf zwei ältere Leute, die wie geprügelte Hunde auf einer Pritsche hockten.

»Das sind sie«, sagte Gaffuri.

»Und der Kleine?«, fragte Eschenbach.

Bevor Gaffuri antworten konnte, kam unter dem Bettgestell ein kleiner Wuschelkopf hervor. Skeptisch, wie jemand, der sein ganzes Leben nur angelogen worden war, lugte der Junge zum Zellenausgang. Dann verkroch er sich wieder unter dem Bett. Eschenbach und Rosa hatte er keines Blicks gewürdigt.

Das alte Ehepaar hatte sich in der Zwischenzeit erhoben. Sie sahen nicht mehr so bedrückt aus und wagten ein paar Schritte in Eschenbachs Richtung. Der Kommissar tat es ihnen gleich, streckte seine Hand aus und sagte seinen Namen.

Für die Fahrt zurück nach Zürich hatten sie sich aufgeteilt. Rosa nahm Eschenbachs Wagen und den Kleinen, der langsam auftaute, während der Kommissar mit den Leuten mitfuhr, im Fond eines nagelneuen Mercedes S 500.

Eschenbach rieb sich den Nacken. Plötzlich war ihm klar, wie knapp alles gewesen war. Fast Glück. Er hätte sich über den Erfolg ausgiebig freuen müssen. Jedenfalls länger, als er es tat. Denn sein Frohsein der ersten Stunde hielt nicht an. Zu viele Fragen drängten sich auf. Wer waren diese Leute? Weshalb flüchteten sie – und was hatten sie mit dem Kleinen vor? Eine Frage stellte sich vor die andere, laut und unbeantwortet.

Bevor sie losgefahren waren, hatte Gaffuri ihn gefragt, ob er für die Überführung nach Zürich Polizeischutz brauchte. Aber Eschenbach hatte dankend abgelehnt. Es waren alte Leute, die ihm beinahe ehrfürchtig Respekt zollten und mit denen er sich auf der Fahrt möglichst ungezwungen unterhalten wollte.

Sie hatten sich als Meret und Josef Kolegger vorgestellt. Ein Ehepaar in den späten Sechzigern; rüstig und misstrauisch. Der Kommissar hatte den Eindruck, diese Alten kämpften gegen das Leben, statt es zu genießen. Nur der neue Wagen passte nicht zu ihnen. Es war der falsche Rahmen zum Bild.

»Wie heißt der Junge denn?«, begann der Kommissar nach einer Weile.

»Latscho Bischoff heißt er«, sagte Josef Kolegger zögernd. »Er ist bei uns, seit er geboren wurde. Wir sind seine Pflegeeltern sozusagen. Seine Mutter ist ... Nun, sie war eine Freundin.«

»Gute Freundin«, ergänzte seine Frau. »Wie eine eigene Tochter.«

»Charlotte?«

»Sie wissen?« Frau Kolegger drehte sich um. Ihr dunkles Gesicht wurde von einem Nest aus wilden, grauen Haaren umrahmt und hatte tiefe Furchen. »Sie ist tot jetzt.« Ihr Blick flackerte kurz. Sie hatte dieselben indigoblauen Augen wie der Junge.

»Ja, ich weiß«, sagte Eschenbach. Er versuchte dem durchdringenden Blick standzuhalten, scheiterte aber.

Frau Kolegger drehte sich wieder nach vorne. »Mulo ...«, murmelte sie. »Der Mulo. Het gmuult und muuli gmalocht!«

Es klang wie ein Schwur.

»Tot«, sagte ihr Mann.

»Totgemacht«, sagte sie. »Charlotte war eine von uns.« Meret holte tief Luft, und der Alte fiel ihr ins Wort, in einer Sprache, die Eschenbach nicht verstand.

»Eine von uns?«, wiederholte der Kommissar.

»Ist es in Ordnung, wenn wir noch tanken?«, fragte der alte

Mann höflich. Als Eschenbach den Kopf schüttelte und nichts dagegen einwendete, bog er bei der nächsten Gelegenheit von der Straße ab und fuhr zu einer Tankstelle. Vor einer Zapfsäule stieg er aus.

Rosa, die ihnen gefolgt war, tat dasselbe.

»Weshalb totgemacht?«, fragte der Kommissar die Frau, die mit ihm im Wagen geblieben war.

Frau Kolegger sah eine Weile schweigend zu, wie ihr Mann den Zapfhahn bediente, und als Eschenbach seine Frage wiederholte, meinte sie brüsk: »Man stirbt nicht so jung.«

Ihr Mann ging zum Tankstellenshop und stellte sich dort in die Warteschlange. Eschenbach behielt ihn im Auge. Er sah nun auch, wie Rosa, die ebenfalls getankt hatte, zur Kasse ging. Sie hielt den Jungen fest bei der Hand. Einen Moment lang hatte der Kommissar ein ungutes Gefühl. Er dachte an das Angebot von Gaffuri.

Der Benzingeruch schlug dem Kommissar auf den Magen.

Aber alles ging gut. Mit einer Zeitung unter dem Arm und einer Flasche Mineralwasser kam der Alte zurück und stieg ein.

Bis zum Südportal des Gotthardtunnels kam kein anständiges Gespräch mehr in Gang. Es war wie beim Tennis, wenn das Gegenüber den Ball nicht ordentlich zurückspielte. Eschenbach gab auf und sah zum Fenster hinaus in die Wälder der Leventina.

»Wir fahren nicht durch den Tunnel«, verkündete Kolegger kurz vor der Ausfahrt Airolo. Er setzte den Blinker und zirkelte den Wagen von der Autobahn hinunter auf die Gotthardstrasse.

»Mein Mann hat Angst im langen Dunkel ... Claustrophobia sagt man, glaube ich.«

Eschenbach schnaufte. Seit der Tankstelle war Rosa vor ihnen gefahren. Nun hatte er seinen alten Volvo aus den Augen verloren. Er rief seine Sekretärin auf dem Handy an und erklärte ihr die Umstände. »Über den Pass, das dauert länger.«

Sie vereinbarten als Treffpunkt die Raststätte, auf der sie schon auf dem Hinweg angehalten und die Plätze getauscht hatten. »Ja,

Erstfeld«, sagte der Kommissar, und weil bei Rosa plötzlich die Sirene losging, schrie er es nochmals ins Telefon.

Das Adrenalin eines Morgens voller Aufregung machte einer flauen Müdigkeit Platz. Auf Eschenbachs Fragen hatten die alten Leute mit »später« geantwortet. Oder Herr Kolegger war ihm ausgewichen und hatte ihn vertröstet: »Wenn's wieder geradeaus geht und ich mich nicht mehr so konzentrieren muss, können wir uns weiter unterhalten.«

Dösend hing der Kommissar seinen Gedanken nach. Er musste irgendwie zu Informationen kommen. Jetzt, auf dieser Fahrt. Denn spätestens in Zürich würde er Latscho und die Leute Jagmetti übergeben müssen. Und was dann passierte, war ungewiss. Vielleicht gelang es Rosa, den Jungen zum Sprechen zu bringen. Rosa konnte mit dem Jungen. Und es war richtig, dass sie und er sich die Aufgaben teilten; dass Rosa es bei Latscho probierte und er mit den Pflegeeltern sprach. Getrennt voneinander. Vielleicht gab es irgendwann auch Antworten.

Es war kein Knattern und auch kein Rumpeln. Nur ein leichtes Kribbeln machte sich unter Eschenbachs Füßen bemerkbar. Pflastersteine? Der Kommissar richtete sich abrupt auf. »Mein Gott – Sie fahren ja die Tremola!« Eine einzige Haarnadelkurve hatte für diese Erkenntnis gereicht.

Die alte Gotthardstrasse – kaum mehr als ein Säumerpfad. Vor über hundert Jahren hatte man sie aus Millionen von faustgroßen Steinen zusammengeschustert. Eine Meisterleistung damals – heute schien es Irrsinn. Verwegene Motorradfahrer nutzten die Straße im Juli und August. Aber mit dieser breiten Karre – Eschenbach fuhr sich mit der Hand durchs Haar. »Kehren Sie um.«

»Wir fahren immer die Tremola«, sagte Kolegger. »Es gibt keine Möglichkeit, den Wagen zu wenden.«

»Die Straße ist für den Verkehr noch gar nicht freigegeben ...« Eschenbach fluchte. »Wenn wir Pech haben, liegt oben meterhoch Schnee.«

»Ich hab Antischlupf«, kam es vom Alten. »Das ist modernes Zeug, um besser auf Schnee und Eis fahren zu können. Computergesteuert. Und Winterreifen haben wir auch.«

»Unglaublich!« Eschenbach sah zum Fenster hinaus: Sein Blick folgte der Straße, die sich wie eine endlose Schlange, schmal und giftig, den Berg hinaufwand. Fassungslos ließ er sich zurück ins Polster fallen. Die Tremola, um diese Jahreszeit. Das Tessiner Straßenverkehrsamt wird den Schnee und die Geröllreste der Wintermonate noch längst nicht weggeräumt haben, dachte er. Was war bloß mit dem Alten los, war er übergeschnappt?

Die spitzen Kehren setzten dem Kommissar zu. Er war es nicht gewohnt, hinten zu sitzen; zudem drückte Kolegger seinen silbergrauen Boliden den Berg hoch, als reite ihn der Teufel.

An ein sinnvolles Gespräch war nun überhaupt nicht mehr zu denken. Kaum hatte Eschenbach eine Frage beisammen, schoss Kolegger auf die nächste Kurve zu, zog den schlingernden Wagen über Schnee und Eis nahe am Abgrund vorbei und murmelte etwas von Joe Siffert und dass es solche Rennfahrer heute leider nicht mehr gäbe. Eschenbach hielt sich am Griff über dem Fenster fest.

Kolegger drehte die Heizung auf, steckte sich eine Parisienne an. Rauchte und fuhr. Und nachdem der Alte eine Zigarette ausgedrückt hatte, folgte die nächste.

»Wenn es Nacht wird im Ticino«, sang Nella Martinetti im Radio. Eschenbach stand der kalte Schweiß auf der Stirn. Er schaffte es knapp über die lange Gerade auf der Passhöhe, vorbei am Hospiz und bis in die ersten Kurven auf der anderen Seite, die hinunterführten. Der Alte hatte auf die neue Gotthardstrasse gewechselt und setzte nun zu einem riskanten Überholmanöver an.

»Halten Sie an!«, rief der Kommissar dem rasenden Kolegger zu. »Halten Sie sofort an!«

In der dritten Kehre stand der Wagen still. Eschenbach stieg aus, hielt sich an der Leitplanke fest und übergab sich talwärts.

Ein steifer Wind fuhr ihm in den Nacken, er schauderte. Nach einer Weile ging es besser. Einatmen, ausatmen. Vor ihm lag eine Einöde aus Steinen und grau gewordenem Schnee. Zwei Bergdohlen stritten sich in der Luft.

Als sich der Kommissar wieder umdrehte, war der silbergraue Mercedes verschwunden. Eschenbach fluchte. Er blickte über die Leitplanke und sah, wie sich der Wagen weit unten durch die Kurven schlängelte.

12

Eine halbe Stunde verging, und Eschenbach fror. Er hatte sein Jackett auf dem Rücksitz von Koleggers Mercedes liegenlassen – und was viel schlimmer war: sein Handy auch.

Der Kommissar biss die Zähne zusammen, damit sie nicht klapperten. Hemd und Hose flatterten im eisigen Wind. Er probierte es mit Autostopp; stand einmal auf dieser, mal auf jener Seite der Straße.

Zuerst war er froh gewesen, dass er nicht schon auf der Tremola hatte aussteigen müssen. Hier fuhren wenigstens Autos. Aber was nützte es ihm, wenn keines anhielt? Nicht einmal die Holländer mit den Wohnwagen machten Anstalten, ihn mitzunehmen. Mit dem Daumen im Wind ging er bergwärts. Er musste Rosa Bescheid geben. Wenn es nicht anders ging, würde er zu Fuß zurück zur Passhöhe gehen, bis ins Hospiz, dort gab es Telefone. Einen besseren Plan hatte er nicht.

Er sah den Wagen erst, als er neben ihm hielt.

»Steigen Sie ein!« Es war Frau Kolegger. Sie hatte das Fenster heruntergelassen. »Na los, machen Sie schon.« Eschenbach sah, dass sie geweint hatte.

Im Wagen war es angenehm warm. Jackett und Handy fanden sich, wo er sie hingelegt hatte. Mit klammen Fingern tippte er eine SMS an Rosa: *Es wird später, bitte warten.*

Beim nächsten Kehrplatz wendete Kolegger den Wagen; nun ging es wieder talwärts Richtung Hospental. Eschenbach bekam langsam wieder Gefühl in seinen Fingern. Schweigend rieb er sich die roten Knöchel.

»Mein Mann hat gedacht, Sie haben Charlotte umgebracht.« Der Satz kam aus dem Nichts. »Er hat es in der Zeitung gelesen. Hier. Sehen Sie selbst.«

Frau Kolegger gab ihm die Zeitung. »Mein Mann hat Sie auf dem Bild erkannt. Als wir anhielten, an der Tankstelle. Das sind doch Sie, nicht wahr?«

Eschenbach stockte. Ein Großformat auf der Titelseite: angeschlagen, wie er war, mit Nasenschiene und finsterem Blick. Wer hatte ihn so abgelichtet? Darunter stand in blutigen Lettern: *Zürcher Polizist schuld am Tod des Opfers?*

»Unsinn«, sagte Eschenbach.

Frau Kolegger drehte sich nach hinten. Und wieder krallte sich ihr wässriger Blick an Eschenbach fest. »Wir haben gestritten, Josef und ich. Er wollte nicht, dass wir umkehren. Aber ich will wissen, was Sie getan haben ... wie das alles passiert ist.« Sie deutete auf die Zeitung. Eschenbach wusste nicht, was er sagen sollte. »Ja, das bin ich. Aber ich bin Polizist, verstehen Sie?«

»Das hat nichts zu sagen«, kam es von hinter dem Steuer.

»Gar nichts, allerdings«, wiederholte sie.

Eschenbach schüttelte den Kopf. Lag es an der Berichterstattung der Medien, oder hatten die Koleggers schlechte Erfahrungen mit der Polizei gemacht? In was für einer Welt lebten diese Leute? Der Kommissar überflog den Bericht. »Das ist doch Bullshit«, murmelte er und entschloss sich, den Koleggers die ganze Geschichte zu erzählen. Von Anfang an, so wie er sie erlebt hatte. Seine Version. Er machte keinen Hehl daraus, dass er einen Moment lang selbst befürchtet hatte, für den Tod von Charlotte verantwortlich zu sein. »Ich war da und musste helfen. Verstehen Sie? Ich konnte nicht danebenstehen und nichts tun.«

»Sie haben jemand behindert – einen Spezialisten. Steht in der Zeitung.«

»Ich habe niemanden behindert. Weshalb auch?« Eschenbach

sah Frau Kolegger an. »Ich wäre für jede Hilfe dankbar gewesen. Alles hätte ich getan, um das Leben dieser Frau zu retten.« Ratlos schweifte Eschenbachs Blick zum Fenster hinaus.

Am Straßenrand lag haufenweise schmutziger Schnee.

»Wenn Sie Charlotte nicht getötet haben, wer dann?«, fragte Kolegger.

Der Kommissar seufzte. »Den Berichten zufolge müssen wir von einem Unfall ausgehen.«

»Müssen. Warum müssen?«, meinte Kolegger aufgebracht. »Es war kein Unfall.«

»Dann helfen Sie mir«, sagte Eschenbach, der nun ebenfalls lauter wurde. »Sagen Sie mir endlich, was Sie wissen. Ich bin mir ja auch nicht sicher, was dort beim Sechseläuten vorgefallen ist. Herrgott!« Eschenbach versuchte sich zu beruhigen. »Der Einzige, der möglicherweise gesehen hat, was wirklich passiert ist, ist der Kleine. Latscho. Fragen Sie ihn.«

»Er schweigt«, sagte Meret Kolegger. »Er ist ganz verwirrt ... ein anderes Kind, seit das mit Charlotte passiert ist.«

»Das ist ja auch nicht verwunderlich«, meinte Eschenbach. Er war froh, dass sich die hitzige Diskussion etwas beruhigt hatte. »Wir müssen ihm Zeit geben, das alles zu verdauen.«

Beide nickten zustimmend.

»Wie haben Sie ihn denn gefunden?«, wollte der Kommissar wissen.

Meret und Josef Kolegger wechselten einen kurzen Blick. »Latscho hat uns gefunden.«

»Er wurde zu Ihnen gebracht, ist es das, was Sie mir andeuten wollen?«

Die alten Leute schwiegen. Der Kommissar spürte, dass er bei dieser Frage gegen eine Mauer rannte. Er würde es zu einem späteren Zeitpunkt nochmals probieren.

»Ist Ihnen noch kalt?«, fragte Frau Kolegger nach einer Weile. »Ich versichere Ihnen, Josef wird nun ordentlich fahren.«

Der Kommissar nickte. Ihm war noch gar nicht aufgefallen,

wie routiniert und rücksichtsvoll Kolegger inzwischen fuhr und dass er nicht mehr rauchte. »Sie haben das alles geplant ... ich meine, die Ausrede mit dem Tunnel und die Fahrt auf den Berg, bis es mir schlecht wurde?«

»Wir sind schon hundertmal durch den Gotthard«, sagte der Alte. »Wir sind Fahrende.«

Zum ersten Mal entdeckte der Kommissar ein Lächeln auf den Gesichtern der Koleggers.

Eschenbach erblickte Rosa schon von weitem. Auf dem Spielplatz der Raststätte saß sie mit Latscho auf einer wippenden Holzente und winkte. Um sie herum tobte gut ein Dutzend Kinder. Die Jungen jagten einem Ball hinterher. Andere warfen mit Steinen oder gingen mit Stecken aufeinander los, während die Mädchen mit Puppen, Puppenwagen oder einer Kombination aus beidem spielten.

»Hat er denn schon etwas gesagt?«, wollte Eschenbach wissen.

Rosa schüttelte den Kopf, strich dem Kleinen mit der Hand über sein gelocktes Haar und meinte: »Aber das wird schon noch, gell? Wir sitzen jetzt seit einer Stunde hier und schauen uns das an: Die Jungen verdreschen sich; die Mädchen trösten und heilen die Wunden.«

Latscho nickte.

»Ja, ja – die Bösen und die Guten«, sagte der Kommissar. Er kannte die Kriminalstatistik, auf die sich Rosa berief: fünfundachtzig Prozent der Gewaltverbrechen wurden von Männern begangen. Und was für den Kanton Zürich galt, war für den Rest der Welt nicht anders. »Aber der Gründer vom Roten Kreuz, Henri Dunant – das war ein Mann.«

Nachdem sich Eschenbach in der Raststätte ein Sandwich geholt hatte, gingen sie zurück zu den Autos.

Das Ehepaar saß auf einer Bank in der Nähe ihres Wagens und wartete. Der Kommissar gab Josef Kolegger die Autoschlüssel zurück. Er hatte sie dem alten Mann abverlangt, nachdem sie den Wagen geparkt hatten. Zweimal ließ er sich nicht austricksen.

»Wir belegen die Fahrzeuge wie vorher«, sagte der Kommissar.

Rosa nickte. Sie hatte Mühe, Latscho zu halten. Der Kleine wollte Meret folgen, die mit ihrem Mann langsam in Richtung des silbergrauen Mercedes weitergegangen war.

»Es kann losgehen.« Eschenbach saß bei den Koleggers auf dem Rücksitz und hatte sich versichert, dass Rosa und der Kleine ihnen im zweiten Wagen folgen konnten.

Hartnäckig versuchte der Kommissar, das Gespräch mit den alten Leuten wieder in Gang zu bringen.

»Charlotte war für uns wie eine Tochter«, begann Meret schließlich. »Wir haben keine Kinder, wissen Sie. Josef kann nicht … es ist nicht seine Schuld.« Frau Kolegger sah ihren Mann von der Seite an: »Ich darf das doch erzählen, Josef?«

Es folgten ein paar Sätze, die Eschenbach nicht verstand. Er fragte sich, in welcher Sprache sich die Koleggers unterhielten. Es klang irgendwie östlich. Waren sie keine Schweizer?

Nachdenklich blickte er aus dem Fenster. Sie befanden sich auf der Axenstrasse. Links von ihnen lag grauschwarz der Vierwaldstätter See. Der Kommissar suchte den Schillerstein, auf der anderen Seite des Ufers. Er konnte ihn nicht entdecken.

»Entschuldigen Sie.« Meret Kolegger. »Es ist privat. Mein Mann hat gemeint, es tut nichts zur Sache.«

»Und welche Sprache sprechen Sie, wenn's privat ist?«

»Wir sind Fahrende«, sagte Kolegger. »Haben wir Ihnen das nicht gesagt?«

Der Kommissar erinnerte sich. »Doch, natürlich. Roma also.«

»Nein, Jenische«, bemerkte Kolegger etwas empört. »Das ist ein großer Unterschied. So wie FC Zürich und Grasshopper Club.«

»Und Schweizer sind wir auch«, bemerkte Meret. »Wir verlassen unsere Standplätze ordentlich, nicht so wie diese Maanischen.«

Eschenbach grinste etwas verwirrt. »Dann sprechen Sie also Jenisch.«

»Richtig.«

»Und der Kleine, der spricht das auch?«, wollte er wissen.

Meret schüttelte den Kopf. »Ein paar Brocken ... nicht wirklich. Kinder schnappen es auf und bringen's dann wieder, so wie's gerade passt.«

Aber es passte nicht. Irritiert schob der Kommissar seinen Unterkiefer vor und rekapitulierte. »Sie sind Jenische. Fahrende. Schweizer. Das habe ich jetzt begriffen. Aber was Charlotte angeht ... da weiß ich, dass sie bei der FIFA gearbeitet hat und aus einer Familie kommt ... nun, ja, ich würde sagen: britische Hochfinanz. Und das alles geht irgendwie ganz schlecht zusammen, finde ich.«

»Finden Sie?«, fragte Meret. »Aber ich kann Ihnen das alles erklären.«

»Bitte.«

»Also: Sandro hat Charlotte damals zu uns gebracht. Vor zehn Jahren ungefähr. Es war Frühling, wie jetzt ... Ich kann mich gut erinnern. Wissen Sie, wir fahren dann weg. Nur den Winter, den verbringen wir in Zürich. Vor allem, seit wir älter geworden sind.«

»Wer um Himmels willen ist Sandro?«, fragte der Kommissar, dem langsam die Geduld ausging.

»Ein Freund von Charlotte. Er hat sich um sie gekümmert, als sie zurück in die Schweiz gekommen war. Ihr auch die Stelle bei der FIFA beschafft.«

Kolegger räusperte sich. Er sah seine Frau an und formulierte ein paar Sätze auf Jenisch. Meret überlegte, ihre Antwort fiel kurz aus. Dann wandte sie sich an Eschenbach: »Wir würden Sie gerne zu uns einladen ... auf einen Kaffee oder Bier – wie Sie wollen.«

Sie fuhren die Sihltalstrasse entlang im Schatten des Zimmerbergs. Hier und dort lagen geschälte Holzstämme am Wegrand; die Beute eines Holzfällerwinters.

»Wenn es dunkel wird, geht das Licht am Wagen an«, sagte Josef Kolegger und tätschelte stolz das Lederlenkrad seines Mercedes. »Ganz automatisch. Es ist ein tolles Auto. Sandro hat es uns geschenkt, weil wir uns immer um Charlotte gekümmert haben.«

»Und um Latscho auch«, fügte seine Frau hinzu.

»Eben.«

»Und dieser Sandro«, begann Eschenbach, der das Gespräch zurück auf den Punkt bringen wollte, »was tut der so, ich meine, ist er auch ein Fahrender?«

»Ja, ja, das ist er …«, meinte Kolegger heiter, so als hätte er gerade einen unanständigen Witz gehört. »Er kommt auf der ganzen Welt herum, und zwischendurch ist er in Zürich, wie wir. Das sind irgendwie auch alles Fahrende dort.«

»Mein Mann meint die FIFA«, erklärte Meret Kolegger.

»Die FIFA? Dieser Sandro arbeitet also auch dort?« Eschenbach war wie elektrisiert.

»Ein hohes Tier.« Kolegger trat einen Moment zu fest aufs Gas und musste wieder abbremsen.

»Nicht so wie der Präsident«, sagte sie.

»Aber trotzdem hoch …«, beharrte er. »Sandro Graf heißt er.«

»Sandro Graf also …« Eschenbach suchte Koleggers Augenpaar im Rückspiegel. Sein Instinkt war erwacht. Das konnte doch alles kein Zufall sein. Eschenbach versuchte ruhig zu bleiben, er wollte die Koleggers nicht verschrecken. Deshalb hätte er fast nicht mitbekommen, was Meret Kolegger sagte.

»Sandro ist, wie heißt das, juristischer Anstand oder Beistand, also so etwas Ähnliches.«

Eschenbach dachte nach. Seine Erregung war einer professionellen Gelassenheit gewichen. »Also wenn Sandro Anwalt ist und bei der FIFA arbeitet, dann rapportiert er an Kronenberger.«

»Wie meinen Sie das, rapportiert?« Meret war plötzlich etwas unsicher.

»Kronenberger ist der oberste Jurist dort. Und alle, die mit Juristerei zu tun haben, die berichten an ihn … arbeiten mit ihm zusammen.«

»Mit Kronenberger?«, fragte nun Josef.

»Richtig.«

»Eben.« Kolegger nickte. »Und der ist hoch, wie ich es gesagt habe.« Wieder wurden ein paar Sätze auf Jenisch gewechselt. Resigniert lehnte sich Eschenbach zurück in seinen Sitz und wartete.

»Wir sind gleich da«, sagte Kolegger, dem der Missmut des Kommissars nicht entgangen war. Er fuhr durch eine kaum belebte Quartiersstrasse.

»Gleich da«, wiederholte seine Frau, und Eschenbach überlegte, ob »da« auch »daheim« bedeutete.

13

Wie das Großmünster, der See oder das Opernhaus hatten auch die Fahrenden in Zürich einen festen Platz. Von Amtes wegen zugewiesen, in Zürich-Seebach; denn Ordnung musste sein. Und weil es in Zürich außer dem Tod nichts umsonst gab, zahlten auch die Radgenossen, wie sich die Gemeinschaft der Jenischen in Zürich nannte, für ihren Standplatz eine Miete. Sie zahlten sie an die Stadt, hochoffiziell, wie Kolegger betonte.

»Das Grundstück gehört der Stadt«, sagte er. »Obwohl die nie etwas dafür bezahlt haben, nämlich es wurde eingezont, das hat uns Sandro gesagt. Damals, in den zwanziger Jahren, zusammen mit der Gemeinde Seebach ...« Kolegger wich einem Fußball aus, der auf die Straße rollte. »Wir zahlen eigentlich für etwas, das die Stadt geschenkt bekommen hat ... Komisch, oder?«

»Stadt müsste man sein«, erwiderte Eschenbach.

Das Areal, auf das Kolegger mit seinem Mercedes zusteuerte, lag eingekesselt zwischen der vielbefahrenen Glattalstrasse und der Autobahn. Eine Nutzungsfläche, die normalerweise jedem Städteplaner schlaflose Nächte bereitet hätte.

Kolegger manövrierte den Wagen durch eine Einfahrt. Nun fuhren sie an einem Parkplatz vorbei. Ein einzelner riesiger Wohnwagen stand darauf. Daneben zwei dunkelblaue Karossen mit Anhängerkupplung am Heck, dieselbe Marke wie die von Kolegger, allerdings waren es ältere Modelle.

Der Volksmund lag falsch, fand Eschenbach: Es sah überhaupt nicht aus wie bei den Zigeunern. Was hatte er erwartet?

Natürlich gab es immer mal wieder Probleme in dieser Gegend. Wie andernorts auch. Einen lauten Streit, in dem jemand ein Messer zu Hilfe genommen hatte, und vor zwei Jahren eine Schießerei. Mal waren es Drogen, mal Diebstahl gewesen. Anwohner, die sich beklagten, weil im Freien zu laut Musik gehört wurde. Aber Tote oder ernsthaft Verletzte hatte es nie gegeben. Deshalb war er auch noch nie hier gewesen. Er hatte sich in seiner Laufbahn beinahe ausschließlich um Kapitalverbrechen gekümmert, und so gesehen, war dieser Fleck Erde – trotz kleinerer Delikte (Messerstechereien), Kleinkriminalität (Diebstahl) und aufmüpfigen Lärms –, wenn auch nicht ein weißer, so doch ein nur hellgrauer Fleck auf seiner Landkarte. »Richtig gemütlich haben Sie es hier«, sagte er auch deshalb, als der Wagen zwischen zwei Häuserreihen hindurchschlich. Rosa folgte vorsichtig mit dem Volvo. Wenn Eschenbach sich umdrehte, konnte er sehen, dass Latscho wild gestikulierte.

»Wir sind dreißig Parteien«, erklärte ihm Frau Kolegger freundlich. »Früher haben wir hier unsere Wohnwagen hingestellt, während der Wintermonate, wenn wir nicht unterwegs waren. Inzwischen haben die meisten aber ein Häuschen gebaut.«

Hinter einem Lattenzaun entdeckte Eschenbach ein Dutzend Gartenzwerge. Es hätte ordentlicher und aufgeräumter nicht sein können.

Natürlich waren die Häuser nicht aus Beton, hatten keine weiß oder grau getünchten Wände, keinen Verputz und keine Glasfronten. Es waren Holzhäuser in Fertigbauweise; sie blickten fröhlich drein mit ihren farbigen Anstrichen. Auffallend viel Pastelltöne, dazwischen eine Fassade in knackigem Orange oder ein Gartenzaun in Ferrarirot.

Die Anlage erinnerte Eschenbach an einen Campingplatz in Cheyres am Neuenburgersee. Freunde von ihm hatten dort einen Standplatz. Und wie die Fahrenden in Seebach, waren die Feriengäste dort auch dazu übergegangen, aus ihren Wohnwageneinrichtungen über die Zeit stabilere Bleiben zu zimmern. Kleine Holzhäuschen, nicht so bunt wie die der Jenischen, und mit dem kleinen Unterschied, dass sie am See und nicht direkt an der Autobahn lagen.

»Hier ist es«, sagte Kolegger. Er parkte den Mercedes vor einer kleinen Veranda, stieg aus und holte eine große Kühlbox aus dem Kofferraum. Rosa parkte direkt hinter ihm.

Nachdem die Koleggers ihr altrosa lasiertes Holzhaus aufgeschlossen, den Hebel der Hauptsicherung umgelegt und den Boiler eingeschaltet hatten, baten sie ihre Gäste an den großen Tisch in der Wohnstube. Latscho hatte sich auf einen Sessel gefläzt.

Durch das Fenster sah Eschenbach einen Mann mit schwarzer Motorradjacke näher kommen.

»Der Jogg«, sagte Meret Kolegger. »Ausgerechnet jetzt.« Sie schüttelte den Kopf, und ihr Mann meinte: »Wir müssen die Wagen wegstellen. Es gibt Parkplätze, wissen Sie. Alles hat seine Ordnung.« Kolegger sah zu Rosa: »Hier dürfen wir die Autos nicht stehenlassen.«

Latscho rannte plötzlich los.

Eschenbach folgte dem Kleinen. Er wollte die Sache im Auge behalten. Noch einmal würde ihm der Junge nicht abhandenkommen, das hatte sich der Kommissar geschworen.

Der Mann, den die Koleggers Jogg nannten, stand bereits vor der Tür, als Latscho sie öffnete.

»Hallo … Ist alles in Ordnung, mein Kleiner?« Der Blick galt zuerst dem Jungen, dann richtete er sich zögernd auf Eschenbach.

»Guten Tag, Herr Huwyler«, rief Meret Kolegger. Sie kam eilig dazu, und dem Kommissar fiel auf, dass sie sich noch schnell die Haare gerichtet hatte.

Es ging tatsächlich nur um die Autos. Beruhigt ließ Eschenbach die Schultern fallen. Er betrachtete den Mann, der wie ein Sonntagswanderer mit geröteten Wangen und den Händen in den Hosentaschen dastand. Die Sache war schnell erledigt.

Nachdem der Jogg gegangen war, fuhren Josef Kolegger und Rosa die Autos zurück auf den Parkplatz.

»Tüü-tää-tüü«, flüsterte Latscho.

Der Kommissar hielt inne. Es war das erste Mal, dass er vom Jungen einen Laut hörte. Er sah hoffnungsvoll zu Rosa. Aber das Blaulicht kam nicht zum Einsatz.

Als wieder alle im Wohnzimmer versammelt waren, sagte der Alte: »Der Jogg ist der Liegenschaftsverwalter der Stadt. Besser, keiner weiß, dass die Polizei hier ist.«

Alles, was nur den Hauch von Obrigkeit an sich hatte, schien bei den Leuten ein tiefes Unbehagen zu wecken. Eschenbach hatte den Eindruck, die Angst saß tief und unauslöschlich in der Seele dieser Menschen. Sogar was den Jogg betraf, der sich als Angestellter der Stadt um das Wohl der Fahrenden zu kümmern hatte; denn schließlich zahlten sie ja Miete. Waren Schweizer Staatsbürger. Aber auch ihm gegenüber waren die Koleggers zurückhaltend, beinahe misstrauisch gewesen. Eschenbach sah zu, wie Meret Kolegger den Tisch deckte und aus der Kühlbox ein Abendbrot zauberte. Er überlegte, woher dieses Misstrauen kam und wie es sich anfühlte, nirgends zu Hause zu sein.

Eine Viertelstunde später traf plötzlich Polizei ein. Die Kollegen waren nicht zu überhören: Sirenengeheul und Blaulicht. Es war ein Einsatzwagen der Abteilung Sicherheit, mit Begleitfahrzeug. Insgesamt acht Männer, zählte Eschenbach.

Kolegger eilte zur Tür. Aber es war zu spät. Die Polizisten hatten die Türe aufgestoßen, standen bereits im Flur.

Latscho schrie auf, als er die Gestalten in Uniform sah, die mit vorgehaltener Waffe in die Wohnstube traten.

»Abbruch!«, rief der Kommissar zornig in das Chaos. »Sofort aufhören!«

Aber niemand nahm Notiz.

Wie ein schwarzes Ballett operierte die Einheit weiter. Zwei

Männer zerrten am Kleinen, der sich verzweifelt an Meret festklammerte.

»Es wehrt sich doch niemand – verdammt.« Eschenbach hob die Arme.

Josef und Rosa taten es ihm gleich. Nur Meret zögerte noch. »Latscho!«, schluchzte sie, dann ließ sie den Kleinen los.

Der Junge hörte nicht auf. Er strampelte, biss in die fremden Hände, die ihn hielten, schrie immer wieder. Nach einer Weile, als ihm die Kraft auszugehen schien, sah er flehend zu Eschenbach.

»Keine Angst, mein Kleiner«, sagte der Kommissar mit ruhiger Stimme. »Die tun dir nichts. Die wollen nur mit dir sprechen.«

Latscho schüttelte den Kopf. Er sank in den Armen der Beamten zusammen und begann zu zittern. Ein Beben durchfuhr seinen Körper. Und aus den Tiefen seines Bewusstseins lösten sich plötzlich Worte: »Mulo, der lau Mulo«, sagte er und rollte dabei die Augen. »E schoflig Gaaschi mit Güschi het an der Mameere gschnifft. Het buugeret … und gufnet au mi Mameere. Hett öppis schüübis gschnifft. Mameere plötzligg Mooris beharcht und pufft … isch plotz Mameere … danuseret der Muhme … de Looli.«

»Er spricht!«, rief Eschenbach. Der Kommissar, der die Szene mit einem unguten Gefühl beobachtet hatte, richtete sich nun an den Anführer der Einheit, einen großen, drahtigen Kerl mit schütterem Haar und Oberlippenbart, den er vom Sehen her kannte und dessen Name ihm einfach nicht in den Sinn kommen wollte. »Lassen Sie den Kleinen los, bitte! Lassen Sie ihn reden.«

»Abführen!«, bellte der Große. Und zu Eschenbach sagte er halblaut: »Ich soll Sie von der Chefin grüßen. Sie hätten sich melden müssen, mit dem Jungen. Das wäre das Mindeste gewesen.«

»Warten Sie doch«, protestierte der Kommissar.

»Zu spät, Eschenbach.«

Die Männer schleiften den Jungen nach draußen. Einer der Beamten blieb als Nachhut im Wohnzimmer, stand vor dem Ausgang wie ein sperriger Bock und wartete.

Motorengeräusch ertönte.

»Sie hören von uns«, sagte die Nachhut. Dann ging auch er.

Eine bittere Stille hing im Raum.

Eschenbach schüttelte den Kopf. Er wusste nicht, was er sagen sollte. Langsam ging er auf Frau Kolegger zu, die still zu weinen anfing. »Es tut mir leid. Glauben Sie mir, ich werde mich drum kümmern.«

»Gehen Sie, Herr Kommissar«, sagte der Alte. »Gehen Sie. Wir haben Ihnen nichts mehr zu sagen.«

Es war ein bemerkenswert dürrer Monolog, den Rosa auf dem Heimweg von Zürich-Seebach nach Schwamendingen von sich gab. »Gelackmeiert und angeschmiert«, wiederholte sie mehrfach, und: »am Seil heruntergelassen«, das auch.

Eschenbach sagte nichts. Apathisch blickte er über das Lenkrad geradeaus auf die Straße.

Es hatte leicht zu regnen angefangen.

Als sie vor dem Häuserblock hielten, in dem Rosa wohnte, presste der Kommissar seine Lippen zusammen und meinte: »Ich red mit ihr ... dann werden wir's ja sehen.«

Rosa stieg aus, seufzte und ging. Auf halbem Weg entlang der Buchenhecke, bei den Briefkästen, drehte sie sich nochmals um und rief: »Schlafen Sie eine Nacht darüber, Kommissario. Bevor Sie zu ihr gehen, meine ich. Es ist wie mit dem Einkaufen, man sollte es nicht mit leerem Magen tun.«

In Gedanken war Eschenbach bereits in Kilchberg. Er wollte nicht einkaufen – es ging ums Loswerden. Den ganzen Groll abladen und seiner Chefin richtig die Meinung sagen.

Wohin brachte die Polizei einen völlig verstörten Achtjährigen? Der Kommissar wusste es nicht. Ebenso konnte er sich keinen Reim auf Koblers Vorgehen machen.

Es war doch Kilchberg? Eschenbach fiel auf, dass er die ganzen Jahre, seit Elisabeth Kobler das Kommando der Kantonspolizei übernommen hatte, nur ein einziges Mal bei ihr eingeladen gewesen war. Zu einem Grillfest, an einem der heißesten Abende im August. Ein Catering-Unternehmen hatte Würste gebraten; Lambchops und Entrecôtes, die sie auf Porzellantellern und mit Stoffservietten serviert hatten. Es war einer der ersten Anlässe gewesen, den er zusammen mit Corina besucht und bei der ersten Gelegenheit auch wieder verlassen hatte, um an einem lauschigen Platz am See, bei Mondlicht, nackt zu baden.

Seither mussten sicher zwölf Jahre vergangen sein.

Die Zeit heilt Wunden, sticht neue auf – wie gerade eben, und heilt sie wieder. Ein idiotischer Kreislauf, dachte der Kommissar.

Er entschied sich für den Weg über die Hardbrücke. Etwas später, weil die Weststrasse gesperrt war, stand er im Stau, sah zwei Jugendlichen zu, ungefähr in Kathrins Alter. Es war acht Uhr abends, und sie schienen bereits betrunken. Als der eine kotzen musste, filmte es der andere mit dem Handy. Ein ganz normaler Sonntagabend hatte begonnen.

Die Wut im Bauch ließ nach. Sie wich einem dumpfen Gefühl der Müdigkeit und Resignation. Auf der Badenerstrasse Richtung Stauffacher konnte ihn Kilchberg kreuzweise.

Eschenbach fuhr nach Hause.

14

Drei Tage nach dem Sechseläuten, am Donnerstag um halb eins, saß Lara Bischoff im oberen Teil des Sonnenberg, zu dem nur Mitglieder Zutritt hatten. Wie immer, wenn sie hoch oben am Zürichberg im kulinarischen Tempel der FIFA speiste, kümmerte sich Jacky Donatz persönlich um sie.

»Für eine Bouillon musst du nicht zu mir kommen, mein Liebes ...« Der Patron schüttelte missbilligend den Kopf. »Ich mach dir ein kleines Kalbskotelett, damit du nicht ganz von den Rippen fällst.« Donatz tätschelte seine zwei Zentner Herzlichkeit, die er um die Hüften trug, und ging, ohne eine Antwort abzuwarten, zurück in die Küche.

Lara seufzte. Sie hatte schlecht geschlafen, und schon den ganzen Morgen war ihr unwohl gewesen. Seit sie Charlotte vor zwei Tagen identifiziert hatte, wollte ihr das Bild nicht mehr aus dem Kopf; wie ihre Schwester dagelegen hatte, im hellen Neonlicht des Obduktionssaals: Ihr entspanntes Gesicht hatte geleuchtet, wie weißer Onyx.

Es war nicht mehr Charlotte gewesen.

Während sie vom Gerichtsmedizinischen Institut zurück in die Stadt gefahren war, hatte sie an Thornton Wilder gedacht: *The Bridge of San Luis Rey*. Sie hatte den Text auf der Abdankungsfeier ihrer Eltern vorgelesen:

Es gibt ein Land der Lebenden und ein Land der Toten, und die Brücke zwischen ihnen ist die Liebe. Das einzig Bleibende, der einzige Sinn.

Am späten Nachmittag hatte sie sich die Aufzeichnung ihres Vaters angehört, und ihr war, als habe er auf ebendieser Brücke gestanden und gerufen.

Um was ging es bei diesem Hilfswerk? Sie musste mehr darüber in Erfahrung bringen. Viel mehr. Doch Kronenberger hielt sie in Beschlag. Er hatte sie aus dieser unsäglichen Geschichte mit der Polizei rausgeboxt und ihr im Hotel Widder eine Suite organisiert. Was Latscho anging, da hatte er ihr zum Schweigen geraten. Er wollte sich darum kümmern. Lara war nicht wohl dabei. Aber Kronenberger schien ganz darauf versessen, diesem Eschenbach einen Denkzettel zu verpassen. Und da war es offenbar wichtig, dass sie nicht in der Schusslinie stand.

»Wartest du schon lange?« Es war die bekannte Stimme von Alexander Kronenberger. Der Anwalt setzte sich, blickte hastig in die Speisekarte und bestellte beim Kellner, der ihn an den Tisch begleitet hatte, das Karree vom Bündner Lamm. Dann wendete er sich Lara zu.

»Jacky will mich mästen«, sagte sie.

»Das wird dir guttun. Du siehst bleich aus.«

Der Anwalt bemühte sich wie immer. Nur, was ihre Fragen zu Charlotte betraf, da blieb er die Antworten schuldig.

»Und was deine Schwester angeht. Ich melde mich bei dir, sobald du in London bist.«

»Ich gehe nicht.«

Kronenberger legte die Hornbrille neben seinen Teller auf den Tisch. Einen Moment blitzten seine blauen Augen, nur kurz, bevor er seinen Blick senkte und in einem milden Ton fortfuhr: »Es ist jetzt wichtig, dass du verschwindest, Lara. Ich kann dir die Presse nicht länger vom Hals halten. Sie werden dich finden.«

Lara sah den Anwalt an. Sein Gesicht zeigte kaum eine Regung. Kronenberger ging auf die siebzig zu. Mit seinem festen Kinn, den ebenmäßigen Gesichtszügen und seinem gebräunten Teint war er noch immer ein gutaussehender Mann.

»Und was diesen Eschenbach von der Kantonspolizei angeht«, sagte er: »Der wird sich raushalten, dafür habe ich heute Morgen gesorgt.«

»Aber es war doch ein Unfall …« Lara räusperte sich. »Ich meine, das mit Charlotte, ihr schwaches Herz, das weißt du doch. Sie hatte sich einen Defibrillator implantieren lassen. Es kann doch sein …«

»Das ist es ja!«, unterbrach sie Kronenberger. »Weil sich der Depp auf sie draufgehockt hat. Das Gerät muss deshalb gestreikt haben, so ist es doch. Wir werden noch ein Gutachten machen lassen.«

»Eben. Dann bleibe ich, bis alles geklärt ist.«

»Das ist nicht nötig. Ich habe dir für heute Abend einen Flug gebucht. Randolph wird am Flughafen Heathrow auf dich warten.«

»Nein, ich will bei der Beerdigung dabei sein.« Sie konnte nicht zurück. Nicht, ohne Genaueres über Charlotte erfahren zu haben. Zur Polizei konnte sie ja nach allem, was geschehen war, schlecht gehen. Aber Kronenbergers Blick blieb stur geradeaus gerichtet. »Wir werden Charlottes Leichnam nach London überführen lassen. Eine Bestattung in England ist überhaupt kein Problem.«

Schließlich willigte Lara ein.

»Am Abend, als du noch in Charlottes Wohnung warst …«, fuhr der Anwalt nach einer Weile fort. »Ich habe mir gedacht, vielleicht ist dir etwas aufgefallen?«

»Was denn?«

»Ich weiß nicht, irgendwas halt. Vielleicht hat sie was für dich dagelassen, oder sie hat dir was erzählt, bevor das alles passiert ist.«

»Ich habe sie doch gar nicht mehr gesehen. Nein, nicht dass ich wüsste.« Nach einem kurzen Zögern schüttelte Lara den Kopf.

»Nichts also.« Kronenberger schürzte die Lippen. Dann widmete er sich dem Sommelier und hieß den Château Palmer 1985 mit einem Nicken gut.

Nach dem Essen mit Kronenberger, das in weiten Teilen schweigend verlaufen war, ging Lara zurück ins Hotel, packte ihre Sachen und nutzte die Zeit bis zu ihrem Abflug für einen Spaziergang entlang der Limmat. Sie ging langsam über die Rathausbrücke, atmete tief durch.

Jackys Kalbskotelett lag ihr wie Blei im Magen.

Die frische Brise, die vom See her wehte, tat ihr gut. Im Café Schober, im Niederdorf, trank sie einen Kamillentee und blätterte lustlos in der *Schweizer Illustrierten*. Die ganze Zeit über drehten sich ihre Gedanken um die Aufzeichnung über das Hilfswerk. Sie verstand einfach nicht, warum ihr Vater all das aufgenommen hatte. Seit wann wusste er davon, und war er damit einverstanden gewesen? Völlig mysteriös schien ihr auch, weshalb diese Unterlagen in Charlottes Besitz waren.

Am Nachbartisch unterhielten sich zwei junge Frauen über die kommende Europameisterschaft. Die eine schwärmte für Italiens Luca Toni, die andere für Schwedens Ljungberg. Ebenso uneinig waren sie sich bei der Frage, was Abseits bedeutete.

Erstaunlich, wie weit es der Fußball gebracht hatte, dachte Lara. Bis zur Unterhosenwerbung – und auf die Titelblätter der Modezeitschriften. Nicht schlecht für ein Spiel, das ein paar gelangweilte Totengräber erfunden hatten, als sie auf englischen Friedhöfen mit alten Schädeln herumkickten. Dass ihre Gedanken eine andere Richtung genommen hatten, sah sie als willkommene Ablenkung.

»Fußball ist Ablenkung vom Unwesentlichen«, hatte ihr Vater immer gesagt, nachdem er in den sechziger Jahren damit begonnen hatte, die FIFA in geschäftlichen Dingen zu beraten. Und nach seinem plötzlichen Tod hatte Lara seine Arbeit weitergeführt. Sie hatte hautnah miterlebt, wie sich ein kleiner Verein schweizerischen Rechts zu einem Weltkonzern mauserte. Irgendwann würde auch jede Tusse im Schober die elfte (von siebzehn) FIFA-Regeln korrekt kennen: »das Abseits«.

Kurz nach vier ging Lara zurück ins Hotel. Ihr Magen hatte

sich noch immer nicht beruhigt, ebenso wenig konnte sie das Gefühl abschütteln, dass Kronenberger sie loswerden wollte. Einen Moment dachte sie daran, zu bleiben und die Sache selbst in die Hand zu nehmen. Aber mit dem Unwohlsein stieg der Wunsch nach den eigenen vier Wänden. Und London lag schließlich nicht fern der Welt.

Um sechs bestieg Lara die Maschine der SWISS, die knapp zwei Stunden später in Heathrow landete. Mehrmals hatte Lara die Tüte aus dem Fach vor ihr genommen. Kurz hatte sie sogar mit dem Gedanken gespielt, sich in der Toilette den Finger in den Hals zu stecken und der Sache ein Ende zu bereiten. Aber es war dort einfach zu eng.

»Geht's Ihnen nicht gut?«, fragte Randolph besorgt, als er sie am Flughafen in Empfang nahm. »Sie müssen jetzt zur Ruhe kommen, Lara. Im Bentley steht eine gekühlte Flasche Wasser bereit. Geben Sie mir Ihr Gepäck.«

Im Fond des Wagens öffnete Lara das Seitenfenster. Sie schluckte: »Vielleicht müssen wir unterwegs anhalten.«

Vier Meilen fuhren sie entlang der M4 in Richtung Central London/Hammersmith. Schon kurz nach Heston, auf der Höhe des Oesterly Parks rief Lara »Stopp«. Randolph schüttelte den Kopf und fuhr von der Fahrbahn auf den Pannenstreifen, und noch bevor der Wagen ganz zum Stillstand kam, sprang Lara hinaus und übergab sich zwischen Birkensträuchern.

Als das Schlimmste vorüber war, atmete sie tief durch und blieb noch einen Moment stehen. Auch wenn Jacky Donatz nichts dafür konnte, es würde eine Weile dauern, bis sie wieder ins Sonnenberg ginge.

»Sind Sie okay?«, erklang es leise aus dem Bentley, der ungefähr zehn Meter von ihr entfernt stand. Der gute Randolph hielt sich wie immer diskret im Hintergrund. Er hatte sie schon als Baby, als Kind und Teenager kotzen sehen und war früher sofort zur Stelle gewesen. Aber irgendwann war Lara in ein Alter gekommen, in dem sie es als entwürdigend empfand, wenn man ihr dabei zusah. Und da Randolph ein Gentleman war, hatte er diesen Zeitpunkt nicht verpasst.

Erleichtert und mit wackeligen Knien ging Lara zurück zum Wagen. Da riss ein gewaltiger Blitz den Bentley Brooklands auseinander. Eine Explosion. Teile flogen auf Lara zu, und die Druckwelle schleuderte sie in eine ferne Dunkelheit.

Als Lara die Augen wieder öffnete, blickte sie in bestürzte Gesichter. Ein halbes Dutzend Leute standen um sie herum, starrten wie Habichte aus heiterem Himmel.

Was war geschehen? Plötzlich spürte sie den harten Asphalt unter sich. Das war's, sie lag am Boden. Deshalb waren die Köpfe oben, weit über ihr.

Ich will aufstehen, dachte sie. Ich steh jetzt auf … Doch ihren Kopf durchfuhren scharfe Messerstiche – und ein Krampf, der ihren ganzen Körper erfasste, riss sie zurück. Sie verlor erneut das Bewusstsein.

Es vergingen Minuten, bis sie erneut zu sich kam. Randolph! – war ihr erster Gedanke. Randolph und der Wagen und Feuer. Wieder schossen Blitze durch ihren Kopf. Lara stöhnte auf.

»Die hat's aber übel erwischt«, hörte sie jemanden sagen.

»Ganz schlimm«, sagte ein anderer. »Ist voll auf das Auto zugegangen. Die Explosion … Ein Glück, dass sie noch lebt.«

Die Stimmen drangen zu ihr wie durch Watte, sie kamen näher und entfernten sich.

»Ist das ein Regierungswagen?«

»Was weiß ich.«

»Es war ein Bentley … ich hab's genau gesehen. Hat gewartet, dort drüben.«

»Und die Ambulanz, warum dauert das nur so lange. Hab vor zwanzig Minuten angerufen.«

»Scheißambulanz!«

»Fährt die Regierung jetzt wieder Bentley?«

Lara blinzelte. Sie sah in schattenhafte Gesichter; Menschen, die sich über sie beugten, die kamen und gingen. Lara wollte aufstehen. Sie gab sich einen Ruck, spannte alle Muskeln an, und der stechende Schmerz raubte ihr den Atem. Sie schloss die Augen wieder.

Wie oft war sie schon vom Pferd gestürzt. Sie war im Kader der Militaryreiter gewesen, hatte sich Knochenbrüche und Prellungen geholt und ein halbes Dutzend Mal die Schulter ausgekugelt. Aber das hier war schlimmer. Schlimmer als alles andere.

Ich muss mein Gehirn ausschalten, dachte Lara. Den Nerven ein Schnippchen schlagen ... sie austricksen. Aber ihr Körper warnte sie, zu viel war verletzt; zu viel zerstört. Er signalisierte ihr, dass sie verdammt noch mal stillhalten sollte, dass zu viel blutete in ihrem Innern.

Lara dachte an ihre Mutter, Vater, Charlotte ... daran, dass sie ihnen nun über die Brücke folgen würde. Vielleicht war es besser, tot zu sein. Vielleicht gab es in der Welt der Toten diesen Schmerz nicht.

»Und pass auf Charlotte auf!« Dieser Satz kam Lara in den Sinn, als wollte er sie losreißen von den Gedanken ans Sterben. Plötzlich war da die lebendige Erinnerung an ihren Vater; daran, wie er sie morgens um fünf geweckt hatte, damit sie gemeinsam ausreiten konnten. Sie sah die feuchten Wiesen im Westen von Oxford, über die der Nebel kroch. Lara konnte sie förmlich riechen. Und sie hörte diese zur Härte erzogene Stimme: »Du musst auf sie aufpassen.«

»Aber Papa, sie ist doch viel älter als ich ... sie ist meine große Schwester.«

»Das spielt keine Rolle. Du bist aus einem anderen Holz. Charlotte ist nicht so stark wie du.«

Er hatte es ihr immer wieder eingebläut.

Aber Lara fühlte sich nicht stark. Nicht jetzt. Sie war ein kraftloser Haufen, zu nichts in der Lage.

Nur nicht bewegen, dachte sie. Ich bleibe einfach hier liegen … denke nichts. Nur beten, für mich und für Randolph. Und plötzlich wusste sie, dass auch der alte Mann tot war. Lara spürte es. Es war, als flöge das Leichte davon und ließe das Schwere zurück. Lara wollte weinen, aber auch das konnte sie nicht.

Als sie eine Weile ganz still dagelegen hatte, ließen die Schmerzen ein wenig nach. Langsam atmete sie etwas tiefer ein. Vorsichtig öffnete sie ihren Mund, die Lippen klebten.

Meine Zähne, dachte Lara. Sie versuchte ihre Zunge zu bewegen. Aber sie fühlte nichts. Mein Gott, lass mir wenigstens die Zähne. Lara erinnerte sich, wie sie als Kind durch den Hufschlag eines Ponys den Teil eines Eckzahns verloren hatte. »Mädchen, die reiten wollen, weinen nicht« war Vaters Tenor. Es war seine Art von Trost. Dass sie nachts trotzdem weinte, blieb ihr Geheimnis.

Jahre vergingen.

»Können Sie mich hören?« Es war eine weiche Stimme, direkt neben ihr. Lara konnte sie unmöglich ignorieren. Trotzdem sagte sie nichts.

»Können Sie sprechen?«

Lara wusste es nicht. Sie blinzelte wieder; öffnete und schloss die Lippen.

»Gut, gut«, sagte die Stimme.

Zweimal *gut* ist immer schlecht, dachte Lara.

»Ich gebe Ihnen jetzt eine Spritze gegen die Schmerzen.«

Die *HCA-Hospital Group* hatte in England Geschichte geschrieben. Lara Bischoff war im *Advisory Board* dieser privaten Klinikgruppe, beriet sie in finanziellen Angelegenheiten und unterstützte sie bei Akquisitionen. Um die öffentlichen Spitäler, angekettet am bürokratischen Moloch des National Health Care Systems, machten die Reichen und Wohlhabenden längst einen großen Bogen. Man ging ins *Princess Grace* und ins *Wel-*

lington für ein neues Hüft- oder Kniegelenk. Für Prostataoperationen stand die *Harley Street Clinic* ganz oben auf der Liste. Wer Geld hatte, konnte es sich aussuchen.

Lara konnte nicht wählen. Auf ihrer Prioritätenliste stand nur der Schmerz. Sie zwang ihre Sinne, den Körper zu verlassen – den Körper, der ihr diese unsagbaren Schmerzen diktierte. Es interessierte sie nicht, dass ihr eigenes Leben in jenen, wie sie es nannte, »übermüdeten Händen unterbezahlter Assistenzärzte« lag. Es war ihr egal, wohin man sie fuhr. Wenn es nur nicht die Hölle war.

Lara wurde durch das Ghetto der Unfallaufnahme im *University College Hospital* geschleust. Auf einer Trage aus Aluminiumrohr ließ man sie eine Weile in einem Zimmer liegen, zusammen mit einem Fabrikarbeiter, der die ganze Zeit über schrie, weil ihm bis zu den Knien beide Beine fehlten. Irgendwann schob man sie in einen Operationssaal.

Als sie wieder aufwachte, war ihr übel. Sie lag im Bett. Der übliche Beutel mit Natriumchlorid hing über ihr, verbunden mit einem Schlauch, der in ihrer linken Armvene steckte. Wenigstens das war Lara vertraut. Man hatte sie wegen ihrer Stürze im Military-Reiten zweimal operiert.

Ihre Zunge fühlte sich immer noch wie betäubt an. Und doch, etwas stimmte nicht. Ihre Zähne! – es durchfuhr sie ein kalter Schauer. Mit den Fingern tastete sie ihren Mund ab. Überall spitze, scharfe Kanten. Kurze Stummel. Lara konnte sich kein genaues Bild machen. Sie spürte, wie der Schweiß aus ihr herausbrach. Ihr Gesicht! – Sie tastete mit den Händen über Verbandszeug, oder waren es Pflaster? Sie musste es sehen! Unendlich langsam begann sie sich aufzurichten. Auf der Bettkante hielt sie eine Weile inne. Kämpfte gegen den Schmerz und die aufkommende Angst.

Einen Spiegel, dachte sie. Ich muss es wissen!

Lara riss sich den Schlauch aus der Vene, setzte die Beine auf den Boden und ging. Einen Schritt, zwei Schritte … Es funktionierte, sie konnte gehen! Sie bewegte die Arme, auch das klappte. So schlimm war es nicht – nicht wirklich schlimm.

Wankend ging Lara auf den hellen Vorhang zu, der einen Teil des Raumes abtrennte. Sie hielt sich am Plastikstoff fest, schob ihn beiseite. Es war, wie sie vermutet hatte: eine kleine Waschgelegenheit, ein WC und – kein Spiegel! Lara starrte auf die zwei Schrauben, die in der Wand steckten. Man hat ihn entfernt, dachte Lara.

Langsam gaben ihre Beine nach, alles begann sich zu drehen.

»Mrs Bischoff!«, rief eine Stimme. Dann wurde es schwarz.

ZWEITE HALBZEIT

In der zweiten Halbzeit denkt man zum ersten Mal ans Ende, egal, ob man führt oder hinten liegt. Wenn es unentschieden steht, fragt man sich, warum die erste Halbzeit überhaupt gespielt wurde.

1

Ein Mulo entsteht, wenn ein Mensch gewaltsam und unnatürlich zu Tode kommt, zur Unzeit stirbt oder ohne die üblichen Rituale bestattet wird. Er ist ein Untoter, der im Volksglauben der Roma vorkommt.«

Am anderen Ende der Leitung blieb es still.

»Sind Sie noch da?«, fragte Eschenbach.

»Ma sì«, sagte Rosa. »Klingt scheußlich. Wo haben Sie das her?«

»Internet.« Der Kommissar zog an seiner Brissago. Er saß vor dem Computer im Arbeitszimmer seiner Wohnung, lehnte sich bequem in seinem Bürostuhl zurück und hievte den Gipsfuß auf die Tischplatte. »Man findet allerlei Merkwürdiges über das Zeug, das der Junge faselt.«

»Wenn wir nur wüssten, was er damit meint.«

»Ich habe mich übrigens gefreut, Frau Mazzoleni ... ich meine, dass Sie mit dem Jungen vorbeigekommen sind.«

»Ist ja auch alles gutgegangen, bis auf den Zwischenfall mit dem Sechseläuten-Buch. Aber als wir nachher noch in den Zoo gegangen sind, da war alles vergessen.«

»Und jetzt ist er wieder im Heim in Stäfa?«

»Im Waldisberg, richtig. Die passen jetzt besser auf dort. Und Jagmetti hat drei Leute abgestellt. Die behalten die Sache im Auge. Abwechselnd und rund um die Uhr.«

»Sehr gut.« Der Kommissar malte ein Strichmännchen neben die Begriffe, die er in seinem Notizbuch notiert hatte. Er hatte den Besuch also Claudio zu verdanken. »Kommt es Ihnen nicht auch komisch vor, dass der Junge von einem ›Mulo‹ spricht, wenn alles ein Unfall gewesen sein soll?«

»Aber es versteht doch keiner, was er sagt«, erwiderte Rosa.

»Oh doch.« Eschenbach blickte auf seine Notizen. »Erinnern Sie sich an die Szene bei den Fahrenden? Als unsere Kollegen aufgekreuzt sind ... die ganze Katastrophe dort?«

»Ma sì, Kommissario, wie könnte ich es vergessen.«

»Eben. Da hat der Kleine zum ersten Mal gesprochen. Geschrien, um genau zu sein. Das ist mir alles nicht mehr aus dem Kopf gegangen. Ich habe mir das aufgeschrieben, diese Wörter, so gut ich es halt in Erinnerung behalten konnte. Und gerade vorhin, als Sie mit dem Kleinen bei mir waren und er wieder losgebrüllt hat, ›Mulo, Mulo‹ ... und was er danach noch gesagt hat. Ich meine, als er das Buch über das Sechseläuten entdeckt hat. Das war doch ungefähr dasselbe, oder?«

»Ungefähr schon.«

Eschenbach las den Text laut vor: »Mulo, der lau Mulo ... e schuflig Gatschi mit Güschi het d Meere gschnüfft. Buugeret ... gufnet d Meere. Het öppis Schüübis gschnifft. D Meere het Moris gharcht und puff isch si plotz danuseret die Muume der Gooli.«

»Ein paar Wörter hab ich mit Google gefunden. Güschi heißt Hut. Das ist Jenisch. Es steht auch etwas über Rotwelsch und Zigeunersprache dort – vermutlich habe ich die Wörter auch nicht richtig aufgeschrieben. Hab's ja nur gehört.«

»Rotwelsch? Ja, darüber habe ich im Radio einmal eine Sendung gehört«, sagte Rosa. »Das ist so eine Geheimsprache, haben die gesagt. Frau Kirchgässner ist Logopädin. Vielleicht kann sie uns weiterhelfen.«

»Diese Sozialdings?« Eschenbach blies Rauch zur Decke. »Wir brauchen jemand, der diese Sprache spricht. Ich muss genau wissen, was der Kleine gesagt hat, verstehen Sie? Der hat doch etwas gesehen. Ich meine, sonst redet man doch nicht solches Zeugs zusammen. Mulo – mulo. Ich glaube nicht, dass diese Therapeutin die Richtige ist.«

»Ich kenne sonst niemanden.«

»Die Koleggers natürlich«, sagte Eschenbach spontan. »Die sprechen Jenisch. Könnten uns sicher helfen.«

»Ich glaube nicht, dass die uns noch etwas sagen werden«, meinte Rosa mit bitterem Unterton. »So wie unsere Leute mit denen umgesprungen sind.«

»Ach was! Wenn uns nichts Besseres einfällt, dann probieren wir's. Sie kriegen das schon hin, Frau Mazzoleni. Mit Ihrem Charme!«

Rosa war nicht begeistert.

Eschenbach versuchte seinen Freund Gregor Allenspach zu erreichen. Als er den Lehrer für Latein, Deutsch und Geschichte endlich am Telefon hatte, war es bereits spät am Abend.

»Jenisch? Rotwelsch? – Ich finde, es klingt wie Jiddisch«, sagte Gregor. Er wirkte kurz angebunden. »Erklär mir das doch alles morgen. So aus dem Stegreif kann ich das sowieso nicht jetzt.«

Eschenbach vernahm das Flüstern einer Frauenstimme im Hintergrund. Sie verabredeten sich für einen Lunch am nächsten Tag im Vorderen Sternen.

Gregor Allenspach war ein kleiner, rundlicher Mann mit intelligenten braunen Augen. Sein Vollbart war ein Überbleibsel aus den späten sechziger Jahren, ebenso die Kleider, die er trug. Er saß bereits am Tisch, vor sich eine Flasche Mineralwasser, als Eschenbach eintraf.

Die Freunde entschieden sich für Menü 1, mit dem Hauptgang Saltimbocca, wobei Eschenbach zugunsten von Tomatenspaghetti auf das Gemüse verzichtete. Damit es nicht zu trocken würde, der übliche Spruch von Gregor, bestellten sie einen halben Liter Veltliner, oder doch lieber gleich eine ganze Flasche. Der Kellner, der sie schon kannte, lächelte freundlich.

Der Kommissar hatte einen Tisch im hinteren Teil des Restaurants reserviert, in einer Ecke. Sie konnten sich ungestört unterhalten.

»Wann spielen wir denn endlich mal wieder Karten? Seit Corina ausgezogen ist, hast du dich ja regelrecht verkrochen.«

Eschenbach nickte. »Wenn der Gips runter ist, dann kann's wieder losgehen. So halte ich das nämlich nicht aus. Stundenlang am Wirtshaustisch bei Gabriel.«

»Im Augenblick hast du ja auch andere Sorgen. Sag mal, was ist denn da los bei euch? Ich habe selten so dünne Zeitungsberichte gelesen. Habt ihr nun einen Fall oder ein Problem? Von wegen FIFA, die Tote hat ja dort gearbeitet. Ist ein Riesenbunker, den die dort oben auf den Berg gestellt haben.«

»Ich bin draußen«, sagte Eschenbach. »Suspendiert. Das hast du sicher auch gelesen.«

»Aber das lässt du dir doch nicht gefallen, oder?«

»Und krankgeschrieben, das auch. Egal. Es geht jetzt um diesen Jungen. Da gibt es einen Haufen Ungereimtheiten.«

»Welcher Junge? Davon hat nichts in der Zeitung gestanden.«

»Das ist es ja.«

Sie probierten den Wein, prosteten sich zu: »Auf bessere Zeiten«, sagte Gregor.

Eschenbach erzählte seine Version, wie er zur Unfallstelle gekommen war und wie alles seinen Lauf genommen hatte. »Verstehst du? Der Kleine ist direkt danebengestanden. Ich bin überzeugt, der könnte uns sagen, was da genau gelaufen ist.«

»Und der hat dieses Zeugs geredet, das du mir gestern vorgelesen hast?«

»Zuerst war er still wie ein Grab. Hat kein Wort gesagt. Und dann, als er endlich zu sprechen anfing ... also ich hab mir das meiste notiert.«

»Zeig her.« Gregor nahm Eschenbachs Notizbuch und sah sich die Sätze an. »Interessant«, meinte der Lehrer und fuhr sich mit Zeigefinger und Daumen über den Bart. »Nicht alles, was wir sprechen, ist – linguistisch gesehen – eine Sprache. Deutsch, Französisch, Englisch … auch Jiddisch oder Hebräisch zum Beispiel gelten als vollwertige Sprachen. Der Grund dafür ist, dass sie bestimmte, wissenschaftlich definierte Kriterien erfüllen: So haben sie eine eigene Grammatik, einen wohldefinierten Satzbau, verfügen über eine verbindliche Sprachnormierung und eine Schriftlichkeit.«

»Nimm's mir nicht übel, aber ich brauch eine Übersetzung, Gregor. Keine theoretische Abhandlung. Ich muss wissen, was der Junge gesagt hat.«

Das Essen wurde aufgetischt.

»Es könnte auch ein Dialekt sein«, erwog Gregor zwischen zwei Bissen. »Ich hab ein etymologisches Wörterbuch mitgebracht und ein Büchlein zum Thema Rotwelsch.«

»Und Jenisch?«, fragte Eschenbach. »Der Bub war bei den Fahrenden in Seebach … hat dort Pflegeeltern, die sprechen das.«

»Zum Jenischen hab ich auf die Schnelle nichts gefunden …« Gregor kramte aus seinem Rucksack die Bücher, legte sie auf den Tisch und blätterte darin. Gleichzeitig aß er und sah zwischendurch auf Eschenbachs Notizen. »Das *lau* zum Beispiel. Es geht auf das jiddisch-hebräische *lo lánu* zurück und bedeutet so viel wie *nicht uns! Lau,* oder eben *lo,* hieße dann *nein, nicht* oder *nichts*. Es kann aber auch *böse* heißen, oder *falsch*. Eine Bezeichnung für alles Negative eben. Interessanterweise hat das englische *law* – mit der Wortbedeutung *Recht* – denselben Ursprung.«

Eschenbachs Hoffnungen schwanden.

»*Schuflig* könnte *schoflig* heißen. Und *schofel* … Hier haben wir's.« Gregor war jetzt in Fahrt. Er hatte seinen Teller leer gegessen und kramte im Sakko nach seiner Pfeife, einer englischen Bent. Mit dem Zeigefinger drückte er den Rest des angerauchten Tabaks fest und zündete sie an. »Auch hier hilft ein wenig Hebräisch weiter. *Schafél* bedeutet so viel wie *schlecht, bös* oder *gemein.*«

»So kommen wir nicht weiter.« Eschenbach wurde ungeduldig.

»Rotwelsch, ich denke, es ist Rotwelsch.«

»Na also. Und wer übersetzt mir das … Ich meine so, dass ich etwas damit anfangen kann.«

Gregor fuhr sich wieder über den Bart. Er hatte große haarige Pranken. »Anna Lohl«, antwortete er. »Eine ehemalige Schülerin von mir hat so was studiert. Hebräisch und Germanistische Mediävistik. Ich glaube, die könnte dir weiterhelfen.«

Gregor schrieb Eschenbach den Namen in sein Notizbuch. »Adresse und Telefonnummer dürften leicht zu finden sein. Sie ist mittlerweile Privatdozentin und hält Vorlesungen an der Uni Zürich. Eine kluge und attraktive Frau.« Der Stolz des Lehrers war nicht zu überhören. Zufrieden lächelte er in seinen Bart, und als Eschenbach die Rechnung übernahm, bedankte sich Gregor mit einem Nicken.

»Wo hat der Junge gelebt, sagten Sie?« Es war die erste Frage, die Anna Lohl stellte.

Eschenbach, der sich nach dem Lunch mit Gregor auf eine Parkbank am See gesetzt hatte, presste sein Handy ans Ohr. »Ist das denn wichtig für die Übersetzung?«, fragte er. Der Kommissar befürchtete, dass es wie bei Gregor ins Uferlose führen würde.

»Also wenn er aus dem Berner Mattenquartier kommt, dann ist es ein Gassendialekt, mit der sich früher die Unterschicht von den Mehrbesseren abgegrenzt hat. Und im Schwarzwald, dort waren es mehrheitlich Händlerfamilien, die natürlich einen ganz anderen Wortschatz …«

»In Zürich-Seebach«, unterbrach sie der Kommissar.

»Dann ist es Jenisch«, sagte Anna Lohl bestimmt.

»Nicht Rotwelsch?«

»Hören Sie mir auf mit Rotwelsch«, sagte Lohl. »Das ist die Geheimsprache der Diebe, Bettler, Gauner und Vaganten. Die heute bei uns lebenden Jenischen distanzieren sich explizit davon.«

»Jenisch also«, murmelte Eschenbach.

»Genau. Machen wir's Satz für Satz«, sagte Anna Lohl. Die Sprachwissenschaftlerin nahm sich Zeit. Das hatte Eschenbach wohl Gregor zu verdanken. Immer wieder hielt sie inne, suchte nach dem einen, richtigen Wort, das am besten passte. »Das sind eine Menge Wörter. Sagen Sie mal, wie alt ist dieser Junge eigentlich?«

»Acht, neun, zehn ... so genau wissen wir das auch nicht. Spielt es denn eine Rolle?« Eschenbach wunderte sich, was diese Frage wieder zu bedeuten hatte.

»Eigentlich erstaunlich«, meinte Anna Lohl. »Weil die heutigen Jenischen kaum noch Jenisch sprechen. Fünf, sechs Wörter vielleicht – selten mehr.«

»Nun, es sind ältere Leute, bei denen Latscho sich aufgehalten hat. Pflegeeltern ... Ende sechzig, würde ich sagen.«

»Wohl eher Pflegegroßeltern, denke ich. Mit sechzig!« Anna Lohl lachte herzlich. »Dann haben die's ihm wohl richtig eingebläut, dem Kleinen.«

»Oder er ist ein talentierter Junge halt.«

»Latscho bedeutet *gut, schön* ... heißt *Milchkaffee* – oder *Kaffee ohne Milch*. Eine sehr vieldeutige Sprache.« Wieder erklang das sympathische Lachen. »Trotzdem. So aus dem Zusammenhang gerissen ist es schwierig. Die reinste Detektivarbeit.«

»Ein Zusammenhang ist gerade das, was wir suchen.«

Nach einer knappen halben Stunde hatten sie den Text beisammen. »Und übrigens«, meinte Anna Lohl zum Schluss: »Der *Looli* – das sind gewissermaßen Sie, Herr Eschenbach. Heißt so viel wie *Polizist*.«

»Na dann«, sagte der Kommissar und las abschließend vor, was er sich sorgfältig notiert hatte: »Mulo (= tot) – schoflig (= falsch, frech, wüst), Gaaschi (= Mann, Gestalt), mit Güschi (= Hut), hat an der Mameere (= Mutter) gschnifft (schniffe = Allerweltswort für nehmen, stehlen, greifen, packen, verhaften, holen). Hat buugeret (buugere = schimpfen) und gufnet (gufne =

(drein)schlagen, (ver)prügeln, stechen, werfen, stoßen). Und hat etwas schüübis (= weg, fort) gschnifft (siehe oben). Böse. Mameere hat plötzlich Mooris (= Angst, Furcht) beharcht (beharche = bekommen) und pufft (puffe = kurzatmig, asthmatisch atmen, v. a. bei Pferden) … ist plotzt (plotze = fallen) die Mameere. Hat danuseret (danusere = weinen, schreien) der Muhme (= Tante) und den Looli (= Polizist).«

»Stimmt das für Sie?«, wollte Anna Lohl wissen.

»Selbstverständlich«, sagte Eschenbach und sah auf das Gekritzel in seinem Notizbuch. »Ich werde es mir wohl noch ins Reine schreiben … Schon erstaunlich, wie Sie das alles hingekriegt haben.«

»Ich habe selbst jenische Wurzeln«, antwortete sie. Und so wie sie es sagte, war ein Körnchen Stolz darin versteckt. »Dann fällt es einem auch einfach, denke ich.«

Still überflog der Kommissar nochmals den Text. Es kam ihm in den Sinn, was er über ›Mulo‹ im Internet gelesen hatte. »Mulo – Sie übersetzen Mulo mit tot. Könnte da nicht auch eine Person gemeint sein?«

»Natürlich«, sagte Lohl. »In der Phantasie eines Kindes sowieso. Ich habe einmal einen Jenischen gekannt, der hat behauptet, er hätte den Mulo gesehen. Im Wald. Sie sehen, es ist vieles möglich.«

»Ja, das ist mir jetzt klargeworden«, sagte der Kommissar, bedankte und verabschiedete sich. Längst war er in Gedanken wieder bei dem Jungen. Der Text sprach tatsächlich dafür, dass Latscho etwas gesehen hatte. Plötzlich fühlte sich Eschenbach wieder jung. Er saß noch eine Weile am See und blinzelte in die Sonne. Ein klarer Himmel zog sich bis zu den Glarner Alpen. Es war angenehm warm geworden.

2

Lara Bischoff sah in das schöne, ebenmäßige Gesicht von Ira Wendersley und wünschte, es wäre ihres.

»Es wird alles gut, Madam ... Es braucht Zeit.« Ihre persönliche Assistentin erwiderte ihren Blick nur kurz, dann setzte sie sich auf den bequemen Stuhl rechts neben dem Bett. »Hier werden Sie wenigstens anständig versorgt.«

Lara sagte nichts. Sie hatte nie das Gefühl gehabt, dass man nicht anständig zu ihr gewesen war. Wenn es manchmal hart war in ihrem Leben, wenn sie untendurch musste – dann hatte sie es angenommen, weil sie wusste, dass es machbar war.

»Alles ist machbar.« Das waren die Worte ihres Vaters gewesen.

Aber jetzt war alles anders. Nichts mehr war machbar. Charlotte war tot. Unwiederbringlich tot.

Lara schloss die Augen. Es war nicht das Bild der Totenmaske ihrer Schwester, der helle Teint ihres leblosen Antlitzes, das ihr zusetzte, es waren die Erinnerungen. Große, lachende, streitende und weinende Bilder zogen wie ein endlos langer Film an ihrem inneren Auge vorbei. Sie würden verblassen, dachte Lara. Und es würden keine neuen dazukommen; das war das Schlimmste. Das Leben trocknete ein wie Tinte auf einem weißen Blatt Papier.

Was machte es für einen Sinn, die Augen zu öffnen und hinauszublicken in eine Welt, die sie nicht mehr kannte. Mit einem Gesicht, das nicht mehr das ihre war.

Eine andere Nase, andere Wangen und ein Ohr, das rechte,

das verstümmelt war. Einzig die Haare, die man ihr für das Nähen zweier Platzwunden abrasiert hatte, würden nachwachsen.

»Ich bin ein Zombie«, sagte sie schwach.

»Das ist ja Unsinn«, erwiderte Ira. »Die plastische Chirurgie wirkt heutzutage Wunder.«

»Ich glaube nicht an Wunder.«

»Dass Sie überhaupt noch leben, ist eines.«

Wieder schloss Lara die Augen. Unzählige Male hatte sie sich gewünscht, dass alles nur ein Traum gewesen wäre; aber es war keiner. Die Realität hieß *Princess Grace*, eine der am besten ausgestatteten Privatkliniken Londons.

Nach der Notaufnahme im *University College Hospital* und der ersten, qualvollen Nacht im hässlichsten Zweitausendbettenhaus Londons, hatte man sie verlegt. Gleich am nächsten Morgen, auf Anordnung ihrer persönlichen Assistentin Ira.

Lara kannte das kleine Hospital am Nottingham Place, das den gutbetuchten Kranken vorbehalten war, in- und auswendig: Die überdurchschnittliche Bettenbelegung war ihr ebenso geläufig wie die *income statements* und die Kennzahlen EBIT, EBITDA, ROI usw. Sie kannte die Geschichte des Hauses und wusste, dass die Fürstin von Monaco das Spital 1977 eingeweiht hatte. Zwanzig Jahre später war es von der *HCA Hospital Group* übernommen worden: Zu einem Schnäppchenpreis, wenn man es rückblickend betrachtete. Vom Vorstand hatte es Applaus gegeben, als Lara damals den Deal abgewickelt und präsentiert hatte.

Princess Grace war ein idiotischer Name für eine Klinik, fand Lara jetzt, da sie selbst dort lag. Sie versuchte sich das Leben von Grace Kelly vorzustellen, wie es wohl verlaufen wäre, wenn die Fürstin den Autounfall überlebt hätte: zuerst mit Kopfverband und später – nach unzähligen Operationen – mit künstlich aufgebauten Wangenknochen und lahmenden Mundwinkeln. Mit Plastiknase und einer verhutzelten, schrägen Fratze – verborgen hinter Hermèstüchern für den Rest eines langen, elenden Krüppellebens.

Sterben in Schönheit war kein schlechter Abgang, fand Lara. Aber das Schicksal, dieser zynische Hund, ließ den Vorhang offen, und auf der Bühne brannte noch Licht. »Whether 'tis is nobler in the mind to suffer; the slings and arrows of outrageous fortune – or to take arms against a sea of troubles – and by opposing end them?«

»To die, to sleep, no more …« Eine vertraute Stimme sprach Hamlets Monolog weiter, den Lara leise vor sich hin gemurmelt hatte.

»Paresh!«, rief Lara und öffnete die Augen. »Ich hab dich gar nicht kommen hören.« Sie streckte ihren bleichen Arm aus.

»Und wie geht es unserer Prinzessin?«, fragte der große Mann mit den schönen, ebenmäßigen Gesichtszügen, dem man seine Anfang vierzig kaum ansah. Er setzte sich zu ihr auf die linke Bettkante und umschloss ihre Hand mit der seinen.

Lara registrierte den kurzen Blickwechsel zwischen Paresh und Ira; sah, wie ihre Assistentin kurz die Schultern hob, bevor sie zu lächeln begann: »Es geht ihr von Tag zu Tag besser.«

Paresh nickte. »Es wird schon gut.«

»Nur wenn's gut endet«, sagte Lara, und Paresh verfiel in ein breites Grinsen. Er mochte Laras Schlagfertigkeit genauso wie ihre Schwäche für Shakespeare.

Anders als Lara war der Chef für Sicherheit bei Goldmann Investments Ltd. eine Frohnatur. Das sonnige Wesen verdankte er einer sorglosen Kindheit in Kenia; es hatte selbst dann keinen Schaden genommen, als seine Eltern nach London gezogen waren und ihn in ein sprödes englisches Eliteinternat gesteckt hatten. Hervorragende Leistungen und ein ausgesprochenes Talent für Kricket ebneten ihm schließlich den Weg nach Oxford. Die Schönheit hatte er von seiner indischen Mutter, und sie war für seine Karriere auch nicht hinderlich.

Paresh zwinkerte Lara freundschaftlich zu, stand auf und ging zum Kühlschrank, der standesgemäß mit Mineralwasser unterschiedlichster Provenienzen, Schweppes Bitter Lemon und

Ginger Ale gefüllt war. Mit einer kleinen Flasche Evian in der Hand musterte er das Zimmer und ging die paar Schritte zu der Tür, die in einen zweiten Raum führte. Nachdem er sich dort ebenfalls umgesehen hatte, kam er zurück. »Die Klinikleitung hat das alles ordentlich hingekriegt«, meinte er zufrieden.

»Schließlich habe ich denen die Bude auch besorgt«, sagte Lara. Sie beobachtete Paresh, der aus der Flasche trank.

»Gibt's was Neues?«, fragte sie.

»Jetzt gefällst du mir schon besser.« Paresh grinste wieder. Große, weiße, makellose Zähne. Er nahm sich einen Stuhl und setzte sich zu Lara ans Bett. »Die neugierige Lara Bischoff, die immer alles wissen will. Man hat mich vor dir gewarnt, weißt du das eigentlich? Als du nach dem Tod deines Vaters in die Firma eingestiegen bist ... Spitze Zunge, scharfer Verstand. Kein schlechter Ruf, habe ich gefunden.«

Laras Mundwinkel zuckten. Es war ein Reflex. Kämpfernatur. Blödsinn. Stehaufmännchen – Quatsch! Und wie von weit weg hörte sie sich sagen: »Meine Zunge ist jetzt noch spitzer, nachdem man sie zusammengeflickt hat ... und du bist der Erste, den ich küssen werde, wenn alles verheilt ist.«

»Haben Sie das gehört, Ira?«, sagte Paresh und lächelte Laras Assistentin an. »A kiss ... Ich möchte, dass Sie das schriftlich festhalten.«

»Dummes Zeug«, sagte Ira mit einer Handbewegung, die unterstrich, was sie von solchen Anspielungen hielt.

»Nächste Woche bringen sie einen Teil deiner Bibliothek.« Paresh deutete auf das zweite Zimmer. »Deine Couch, den Fernseher, Lampen ... Schreib auf, was du noch haben möchtest. Das hier wird für eine Weile dein Zuhause sein.«

Lara schüttelte den Kopf.

»Ich brauche die Liste bis morgen früh.« Paresh klang bestimmt.

»Du möchtest nur, dass ich mich mit irgendwas beschäftige.«

»Und ob, das ist erst der Anfang.« Er sah zu Ira, bis auch sie nickte. Dann nahm er einen Stapel Zeitungen aus seiner Aktenmappe. »Man hat eine ganze Menge über dich geschrieben. Wenn du Lust hast, kannst du's lesen.«

»Sind Fotos dabei?«, wollte Lara wissen.

»Haufenweise.«

»Dann kannst du's gleich wieder mitnehmen.«

»*Financial Times*, *Herald Tribune* ... Der *Daily Mirror* hat dir im Sportteil sogar eine ganze Seite gewidmet.«

»Die alten Military-Geschichten«, seufzte Lara. »Ich werd's mir trotzdem nicht ansehen.«

»Mach, was du willst«, sagte Paresh. Er ließ die Zeitungen neben Lara auf dem Bett liegen und überreichte ihr als Nächstes ein kleines Blatt Papier. »Hier stehen vier Leute drauf, sie sind die Einzigen, die wissen, wo du bist.«

Lara warf einen skeptischen Blick auf die kurze Liste. Neben Ira und Paresh standen noch Thomas Cramer und Suzanne Merrit drauf. »Das sind alle?«, fragte Lara mit einer Mischung aus Erstaunen und Empörung.

»Vorläufig ja«, sagte Paresh in geschäftigem Ton. »Thomas übernimmt deinen Bereich, ad interim, versteht sich, und Suzanne ...«

»Für Frauengespräche, ich verstehe.«

»Genau. Dazu kommen das handverlesene Pflegepersonal und die Ärzte hier im *Grace*. Und für die polizeilichen Ermittlungen werde ich als Ansprechpartner fungieren. Wenigstens bis du dich einigermaßen erholt hast. Das habe ich mit Scotland Yard so vereinbart. Wir müssen herausfinden, wer diesen Anschlag zu verantworten hat.«

»Eine Autobombe, das kann doch irgendwer ...«

»Eben.« Paresh erhob sich, ging ein paar Schritte im Zimmer auf und ab, dann meinte er: »Die Presse ist scharf auf deine Geschichte. Wenn nur ein Journalist herausfindet, wo du dich aufhältst, dann weiß es jeder. Das bringt dich nur in Gefahr. Und wir haben ein Chaos, aus dem wir nicht wieder herauskommen.

Es geht nicht anders. Wir müssen davon ausgehen, dass der Anschlag gezielt dir galt. Und was die Beisetzung von Randolph angeht …« Der Sicherheitschef machte eine kurze Pause.

»Ich möchte dabei sein, das kannst du mir nicht abschlagen.« Lara griff nach dem Bedienungsteil ihres Bettes und ließ das Kopfende hochfahren, bis sie aufrecht saß. »Er hat eine Tochter … sie lebt in der Nähe von Sussex. Man muss sie benachrichtigen. Und Enkel hat er auch.«

»Ist bereits geschehen«, sagte Paresh. »Wir haben Randolph gestern beigesetzt. Im engsten Familienkreis auf dem Friedhof der Holy Trinity Church in Sussex.«

»Scheißkerl.«

»Und was deine Schwester angeht …«, fuhr Paresh unbeirrt fort. »Sobald sie von den Behörden in Zürich freigegeben wird, lassen wir sie nach London bringen. Dann werden wir sehen.«

»Weiß man jetzt, was da genau passiert ist?«

Paresh schien einen Moment zu überlegen, dann schüttelte er den Kopf. »Nichts Definitives. Nur dass der Polizist, mit dem du zusammengestoßen bist, suspendiert ist. Der Grund wurde nicht genannt. Diese Sechseläuten-Geschichte ist jedenfalls immer noch in der Presse. Die Journalisten versuchen einen Zusammenhang mit der FIFA herbeizukonstruieren. Offenbar finden sie das schick, so kurz vor der Europameisterschaft. Dabei ist ja noch nicht mal klar, ob es überhaupt ein Fall ist.«

»Die FIFA hat mit der EURO 08 gar nichts zu tun«, sagte Lara. »Das macht die UEFA …« Sie überlegte einen Moment, ob sie Paresh gegenüber Latscho erwähnen sollte. Lara machte sich Sorgen um den Kleinen.

Aber sie schwieg, schloss die Augen, und wieder verfolgten sie Bilder von Charlotte. Verfolgte sie dieser unbeschwerte, leichte Eindruck einer vergangenen Welt, die plötzlich so unendlich fern schien und in der Erinnerung alle Leichtigkeit verlor. Sie sah ihren Vater, wie er zwischen ihnen auf dem Bett saß und die Geschichte vorlas, die Charlotte so liebte und sie selbst nicht mochte, weil sie so traurig war: *Das Mädchen mit den Schwefelhölzchen.* Als müsste sich ihre Seele übergeben, flüsterte sie: »Ich kann nicht mehr. Lasst mich gehen.«

Ira Wendersley hüstelte nervös.

»Blödsinn«, sagte Paresh. »The show must go on.«

3

Die Linden an der Bahnhofstrasse trugen die ersten Blätter im neuen Jahr. Eschenbach entdeckte sie, als er auf der Strecke zwischen Bürkli- und Paradeplatz einen Moment stehen blieb, um zu verschnaufen. Langsamkeit hatte durchaus ihre Vorteile, warum hetzte er so? Richtig schnell wurde er mit den Krücken sowieso nicht. Er stützte sich auf sie, legte den Kopf in den Nacken und blickte hoch in den wolkenlosen Himmel.

Hatte er sich verrannt? War es am Ende doch ein Entreißdiebstahl mit Todesfolge, weil das Opfer ein schwaches Herz hatte? Er konnte es sich einfach nicht vorstellen. Denn bei einem solchen Delikt ging es zu neunundneunzig Prozent um Geld. Eschenbach kannte die Statistiken. Es war das Geld, für das die Leute auf der Straße mit dem Leben bezahlten. Ein grässlicher Gedanke. Aber Charlottes Portemonnaie war nicht entwendet worden. Wenn man ihr tatsächlich etwas entrissen hatte, dann etwas anderes. Nein, er sah keine Gespenster. An diesem Fall war mehr dran. Der aalglatte Kronenberger, der Lara Bischoff vor der Polizei regelrecht beschützte, die Nacht-und-Nebel-Aktion, mit der ihm Kobler den Jungen entzogen hatte, und auch die Suspendierung – Kobler war nie zimperlich gewesen. Die Kobler, die er kannte, hätte ihm das Ganze um die Ohren gehauen, direkt und ohne Schützenhilfe von einem Anwalt. Mit offenem Visier. Und vor allem hätte sie zuerst nach Ergebnissen gefragt, bevor sie sich entschieden hätte, den Fall zu den Akten zu legen. Aber so schwelte die Sache weiter.

Immerhin war das Gespräch mit Gregors Anna Lohl erfolgreich gewesen. Eschenbach schleppte sich vorwärts. Fest umklammerte er die Griffe seiner Krücken. Es musste doch etwas geben, das ihn weiterbrachte. Mit wem hatte sich Charlotte gestritten? Was war so wichtig, dass sie darum kämpfte, bis ihr schwaches Herz zu schlagen aufhörte?

Charlotte Bischoff war kein Fall für die Statistik. Noch nicht.

In der Waaggasse blieb er einen Moment vor dem *Tabak-Lädeli* stehen: Im Schaufenster lag ein indischer Fakir auf einem Brett mit aufrecht stehenden Zigarren. »Sieht aus wie Bin-Laden, der Kerl«, sagte Eschenbach augenzwinkernd beim Eintreten.

Frau Wagner erschrak ein wenig. Als sie ihm die gewünschten zwei Schachteln Brissagos reichte, sagte sie: »Ist doch nur eine Puppe.«

»Hauptsache, die Zigarren sind echt.« Eschenbach bezahlte.

Weiter vorne, beim Weinplatz, stand ein hässlicher, grüner Carlsberg-Laster wie ein Panzer der Wehrmacht quer in der Fußgängerzone. Die dänische Brauerei hatte während der EURO 08 die Exklusivrechte für den Bierausschank. In zwei Monaten würden ganze Stadtteile, vom Seefeld bis zum Limmatplatz, eingenommen werden, sinnierte Eschenbach. Vom Fußball und von Firmen wie EUROCARD, McDonald's und Coca-Cola. Ob es die Schweiz bis zum Europameister der Herzen bringen würde, stand allerdings in den Sternen.

Ihm war das alles fremd. Was um alles in der Welt bewog die Stadt Ulrich Zwinglis, öffentlichen Grund absperren zu lassen, mit Mauern und Draht? Zürich ist eine Schlampe geworden, dachte der Kommissar. Er ließ sich bei der Rathausbrücke auf eine Bank fallen. Nachdem er sich eine Brissago angesteckt hatte, sah er paffend den Touristenschiffen zu, wie sie die Limmat rauf- und runterschipperten. Was wirklich stank, war nicht das Bier – es war das Geld.

Eschenbach rief Jagmetti auf dem Handy an und erkundigte sich nach Latscho. Wenn das mit meiner Arbeitsweise so weitergeht, dachte der Kommissar, dann musste er sich fürs Mobiltelefon einen zweiten Akku besorgen.

»Ich bin gerade in Stäfa«, sagte Claudio. »Ich glaube, es gefällt ihm hier. Meine Leute passen auf, rund um die Uhr.«

»Die Koleggers werden ihn sicher nicht noch einmal entführen lassen«, sagte Eschenbach. »Die haben sich gründlich die Finger verbrannt.«

»Richtig«, meinte Claudio. »Der Auftritt von Kobler hat ihnen tatsächlich den Rest gegeben. Ich hab sie dann noch verhört – sagen jetzt keinen Ton mehr.«

»Ist ja auch nicht verwunderlich«, grummelte Eschenbach, der sich nur ungern an die Situation in Seebach erinnerte. »Woher wussten unsere Leute eigentlich, dass wir dort waren? Das ging ja ruck, zuck.«

»Huwyler«, sagte Claudio. »Der Liegenschaftsverwalter der Stadt ... der hat Kobler die Information zugespielt. Offenbar hatte sie ihn darauf angesetzt.«

»Der Jogg – und ich hab mich noch gewundert, was der will und warum er wegen der Autos so schnell aufgekreuzt ist.« Eschenbach schüttelte den Kopf. »Was sind das neuerdings für Methoden.«

»Die Heimleitung hier, Bangerter heißen die Leute, ein Ehepaar ... also mit denen hab ich nochmals gesprochen wegen dieser Geschichte, weshalb die den Jungen einfach gehen ließen. Du wirst es nicht glauben ... diese Koleggers sind da mit Papieren aufgekreuzt. Damit es so aussah, dass die ein Okay hatten von unserer Seite. Es ist unser Briefpapier, Stempel und alles.«

»Das ist doch gar nicht möglich«, sagte Eschenbach. »Unser Papier? Von der Kantonspolizei? Die müssen das gefälscht haben.« Einen Moment hielt der Kommissar inne. »Sag mal, und wo waren eigentlich unsere Leute? Wenigstens einer müsste dort gewesen sein, als die Koleggers den Jungen geholt haben.«

»Es war niemand da.«

Der Kommissar traute seinen Ohren nicht. »Ich habe Rosa ausdrücklich gesagt …«

»Sie hat alles versucht, glaub mir. Wir sind damit bis zu Kobler … aber sie hat's abgelehnt.«

»Aber das liegt doch in deiner Kompetenz …« Eschenbach schüttelte den Kopf. »Sie hat dir doch jetzt die Leitung der Kripo übertragen, ad interim.«

»Das war erst nachher«, sagte Claudio. »Und die Sicherheitsabteilung ist am Anschlag. Du glaubst nicht, was mit dieser EURO 08 auf uns zukommt.«

»Oh doch!«, rief Eschenbach ins Handy. »Ich hab's vor mir.« Er sah hinüber zu dem grünen LKW, der noch immer alles blockierte. »Ich wohne in der sogenannten Fanzone. Kein Vergnügen, kann ich dir sagen. Und ich werde ausziehen, wenn's so weit ist. Das garantiere ich dir.«

Einen Moment schwiegen beide. Eschenbach stand auf, ging ein paar Schritte: »Du darfst da jetzt nicht lockerlassen, Claudio. Geh nochmals zu den Koleggers. Mach Druck bei den Leuten. Lass sie ins Präsidium kommen. Urkundenfälschung, das ist kein Pappenstiel. Vielleicht müssen wir's dort jetzt auf die harte Tour probieren.«

»Hab ich ja. Aber wie gesagt, die sagen keinen Ton. Haben jetzt auch einen Anwalt, stell dir vor. Einen Dr. Waser, vom Büro *Kronenberger & Graf.*«

»Natürlich!«, stieß Eschenbach aus. »Graf. Sandro Graf, von dem haben die Koleggers gesprochen. Und stell dir vor, der ist auch bei der FIFA. Wie Kronenberger. Langsam frage ich mich wirklich, was hier abläuft. Wir sollten uns einen Durchsuchungsbefehl beschaffen und uns den Laden einmal ansehen. Die Leute befragen, die mit Charlotte zusammengearbeitet haben. Das ganze Programm.«

»Aber wir haben doch überhaupt keinen Hinweis, dass es ein Verbrechen war«, sagte Claudio zögerlich. »Die lachen sich tot bei der Staatsanwaltschaft, wenn wir mit so etwas kommen.«

Der Kommissar sagte: »Ja – ja – ja.« Er wusste, dass der Bündner recht hatte. Auch mit ›Mulo, mulo‹ und ein paar weiteren Sätzen eines verstörten Jungen kämen sie nicht einmal in die Nähe von Verdachtsmomenten, die ein solches Vorgehen rechtfertigen würden. »Ich hab's ja auch nicht ernst gemeint. Du machst das schon richtig, Claudio.«

Nachdem Jagmetti Eschenbach versichert hatte, dass er ihn auf dem Laufenden halten würde, beendeten sie das Gespräch.

Mit den Strahlen einer noch milden Frühjahrssonne im Gesicht überquerte Eschenbach die Brücke beim Rathaus, stieg in den Vierer und fuhr zwei Stationen bis zum Central. Dort nahm er ein Taxi.

Eine halbe Stunde später saß der Kommissar in Salvisbergs unaufgeräumtem Büro im Institut für Rechtsmedizin an der Winterthurerstrasse 190.

»Wir wissen auch nicht, wo er ist«, sagte Frau Käppeli, die Sekretärin des Gerichtspathologen. Die kleine, mollige Frau mit adretter Föhnfrisur war neu im Institut, und sie war die dritte neue Sekretärin innerhalb eines Jahres. Während Eschenbach wartete, kam sie in regelmäßigen Abständen ins Büro und wiederholte den Satz: »Wenn Sie vorher anrufen, können wir es besser timen ... dann verschwenden Sie keine Zeit.«

»Ich habe elend viel Zeit«, sagte Eschenbach. Er saß am kleinen Besuchertisch in der Ecke. Überall lagen Zeitschriften, Bücher und stapelweise Papier. »Und genügend zum Lesen habe ich auch.«

»Es ist furchtbar«, sagte Frau Käppeli, und in ihrem rundlichen Gesicht erschienen ein paar Sorgenfalten, die sofort wieder verschwanden. Eschenbach schätzte sie auf Ende vierzig.

»Ich würd ja am liebsten aufräumen ...«

»Nur das nicht«, unterbrach er sie. »Das war schon der Fehler ihrer Vorgängerinnen. Lassen Sie alles, wie es ist.«

»Sie kennen den Professor schon lange?«

»Ewig.«

»Alles einfach liegenlassen, das sagen hier alle«, murmelte sie. »Aber ganz einfach ist das nicht.« Sie wandte sich zur Tür, etwas enttäuscht darüber, dass Eschenbach ihr auch keinen anderen Ratschlag hatte geben können.

Die Abteilung für forensische Medizin, die Salvisberg leitete, beschäftigte fünf Fach- und ebenso viele Assistenzärzte. Dazu kamen fünf Sekretärinnen und eine Handvoll technisches Personal. Das kleine Team brachte es jährlich auf knapp 700 Obduktionen. Und das war nur ein Teil ihrer Arbeit.

»Stell dir vor«, keuchte Salvisberg, als er endlich erschien. »Ich hab mit dem Rauchen aufgehört.« Es war die Erklärung für mindestens fünf Kilo mehr, die der Pathologe mit sich herumtrug, seit ihn der Kommissar das letzte Mal gesehen hatte. »Vor zwei Wochen«, fügte Salvisberg noch hinzu, bevor der obligate Hustenanfall folgte.

»Und fühlst du dich besser?«

»Bist du jetzt der Zyniker oder was?« Salvisberg musterte Eschenbachs Nase, seinen Gipsfuß und die Krücken. Schließlich ließ er sich in seinen Drehstuhl fallen: »Es ist ein völliger Witz, dich für den Tod der Frau verantwortlich zu machen. Das weißt du, oder?«

»Ich habe ausgiebig darüber gelacht.«

»War nicht so gemeint. Du kommst wegen der Frau, nehme ich an.«

Eschenbach nickte.

»Als Zivilist, nehme ich an.«

»Du hast es gelesen?«

Salvisberg nickte. »Es war nicht zu übersehen.«

Der Kommissar zuckte mit den Schultern. »Was soll man machen. Die Suspendierung ist ein Witz. Krankgeschrieben bin ich auch. Aber ich mach trotzdem weiter.«

»*Last Man Standing* – eh?«, der Pathologe grinste. »Bruce Willis beim Aufräumen. Hast du den Film gesehen?«

»Blödsinn«, sagte Eschenbach. »Es gibt einen Jungen, der hat etwas gesehen. Nämlich wie die Frau mit jemandem Streit hatte.« Das Wort *Mulo* ließ Eschenbach tunlichst beiseite. Salvisberg war ein Mensch, der nur zu gern die Dinge ins Lächerliche zog. »Der Bub sieht, wie der Frau etwas entrissen wird, und wie sie stirbt …«

»Dann hast du ja immerhin etwas«, hustete Salvisberg. »Wenn der Kleine präzise Angaben macht und Gewalt im Spiel war … lass doch von diesem Mann ein Phantombild erstellen.«

»Nun ja. Wir werden's probieren«, meinte Eschenbach düster.

»Es müsste allerdings schon etwas Gravierendes vorgefallen sein«, sagte der Pathologe weiter. »Die Frau hatte einen implantierten Cardioverter … einen Defibrillator, wie man sagt. Der hätte unter normalen Umständen eigentlich funktionieren müssen.«

»Und warum tat er es nicht?«

Salvisberg zuckte die Schultern, sah in Eschenbachs besorgtes Gesicht – dann lachte er. »Nein, mein Lieber. Lass dir ja nichts anhängen. Du hast damit überhaupt nichts zu tun. Der Cardioverter hätte längst seinen Dienst tun müssen, bevor du dort aufgekreuzt bist.«

»Und wenn das so ist … ich meine, warum hast du mir das nicht sofort mitgeteilt, nach allem, was die Presse darüber geschrieben hat?«

Salvisberg zuckte wieder die Schultern. »Gute Frage … Sorry, tut mir leid.«

Der Kommissar spürte dennoch die Erleichterung.

»Die Frau hatte einen Ionenkanaldefekt – ich habe mir die Krankenakte kommen lassen«, sagte der Pathologe, als wollte er das Verpasste nachholen. »Das ist eine eher seltene, angeborene Herzrhythmusstörung. Eine lange Leidensgeschichte, und die war auch der Grund, weshalb sie sich den Defibrillator implantieren ließ. Trotzdem …« Salvisberg streckte die Beine von sich und nestelte an einer Packung mit Nikotinkaugummis. »Ich weiß nicht, was dir der Junge alles erzählt hat, von wegen Streit und so. Ich habe jedenfalls keine Spuren eines Kampfes feststellen können. Pathologisch gesehen, ist es ein klassischer Herztod.«

»Bist du dir wirklich sicher, Kurt?«

»Herrgott!« Salvisberg schnaufte. Er zog eine Akte mitten aus einem Stapel mit Papier und Berichten, entnahm ihr zwei Fotos und zeigte sie Eschenbach. »Die einzigen Hämatome, die man erkennen kann ... hier auf Brustkorb und Armen, die sind von dir. Das ist optisch zwar nicht schön, aber weil sie post mortem zugefügt wurden, auch nicht relevant.«

Eschenbach seufzte tief, und mit bedrückter Miene sagte er: »Vielleicht ist es zu einer fixen Idee geworden von mir, das ist möglich. Jedes Jahr gibt es im Kanton Zürich fünfzig Tötungsdelikte. Erstochen und erschlagen ...«

»Ich weiß«, hustete Salvisberg. »Überfahren, vergiftet und erschossen. Wem erzählst du das. Drum freue dich, dass hier Herzversagen vorliegt. Die häufigste Todesursache.«

»Freuen?«, sagte der Kommissar und fuhr sich mit der Hand durchs Haar. »Weißt du, ich würde mich eigentlich um diesen Fall gar nicht mehr kümmern ... nicht persönlich jedenfalls. Könnte sagen, im schlimmsten Fall ist es Entreißdiebstahl mit anschließendem Herzinfarkt. Unglücklich, gewissermaßen. Das kann man sagen. Aber mehr nicht. Das können auch andere lösen. Ich bin nur rein zufällig dazugestoßen, als es passiert ist.«

Salvisberg runzelte die Stirn.

»Aber da war dieser Bub, den wir zuerst völlig übersehen haben. Stand bei der Frau, verwirrt. Schien nun niemanden mehr zu haben. Ich habe mich vor Ort um ihn gekümmert, dann Rosa – und am Ende landete er im Heim. Ist eine lange Geschichte. Jedenfalls ...«

»Und der hat etwas gesehen, hast du gesagt.«

»Das Problem ist nur, dass er nicht wirklich spricht. Nur zwei Mal hat er etwas gesagt ...« Eschenbach erzählte Salvisberg, was er dem Pathologen zuvor vorenthalten hatte. »Und dann geht's plötzlich rund. Die FIFA läuft bei uns auf, der Junge wird entführt und taucht an der Grenze in Chiasso zum Glück wieder auf. Aber alles geht schief wie bei der Pechmarie. So viel unglückliche Zufälle gibt's in hundert Jahren nicht.«

Salvisberg hörte kauend zu. Als der Kommissar beim Aufzählen der Zufälle etwas ins Stocken geriet und auf seine Erinnerungslücken zu sprechen kam, sagte der Pathologe: »Schädel-Hirn-Trauma vermutlich. Hast du noch Kopfschmerzen?«

»Nein.«

»Schläfrig … duslig, grippig auch nicht mehr?«

»Es geht eigentlich.« Eschenbach zog die Schultern hoch. »Vielleicht hör ich nachher auch mit dem Rauchen auf. Aber vorher will ich Antworten. Ich kann die Sache mit dem Jungen nicht einfach liegenlassen. Ich bin's dem Kleinen schuldig.«

Salvisberg blinzelte. »Findest du nicht, dass du dich da in etwas reinsteigerst?«

»Das ist mir völlig schnurz. Und wenn's der letzte Fall ist, den ich lösen werde. Ich hör nicht auf, bis ich weiß, warum das alles so gekommen ist.«

»Vielleicht ist es ja gerade das«, sagte Salvisberg nachdenklich. »Jemand will verhindern, dass das passiert … dass du dich so verbeißt in die Sache.«

»Auf den Gedanken bin ich auch schon gekommen.« Eschenbach sah dem Gerichtspathologen kurz in die Augen. »Würdest du mir den Bericht einmal mitgeben? Und wenn dir noch etwas einfällt, Kurt, dann ruf mich an, ja? Ich mach schon alleine weiter.«

Salvisberg stand auf. »Nun gut«, grummelte er und drehte dabei an seinem Stuhl. »Und wenn ich dir sage, dass Kobler die Akte auch schon angefordert hat?«

»Elisabeth Kobler?« Eschenbach hob erstaunt die Augenbrauen. Er stand nun ebenfalls auf.

»Nicht persönlich natürlich … ihre Assistentin war's. Aber wenn du in fünf Jahren aus der Kommandozentrale keinen einzigen Anruf kriegst, und plötzlich melden sich die?! Ich weiß ja nicht.«

»Ich war weg, möglicherweise erklärt es das. Und Jagmetti ist im EURO-08-Fieber.«

»Trotzdem komisch.« Salvisberg kaute angestrengt. »Vor allem, wenn man's zwei Tage später in der Zeitung liest. Dazu noch eine völlige Fehlinterpretation der medizinischen Fakten.«

»Du meinst die Fotos der Blutergüsse. Ich habe mich noch gefragt, auf welchem Weg die zu den Journalisten gekommen sind. Jetzt wird mir einiges klar.«

»Eben.« Salvisberg rollte seine kleinen Augen, spuckte den Kaugummi in den Papierkorb und nahm einen neuen. »Da war nichts mehr zu machen. Wie schon gesagt. Weder im Positiven noch im Negativen. Nur eben schreiben hätte man es müssen.«

Der Kommissar hatte den Vorfall wieder deutlich vor Augen.

»Aber jetzt ist es ja vorbei. Wir haben den Leichnam freigegeben. Geht nach London, auf Wunsch der Schwester.«

»Lara Bischoff?«

»Ich glaube, so heißt sie.« Salvisberg schloss die Augen, als denke er nach. »Eine dunkelhaarige, große ... Hast du sie nicht kennengelernt?«

»Nicht wirklich«, sagte Eschenbach. »Schädel-Hirn-Trauma.«

»Ach so, klar. Also die ist gleich am nächsten Tag hierhergekommen, zusammen mit ihrem Anwalt, um ihre Schwester zu identifizieren.«

»Ach, das muss Kronenberger gewesen sein. Und hat sie etwas gesagt, ich meine, war sie wütend?«

Salvisberg schüttelte seinen dicken Schädel. »Wenn du in einem Kühlraum bist und man zieht deine tote Schwester aus einer Schublade ... Ich hab noch keinen gesehen, der dann wütend war.«

Eschenbach nickte.

»Sie stand einfach da, mit ihrem blassen Teint, aufrecht wie eine Alabastersäule. Sie hat sich die Tote lange angesehen. Dann ist sie ihr mit der Hand übers Haar gefahren: ›Ja, das ist meine Schwester‹, hat sie gesagt. Mehr nicht. Keine Tränen, keine Fragen. Dann ist sie gegangen.«

»Keine Emotionen also.«

»Das würde ich nicht behaupten«, widersprach Salvisberg. »Sie hat Haltung gezeigt. Ich habe das selten so perfekt gesehen. Aber ich glaube schon, dass sie sehr traurig war. So etwas spürt man einfach.«

4

Als Eschenbach mit dem Taxi zurück in die Innenstadt fuhr, war es kurz vor fünf. Er war erleichtert und besorgt zugleich.

Die Aussagen Salvisbergs zur Todesursache von Charlotte Bischoff waren so klar und eindeutig gewesen, wie er es nur selten zuvor bei einem Pathologen erlebt hatte. Kein Konjunktiv, keine Zweifel, nirgendwo. Es hatte tatsächlich so geklungen, als könnte er seine Vorwürfe nun endlich restlos begraben.

Das sollte ihm gelingen, dachte Eschenbach. Aber für Luftsprünge reichte es nicht. Sein Unbehagen ließ sich nicht abschütteln. Vielleicht würde ein Gespräch mit dieser Lara Bischoff etwas bringen.

Beim Weinplatz stieg er aus, ging ein Stück zu Fuß bis in die Schlüssel-Gasse. Bei Truffe kaufte er die schwarzen Schokoplättchen, die Corina so liebte. Seine Frau hatte ihn überraschend zum Essen eingeladen und gemeint: »Ich hab's in der Zeitung gelesen. Bei dieser Gelegenheit kannst du mir ja erzählen, wie's wirklich gewesen war.« Vermutlich wollte sie ihn aufheitern.

Nachdem er zu Hause geduscht und sich ein neues Hemd übergezogen hatte, setzte sich Eschenbach an den Computer.

Er fand nichts Brauchbares, als er bei *Google* den Namen Lara Bischoff eingab. Die Lady mit Haltung fand sich dort nicht, und das war ungewöhnlich. Dass es nicht an der Suchmaschine lag, zeigten die dreihundert Einträge, die ihm entgegensprangen, als er seinen eigenen Namen eintippte. Auf der Homepage von 20minuten.ch konnten die Leser abstimmen, ob er als Kripochef nun definitiv vom Dienst zurücktreten sollte. Es stand 48 : 52 zu seinen Gunsten. Mit einem Kopfschütteln drehte er der Kiste den Strom ab, nahm das Telefon und humpelte zur Couch. Dann wählte er die Nummer von Ewald Lenz.

Lenz ging sofort ans Telefon und wurde hellhörig, als ihm Eschenbach kurz die Situation schilderte.

»Keinen einzigen Eintrag? Nicht schlecht für eine Person, die laut *Forbes* zu den fünfzig wichtigsten Leuten der City gehört. Die einen wollen ums Verrecken gefunden werden, die andern eben nicht. Und mit entsprechend viel Barem lässt sich das einrichten.«

Eschenbach überlegte, wie viel Bares er benötigen würde.

»Eigentlich habe ich gedacht, du kommst mal vorbei ... für eine Partie Schach, bei mir in der Mühle.«

»Ich spiel kein Schach.« Eschenbach lachte. »Nicht gegen dich, das weißt du.«

»Jetzt hast du doch Zeit, wie ich höre. Es hat sich einiges getan, seit wir uns das letzte Mal gesehen haben, nicht nur bei dir. Heißt die Kleine noch immer Juliet?«

»Hast du das auch irgendwo gelesen?«

»Unsinn!« Lenz lachte ebenfalls. »Du hattest es mir selbst erzählt. Aber was in den Zeitungen darüber geschrieben wurde, war auch nicht uninteressant.«

»Behalt's für dich«, sagte Eschenbach rasch, bevor Lenz einen Satz zum Besten geben konnte. »Ich gehe zu Corina. Sie hat mich eingeladen.«

»Ach so.«

»Ich könnte morgen um die Mittagszeit zu dir kommen. Ich meine, wenn's dir passt. Schau doch mal, ob du was findest, bis dahin.«

»Mir passt's immer.«

»Dann bis morgen also.« Eschenbach legte auf. Er hatte den Alten schon eine Weile nicht mehr gesehen und fragte sich, ob es ihm wirklich gutging, so allein auf sich gestellt. Es war einer seiner Vorsätze fürs neue Jahr gewesen; einmal bei Lenz vorbeizuschauen, ohne etwas von ihm zu wollen. Aber dafür war es jetzt zu spät.

»Wenn du was brauchst, dann geh zum Lenz«, hatte Eschenbachs Vorgänger Toni Stalder bei der Kommandoübergabe gesagt, als sie die Personalliste durchgegangen waren. »Arbeitet bei uns im Archiv. Könnte Hochschulprofessor sein ... Ist wie ein Ferrari, der Lenz. Wenn alles gut eingestellt ist, dann gibt's nichts Besseres.«

Ein Spruch. Mehr nicht. Jedenfalls hatte Eschenbach nicht darüber nachgedacht.

Als er sich Monate später zum ersten Mal um das Phänomen Lenz kümmern musste, war es beinahe zu spät gewesen. Um ein Haar hätte sich der Ferrari selbst zu Schrott gefahren.

Direkt vom Archiv hatte man Lenz in die Klinik Hirslanden gebracht, mit 2,5 Promille Alkohol im Blut. Eschenbach war sofort hingefahren. Allerdings war es das letzte Mal gewesen, dass sich Lenz unkontrolliert in diesen Zustand gesoffen hatte. Und der Kommissar hatte bald herausgefunden, dass Alkohol nicht Lenzens eigentliches Problem war.

Die Leidenschaft von Ewald Lenz waren Informationen. Kein tragischer Umstand an sich, nur bei Lenz war es anders: Während der gesunde Mensch das meiste, das er wahrnahm, sah, las oder hörte, irgendwann wieder vergaß, blieb es in Lenzens Gehirn eingebrannt wie auf einer Festplatte. »Die Natur hat mich um die Gunst des Vergessens beschissen«, hatte ihm der Alte damals in der Hirslanden-Klinik erklärt, als er wieder nüchtern war. Dass er sich drei- bis viermal jährlich in eine Ohnmacht saufe, sei seine Flucht ins Leere; ohne anhaltende Wirkung allerdings. Denn alles käme wieder, wie Mücken nach einem Sturm.

Eschenbach dachte noch eine Weile über seinen Freund Lenz nach, denn Freunde, das waren sie mit der Zeit geworden. Sonderbar eigentlich, dass es das Gerücht, er habe jahrelang einen alkoholkranken Spinner im Archiv beschäftigt, nicht bis in die Zeitungen geschafft hatte.

Bei Corina zu Hause sah es aus wie an Weihnachten, fand Eschenbach, als er die kleine Wohnung betrat. Auf dem festlich gedeckten Tisch stand ein großer Blumenstrauß, sogar Platzteller waren zum Einsatz gekommen und das Silberbesteck ihrer Mutter. Eine Menge Kerzen brannten.

»Feiern wir goldene Hochzeit?«, fragte der Kommissar. Er reichte Corina das kleine Päckchen von Truffe.

Sie lachte. »Aus der Wohnung im Seefeld mussten wir raus, weil der Vermieter das Haus verkauft hat. Aber das weißt du ja ... habe ich dir schon mal erzählt. Nun habe ich erfahren, dass die dort alles abreißen. Machen auf Luxus. Bauen Residenzen, die achttausend Franken im Monat kosten.«

»Chinesen und Russen – die kaufen alles zusammen«, brummelte Eschenbach. Er folgte Corina in die Küche, und als er begann, seine Nase in die Kochtöpfe zu stecken, meinte sie: »Setz dich ruhig hin. Mit deinem Gips bist du mir sowieso keine Hilfe.«

Zur Vorspeise gab es einen Gurkencarpaccio. Auch wenn eine Ewigkeit vergangen war, seit sie zum letzten Mal tête-à-tête an einem Tisch gesessen hatten – die Vertrautheit war wieder da, so als wäre sie nie entschwunden. Sie sprachen über Kathrin; über den Balanceakt ihrer Tochter zwischen Schule und Jungs.

»Vielleicht klappt es, dass Kathrin für ein Austauschjahr nach Kanada kann«, sagte Corina mit einem vielsagenden Lächeln. »Dieser Tage erhalten wir Bescheid, ob es klappt. Ich würde dann mit ihr gehen, ein paar Wochen Ferien, bevor die Schule beginnt. Weißt du noch? Kanada ... das hatten wir doch immer geplant.«

Eschenbach nickte. »Lachse fischen, genau.«

»Oder wandern.«

»Von mir aus.«

Corina zögerte etwas, dann fragte sie: »Du bist suspendiert ...

ich meine, kannst du dir vorstellen, mit uns zu kommen, zu dritt, so wie wir das immer gemacht haben?«

Eschenbach sah Corina lange an. Er vernahm, wie im Hintergrund leise das Oscar Peterson Trio spielte (mit Joe Pass an der Gitarre und Niels-Henning Pedersen am Bass). »Die hast du extra wegen mir aufgelegt, oder?«

Als plötzlich der Braten im Ofen qualmte und sie beide alle Hände voll zu tun hatten, war es fast wieder wie früher.

Am nächsten Morgen war Corina schon weg, als Eschenbach erwachte. Die Sonne schien durchs Schlafzimmerfenster.

Er duschte, frühstückte und las die Zeitung (mit Corinas Lippenstiftmund auf der Frontseite). Dann brach er auf. Nur ungern verließ er die Wohnung in der Zentralstrasse. Während der zweihundert Meter bis zur Fritschi-Wiese bestürmten ihn Erinnerungen aus seiner Kindheit. In diesem Quartier war er aufgewachsen. Hier hatte er sein erstes Fahrrad ausprobiert und später, mit sechzehn, in einem Hinterhof seiner Puch (mit Zweigangschaltung) ein Kolbenfenster verpasst. Zusammen mit Gregor und Christian.

Angesichts der Umwandlung seines jetzigen Zuhauses in eine EURO-08-Fanzone dachte er ernsthaft darüber nach umzuziehen. Die Wohnlage rund um den Storchen war zwar traumhaft, aber der piekfeine Schick dort, die Armada sündhaft teurer Designerboutiquen und die Touristen gingen ihm seit geraumer Zeit auf den Geist. Zurück zu den Wurzeln, vielleicht wäre das die Lösung.

Versunken in diese Gedanken stieg er in der Zypressenstrasse in die Tram und fuhr prompt in die falsche Richtung. Zwei Haltestellen weiter und eine Viertelstunde später nahm er ein Taxi, das ihn direkt zum Triemli fuhr.

Es war der große Tag, an dem sich herausstellen sollte, ob seine Nase einigermaßen spurlos zusammengewachsen war. Dr. Häberli ließ auf sich warten. Eschenbach blätterte in einer *Schwei-*

zer Illustrierten vom letzten August. Er war gutgelaunt. Daran konnte auch die beklemmende Atmosphäre im Wartezimmer und die bevorstehende Untersuchung nichts ändern.

»Nicht ganz gerade, aber auch nicht bös krumm«, sagte Häberli mit einem Gesichtsausdruck, der vermuten ließ, dass sie schon viel Schlimmeres gesehen hatte. Sie gab Eschenbach einen winzigen Schminkspiegel.

»Nun ja«, sagte der Kommissar, nachdem er sich so weit wie möglich ein Bild gemacht hatte. »Ganz neu wird's wohl nicht mehr.«

»Man kann's natürlich auch noch zehnmal operieren«, sagte die Ärztin und fixierte die Nase wieder mit Plastikschiene und Klebestreifen. »Noch zwei bis drei Wochen würde ich's drauflassen. Als Schutz. Aber Sie machen ja sowieso, was Sie wollen.«

5

Du kommst gerade rechtzeitig zum Mittagessen«, sagte Ewald Lenz, als er Eschenbach die Tür öffnete. Und weil er neben dem Kommissar Jagmetti stehen sah, fügte er leicht irritiert hinzu: »Vielleicht reicht's ja auch für drei.«

»Nimm's mir nicht übel, Ewald. Aber Claudio ist jetzt an der Sache dran, du weißt ja ... Und da habe ich gedacht, ich nehm ihn gleich mit.« Eschenbach grinste jovial. »Außerdem kommen wir kaum noch dazu, uns abzusprechen. Die EURO und mein Gipsfuß. Ich weiß nicht, was schlimmer ist.«

Lenz winkte sie herein.

Claudio schaute sich voller Bewunderung um. Lenz bewohnte zweieinhalb Zimmer einer alten Mühle, die hoch über Zürich an der Forchstrasse lag. Weil das Anwesen einem Geigenbauer gehörte, roch es überall nach frisch verarbeitetem Holz und Leim. Und ab und zu zitterten die Saiten eines Cellos, einer Bratsche oder Geige.

Der kleine Mann mit dem rötlichen Schnurrbart verschwand gleich wieder in der Küche und erschien kurz darauf mit einem großen Topf, den er hinaus in den Vorgarten trug. »Ravioli mit Ricotta- und Spinatfüllung«, kündigte er an. »Und eigenes Basilikum, wohlverstanden.« Der Tisch draußen war bereits gedeckt, und auf der verwitterten Holzbank lagen alte Militärdecken als Polsterung bereit.

Lenz kam mit einem weiteren Teller und mit Besteck. Sie setzten sich.

Jagmetti legte erschöpft sein Handy auf den Tisch. Er sah müde aus.

»Geht's euch gut?«, fragte Lenz, nachdem sie eine Weile schweigend dem Plätschern des Bachs gelauscht und gegessen hatten.

»Ist das nicht die Frage, die ich normalerweise stelle?«, konterte Eschenbach.

»Komisch, nicht wahr?« Lenz blinzelte gegen die Sonne. Er griff nach der alten Schirmmütze, die hinter ihm auf dem Fensterbrett lag, und setzte sie auf. »Wenn die Arbeit weg ist, wird's plötzlich einsam.«

»Also ich kann mich nicht beklagen«, sagte Jagmetti.

»Macht jetzt wohl auch noch deine Arbeit, eh?«

»So halb«, sagte Eschenbach und lachte.

»Diese Bischoff, eh? Die bereitet euch Kopfzerbrechen?« Und an Jagmetti gerichtet, meinte Lenz: »Kommen Sie denn voran?«

»Voran komme ich nur mit der EURO 08. Großartiger Einfall von Kobler, mir gleichzeitig beides auf den Tisch zu hieven.« Claudio schluckte den Bissen herunter und schnaufte. »Okay, die Presse hat sich beruhigt. Aber seit wann ist das unsere Priorität? Jedenfalls hab ich nichts Neues. Der Junge ist im Heim, spricht nicht, und wenn er Pech hat, dann verrottet er dort.«

Eschenbach hatte Jagmetti selten so aufgebracht erlebt.

»Welcher Junge? Darüber habe ich nichts gelesen.«

»Der Eschenbach ein Bein gestellt hat. Wegen ihm ist er suspendiert. Eigentlich wäre es sowieso besser gewesen, wir hätten ihn bei den Fahrenden gelassen. Die haben sich ja auch sonst immer um ihn gekümmert.«

»Die Fahrenden?« Lenz verschluckte sich, hustete und sah fragend zwischen Jagmetti und Eschenbach hin und her.

Als Jagmetti mit vollem Mund seufzte und wieder ausholen wollte, da übernahm der Kommissar und erklärte Lenz in knappen Sätzen, was sich bisher alles ereignet hatte. »Und jetzt brauch ich was über diese Lara Bischoff.«

»Hab's schon verstanden.«

»Und wenn es geht, auch über die Schwester. Sie hat bei der FIFA gearbeitet. Und über diesen Anwalt, den mir Lara Bischoff auf den Hals gehetzt hat. Kronenberger heißt der.«

»Ja, ja«, erwiderte Lenz. »Jetzt essen wir zuerst fertig.«

Eschenbach hörte, wie ein Wagen vorfuhr und auf dem Kiesplatz vor der Mühle anhielt. Kurz darauf kamen zwei Gärtner. Sie grüßten Lenz, als sie am Vorgarten vorbei zu den Obstbäumen gingen, die weiter unten auf einer großen Wiese standen.

Als die Teller leer waren und Lenz sich mit einer weißen Stoffserviette bedächtig den Schnurrbart abgewischt hatte, sagte er zu Jagmetti: »Wissen Sie, junger Mann. Wir leben in einer Zeit, in der jeder jedem misstraut. Alle gegen alle heißt das Spiel.«

»Nichts wirklich Neues«, sagte Eschenbach. Er pickte mit der Gabel die letzten Ravioli aus dem Kochtopf.

»Oh doch«, meinte Lenz. »Familie, Militär, Partei ... Die großen Allianzen sind auseinandergebrochen. Der alte Kitt fehlt ... und das hat in den letzten Jahren das System komplett verändert. Ich geb euch ein Beispiel ...« Lenz zog seine alte Bruyère-Pfeife aus der Hosentasche und zündete sie an. »Im Moment läuft ein Ding gegen den neuen Armeechef. Ich würde wetten, dass der in zwei Monaten nicht mehr im Amt ist.«

»Der wurde doch eben erst gewählt«, sagte Jagmetti.

»Was spielt das für eine Rolle?« Lenz paffte kleine Rauchwölkchen in die klare Frühlingsluft. »Der Witz dabei ist: Die Informationen, die ihm das Genick brechen werden, kommen aus den eigenen Reihen.«

»War das nicht immer so?« Eschenbach schmunzelte: »Hochverrat, der Stoff der klassischen Dramen. Ganze Opern konnte man dran aufhängen.«

»Nur heut ist's die Regel. Verpfeifen, verpetzen ... der Verrat ist salonfähig geworden. Jeder nützt ihn für seine Zwecke. Noch vor zehn Jahren war es unvorstellbar, dass der höchste Offizier der Schweizer Armee von seinen Kollegen zu Fall gebracht wird.

Durch eine Indiskretion, die übrigens nicht die Landesverteidigung, sondern was ganz Privates betrifft.«

»Wenn's schlimm genug ist?«, meinte Claudio.

»Jeder hat irgendwo ein kleines Stück Dreck am Stecken«, fuhr Lenz unbeirrt fort. »Wenn einer was leistet, ambitioniert an einer Karriere bastelt, dann tritt er irgendwann in ein Stück Scheiße, da kann er aufpassen, wie er will. Und die Träger dieser Information finden sich immer im unmittelbaren Umfeld.«

Eschenbach dachte daran, wie ihn die Presse durch den Dreck gezogen hatte. »Und wenn nichts vorliegt?«, fragte er.

Jagmetti schaute ihn an.

»Nichts ist immer relativ«, meinte Lenz. »Wir machen alle Fehler, irgendwann. Und der Rest ist Inszenierung.«

»Die Medien eben«, seufzte der Kommissar.

»Nein, Lenz könnte recht haben. Nicht nur die Medien. Auch intern«, sagte Jagmetti.

»Die Medien kolportieren nur, was gefunden werden kann. Manchmal muss man es ihnen richtig aufs Auge drücken, dass sie's sehen.« Lenz sog an seiner Pfeife, und weil sie ausgegangen war, legte er sie auf den Tisch. »Und wenn das Thema einmal gesetzt ist, dann kommt der ganze Rest der Truppe und schreibt es ab. Nicht mal für einen Gegencheck reicht die Zeit in den Redaktionen. Höchstenfalls ein Querverweis zur Konkurrenz, die's schon gebracht hat.«

Eschenbach wusste, wovon Lenz sprach. Und alles in ihm sträubte sich, an diese Zeit zurückzudenken.

»Und dann …« Lenz lehnte sich zurück und verschränkte die Arme. »Wenn die ganzen Journalisten erst mal draufgesprungen sind … dann rollt's wie ein D-Zug und überfährt alles, was man vorher aufs Gleis gebunden hat. Einfach kalkulierbar und effektiv. Die Medien sind die Henker, nicht die Richter.«

»Und wer urteilt und richtet deiner Ansicht nach? Ich kenne kaum ein Spiel, in dem es keinen Schiedsrichter gibt.«

»Stell dir ein Schachbrett mit Figuren vor: Bauern, Läufer, Springer, Damen, Türme ... und alle haben eine andere Farbe.«

»Und Könige?«, warf Jagmetti ein. »Die wichtigste Figur haben Sie vergessen.«

»Ich weiß«, sagte Lenz und grinste. »Das ist ja gerade der Clou. Die Armee kämpft gegen die eigenen Leute. Der Politiker gegen den Kollegen in seiner Partei ... die Mutter gegen den Vater und die Kinder gegen sich selbst. Im Spiel *alle gegen alle* gibt's keine Könige.«

»Schönes Spiel«, sagte Jagmetti. »Und was ist das Ziel?«

»Jeder hat ein anderes.«

Einer der Gärtner stand plötzlich da und räusperte sich. Als Lenz ihm kurz zunickte, sagte er: »Der alte Kirschbaum ... Sie haben gesagt, wir sollen es versuchen. Ich bin mir nicht sicher, ob er es schafft.«

»Er muss«, sagte Lenz.

»Hoffen wir das Beste.« Der Mann blickte kurz in die Richtung, aus der er gekommen war. »Die anderen Bäume sind übrigens okay. Und die Buchenhecke, die ziehen wir jetzt weiter hinunter bis zur Grenze, ist das richtig?«

»Ganz genau«, erwiderte Lenz.

»Ist auch viel schöner so.«

»Eben.«

Nachdem er sich abermals für die Störung entschuldigt hatte, ging der Gärtner wieder.

»Bist du neuerdings für den Garten zuständig?«, fragte Eschenbach.

Lenz schwieg einen Moment, dann nickte er. »Ja, der Garten und die Mühle ... Ist ein schöner Ort hier oben. Ich kümmere mich ein wenig darum.«

Das Gesicht von Ewald Lenz verfinsterte sich, und in seinen wässrig-blauen Äuglein lag ein Ausdruck, den der Kommissar nicht richtig zu deuten wusste. Nahm ihm der Alte übel, dass er ihn frühzeitig in Pension geschickt hatte? War es das? Eschenbach überlegte, ob er ihn später einmal darauf ansprechen sollte, wenn Jagmetti nicht dabei war.

Nachdem sie mit dem Nachtisch fertig waren, stand Lenz auf, ging in sein Arbeitszimmer und kam kurz darauf mit einer Plastikhülle in der Hand zurück. »Lara Bischoff«, sagte er. »Danach hattest du doch gefragt.«

»Allerdings«, sagte Eschenbach und schielte gespannt auf das Mäppchen. »Und wieso finde ich bei *Google* nichts über die Dame. Kannst du mir das bitte erklären?«

»Ein andermal«, sagte Lenz.

»Bei mir sind's ein paar hundert Einträge. Ich schäme mich.«

»Ich weiß.« Lenz zuckte die Achseln. »Schau heute Abend nochmals rein, oder morgen … Aber jetzt erst mal zu der Dame hier.« Lenz schob das Geschirr beiseite und breitete seine Notizen auf dem Tisch aus.

Der seltsame Ausdruck in seinem Gesicht, der Eschenbach zuvor so irritiert hatte, war verschwunden.

»Also hört mal hin«, begann Lenz. »Der Familie gehörte ein Bankhaus in Frankfurt. Sie verkauften es 1938 und siedelten vor Kriegsausbruch in die Schweiz über.«

»Jüdisch?«, fragte Jagmetti, der gespannt zuhörte.

»Ist in diesem Zusammenhang unwichtig.« Lenz konzentrierte sich auf die Notizen. »Laras Vater, einziges Kind und zu diesem Zeitpunkt noch keine zwanzig, kümmerte sich fortan um die Geschäfte. Er kaufte sich noch während der Kriegswirren bei Goldmann Investments Ltd. in London ein. Dann heiratete er, im Mai 1945, eine junge Schweizerin. Schönes Anwesen in Feldbach, am Zürichsee. Er pendelt zwischen Zürich und London. Und 1964 wird Lara geboren, in der Frauenklinik des Universitätsspitals Zürich.« Lenz schob ein Blatt Papier zu Eschenbach. »Das ist die Geburtsurkunde der Lady. Wächst in behüteten Verhältnissen auf. Matura am Institut Dr. Pfister am Aegerisee. Dann Studium der Rechtswissenschaften und Ökonomie, zuerst Zürich, dann an der London School Of Economics.«

»Und die Schwester?«, fragte Eschenbach.

Aber Lenz winkte ab. »Unterbrich mich nicht schon wieder«, sagte er etwas unwirsch. »Da komm ich schon noch dazu ... Ach, wo ist das jetzt?« Lenz kramte ein paar Kopien von Zeitungsausschnitten aus den Jahren 1993 bis 1998 hervor und gab sie Eschenbach. »Sie war eine der ersten Frauen im englischen Kader der Military-Reiter. Ist kein Püppchen.«

Eschenbach überlegte, ob der letzte Satz nun die Schwester betraf oder immer noch Lara. Er unterließ es, dieselbe Frage noch einmal zu stellen.

»Wir reden immer noch über Lara, oder?« Jagmetti war aufgestanden und streckte sich.

»An der andern bin ich noch dran. Herrgott, ich bin auch nicht allwissend. Vermutlich ist sie in London geboren ... Gefunden habe ich noch nichts.«

»Sie hat einen Schweizer Pass«, warf Eschenbach ein.

»Ich weiß ... ich suche noch«, sagte Lenz.

Dann kam nochmals der Gärtner, der etwas wegen den Buchensträuchern wissen wollte. Eschenbach schaute zu der Stelle, an der früher der Bach durchgeflossen und wo noch immer ein mächtiges Mühlrad angebracht war.

Jagmetti stand mit dem Rücken zu ihnen und schaute in Richtung Garten. Lenz verzog leicht das Gesicht, als der Gärtner dann noch wie nebenbei erwähnte, dass der Aushub für den Seerosenteich zwei Wochen länger dauern würde.

»Du lässt einen Seerosenteich anlegen? Donnerwetter!« Eschenbach war überrascht. Lenz und Seerosen?

»Wird ein richtig schönes Plätzchen«, murmelte Lenz und wandte sich schnell wieder den Akten zu. »Jetzt kommt's«, sagte er und schaute Eschenbach direkt an. »Ach so, noch etwas: Die Bischoff war beim Sechseläuten als Gast bei der Constaffelzunft.«

Jagmetti war zum Tisch zurückgekehrt und murmelte etwas, das wie ›Rückenschmerzen‹ klang.

»So, so, Constaffelzunft«, meinte Eschenbach interessiert. »Und?«

»Nichts und. Sie ist dort nicht aufgetaucht.« Lenz suchte etwas in seinen Unterlagen. »Aber als sie ein paar Tage später nach London zurückgekehrt ist, da hatte sie einen schweren Unfall.«

»Na also«, hörte sich Eschenbach voller Schadenfreude sagen und war selbst etwas erschrocken.

»Mit ihrem Wagen«, fügte Lenz hinzu. »Nichts Schönes ... Die halten das ziemlich unterm Deckel dort. Der alte Chauffeur hat's nicht überlebt, sie schon. Von einer Explosion war die Rede. Ursache unbekannt.«

Eschenbach schaute zu Jagmetti. Der war inzwischen auch hellhörig geworden.

Lenz zog ein Papier hervor und präsentierte es Eschenbach wie eine Trophäe. »Das hier hat mich echt was gekostet.«

Princess Grace, las Eschenbach. Es war ein Ausdruck der offiziellen Website der Klinik, inklusive Adresse und Ortsplan. »Ist ja aus *Google*«, sagte der Kommissar. »Das hätte ich auch gekonnt.«

»Es gibt nur eine Handvoll Leute, die wissen, dass Lara Bischoff dort liegt. Also tu nicht so wichtig.«

»Ach so.«

»Ich weiß nicht, was die Dame gegen dich hat ... warum das alles so gelaufen ist und die dich jetzt in die Pfanne hauen.« Lenz fingerte an seiner Pfeife und seufzte. »Wenn wir da einen Schritt weiterkommen wollen, dann geht's nur über sie.« Er deutete auf eines der Zeitungsbilder: Das Foto zeigte eine junge Frau auf einem Pferd, im Sprung über einen Wassergraben. »Vielleicht solltest du mit ihr reden.«

»Wenn du mir eine Audienz verschaffst«, lachte der Kommissar.

Lenzens Schnauzbart zuckte. »Im Moment ist sie angeschlagen, das ist gut ...« Und mit einem nachdenklichen Kopfnicken fügte der Alte noch hinzu: »Vielleicht lässt sich da etwas machen. Aber einfach wird's bestimmt nicht.«

Wie schon zahlreiche Male zuvor versuchte sich Eschenbach an diese Frau zu erinnern. Es gelang ihm nicht. Es war ein fehlendes Puzzleteil in seinem Kopf, und er hatte sich damit ebenso abgefunden wie mit seiner lädierten Nase und dem Gipsfuß. »Okay«, sagte er schließlich. »Wenn sich was machen lässt, ich bin dabei.«

»Sie wird abgeschirmt ... Müssen uns was einfallen lassen.«

»Hat sie noch Familie?«, wollte Jagmetti wissen.

»Nein, sie ist Vollwaise. Ihre Eltern sind vor etwa zehn Jahren in den Walliser Alpen verunglückt. Es gibt einige Artikel dazu. Eine dubiose Geschichte.«

»Und Männer ... Ich meine, ist sie verheiratet oder so?« Es war wieder Jagmetti, der die Frage stellte.

»Scheinbar nichts, außer Shakespeare.«

Eschenbach runzelte die Stirn. Und wieder schob der Alte ein Blatt Papier zu ihm herüber.

»Ein Interview im *Time Magazine* ... Es war ihre Antwort auf diese Frage. Du kannst es selbst lesen.«

Auch Claudio schielte auf den Artikel. Diesmal war eine Porträtaufnahme dabei.

Eschenbach sah das Gesicht einer schönen Frau. Das pechschwarze, gewellte Haar hatte sie zu einem Pferdeschwanz zusammengebunden, und ein etwas süffisantes Lächeln unterstrich die aristokratischen Gesichtszüge. *British Military Enters Finance Industry* lautete die Überschrift.

Nachdem Lenz den ganzen Papierkram zu einem Stapel zusammengeschoben, wieder in die Plastikhülle gesteckt und sie Eschenbach überreicht hatte, schüttelte Jagmetti den Kopf: »Wo haben Sie das alles nur her?«, fragte der Bündner.

»Die Frage kannst du dir sparen«, sagte Eschenbach. Denn der Alte war ihm die Antwort stets schuldig geblieben, auch als er noch für die Kriminalpolizei gearbeitet hatte.

»Ich schau mal nach dem Garten«, sagte Lenz. »Wenn ihr wollt, könnt ihr mitkommen.«

»Ich würde ja gerne«, sagte Jagmetti, schaute auf seine Uhr und entschuldigte sich. Nur Eschenbach blieb. Der Kommissar wollte sich den Seerosenteich nicht entgehen lassen.

Es war kurz nach fünf, als Eschenbach beim Bellevue seine Krücken sortierte und aus dem kleinen Lieferwagen ausstieg. Er bedankte sich bei den beiden Gärtnern, die ihn von der Mühle hinunter in die Stadt gefahren hatten.

In seinem Kopf wimmelte es von Gedanken, die zwischen den Vorkommnissen beim Sechseläuten und seinem Freund Lenz hin- und herpendelten. Was der Alte abgeliefert hatte, war nicht die Arbeit eines Pensionisten. Im Gegenteil, es war hochprofessionell, und es gab eine Menge Leute, die für eine solche Dienstleistung einen Haufen Geld bezahlt hätten.

Eschenbach & Lenz – vielleicht sollte er kündigen und sich mit dem Alten zusammentun, dachte der Kommissar, während er sich auf seinen Krücken gemütlich den Limmatquai hinunterschwang. Bei der Rathausbrücke wurde er langsamer, und als er endlich seine Wohnung erreichte, klebte sein Hemd schweißnass am Körper, und in den Oberarmen brannte Feuer.

Angeregt durch den Besuch bei Lenz, stürzte sich Eschenbach, nachdem er geduscht hatte, noch einmal ins Internet. Mit Hilfe der Stichworte: FIFA, Jenische, Rotwelsch, Bischoff, Kronenberger versuchte er sich einen Reim auf die losen Enden des Falls zu machen.

Die Homepage der FIFA war ein Irrgarten. Auf dem Organigramm des Vereins (tatsächlich war die FIFA ein Verein schweizerischen Rechts) fand Eschenbach Kronenberger. Ein Lebenslauf des Anwalts fehlte. Stattdessen las der Kommissar die Vita des Präsidenten und danach die Namen der Exekutivmitglieder durch. Und weil das alles nichts brachte, sah er sich die Rubrik Klassiker des Weltfußballs an und verlor sich völlig in der Vergangenheit: *Paolo Rossi, Manoel dos Santos genannt »Garrin-*

cha«, Dino Zoff, Bobby Charlton, Pelé, Johann Cruyff, Franz Beckenbauer, Diego Maradona, Eusebio, Fritz Walter ... Nach den Spielern nahm er sich die Trainer vor: *Mário Zagallo, Sepp Herberger, Vittorio Pozzo ...* Bei César Luis Menotti angelangt, steckte er sich eine Brissago in den Mund und zündete sie an. Irgendwie war der Fußball früher besser, dachte er. Als man auf der Trainerbank noch Kette rauchte.

Zwischendurch rief Corina an. Sie erzählte ihm, dass es mit Kathrins Austauschjahr klappen werde. Danach war es zweimal Lenz, der sich meldete. So wie es schien, hatte der Alte tatsächlich einen Weg gefunden, wie sie an diese Lara Bischoff herankommen konnten. »Ich mach aus Eschenbach einen Graf Esterhazy«, sagte Ewald und kicherte.

»Graf Dracula ist vielleicht besser«, konterte der Kommissar. Und als er wieder am PC saß, kam ihm Sandro Graf in den Sinn. Der Anwalt, den die Koleggers erwähnt hatten. Eschenbach sah sich nochmals das Organigramm der FIFA an. Graf figurierte nirgends. Und als er am nächsten Morgen bei der FIFA anrief, meinte die Telefonistin freundlich: »Nein. Ein Sandro Graf arbeitet nicht bei uns.«

6

Die Einladung zu diesem Vortrag ging an alle Patienten«, sagte Sir Jonathan Ellington Jr., administrativer Leiter der *Princess-Grace*-Klinik, und sein Nicken schien kein Ende zu finden. »Und diesmal wurde mit der University of Westminster sogar ein Ort gewählt, den man von der Klinik ohne weiteres auch zu Fuß erreichen kann.«

»Okay«, sagte Paresh nachdenklich. »Dann ist es also ein Massenversand. Ich wollte das bei Ihnen direkt klären. Es geht um Sicherheitsaspekte, Sie wissen schon ... Shakespeare könnte, was Mrs Bischoff betrifft, durchaus eine Falle sein.«

Das Nicken von Sir Jonathan hatte sich ohne Unterbrechung auch auf die Beantwortung dieser Frage erstreckt. »Ich weiß«, sagte der bleiche, ältere Herr im Tweedanzug. »Und wenn Sie es wünschen, kann ich für Lady Bischoff einen der vorderen Plätze reservieren lassen.«

Der Begriff *Lady* war für Lara Bischoff eigentlich eine Etage zu hoch gegriffen. Dies wusste der Chef für Sicherheit bei Goldmann Investments Ltd. genauso wie sein Gegenüber, Sir Jonathan, der gleichfalls keinem Adelsgeschlecht entstammte, sondern seinen Titel durch Ritterschlag (zum *Knight of the British Empire*) für besondere Dienste am Königreich erhalten hatte.

Seit geraumer Zeit munkelte man aber, dass Lara Bischoff für diesen Schlag (in ihrem Fall zur Dame und nicht zum Ritter) ebenfalls vorgesehen war, sobald die Königin, die das Schwert noch immer selbst führte, Zeit und Muße dafür finden würde.

So gesehen war die *Lady* von Sir Jonathan eine höfliche Anspielung auf das bevorstehende Ereignis.

Paresh hingegen empfand Ellingtons *Lady* als die Arschkriecherei vor einer jungen Frau, die viel zu viel Geld geerbt hatte. »Dann reservieren Sie bitte«, sagte er.

»Für Sie beide?«

»Nein«, sagte er nach einem kurzen Zögern. »Ich kann die Diskussion um den 17. Graf von Oxford nicht mehr hören. Ein Platz ist völlig ausreichend.«

Lara hatte sich zum dritten Mal umgezogen.

Als Paresh nach kurzem Klopfen eintrat, trug sie ein pfirsichfarbenes Kleid aus Crêpe de Chine, helle Strümpfe, cremefarbene Schuhe und eine Perlenkette.

»Es ist nicht das Glyndebourne-Picknick«, sagte Paresh mit einem Augenaufschlag.

»Blödmann«, sagte sie. »Unter normalen Umständen wäre es ein halblanges Schwarzes ... ist mir schon klar. Dezent und unauffällig.« Lara stand vor dem Spiegel und schnaufte. »Aber das hier ist nicht normal.« Sie deutete auf ihr Gesicht, das abgesehen von Augen, Nasenöffnungen und Mund fast gänzlich einbandagiert war.

»Vielleicht solltest du's dir noch mal überlegen.«

»Wenn ich ein Schwarzes trage, dann springt allen dieser Kopfverband ins Auge wie das Licht eines Leuchtturms. Aber so ... mit einem passenden Hut«, sie zuckte etwas hilflos mit den Schultern. »Alles Ton in Ton, vielleicht übersieht man's dann.«

»In diesem Aufzug bist du Gesprächsthema Nummer eins, das garantier ich dir. *Phantom der Oper* im *Sommernachtstraum.*«

»Paresh, du bist ein Arschloch.«

»Und wenn wir Pech haben, steht übermorgen alles in der Zeitung. Du musst mich erst entlassen, wenn du so auf die Straße willst.«

»Ich entlasse dich.«

»Weiße Bluse und dunkle Jeans«, sagte Paresh. Er betrachtete Lara abwägend. »Dazu am besten Turnschuhe. Dann siehst du aus wie eine Studentin, die es beim Rollschuhlaufen hingeknallt hat. Niemand wird dich erkennen. Und das ist es doch, was wir wollen, oder?« Zufrieden nickte er. »Und wenn's geht, trag bitte keine Sonnenbrille. Auch wenn's dir schwerfällt.«

»Hau ab!«

»Ich werd dich nach dem Vortrag abholen.« Bevor Paresh die Suite wieder verließ, fügte er noch hinzu: »Und wenn du Lust hast, gehen wir nachher ins Regency. Ich hab dort einen Tisch reserviert.«

Das Queens-Auditorium in der University of Westminster war nicht übermäßig besucht. Der Raum war mit ungefähr achtzig Plätzen keiner der ganz großen im Gebäude der Universität. Lara wunderte sich über die vielen Stühle, die unbesetzt geblieben waren. Am Vortragenden konnte es nicht liegen, dachte sie.

Mit Peter Ackroyd sprach tatsächlich ein Star der Szene. Der Biograph und Romancier hatte mit dem siebenhundert Seiten starken Wälzer *Shakespeare* internationalen Ruhm eingefahren. Kaum jemand packte britische Kulturgeschichte spannender zwischen zwei Buchdeckel. Zudem lebte Ackroyd in dieser Stadt – und für einen Lokalmatador waren geradezu lächerlich wenige Leute gekommen.

Wer war Shakespeare wirklich?

Die Frage des Abends trieb schon seit zweihundert Jahren Philologen, Rätselfreunde und Verschwörungstheoretiker gleichsam zu wilden Spekulationen an. Nicht ganz zu Unrecht, denn selbst die Experten erkannten eine fast unüberbrückbare Kluft zwischen dem historischen William S. und den ihm zugeschriebenen Meisterwerken.

Und wie so oft verhielt sich die Länge der Debatte umgekehrt proportional zur Lösungsfindung. Zwei Parteien lagen sich diesbezüglich in den Haaren, zerrten das dünne Faktenmaterial historischer Überlieferungen mal mehr auf diese, mal auf jene Seite.

Für die Stratfordianer war er der Sohn eines Handschuhmachers aus der Provinz, der nach London kam und ohne familiäre Beziehungen innert kurzer Zeit zum bedeutendsten Dramatiker der Weltliteratur wurde.

Wie bitte soll das gehen?, fragten sich die Anti-Stratford- oder Oxfordianer und Gegner dieser These. Ein Provinzling, der weder über eine Universitätsausbildung noch über das Insiderwissen des Adels verfügte, soll Königsdramen wie *King Lear* oder *Henry V.* geschrieben haben? Unmöglich!

»Vielleicht ist es der Glaube an das geborene Genie, mit dem wir uns schwertun«, sagte Ackroyd, ohne für eine der Positionen Stellung zu beziehen. Er vermittelte der Zuhörerschaft ein Phantombild des Theaterunternehmers und Schauspielers Shakespeare, der auf der Welle der elisabethanischen Medienrevolution zu reiten verstand und Gewinne nicht fremden Impresarios überließ. Ackroyds Bild entsprach ganz und gar nicht dem Poeten-Klischee. »Weltkundig und ungeheuer energiegeladen, war Shakespeare zugleich geschäftstüchtig genug, um sein Geld geschickt in Immobilien anzulegen und als wohlhabender Mann zu sterben.« Und dass er auf seine Kosten kommen wollte, sagte der opulente Mann am Rednerpult, der das wenige, helle Haar streng nach hinten gekämmt trug und mit seinen hängenden Wangen an Churchill erinnerte. »Shakespeare ließ das Gedichteschreiben und konzentrierte sich ganz auf das Massenmedium seiner Zeit, das Theater. Zu seinem Mysterium gehört es, dass ein offenbar durchaus praktisch veranlagter Mann eine literarische Welt voller Träume, Leidenschaften und Sprachschönheit erschaffen konnte.«

Lara war ganz anderer Meinung, was den Landlümmel aus dem Drecknest Stratford betraf, von dem nicht einmal belegt war, dass er schreiben konnte. Sie kannte die Welt der Banker, Immobilienspekulanten und Medienmogule; und für nichts in der Welt würde sie die großartigen Versepen und Sonette einer dieser Berufsgattungen geistiger Habenichtse andichten.

Aus ihrer Sicht war das Rätsel längst entschlüsselt, und Edward de Vere, der 17. Graf von Oxford, des Rätsels Lösung. Die These, der exzentrische Adlige – zweifellos eine der faszinierendsten Figuren der britischen Spätrenaissance – sei Shakespeare, war bereits 1918 vom Londoner Schulmeister J. Thomas Looney aufgestellt worden. Akribisch hatte der wackere Literaturdetektiv auf Basis des Œuvres eine Checkliste erstellt, die alles enthielt, was der »wahre« Shakespeare gewusst und erlebt haben musste.

Es entstand so das Porträt eines Hocharistokraten mit allerbester Erziehung und Zugang zur Macht. Mit diesem Raster im Kopf durchforstete Looney das Personal der Shakespeare-Zeit, bis er mit dem nachweislich literarisch tätigen Oxford-Grafen Edward de Vere fündig wurde.

Lara hätte gerne mit Ackroyd darüber gestritten. Aber wegen der Kopfbandage hätte sie noch mehr mitleidige Blicke auf sich gezogen, als dies eh schon der Fall war. Ihre Sitznachbarin rechts, eine ältere Dame mit blasierter Miene, war ihr demonstrativ ausgewichen, als Lara ein paar harmlose Worte zur Konversation hatte beitragen wollen.

Der Stuhl links von ihr war leer geblieben. *Mr Ashbrook* stand auf dem Reservationsschild. Auch so ein Ignorant, dachte Lara. Soll ihn der Teufel holen.

Mr Ashbrook saß im Fond eines Londoner Taxis.

Seit über zwei Stunden tuckerte er zusammen mit der Blechflut des Feierabendverkehrs Richtung City und raufte sich die Haare. Er hätte vom Flughafen Heathrow die Untergrundbahn nehmen sollen, dachte er.

Längst hatte ihn der Konjunktiv seiner Unterlassungssünde aus der Lektüre gerissen. Ackroyds Buch über Shakespeare lag spärlich angelesen auf dem Nebensitz.

»Und komm auf keinen Fall zu spät«, hatte ihm Ewald Lenz mit auf den Weg gegeben. Mit beinahe kindlicher Freude hatte ihm der Alte erklärt, dass er ihm unter dem Namen Ashbrook – »ich hab deinen Namen einfach ins Englische übersetzt« – einen Platz reserviert hatte. »Und mit etwas Glück sitzt die Bischoff rechts neben dir. Ackroyd ist der perfekte Lockvogel, glaub mir. Es gab da jemanden, der mir einen Gefallen schuldet und der dafür gesorgt hat, dass der berühmte Romancier so kurzfristig hinterm Rednerpult steht. Hoffe, sie hat angebissen.«

Im Wagen roch es nach altem Leder. Eschenbach sah zum Fenster hinaus auf schleichende, rechtsgelenkte Karossen. Er addierte die Minuten, die der Taxifahrer genannt hatte, zur Uhrzeit auf seinem Handgelenk. Ackroyd durfte sich keinesfalls kurz fassen, dachte er. Es war zum Verzweifeln.

Als der Kommissar endlich vor der Pforte der Universität ausstieg, seinen Rucksack schulterte und mit den Krücken auf den nächstbesten Studenten zustürmte, um nach der Queens-Aula zu fragen, steuerte Ackroyd bereits dem Ende seines Vortrags entgegen.

»Was aber ist das Geheimnis von Shakespeares Kunst? Was macht seine Figuren so unvergleichlich?« Ackroyd gab sich die Antwort gleich selbst: »Alle Gestalten Shakespeares besitzen eine überbordende und nicht auf Zufuhr von außen angewiesene Energie«, referierte der Autor in einem sonoren Bariton. »Das ist auch der Grund dafür, dass Shakespeare kein wirkliches Interesse für Motive zu erkennen gibt, die ein bestimmtes Verhalten begründen. Seine Personen sind schon ganz mit Leben erfüllt und entfalten dieses, sobald sie die Bühne betreten.«

Eschenbach öffnete die Tür zum Vortragssaal.

»Ihr Verhalten braucht keine Begründung. Darin liegt Shakespeares wahrhaftige Größe – ob Landlümmel oder Aristokrat; wer immer er gewesen sein mag.«

Erleichtert blickte der Kommissar über die Köpfe der Zuhörerschaft hinweg zum Rednerpult. *Better late than never,* dachte er und wischte sich mit dem Ärmel den Schweiß von der Stirn.

Es war eine überschaubare Anzahl Leute. Eschenbach hatte schon befürchtet, Lenz hätte in seinem Anflug von Betriebsamkeit Inserate geschaltet und die halbe Stadt zu diesem Vortrag aufgeboten. »Dein Platz ist in der ersten Reihe, mach dich auf die Socken ...« Die Worte des Alten klangen in ihm nach, als Eschenbachs Blick die vorderen Plätze durchforstete. Aber im abgedunkelten Raum sahen die Köpfe aus wie Kartoffeln. Also setzte er sich auf einen der freien Stühle in der Nähe des Ausgangs und hörte Ackroyd zu, wie dieser zum Schlussspurt ansetzte und mit den Worten des dänischen Prinzen sein Menschenbild in den Himmel hob:

Hamlet: Welch ein Meisterwerk ist der Mensch! Wie edel durch Vernunft!

Wäre Eschenbach von seiner Hetzerei auf Krücken nicht so atemlos gewesen, er hätte gerufen: »Einspruch! Über zwanzig Jahre Polizeiarbeit sprechen dagegen.«

Hamlet: Wie unbegrenzt an Fähigkeiten!
Eschenbach: Wie wahr.
Hamlet: In Gestalt und Bewegung wie bedeutend und wunderwürdig!
Eschenbach: sah auf seinen Gipsfuß.
Hamlet: Im Handeln wie ähnlich einem Engel! Im Begreifen wie ähnlich einem Gott!
Eschenbach: Hundert Morde innerhalb der eigenen Familie, letztes Jahr nur in der Schweiz.
Hamlet: Die Zierde der Welt! Das Vorbild der Lebendigen!
Eschenbach: Gefängnisse zum Bersten voll!
Hamlet: Und doch, was ist mir diese Quintessenz von Staube?

Mit dem letzten Satz konnte der Kommissar leben. Nachdenklich stimmte er in den Applaus der Zuhörer ein.

Bevor der Saal verstummte, erhob sich Eschenbach. Er humpelte Richtung Tür, lehnte sich neben dem Ausgang an die Wand und wartete. Jeder, der das Auditorium verlassen wollte, musste an ihm vorbei.

Es hatte sich eine Schlange gebildet. Die Leute, die in der ersten Reihe gesessen hatten, standen ganz hinten an. Es waren zehn oder zwölf, höchstens. Eschenbach versuchte sie im Auge zu behalten.

Während sie näher kamen, entdeckte er eine Person mit Kopfverband. Sie trug als Einzige Jeans und Turnschuhe. Eschenbach konzentrierte sich darauf, wie sie ging und sich bewegte. Es war eindeutig eine Frau, jünger als der Rest von Reihe zwei.

Als sie auf gleicher Höhe standen, traf Eschenbach ihr Blick. Es war nur ein kurzer Moment. Dunkles Graublau, wie Gletscherwasser, starrte aus den Höhlen der weißen Kopfbandage. Dann ging sie wortlos, und mit bolzengeradem Rücken, an Eschenbach vorbei.

»Frau Bischoff«, sagte der Kommissar mit fester Stimme. »Es wäre schön, wenn wir miteinander sprechen könnten.«

7

Lara Bischoff zögerte kurz. Einen Moment sah es so aus, als würde sie sich umdrehen.

»Mein Name ist Eschenbach …« Der Kommissar hatte den Satz bereits begonnen, als er realisierte, dass es zu spät war. Die zierliche Frau schien sich nun plötzlich anders entschieden zu haben. Sie schlängelte sich durch den Pulk der Leute davon, und Eschenbach, mit seinen Krücken so beweglich wie eine Panzerhaubitze, stolperte beim Versuch, ihr nachzusetzen. Dass er nicht ganz zu Boden ging, verdankte er dem stämmigen jungen Mann neben ihm, der ihn gerade noch auffangen konnte.

»Nur mit der Ruhe, Sir.«

»Zum Teufel mit der Ruhe.« Eschenbach richtete sich auf. Aber von Lara Bischoff war weit und breit nichts mehr zu sehen.

Er war zu spät gekommen und hätte es dennoch schaffen können. Auf seinem Weg zum Ausgang, während er durch die Flure der Universität trottete, fluchte er leise. Er dachte daran, wie er in der Schülermannschaft einen Elfmeter an den Pfosten gesetzt hatte und wie der Ball von dort wieder zurück, direkt vor seine Füße, gesprungen war. Und dann: dieser elende Knaller in den Himmel, hoch hinauf. Der Ball, der immer kleiner geworden war und sich wie ein Vogel davongemacht hatte. Das Lachen der Zuschauer und der vorwurfsvolle Blick der Kameraden. Es sind die verpassten zweiten Chancen, die einem den Rest geben, dachte er.

Der Kommissar war in Gedanken bereits auf dem Heimweg,

als er vom Universitätsgebäude hinaus in die frische Abendluft trat. Er würde sich außerhalb Londons ein Zimmer nehmen, in einem kleinen Hotel, irgendwo auf dem Weg Richtung Heathrow, und gleich am nächsten Morgen in den erstbesten Flieger steigen. Nicht einmal Lust auf ein Abendessen hatte er. Einsam und zu fremd fühlte er sich. Nur weg, nach Hause. Es war der falsche Ort oder die falsche Zeit. Es war verdammt noch mal beides.

Als plötzlich jemand seinen Namen sagte, zuckte der Kommissar zusammen. »Mr Eschenbach.« Es kam unerwartet, wie ein »Grüezi« in den Slums von Kalkutta.

»Mrs Bischoff möchte Sie sprechen«, sagte ein großer, dunkelhäutiger Mann.

»Ach so.«

»Mein Name ist Paresh Singh. Ich bin für die Sicherheit von Frau Bischoff zuständig. Wenn Sie uns bitte begleiten würden.«

Nun sah Eschenbach auch wieder die Frau. Sie hatte sich aus dem Schatten des Mannes gelöst und stand schweigend im schummrigen Licht der Straßenbeleuchtung. Lara Bischoff. Mit ihrem weißen Hemd und der Kopfbinde sah sie aus wie ein Mitglied des Ku-Klux-Klans.

Ohne ein weiteres Wort folgte er den beiden.

Der Tisch, den Paresh Singh im Regency reserviert hatte, stand in einer Nische am Fenster. Obwohl die anderen Gäste des Lokals in großem Abstand zu ihnen speisten, wählte Lara Bischoff ihren Platz so, dass sie ihnen den Rücken zukehrte.

Eschenbach hatte das Gefühl, dass sie sich schämte; und die Art, wie sie ihre Hände ineinander knotete, ließ nur vermuten, wie unbehaglich sie sich fühlte.

»Wie haben Sie mich gefunden?« Ihre Stimme war leise, beinahe flüsternd.

»Shakespeare natürlich!«, sagte Mr Singh. Es klang wie trockene Spucke.

»Ich will es aber von ihm hören.«

Eine halbe Bloody Mary lang kam kein richtiges Gespräch in Gang. Nach mehreren Blickwechseln mit Lara Bischoff stand ihr Begleiter auf und verabschiedete sich. Er tat es mit dem Lächeln des Unterlegenen. Soweit Eschenbach es beurteilen konnte, war dieser Abgang nicht Ausdruck höflicher Zurückhaltung, sondern das Resultat eines gemurmelten und gezischten Streitgespräches, das die beiden auf dem Weg ins Restaurant geführt hatten.

»Erzählen Sie mir von Ihrer Schwester«, sagte Eschenbach schließlich. »Und im Gegenzug verrate ich Ihnen, wie ich Sie aufgespürt habe.«

Lara Bischoff nickte. »Das alte Spiel von *give and take*, es ist immer dasselbe. Wer fängt an?«

»Ladies first.«

»Meine Schwester ist tot.«

»Ich weiß.«

»Und Sie sind der Letzte, der sie lebend gesehen hat.«

»Sie war schon tot, als ich …« Eschenbach sprach den Satz nicht zu Ende.

Lara Bischoff drehte ihren Kopf in Richtung Fenster. Da es draußen bereits dunkel war, sah sie ihr Spiegelbild in der Glasscheibe. Regungslos trotzte sie dem weißen Mumiengesicht ein paar Sekunden ab, bevor sie sich wieder Eschenbach zuwandte. »Ja. Ich hab mir die Akten angeschaut. Paresh hat sie mir besorgt. Und heute Nachmittag habe ich mit diesem Pathologen von der Uni Zürich telefoniert.«

»Salvisberg?« Eschenbach hob die Brauen.

»Ja, genau. Es war ein Unfall, hat der behauptet. Das Herz … Es ist einfach stehengeblieben. Und ich bin geneigt, ihm zu glauben.« Sie sah Eschenbach kurz an.

»Wussten Sie, dass Ihre Schwester einen implantierten Defibrillator hatte?«, fragte der Kommissar.

Lara Bischoff nickte. »Und der hat offenbar nicht funktioniert. Ich weiß.« Sie schien nachzudenken. Eschenbach konnte nicht erkennen, ob ihr das Sprechen auch körperlich schwerfiel. Sie zischelte leicht, wenn sie sprach, und es sah fast aus, als enge der Verband die Bewegungsfreiheit ihres Kiefers ein.

»Herzrhythmusstörungen. Charlotte hatte das schon als Kind ... Es ist ein Geburtsfehler. Sie durfte sich nicht aufregen, keinen Sport treiben. Als Kind habe ich mich immer gewundert. Erst als ich schon halb erwachsen war, da haben sie's mir gesagt, weil sie glaubten, ich würde mir dann weniger Sorgen machen. So einen Quatsch! Charlotte lebte auf einem Hochseil, und trotzdem war sie so fröhlich und unbeschwert. Später, als man ihr diesen Defibrillator eingesetzt hatte ...« Lara Bischoff stockte einen Moment, bevor sie weitersprach. »Jetzt habe ich ein Auffangnetz, hat sie gesagt. Eine Lebensversicherung ... einen Schutzengel mit Elektroden.«

Der Kellner, der schon eine Weile in diskretem Abstand zum Tisch bereitgestanden hatte, räusperte sich. »Haben die Herrschaften ausgewählt?«

»Suppe. Kartoffelpüree. Risotto«, murmelte Lara Bischoff, ohne ihren Blick zu heben.

»Aber sicher, Ma'am. Mr Singh hat mich bereits instruiert.«

»Dasselbe für mich«, sagte Eschenbach, ohne in die Karte zu schauen. Und als der Kellner zum Essen einen Château Beychevelle (Jahrgang 2000) empfahl, betrachtete der Kommissar kurz das Etikett, bevor er nickte. Wieder seinem Gegenüber zugewandt, sah er, wie die graublauen Augen hinter der Maske auf ihm ruhten. Lara Bischoff musste ihn schon eine ganze Weile so angesehen haben. Eschenbach hielt ihrem Blick stand. Er fragte sich, wie ihr Gesicht wohl unter dem Verband aussah. Offenbar fragte sie sich dasselbe bei ihm.

»Es tut mir leid, dass ich Sie so zugerichtet habe.«

Eschenbach nickte. Seine Suspendierung, die ihm wesentlich mehr zusetzte, verschwieg er. Diese kühle Frau war ihm ein Rätsel. Er holte tief Luft. »Im Gegensatz zu Ihnen geht es mir gut.«

Lara Bischoff schwieg.

Einen Moment dachte Eschenbach darüber nach, ob er sie nach dem Hergang ihres Unfalls fragen sollte. Er entschied sich dagegen. Um dem Schweigen zu entkommen, erzählte er ihr in knappen Sätzen, dass sie den Romancier Ackroyd für den Vortrag bemüht hatten und es reine Spekulation gewesen war, dass sie kommen würde. Ein Köder gewissermaßen. Sonst wäre kein Herankommen an sie gewesen.

Eschenbach sah Lara Bischoff nicht an, ob sie beeindruckt oder empört war.

»Woher wussten Sie eigentlich, wo ich bin?«

»Ein Kunststück.«

Wieder schwiegen sie. Dann wurde die Suppe serviert.

»Charlotte ... Sie ist nicht meine eigentliche Schwester«, begann sie schließlich zwischen zwei Löffeln Suppe. »Eine Adoption ... meine Eltern waren lange kinderlos geblieben. Und irgendwann haben sie sich zu diesem Schritt entschieden. Ich habe die genauen Details nie erfahren.«

»Haben Sie denn eine Idee, wann das gewesen sein könnte?« Eschenbach dachte an Lenz – an die Mühe, die der Alte bekundet hatte, etwas über die Tote ausfindig zu machen.

»Charlotte war schon immer da, seit ich denken kann. Sie war acht Jahre älter als ich. Es gibt Fotos von uns ... da hält sie mich als Baby in den Armen. Meine Eltern haben Charlotte schon adoptiert, als ich noch nicht geboren war.«

»Sie ist also acht Jahre älter ...«, Eschenbach rechnete nach. »Dann ist Charlotte Jahrgang 1956 ... die Adoption fällt also in die Zeit zwischen '56 und '64.«

»Sie wissen, wie alt ich bin?«

»Ich habe es geschätzt.«

»Sie sind kein guter Lügner, Herr Eschenbach.« Es schwang ein wenig Belustigung mit. Aber die Lippen, um die sich der Verband wie ein Korsett spannte, gaben das Lächeln nicht preis.

»Ich habe Fotos von Ihnen gesehen. Auf Pferden.«

»Um mich geht es hier nicht«, sagte Lara Bischoff in einem

Tonfall, der wieder ernster wurde. »Charlotte hatte Probleme. Schon immer. Es gab Zeiten, da hat sie den Kontakt zu mir völlig abgebrochen. Und einmal ... Das ist allerdings schon länger her, da hat auch der Präsident nicht gewusst, wo sie war.«

»Sie meinen Ihren Vater?«

»Meine Eltern sind schon lange tot. Ich meine den Mann, für den Charlotte gearbeitet hat.«

»Den Präsidenten der FIFA?«

Lara Bischoff nickte. »Charlotte wollte nicht in England leben. Die Nähe zu unserer Familie ... Irgendwie schienen wir für sie eine Belastung zu sein, seitdem sie wusste, dass sie adoptiert worden war.«

»Kannte sie ihre wirklichen Eltern?«

Lara Bischoff dachte lange nach. »Ich weiß es nicht, wir haben nie darüber gesprochen. Aber ich vermute, die Suche nach ihnen war der Grund, weshalb Charlotte eine Zeitlang nichts von sich hören ließ. Sie war wie vom Erdboden verschluckt ... Ich habe mir damals große Sorgen gemacht. Und eigentlich konnte ich meine Schwester überhaupt nicht verstehen. Denn wissen Sie, meine Eltern haben Charlotte genauso geliebt wie mich. Auch wenn sie nicht ihr leibliches Kind war.«

Eschenbach sah dem Kellner zu, wie er das Geschirr abräumte und für den Hauptgang neu auftischte. »Wissen Sie ungefähr, wie lange das her ist ... Ich meine, dass Ihre Schwester verschwand?«

»Ich war gerade dabei, mich in die Geschäfte meines Vaters einzuarbeiten ... Das muss vor über neun Jahren gewesen sein. Ich dachte zuerst, es hätte mit Vaters Nachlass zu tun. Aber als Charlotte sich wieder gemeldet hat ... Jedenfalls schien damals nichts in diese Richtung zu deuten.«

»Damals?«

Lara Bischoff schwieg.

»Wurde Ihre Schwester nicht in demselben Maße begünstigt wie Sie?«

»Ich glaube nicht, dass Sie die Erbangelegenheiten meiner Familie etwas angehen.« Lara Bischoff hob ihr Kinn und sah dem Kommissar geradewegs in die Augen. »Warum erzähle ich Ihnen das überhaupt. Charlotte ist tot – ein Herzanfall. Ihr Kollege von der Pathologie, der hat das alles doch bestätigt ... hat selbst gesagt, dass es so ist. Ein Unfall ... Und es hat doch keinen Sinn, wenn wir hier weitermachen. Wir mussten damit rechnen, dass es irgendwann passiert, wie bei einem Baum, der krank ist und eines Tages fällt.« Sie legte den Löffel beiseite, obwohl sie von der Suppe kaum etwas gegessen hatte.

»Wenn ein Baum daliegt, krank oder gesund – man sieht es ihm einfach nicht an, ob er selbst hingefallen oder umgerissen worden ist.« An dieser Stelle machte der Kommissar eine Pause. »Wie Sie wollen. Ich glaube nicht, dass es ein Unfall war.« An dieser Stelle machte der Kommissar eine weitere Pause und beobachtete sein Gegenüber.

Immer wenn er Menschen befragte, ungezwungen wie jetzt oder manchmal auch während stundenlanger Verhöre, entging Eschenbach nichts. Er bemerkte das Zucken der Wimpern, das Grübchen in der Wange oder wie sich die Nase kräuselte, auch wenn sein Gegenüber schwieg – es waren diese kleinen Miniaturen der Mimik, die den Dialog aufrechterhielten. Er sah, ob seine Fragen etwas bewirkten, und spürte, wenn er einen wunden Punkt traf.

Bei Lara Bischoff war es anders. Das unbewegliche Antlitz aus weißer Gaze gab nichts preis. Augen und Mund waren wie Scharten in Kerkermauern: Sie zeigten die Wahrheit dahinter nicht. Auch auf ihre Stimme konnte sich Eschenbach nicht verlassen. Sie klang nach den Kieferoperationen metallen, auf eine gewisse Weise wie gelähmt, und war erst dabei, sich langsam wieder zu bilden.

Und trotzdem, trotz dieses Gerüsts aus Verbandsmaterial, das alles zu verdecken schien; die Puppe mit dem Stoffgesicht war ein Mensch. Eschenbach begann sich dahinter ein Gesicht vorzustellen. Das Gesicht einer schönen, verletzten Frau, das entfernte Ähnlichkeit mit dem Gesicht in den Zeitungen hatte.

»Weshalb sind Sie so schnell nach London zurück? Sie hätten doch warten können, bis der Leichnam Ihrer Schwester freigegeben wird.«

»Es ging mir nicht besonders.«

»Und Latscho?«, fragte der Kommissar. Er rutschte mit seinem Stuhl näher an den Tisch heran und fixierte das Augenpaar gegenüber. »Der Kleine, der musste das alles mit ansehen. Wie seine Mutter zusammengebrochen ist, inmitten all der Leute. Denken Sie, ihm ging es besonders?«

»Ich kenne den Kleinen nicht. Habe ich das nicht zu Protokoll gegeben?«

»Natürlich, das haben Sie. Aber stellen Sie sich vor: Der Kleine kennt Sie.« Eschenbach zog einen Zettel aus der Innentasche seines Jacketts, entfaltete ihn und legte die Notiz auf den Tisch. Er las den letzten Abschnitt des Textes vor, den Anna Lohl übersetzt hatte:

» … und hett ere öppis schüübis gschnifft. D'Mameere hett plötzligg Mooris beharcht und pufft … isch plotz die Mameere. Het danuseret der Muhme … und de Looli.

Muhme, das ist ein anderes Wort für Tante. Wir haben das geprüft. Und die Tante, das sind doch Sie, Frau Bischoff. Die Muhme, die der Kleine zu Hilfe rufen wollte.« Der Kommissar blickte auf sein regungsloses Gegenüber, und als nichts passierte, wiederholte er den ganzen Text noch einmal. Langsam, Wort für Wort.

»Hören Sie auf«, zischte Lara Bischoff.

»Sie kennen Latscho, nicht wahr?«

Nach einem kurzen Zögern nickte sie.

Eschenbach entging nicht, dass ihre Hände leicht zitterten. »Es war also eine Lüge, was Sie der Polizei aufgetischt haben.

Eine Notlüge, weil Sie etwas zu verbergen haben. Man hat immer einen Grund, wenn man lügt.«

Lara Bischoff blieb still.

»Aus Angst vielleicht? Hatten Sie Angst, in die Sache hineingezogen zu werden? *Cover your ass* ... So nennt man es doch in Ihrem Metier?«

»Nein«, flüsterte sie. »Nein.« Sie schüttelte den Kopf.

»Und wer hat diesen Anschlag auf Sie verübt? Das kann doch alles kein Zufall sein?« Eschenbach seufzte leise. »Sehen Sie? Ich glaube nicht, dass es ein Unfall war. Und Sie, Frau Bischoff, Sie glauben es auch nicht.« Gebannt starrte der Kommissar auf das Augenpaar gegenüber.

Sie zögerte.

»Was verheimlichen Sie mir?«

In die kurze spannungsgeladene Stille, die entstanden war, brach die Stimme des Kellners ein. »Ich darf Ihnen doch noch Wein einschenken?«

Eschenbach schnaufte und wandte sich ab. »Ja, aber gern«, sagte er unfreundlich. Da entdeckte er Mr Singh. Der Sicherheitsoffizier war zurück. Mit ihrem Mantel über dem Arm und in energischem Schritt steuerte er direkt auf die Nische zu.

8

Am nächsten Morgen reiste Eschenbach nicht ab.

Es war eine der Entscheidungen, die der Kommissar aus dem Bauch heraus fällte: spontan, in den ersten Sekunden des Erwachens, als die Nacht ihm noch im Kopf hing wie ein dunkler Schatten.

Etwas stimmte nicht, das war ihm klar. Lara Bischoffs plötzlicher Rückflug nach London und die Notlüge, die Latscho betraf. Ihre Aussagen passten nicht – nicht auf Anhieb. Sie waren wie schlecht genähter Stoff. Und als Lara Bischoff nahe daran gewesen war, die Nähte für ihn aufzutrennen, kam der unfehlbare Mr Singh, und alles fror ein wie bei Dornröschen.

Später, beim Frühstück, überfielen ihn Zweifel. Was erwartete er, wenn er blieb? Lara Bischoff wurde abgeschirmt wie eine Popikone, er würde kaum mehr eine Chance haben, in ihre Nähe zu kommen.

Einzig, was die Informationen zur Adoption von Charlotte betraf, so hatte er nun ein paar Anhaltspunkte, die er weiterverfolgen konnte. Es war eine magere Ausbeute.

Eschenbach blickte sich um. Es saß in einem großen, hellen Raum. Das Frühstücksbuffet stand mittendrin, wie ein gewaltiger Dampfer: Gebratene Würstchen, Spiegeleier und Bohnen schwammen in Fettlachen. Frittiertes Brot gab's als Alternative zu weißem Toast, dazu hell- und dunkelbraune Soßen neben geräucherten Makrelen und Heringen. Die *Titanic* englischer Frühstückskost war an den Klippen der Gesundheitsindustrie noch nicht zerschellt. Und Jamie Oliver mit seiner Revolution der englischen Essgewohnheiten noch nicht durchgedrungen. Auch die anderen Gäste griffen beherzt zu.

Eschenbach bediente sich; nur den Kaffee ließ er stehen. Er versuchte einen Grüntee, bestellte sich zwei gekochte Eier und telefonierte zwischen den Gängen mit Jagmetti.

Der Junge war immer noch im Heim in Stäfa und wurde nach wie vor bewacht. Wenigstens etwas, dachte der Kommissar. Aber neue Erkenntnisse zum Hergang beim Sechseläuten gab es keine. Der Kleine hatte nicht wieder gesprochen und wirkte nach wie vor verängstigt.

»Kobler war hier.«

»Kobler?«

»Sie wollte sich persönlich versichern, wie es dem Kleinen geht, sagt die Heimleitung. Und sie hat dem Jungen von weitem beim Spielen zugesehen.«

Sie legten auf. Eschenbach schnaufte.

Er hätte sich besser um Latscho kümmern müssen, das war's. Und während der Kommissar die Scheiben gebratener Blutwürste in sich hineinschaufelte, fühlte er die ganze Last seiner verpassten Chancen. Was würde nun mit dem Kleinen geschehen? Ewig bewachen konnte man ihn nicht. Einen Moment dachte Eschenbach darüber nach, wie es wäre, wenn er den Kleinen adoptierte.

Aber Adoption ging nur, wenn man eine funktionierende Beziehung vorzuweisen hatte. Gefestigt und intakt. In geordneten Verhältnissen lebte – Eschenbach sinnierte über die Begriffe und merkte, dass er nichts davon zu bieten hatte.

Zwei verkorkste Ehen, eine verflossene Liebschaft mit einer Sechsundzwanzigjährigen und eine Tochter, die überrascht war, wenn er anrief. Die eine Nacht kürzlich mit Corina ließ zwar hoffen, aber was den Broterwerb betraf, da war sich Eschenbach nicht sicher, wohin ihn seine Suspendierung noch bringen würde. Beamte, die über Adoptionen zu entscheiden hatten, gaben ihre

Kinder anderswo in Obhut. Sie waren verantwortungsvolle Menschen.

Nur Gott schickte die Kleinen überallhin.

Der Kommissar köpfte ein hartgekochtes Ei und dachte nicht weiter darüber nach.

Es war ihr Parfüm, Eschenbach roch es im Gang. Und als er die Tür zu seinem Zimmer öffnete, war sie da.

Lara Bischoff saß auf dem Stuhl am Fenster und sah ihn fest an.

Eschenbach blieb mit den Krücken auf halber Strecke stehen.

Mit leiser, rauchiger Stimme sagte sie: »Im Frühstücksraum waren so viele Leute, da habe ich mich nicht getraut.«

Eschenbach wusste einen Moment nicht, was er erwidern sollte. »Ja«, meinte er. »Ja, das ist überhaupt kein Problem.«

Auf dem kleinen Tisch stand ein Laptop, aufgeklappt.

»Haben Sie gearbeitet?«, fragte der Kommissar.

»Ich habe Sie angelogen.« Eine kurze Stille hing im Raum. Dann sprach sie weiter: »Sie hatten recht. Ich kenne Latscho. Ich bin nicht nur seine Muhme ... die Tante, wie Sie sagten. Latscho ist mein Patenkind.«

Eschenbach setzte sich aufs Bett. »Dann wissen Sie auch, wer der Vater ist? Wir kennen bisher nur die Mutter, Charlotte.«

»Nein. Charlotte hat es mir nie gesagt. So wie sie mir vieles anderes auch nicht gesagt hat. Kennen Sie das Hilfswerk für die Kinder der Landstrasse?«

Eschenbach nickte halbherzig. Er war im Studium gewesen, als das Thema groß Schlagzeilen gemacht hatte.

»Ich habe eine Aufnahme. Offenbar hat mein Vater darüber nachgeforscht. Hören Sie selbst.«

Aus dem Laptop drang ein Rascheln. Dann hörte Eschenbach eine Stimme.

»Das ist mein Vater«, sagte Lara Bischoff. »Er unterhält sich mit jemandem. Ich kenne den Mann nicht. Aber so, wie es sich anhört, hat er für Vater Recherchen angestellt.«

Eschenbach erwiderte nichts. Als der zweite Mann zu sprechen begann und dann den Text vorlas, den er offenbar wie einen Bericht verfasst hatte, da stockte dem Kommissar einen Moment der Atem. Es waren nicht die traurigen Fakten rund um das Hilfswerk, die Eschenbach wie ein Gewitter durch den Kopf rauschten. Es war die Stimme.

»Woher haben Sie das?«

»Hören Sie zu, mein Gott. Ich sag's Ihnen später.«

Eschenbach riss sich zusammen. Er hörte hin, auch wenn er in Gedanken ganz woanders war. Dieses Krächzen, das immer wieder mit einem Schluck Wasser heruntergespült wurde. Es war ihm so vertraut. Auch wenn die Aufnahme eine ältere zu sein schien und eine Menge Nebengeräusche zu hören waren. Die Stimme gehörte eindeutig Ewald Lenz.

»Und was wollen Sie jetzt tun?«, fragte Lara Bischoff, nachdem die Stimmen verstummt waren.

»Woher haben Sie das?«

»Charlotte hat es mir in einem Umschlag in der Wohnung hinterlassen. So, als hätte sie eine Vorahnung gehabt. Finden Sie das nicht komisch?«

»Weiß Kronenberger davon?«

»Nein. Ich habe ihm nichts erzählt. War so ein Gefühl, ich weiß auch nicht. Was haben Sie jetzt vor?«

»Ich muss an die frische Luft, um nachzudenken.«

An der Rezeption verlängerte der Kommissar sein Zimmer für eine weitere Nacht, dann gingen sie nach draußen. Sie schlenderten einmal um den Block und tranken in einem der kleinen Cafés an der Baker Street einen Tee. Der Kommissar war noch immer ganz benommen, ein klarer Gedanke nicht in Sicht. Als er weiter so beharrlich schwieg, übernahm Lara Bischoff.

»So wie es aussieht, muss Charlotte eines dieser Hilfswerk-Kinder sein«, sagte sie. »Können Sie sich das vorstellen? Kein Wunder, dass sie den Kontakt zu uns abgebrochen hat.«

»Haben Sie eine Ahnung, ob es noch weitere Aufzeichnungen

gibt?«, fragte Eschenbach, der nun wieder einigermaßen klar denken konnte. »So, wie es sich anhört, müsste da noch mehr kommen.«

»Keine Ahnung.« Lara Bischoff schüttelte schwach den Kopf. »Das wüsste ich alles auch gern. Wirklich gern.« Dann erzählte sie ihm, Kronenberger habe ihr versprochen, sich um Latscho zu kümmern. »Es gibt da ein älteres Ehepaar. Bei denen war Latscho immer, wenn Charlotte verreisen musste. Er wollte ihn dorthin bringen.«

»Kronenberger also.« Eschenbach sah finster auf sein Teeglas. »Haben Sie ihm wirklich nichts von der Aufnahme erzählt?«

Lara Bischoff schüttelte abermals den Kopf. Und nach einer Weile, als wäre sie erleichtert, nun alles gesagt zu haben, meinte sie: »Wenn Sie wollen, zeige ich Ihnen die Tate. Sie bleiben ja, oder?« Mit langen, bleichen Fingern strich sie die leere Verpackung des Teebeutels glatt. Sie schien plötzlich in einer ganz anderen Stimmung zu sein. Gelöst, beinahe heiter: »William Turner, den müssen Sie gesehen haben. Wussten Sie, dass er oft in der Schweiz war? *The Blue Rigi*, das habe ich ...« Sie stockte kurz, als verlöre sie den Faden. »Auf jeden Fall schauen wir uns die Bilder vom Vierwaldstätter See an und den Gotthardpass. Und natürlich die Skizzen und Zeichnungen. Es gibt Hunderte davon ... die sind gar nicht ausgestellt. Aber ich kann das organisieren, wenn Sie wollen.«

»Vielleicht später«, sagte Eschenbach, der noch immer die Stimme von Lenz in den Ohren hatte.

»Hören Sie mir überhaupt zu?«

»Ja, natürlich.« Der Kommissar räusperte sich. Über seiner Nasenwurzel hingen tiefe Furchen. Er sah Lara Bischoff an. »Noch mal zurück zu diesen Aufzeichnungen«, sagte er. »Wenn ich die Sache richtig sehe, so hat Ihr Vater Nachforschungen über dieses Hilfswerk betrieben. Gibt es da vielleicht auch eine Akte? Etwas Schriftliches, meine ich.«

Sie zuckte die Schultern.

»Er muss das Ganze doch irgendwo aufbewahrt haben. Eine Ahnung haben Sie wohl nicht?«

»Ich überleg's mir.«

»Vermutlich hat sich Ihr Vater deshalb für das Hilfswerk interessiert, weil Charlotte auf diesem Weg zu Ihrer Familie gekommen ist?«

»Es fällt mir immer noch schwer, das alles zu glauben.« Nachdem Eschenbach die Rechnung beglichen hatte, schlug Lara Bischoff einen Spaziergang im Regent's Park vor. Das war ihm lieber als die Tate. Turner hätte ihn nur abgelenkt. Er musste jetzt dranbleiben. Vielleicht könnte er einmal mit Corina herkommen und ihn sich anschauen. Wenn alles vorbei war. Wenn sie wollte. Sie wusste gar nicht, wo er war, fiel ihm plötzlich ein. So sehr waren sie also schon daran gewöhnt, getrennte Wege zu gehen.

Eine heitere Frühjahrssonne beleuchtete das erwachende Grün der Rasenflächen im Park, und die Schneeglöckchen blühten um die Wette. Krokusse und Narzissen reckten ihre Köpfe, und eine farbige Armee von Stiefmütterchen stand entlang der Wege Spalier. In Queen Mary's Garden plätscherte das Wasser der Brunnen, und an den Rosensträuchern sprossen die ersten Blätter.

Eschenbach sah, dass sich Lara Bischoff verausgabt hatte. Er merkte es an ihren Bewegungen, daran, wie langsam sie ging und dass sie kaum mehr sprach. Als er sie kurz auf ihren Unfall angesprochen hatte, wich sie ihm aus: »Einer dachte wohl, dass wir so besser zueinander passen – Sie und ich.«

Sie setzten sich auf eine der Parkbänke.

»Was wissen Sie eigentlich über die FIFA?«, fragte Eschenbach spontan, während er einer Horde Jugendlicher zusah, die auf der Grünfläche des Parks einen Ball jagten.

»Ich kann Ihnen alles Wissenswerte über die Vergabe von TV-Rechten erzählen.« Ein Lächeln stahl sich in ihre Augen. Dann wurde es von Traurigkeit überschattet.

Eschenbach räusperte sich. »Ich meine, Charlotte hat dort

gearbeitet, und Kronenberger ... Da muss es doch einen Zusammenhang geben?«

»Na klar. Er hat ihr die Stelle besorgt. Sich um sie gekümmert. Das war ein Herz und eine Seele, seit sie sich kennen. Und das ist ziemlich lange. Mein Vater hat mit Kronenberger zusammengearbeitet. Der gehört fast schon zur Familie ...« Ihre Stimme war immer leiser geworden und brach nun ganz ab.

Während der Kommissar geduldig darauf wartete, dass sie weitersprach, spürte er, wie sie ganz langsam auf die Seite kippte und wie ihr Kopf zum Schluss an seiner Schulter ruhte. Er spürte das regelmäßige Auf und Ab ihres Atems.

Über eine halbe Stunde saßen sie auf diese Weise da.

Trotz der Fragen, die in seinem Hirn herumspukten, und überhaupt zum ersten Mal, seit er in London war, fühlte der Kommissar in sich eine seltsame Ruhe. Einmal erschrak er, als ein Zucken seinen Körper durchfuhr. Dann merkte Eschenbach, dass auch er für eine Weile eingeschlafen war.

Auf dem Rückweg fielen ihm zwei Männer auf. Sie trugen dunkle Straßenkleidung und folgten ihnen. Nie kamen sie zu nah – und doch standen sie immer so, dass sie sie beide von zwei Seiten in Schach hielten.

»Die gehören zu mir«, sagte Lara, die seine Irritation bemerkte. »Ein Kompromiss, dass man mich überhaupt aus der Klinik lässt ... Paresh, du kennst ihn ja. Er dreht am Rad seit dem ... Unfall. Hast du sie wirklich erst jetzt gesehen? Ich dachte, du wärst ein ausgefuchster Hund. Das hat mir jedenfalls der Kronenberger gesagt.« Sie schaute ihn streng von der Seite an und lächelte, als sie seine Nervosität bemerkte.

Am Abend trafen sie sich im Hotel zum Essen, und am nächsten Morgen zog Eschenbach vom Regency in ein kleines Hotel an der Cramer Street. Eine Empfehlung von Paresh Singh.

Jagmetti war erstaunt, als er hörte, dass Kronenberger mit

den Koleggers unter einer Decke steckte. Jedenfalls, was die Entführung des Jungen aus dem Heim anging. Auf Eschenbachs Aufforderung, Latscho nochmals zu befragen, reagierte der Bündner gereizt: »Natürlich könnten wir den Kleinen auch foltern, damit er endlich etwas sagt.«

Eschenbach legte auf. Von Lenz sagte er nichts.

In einer kleinen Buchhandlung bei der Westminster University kaufte der Kommissar ein Notizbuch; schwarz, mit Gummiband und mit feinen Linien auf den Seiten, zwischen denen er ein wenig später in einem Café seine Gedanken festhielt.

Es war die Adoption von Charlotte, zu der es keinerlei Dokumente oder Informationen gab. Die Tatsache, dass Laras Schwester vor neun Jahren einfach verschwand. Wer war der Vater vom Kleinen, und welche Rolle spielte die FIFA? Und natürlich war es die Akte, die ihm nicht mehr aus dem Kopf ging. Wenn es sie wirklich gab, wo war sie? Eschenbach musste an Lara dranbleiben, ihr Vertrauen gewinnen. Vielleicht fanden sie ja etwas, das ihn weiterbrachte.

Der Kommissar dachte an die Szene auf der Parkbank am Tag zuvor, und daran, wie sie sich abends, beim Essen, nähergekommen waren. Diesmal ohne Mr Singh und mit Sicherheitsleuten, die nicht im Restaurant, sondern draußen vor der Türe postiert gewesen waren.

Eschenbach hatte ihr von Kathrin erzählt, dass er sich Sorgen machte und sie vermisste.

»Ich habe keine Familie mehr«, war Laras traurige Antwort gewesen, und der Kommissar hatte daraufhin seine Hände auf ihre gelegt.

Vermutlich war es die Einsamkeit, die sie so nahe zueinandertrieb, dachte der Kommissar. Und er ertappte sich dabei, dass ihm diese Nähe gefiel. Nicht dass er sich verliebt hätte, das war es nicht. Laras Unfall, die irreparablen Verletzungen, die sie davongetragen hatte. Ihre Verzweiflung. Der Kommissar wurde das Gefühl nicht los, dass sich Lara zum ersten Mal überhaupt jemandem öffnete. Und so seltsam es Eschenbach anmutete, dieser Jemand war er.

Kurz vor Mittag rief Eschenbach Ewald Lenz an und diktierte dem Alten, was er herausgefunden hatte. Über die Sache mit Laras Vater verlor der Kommissar kein Wort. »Konzentrier dich auf die Adoptionen in den Jahren 1956 bis '64«, sagte er. »Die Eltern haben damals in der Schweiz gelebt … in Feldmeilen. Da müsste doch was zu finden sein. Und was Latscho betrifft: Vermutlich fällt er in die Zeit ihres Verschwindens vor neun Jahren. Da suchen wir noch einen geeigneten Vater.«

»Wenn's eine Geburtsurkunde gibt, dann finde ich sie«, erwiderte Lenz nicht ohne Zuversicht. »Aber sag mal, wie viele Gefallen schulde ich dir eigentlich noch? Du erinnerst dich, dass ich pensioniert bin und Kobler dich eigentlich suspendiert hat.«

Um zwölf rief Lara an. »Im Regent's Park feiert sich der Frühling«, sagte sie. Und weil die grüne Oase nur ein paar Minuten von Eschenbachs kleinem Hotel entfernt war und das *Princess Grace* ebenfalls nur um die Ecke lag, trafen sie sich eine Stunde später beim York Gate und schlenderten, wie schon am Tag zuvor, durch die einstigen Jagdreviere von König Henry (dem Achten).

Eschenbach hatte sich an die beiden Schatten gewöhnt, die ihnen auf Schritt und Tritt folgten. »Wie heißen die eigentlich?«, wollte der Kommissar wissen.

Lara zuckte die Schultern, und als sie im Garden Café einen Marschhalt einlegten, amüsierte sie Eschenbach damit, den Bodyguards Namen zu geben. In der abschließenden Bestenliste führten selbstverständlich *Dr. Jekyll & Mr Hyde* knapp vor *Waldorf und Statler*, den beiden Alten aus der *Muppet Show*.

Vom Café aus gingen sie weiter, und beim Garten von Queen Mary blieb Lara plötzlich stehen.

»Kannst du dir vorstellen, noch ein paar Tage hierzubleiben?«

Eschenbach hatte es gespürt: Die Frage hatte schon eine ganze Weile in der Luft gelegen. Und jetzt – als Lara sie endlich aussprach, mit jener krampfhaften Beiläufigkeit, mit der man Dinge sagte, die einem schon viel zu lange im Kopf herumspukten, hatte er nur einen Gedanken: die Akte des Hilfswerks. Lara musste sie finden.

Um fünf standen sie wieder beim York Gate. »Ich ruf dich wegen heute Abend noch an«, sagte Lara leicht enttäuscht, bevor sie von Dr. Jekyll & Mr Hyde zurück ins Hospital gefahren wurde. Er hatte keine festen Zusagen gemacht. Aber der Anruf kam nicht. Eschenbach wartete bis neun, dann ging er in eines der Pubs in der Nähe des Hotels, aß einen Teller Fish & Chips und trank zwei Dunkle. Er unterhielt sich mit einer Gruppe von Literaturstudenten über die bevorstehenden Wahlen in Amerika und kehrte um halb elf zurück ins Hotel. Auf dem Bett, und mit den Bildern von CNN, die stumm aus der Kiste flimmerten, telefonierte er zwanzig Minuten mit Corina. Kathrin hatte einen Freund, der vier Jahre älter war, und miserable Noten in Englisch und Latein. Corina klang trotzdem froh.

Nach dem Telefonat konnte Eschenbach nicht einschlafen. Es war warm im Zimmer und roch nach indischen Gewürzen. Der Kommissar wählte die Nummer von Lenz. Der Alte war eine Eule und um diese Zeit bestimmt noch wach. Wenn Lara ihn nun doch hängenließ oder, besser gesagt, in völlig falschen Bahnen lief – er musste Lenz auf die Sache ansprechen. Vermutlich hatte auch er bereits Neuigkeiten. Das statistische Amt der Schweiz war ein sauberer Laden, der alles ordentlich führte, auch Daten über Adoptionen. Und für Lenz war es ein Kinderspiel, sich die Fakten der Jahre 1956 bis 1964 zu beschaffen.

Der Alte meldete sich nicht, und als der Kommissar eine Viertelstunde später nochmals anrief, war es dasselbe. Kein Lenz und keine Antworten.

Der Kommissar überlegte. Wenn er nur die Nummer des Geigenbauers gehabt hätte. Dann entschloss er sich, Jagmetti anzurufen. Er erreichte den Bündner auf Anhieb: »Den Lenz, den bringt man doch nur tot aus der Mühle. Da muss etwas passiert sein«, sagte Eschenbach, nachdem Claudio langsam begriff, um was es überhaupt ging.

Eine halbe Stunde später rief Jagmetti zurück: »Liegt in seinem Bett und schläft ... Das alte Lied.« Der Polizist seufzte. »Irgendwann säuft sich der noch zu Tode.«

»Ich weiß.«

»Hab's dem Geigenbauer gesagt«, meinte Claudio. »Schien mir keineswegs überrascht zu sein. Ich glaube, die Leute in der Mühle wissen Bescheid. Sie würden zwischendurch mal nachsehen, wie's ihm geht, haben sie gemeint.«

9

Als Eschenbach am nächsten Morgen aufwachte, schien die Sonne durch die Gardinen und blendete ihn. Er lag noch immer im Bett. Es war Sonntag, kurz vor neun.

Eschenbach hatte schlecht geträumt. Er hatte den Fall gelöst und wusste nicht mehr, wie und was. Alles hatte sich auf Lateinisch abgespielt. Das Einzige, an das er sich erinnern konnte, war Kobler: Sie stand in einem roten Kleid vor ihm, und ein mickriges kleines Krönchen zierte ihr Haupt: »Ich gratuliere Ihnen, Eschenbach! Respekt! Wer hätte das gedacht?« Einem inneren Zwang folgend, war Eschenbach hingekniet. Und in Erwartung des Ritterschlags hatte er gesehen, wie Kobler beidhändig das Schwert geführt und seinen Kopf mit einem einzigen Streich vom Rest des Körpers getrennt hatte. Eschenbach erinnerte sich, dass er nichts dabei empfunden hatte. Von den roten Schuhen bis zum hageren Antlitz Koblers war sein Blick nach oben gezogen, und weiter über Kobler hinaus bis in einen weißgekachelten Himmel. Dann explodierte der Kopf des Böög.

Eschenbach griff nach dem Handy auf dem Nachttisch und sah nach, ob Lara angerufen hatte. Weil der Akku leer war, hängte er den Apparat an den Strom. Er ging ins Badezimmer. Aus dem Duschkopf kam nur kaltes Wasser, der Kommissar hatte Mühe, das Shampoo wieder aus den Haaren zu waschen.

Eschenbach hatte sich noch nicht ganz abgetrocknet, als das Telefon läutete.

»Somebody waiting downstairs«, sagte eine weibliche Stimme in Bollywood-Englisch.

Hastig zwängte Eschenbach seinen Gipsfuß durch die Jeans, streifte sich das schwarze T-Shirt über, das er zum Auslüften vors Fenster gehängt hatte, und humpelte nach draußen.

Vor dem Aufzug im Flur sortierte er seine Krücken, und beim Hinunterfahren kam ihm in den Sinn, dass er vergessen hatte, die Zähne zu putzen. Er hauchte prüfend in die vorgehaltene Hand.

»Mr Eschenbach?« Die zierliche Frau sah ihn fragend an. Sie stand bei der Rezeption und trug einen dunklen Business-Anzug mit Nadelstreifen. Eschenbach schätzte sie auf Anfang sechzig.

Eschenbach nickte.

»Ich bin Ira Wendersley, Laras Assistentin. Wir sind draußen.«

Der Wagen wartete auf dem Gehsteig. Es war ein dunkelblauer Mercedes mit getönten Scheiben. Der Chauffeur, ein blasierter Schlaks, hielt Eschenbach den Schlag auf. Der Kommissar hatte plötzlich den Eindruck, zu spät dran zu sein.

Nachdem Ira vorne neben dem Fahrer Platz genommen hatte, setzte sich der Wagen beinahe geräuschlos in Bewegung.

Von Lara, die auf dem Nachbarsitz saß, kam nur ein Nicken, das der Kommissar ebenso zurückhaltend erwiderte. Er hatte ausreichend Platz im Fond. Eschenbach streckte die Beine. Ihm fiel auf, wie häufig das Augenpaar des Fahrers im Rückspiegel auftauchte. Als er sich einmal Lara zuwendete, reagierte sie nicht. Wenn er nur ihr Gesicht hätte sehen können. Ein Zucken der Wangen oder Augenbrauen, die sich hoben.

Man hatte Laras Verband gewechselt. Das war alles, was er erkennen konnte. Hatte sie wirklich damit gerechnet, er würde in England bleiben?

Straßenzüge viktorianischer Häuser zogen schweigend an ihnen vorbei.

»Für Ascot bin ich underdressed«, sagte Eschenbach nach einer Weile. Die Stille im Wagen war ihm unerträglich, zudem war er neugierig, wohin die Reise ging. »Aber so, wie's aussieht, bleiben wir in der City.«

»Finsbury Avenue«, sagte Ira. »Wir sind gleich da.«

Der Wagen hielt vor einem großen Gebäude, in dessen gläserner Fassade sich der Himmel spiegelte. Zwei Männer standen links und rechts vom Eingang; sie starrten geradeaus. Es war dieser idiotische Blick zum Horizont, den man nur hatte, wenn er einem befohlen wurde. »Blick geradeaus!« Man lernte ihn beim Militär oder bei den Elitetruppen der Polizei.

Eschenbach hatte sich immer gefragt, warum gerade Wachen und Soldaten diesen Unsinn praktizierten. Erwarteten sie wirklich, die Gefahr käme von vorne und ganz langsam auf sie zu?

Am gläsernen Eingangsportal stand in kleinen, silbernen Lettern: *Goldmann Investments Ltd.* Der Kommissar konnte die Schrift erst lesen, als er direkt davor stand.

Mit einem »Klack« begannen sich die gläsernen Türen automatisch zu öffnen.

»Du kommst spät«, sagte der Sicherheitsmann. Paresh Singh stand allein in der Halle. Er hatte den hellen Anzug gegen einen dunklen getauscht, das ließ ihn finsterer wirken als sonst.

»Schon recht«, erwiderte Lara. »Wir verschwinden gleich wieder.« Und zu Ira Wendersley, die ihr nicht von der Seite gewichen war, meinte sie: »Ist schon gut, Ira. Wir gehen alleine.«

Mit dem Aufzug fuhren sie sieben Stockwerke hinunter ins Erdreich. Plötzlich hatte Eschenbach ein ungutes Gefühl, als schnüre ihm die Tiefe, in die sie beide hinunterglitten, die Kehle zu. Vor seinen Augen flimmerte es. Lara stand mit einem Mal ganz nah bei ihm. Ihr Mund war groß geworden und bewegte sich wie ein großer Schlund:

»Die behüten mich hier wie ein Kind.«

Es waren die ersten Worte, die sie an diesem Morgen zu ihm sagte. Sie klang verärgert.

Als sie im untersten Stock des Gebäudes angelangt waren und

aus dem Aufzug in einen breiten Gang traten, war das Licht bereits eingeschaltet. Altmodische Neonröhren hingen an der Betondecke und leuchteten die Reihen aus, die sich zwischen mannshohen, metallenen Schrankregalen wie Schluchten nach hinten verjüngten.

Eschenbach schaute sich um. Das Archiv. Ein Heiligtum. Auf vergilbten Etiketten standen in schwarzer Tusche die Jahreszahlen 1911, 1912, 1913 und so weiter.

»Von hier unten brauchen wir eigentlich nie etwas. Das ist für die Ewigkeit. Und da hinten ...«, Lara deutete mit der Hand in einen entfernten Winkel des Raumes, »geht es weiter. Noch mehr Räume, noch mehr Papier ... Und in einem dieser Räume liegen sogar die ersten Dokumente der Firma. Gründungsurkunden und die Geschäfte der ersten Kunden.« Am Ende eines langen Korridors zögerte Lara. »Es muss irgendwo hier sein.«

Eschenbach las die Jahreszahl 1945. »Was suchen wir eigentlich?«, wollte er wissen.

»Wart's ab«, murmelte sie, huschte um eine weitere Ecke, und wieder stand Schrank an Schrank. Feuerfest. Und einer glich dem andern aufs Haar.

Der Kommissar stellte sich vor, was passierte, wenn das Licht ausginge und sie aus diesem Labyrinth nicht mehr herausfänden.

»Willst du mich einmauern lassen?«

Lara lachte auf. »Du hast immer noch keine besonders hohe Meinung von mir, stimmt's?«

Eschenbach schwieg. Plötzlich war es ihm unangenehm, dass sie sich duzten.

»Vaters Privatsachen«, sagte Lara. »Ich hab sie nach hier unten verfrachten lassen. Damals, als ich nicht wusste, wohin damit. Ein Teil der Firma gehört ja mir, und das bringt die merkwürdigsten Privilegien mit sich. Es sind zwei Aktenschränke und ein paar Kisten mit persönlichen Dingen. Ich kann dir nicht einmal sagen, was alles drin ist. Zwei, drei Mal hab ich's versucht. Die Fotoalben, Briefe, die sich meine Eltern geschrieben haben ... Vaters Lieblingspfeife. Ich wollte mir die Dinge anschauen ... später. Aber aus später wurde nie.«

Eschenbach sah, wie Laras Hände wieder leicht zu zittern begannen.

»Ich hab gedacht, irgendwann wäscht sich der Schmerz aus, und ich sehe mir die Sachen an. Manchmal habe ich ihn sogar vergessen, aber jetzt ... Es ist alles wieder da.«

»Vielleicht auf der anderen Seite«, sagte Eschenbach. Doch er merkte, dass ihm Lara gar nicht zuhörte.

»Sie liegen noch immer in der Gegend von Saas Fee.« Ihre Stimme begann zu brechen. »Unter ewigem Eis.«

»Deine Eltern?«

»Mhm ... Man hat sie nie gefunden.« Es war das erste Mal, dass Lara den Unfall ihrer Eltern erwähnte. Eschenbach hatte darüber bisher nur gelesen. In einem der Berichte, die Lenz ihm gegeben hatte. Die Bischoffs und ihr Bergführer waren vom Wetter überrascht worden, auf der Nordroute zum Allalinhorn.

»Die Suche musste damals wegen Dunkelheit und Schneefall abgebrochen werden. Und zwei Tage später, bei besserem Wetter, haben wir nichts mehr gefunden. Nicht einmal mehr Spuren.« Lara ging einen Schritt auf Eschenbach zu. »Halt mich fest. Bitte.«

Der Kommissar drückte sie behutsam an sich, dabei glitt ihm eine seiner Krücken aus der Hand und fiel scheppernd zu Boden. Lara zuckte zusammen und löste sich von ihm.

»Vor fünf Jahren gab's diesen heißen Sommer«, sagte sie nach einer Weile. »Der hat viel Schnee geschmolzen in den Bergen. Ich habe wirklich geglaubt, jetzt finden wir sie. Mit dem Helikopter haben wir die Gegend abgesucht, wie jedes Jahr. Aber nach diesem Sommer habe ich aufgegeben. Es ist nicht einfach, zwei leere Särge in die Erde zu lassen.«

Eschenbach hob seine Krücke auf.

Dabei fiel sein Blick auf einen alten Holzschrank, daneben zwei aufeinandergestapelte Kartonschachteln. Laras Augen folgten seinem Blick.

»Bingo.«

Die Schranktüren waren versiegelt und die Kisten mit einem Klebeband verschlossen. »Bischoff« und »Private & Confidential« stand überall darauf; mit roten, dicken Lettern.

»Da ist es also«, sagte Eschenbach. Er stützte sich auf die Krücken.

Lara trennte mit den Fingernägeln das Siegelband am Schrank, öffnete ihn und durchsuchte die Hängeregistraturen, die Ordner und Papierberge. »Wenn es diese Akte überhaupt gibt, dann muss sie irgendwo hier sein.«

Es dauerte nicht lang, und der Boden war übersät mit Büchern, Schachteln und allerlei kleinem Nippes. Ein großer Bergkristall stand neben zwei Porzellanfiguren, alte gerahmte Fotos waren dabei, Aschenbecher, Diplome und Prospekte. Lara kniete auf dem kalten Stein und stöberte in den Sachen. Manchmal hielt sie ein Stück etwas länger in den Händen, bevor sie es sorgsam beiseitelegte und weitersuchte.

Eschenbach stand etwas abseits und sah Lara zu. Er fragte sich, welchen Trödel er einmal hinterlassen würde. Die Bischoffs waren reiche Leute gewesen, aber was er erkennen konnte, hatten sie dieselben kleinen Dinge weitergegeben, die sich in seinem Leben auch angesammelt hatten.

»Ich find keine Akte«, sagte Lara. Etwas mutlos ließ sie die Schultern hängen.

Eschenbach ging auf sie zu und half ihr beim Aufstehen.

Lara schnaufte. »Ich weiß nicht, was vor neun, zehn Jahren passiert ist, weshalb sich Charlotte plötzlich von mir abgewandt hatte. Aber ich bin sicher, es hat mit Kronenberger zu tun. Er hat ihr die Stelle bei der FIFA verschafft ... Es war damals, als greife eine fremde Hand in ihr Leben. Und diese Hand hat Charlotte nicht mehr losgelassen.«

»Waren sie denn ein Paar?«

Lara schüttelte den Kopf. »Ich kann es mir nicht vorstellen. Er ist viel zu alt. Aber beschwören kann ich es natürlich nicht.«

Als Lara eine der Schachteln zurück in den Schrank räumte, fiel etwas zu Boden. Der Kommissar bückte sich und hob es auf. Es war ein kleines Foto. Schwarzweiß, und der gezackte, helle Rand war durch die Jahre bräunlich angefärbt. »Das hat vermutlich irgendwo drangeklebt«, sagte Eschenbach. »Ein Kinderfoto. Bestimmt Charlotte und du.«

»Dann gib's her«, sagte Lara.

Eschenbach drehte das Bild um. Auf der Rückseite stand die Jahreszahl 1960.

Lara riss ihm den Fetzen aus der Hand, sah sich das Bild kurz an und sagte: »Ja, Charlotte und ich. Unbedeutend ... irgendein Foto von früher.«

Der Kommissar war etwas irritiert angesichts Laras impulsiver Reaktion. Andererseits hatte sie ihre Schwester gerade erst verloren. Einfach konnte das alles für sie nicht sein. Als er ihr beim Einräumen helfen wollte, wies ihn Lara zurück.

»Lass nur, ich schaffe das schon.«

Sie kniete sich wieder auf den Boden und machte sich an die Arbeit.

Eschenbach schmerzte das Kreuz. Weil es noch eine Weile dauern würde, setzte er sich auf den Hocker, der glücklicherweise ganz in der Nähe stand. Er lehnte sich mit dem Rücken gegen das kalte Mauerwerk und schloss die Augen. Noch einmal sah er das Foto vor sich. Zwei Mädchen waren darauf, drei oder vier Jahre alt, vielleicht auch älter. Er hatte das Bild nicht lange betrachten können. Aber wenn die Aufnahme wirklich von 1960 war, dann konnte Lara unmöglich eines der Mädchen gewesen sein. Lara war erst 1964 geboren. Und das war eines der wenigen Dinge, dessen sich Eschenbach zu hundert Prozent sicher war.

Nachdem Lara die Sachen ihres Vaters wieder in die Kisten geräumt hatte, fuhren sie zurück zum Hotel.

Im Wagen herrschte dasselbe Schweigen wie schon auf der Hinfahrt. Das einzige Geräusch, das der Kommissar vernahm, war hin und wieder das Ticken des Blinkers, bevor der Mercedes abbog oder die Spur wechselte.

»Zwei Milliarden Fußballfans ...« Lara saß auf einem Stuhl in Eschenbachs Hotelzimmer, sah ihm beim Packen zu und malte mit den Händen eine Weltkugel in die Luft. »Die katholische Kirche bringt's knapp auf die Hälfte. Weißt du eigentlich, wo die Leute am meisten Fußball spielen?«

»Auf der Straße oder in den Stadien?« Der Kommissar war nur halb bei der Sache. Er suchte eine Socke, ging nochmals ins Bad und fand den Rasierer, den er (weil der Akku leer war) ins Kästchen unter dem Waschtisch gelegt hatte.

»In China! Dann kommen die USA und Indien.«

Seit Eschenbach ihr gesagt hatte, dass er auf keinen Fall länger bleiben und in vier Stunden nach Zürich zurückfliegen werde, redete Lara ununterbrochen.

»Wie lange brauche ich eigentlich zum Flughafen?«

»Heathrow oder City?«

Eschenbach suchte sein schwarzes Notizbuch und sah nach: »Der Flug geht um Viertel vor sechs.«

»Dann ist es City«, sagte Lara. »Eine halbe Stunde. Wir fahren dich.«

Eschenbach bestand auf einem Taxi.

»Die FIFA hat den Fußball zu einer Weltbewegung gemacht. Sie vereinigt 207 Mitgliedsländer; das ist mehr, als die UNO hat.«

Im Taxi klapperte, rumpelte und schepperte es. Offenbar hatten sie das älteste Modell erwischt.

»Und die rund zwei Milliarden Euro Umsatz, die der Verein in den vergangenen vier Jahren gemacht hat, sind erst ein Anfang. In zehn Jahren lässt sich der Betrag verdoppeln. Mindestens. Vielleicht sogar verdreifachen, wenn wir es einigermaßen gescheit anstellen.«

Während sich Lara in Fahrt redete, sich im Friedhof der Zahlen verlor und danach eine Markteroberungsstrategie nach der andern zum Besten gab, realisierte Eschenbach, dass sie längst Teil dieses Imperiums geworden war. Für Lara war es nicht der Fußball, der zählte. Ihr Spiel trug andere Namen. Merchandising, Vertriebsrechte, Sponsoring- und Hospitality-Verträge. Am Ende zählte nicht die Anzahl der Tore.

Eschenbach sah auf die Uhr.

»Warum hast du mir eigentlich Kronenberger auf den Hals gehetzt?«

»Ach, ich war völlig verstört, der Überfall, Charlottes Tod. Wenn ich so darüber nachdenke, es war eigentlich seine Idee. Er wollte mich schonen, nehme ich an.«

Eschenbach schaute aus dem Fenster. »Erzähl mir noch etwas über diesen Kronenberger. Er hat eine Kanzlei in Zürich, habe ich gesehen. Wie kommt so einer ins oberste Gremium der FIFA?«

»Kronenberger war schon immer der Mann fürs Schwierige. Gerade dreißig geworden, organisierte er die Olympiade 1972 in München mit. Dort sind sie sich zum ersten Mal begegnet, der Präsident und er.«

Eschenbach fiel auf, dass Lara den Mann an der Spitze der FIFA nie beim Namen nannte. Auch jetzt nicht, da sie von einer Zeit sprach, die über dreißig Jahre zurücklag.

»Der Präsident arbeitete damals für Longines S. A., eine Schweizer Uhrenfirma, und war in München für die Zeitmessung zuständig. Dort hat alles angefangen. Kronenberger hat ihn in die internationale Sportszene eingeführt, zusammen mit meinem Vater. Und drei Jahre später wurde der Präsident technischer Direktor bei der FIFA.«

»Wir sind da«, sagte der Taxifahrer.

»Erzähl weiter«, sagte Eschenbach.

»Wo war ich stehengeblieben?«

»Kronenberger.«

»Der wurde Geschäftsführer der Sportagentur ISL und managte die Eishockey-WM in Deutschland. Dann war er Direktor beim Sportartikelhersteller Adidas. Kronenberger weiß genau, wie das Geschäft funktioniert – wie man auf die Schnelle noch Stimmen organisiert. Das hat er seinerzeit bei Adidas-Chef Horst Dassler gelernt. Und die gekaufte Weltmeisterschaft …« Lara kicherte. »Das hat auch er gedreht.«

»Für die FIFA?«

»Für Deutschland. Die Weltmeisterschaft 2006 – sie hätte eigentlich an Südafrika gehen sollen.«

»Wir sind da«, sagte der Taxifahrer zum zweiten Mal.

Eschenbach fischte ein paar Pfundnoten aus dem Hosensack und reichte sie nach vorne. Dann nahm er seine Reisetasche. »Kronenberger hat sich schon früh bei den Großen des Sports eingeschmeichelt. Dassler, Havelange und dann Kirch.«

»Kirch, der Medien-Kirch?«

Lara nickte.

Sie stiegen aus. Auf dem Weg ins Flughafengebäude redete Lara weiter: »Kirch ist heute pleite. Aber er wäre wohl kaum den Bach hinunter, wenn nicht ein paar Finanzleute in Frankfurt noch eine Rechnung mit ihm offen gehabt hätten. Er war ihnen zu mächtig geworden.«

Eschenbach sah sich nach den Abflugschaltern um.

»Hier geht's lang«, sagte Lara. Eschenbach folgte ihr.

»Kirch wurde zum größten Filmhändler Europas, obwohl er nahezu blind war … Das muss man sich erst einmal vorstellen. Er hatte seine Transaktionen im Kopf. Alles im Kopf, verstehst du? Ein Imperium von verschachtelten Firmen und Beteiligungen … Am Ende gehörte ihm mit der FIFA-Fußballweltmeisterschaft der zweitgrößte Sportanlass der Welt. Dazu kam noch der Formel-1-Zirkus. Diese ganzen Bilder, die rund um den Globus gehen, sie gehörten ihm … einem Blinden!«

Eschenbach merkte, wie sich Lara veränderte. Mit jedem Satz, den sie sagte, verschwand ein Stück Zerbrechlichkeit, und die kleinen Unsicherheiten, die sie ihm so sympathisch hatten werden lassen, wichen einer harten, analytischen Klarheit. Das große

Spiel der Hochfinanz war ihr Terrain. Es war, als kehrte ein entlaufenes Pferd zurück auf die Koppel seiner Stallung.

»Geh dort rüber«, sagte Lara und deutete auf einen freien Schalter. »Du hast ja nur Handgepäck.«

Nachdem Eschenbach sich eine Bordkarte hatte geben lassen, gingen sie quer durch die Halle zur Passkontrolle.

»Kronenberger hatte den kleinen Schweizer nie aus den Augen verloren. Er hatte ihn immer präsent, im Hinterkopf ... So, wie man eine Glücksmünze immer bei sich hat, weil man glaubt, es komme der Moment, in dem man sie braucht. Irgendwann bringen wir ihn hinauf, hatte er gesagt.«

Sie standen vor der Abschrankung, hinter der nur noch Passagiere zugelassen waren. Eschenbach hielt Ticket und Pass in der Hand. Aber weil Lara nicht aufhörte zu reden, stellte er seine Reisetasche wieder auf den Boden.

»Es war an meinem sechzehnten Geburtstag. Wir saßen auf der Terrasse von Chez Vrony in Findeln bei Zermatt. Vor uns klotzte das Matterhorn, dieser viel zu schöne Berg. Wegen des Föhns wirkte er so nah, dass wir glaubten, wir könnten ihn anspucken: ›Dort hinauf bringen wir ihn‹, hatte Kronenberger gegrunzt: ›Dort hinauf, unseren Sh ... efph!‹ Er war besoffen und hatte den Namen verschluckt. Deshalb schrie er nochmals: ›Dort hinauf!‹ Dann schleuderte er das Champagnerglas über die Holzbalustrade in den Schnee. Der halbe Sprudel traf mich ... spritzte mir mitten ins Gesicht, und ohne es recht zu wollen, knallte ich ihm eins an die Ohren.«

»Kronenberger?«

»Königsmacher Kronenberger, hat mein Vater gelallt. Alle lachten und grölten. Und der Staranwalt warf das nächste Glas. Wieder spritzte es, und abermals schlug ich zu.«

Eschenbach sah Lara an, und plötzlich, wie durch einen Nebelschleier, erkannte er die Frau wieder, wie sie sich über ihn beugte und fragte: »Geht es? Brauchen Sie Hilfe?« Ihr Gesicht war schön, aber nicht makellos. Die Augenlider hingen etwas zu tief, als fehlten ihnen täglich zwei Stunden Schlaf, und über dem rechten Mundwinkel stand eine kleine Narbe, die – obwohl längst verheilt – noch immer mit ihrer Geschichte auftrumpfen wollte. Es waren die Gebrauchsspuren eines gelebten halben Lebens; kleine Fältchen, die man nur sah, wenn sie lachte oder weinte; oder wenn man ihr ganz nahe war, so nahe, wie er ihr gewesen war, damals in Wädenswil.

»Also dann«, sagte Lara und ließ die Schultern hängen. »Am Ende fallen mir immer tausend Dinge ein, und dann wird's plötzlich knapp.« Sie ging einen Schritt auf Eschenbach zu, legte zögerlich ihre Hand an seine Wange: »Mach's gut.«

»Du auch.«

Eschenbach drehte sich um und ging zum Schalter.

Während der Beamte hinter der Glasscheibe Pass und Bordkarte begutachtete, überlegte der Kommissar, warum er Lara nicht geküsst hatte. Wenigstens zum Abschied noch. Er blickte zurück, dorthin, wo sie gestanden hatte.

Sie war weg.

»Ist in Ordnung, Sie können gehen«, sagte der Mann. Nachlässig schob er Eschenbach die Dokumente zu.

NACHSPIELZEIT

Am Ende der regulären Spielzeit schmerzen die Beine und in den Lungen lodert das Feuer; dann kommt der harte Rest: die Nachspielzeit. Ein paar Minuten sind es, selten mehr als fünf. Man hat den Eindruck, sie sei früher kürzer gewesen. Nun hat sie sich entwickelt, die Kleine. Ist ein richtiges Biest geworden. Stiehlt den einen den Sieg und gibt Hoffnung den andern. Bringt alles durcheinander, wie ein ungebetener Gast kurz vor dem Lichterlöschen.

Essen Sie nichts?«

Eschenbach sah in ein Gesicht voller Sommersprossen. »Ach so«, murmelte er. Vor ihm auf dem Klapptisch lag eine Plastikbox mit dem Logo der Fluggesellschaft, darin schimmerten ein kleines Sandwich und ein paar Blätter Salat.

»Sie waren ganz vertieft in Ihre Gedanken ... da hab ich's einfach hingestellt. Soll ich's jetzt wieder mitnehmen?«

»Nein, lassen Sie nur, ich probier das mal.«

»Wir landen gleich.«

Eschenbach sah die junge Frau an. Sie hatte rotblondes Haar, und um ihre Schenkel spannten die Hosen in etwas zu kleiner Größe. »Dann nehm ich's halt mit«, sagte er.

Das Sommersprossengesicht lächelte, und Eschenbach bediente sich aus dem Körbchen mit goldenen Schokoladentalern, das die Stewardess ihm entgegenstreckte.

Während er die Schokolade und das Sandwichpaket in seiner Reisetasche verstaute, dachte er an die CD mit der Aufnahme. Lara hatte ihm eine Kopie anfertigen lassen. Er würde damit zu Lenz gehen.

Der Alte hatte ihm einiges zu erklären.

»Klappen Sie bitte noch den Tisch hoch.«

Eschenbach klappte. In seinem Kopf krächzte die Stimme von Lenz. Es muss diese Akte noch geben, dachte der Kommissar. Sechshundert Kinder, die man ihren Eltern weggenommen und irgendwo untergebracht hatte. Wer waren sie?

Eschenbach sah aus dem Fenster hinaus, hinunter auf die Siedlungen im Osten von Zürich. Sie näherten sich der Landebahn, flogen über das Landwirtschaftsgebiet zwischen Bülach und Neerach. Auf den Feldern erkannte Eschenbach Leute. Vermutlich stachen sie Spargel, dachte er. Trennten den jungen Trieb von seiner Wurzel und brachten ihn irgendwohin.

Wie die Kinder der Fahrenden.

Unsanft setzte die Maschine auf und rollte noch eine Weile aus. Zwei Jugendliche klatschten.

Der Kommissar nahm seine Reisetasche unter dem Sitz hervor und wartete. Er sah in der Außentasche seines Jacketts nach, ob die CD noch da war, und den Wollschal, der im Jackenärmel steckte, wickelte er sich zweimal um den Hals.

Ungeduldig zwängten sich die ersten Passagiere an ihm vorbei. Die Anzeigen an der Decke erloschen.

»Hier sind Ihre Gehhilfen«, sagte die junge Frau mit den Sommersprossen. »Wir haben auch Rollstühle, mit denen wir Sie vom Gate zum Ausgang bringen können.«

»Danke, es geht auch so«, sagte der Kommissar. Er stemmte sich hoch und machte sich auf den Weg.

Der Flughafen Zürich war eine Welt für sich. Die Aktiengesellschaft, die ihn betrieb, trug in aller Bescheidenheit den Namen UNIQUE, und wie in allen Welten, die von sich glaubten, einzigartig zu sein, leistete man sich auch dort eine eigene Polizei.

Organisatorisch war die Flughafenpolizei lediglich eine Abteilung der Kantonspolizei Zürich; so wie die Verkehrspolizei, die Sicherheitspolizei, die Regionalpolizei, die Seepolizei und die Kriminalpolizei (deren Leiter Eschenbach war). Aber auf den rund neunhundert Hektaren östlich von Zürich galten andere Regeln. Hier übernahm die Flughafenpolizei sämtliche Aufgaben selbst; war also Kriminal-, Verkehrs-, Sicherheits- und Grenzpolizei. Sie schützte Menschen und Sachwerte vor kriminellen Handlungen, führte polizeiliche Ermittlungen durch und vollzog die Grenzkontrolle (Aus- und Einreise).

»Von wo reisen Sie ein?«, fragte der Beamte im Glashäuschen.

»London.«

»Zu welchem Zweck waren Sie dort?«

»Vergnügungszweck.«

»So, so.« Der Mann hackte auf der Tastatur seines Computers, zog eine Braue hoch und blätterte im Pass. »Aha«, machte er, und nochmals: »So, so.«

»Genau.«

»Dann wünsche ich Ihnen noch einen schönen Abend, Herr Eschenbach.«

Neben der Kontrolle von Passagieren, Gepäck und Fracht wurden am Flughafen auch Asylbefragungen durchgeführt und Ausschaffungen vollzogen (sofern sie über den Luftweg erfolgten).

In den Lautsprechern knackte es, und ein Aufruf folgte: *Bitte melden Sie unbeaufsichtigte Gepäckstücke sofort bei der hiesigen Polizei.*

Eschenbach nahm seinen Pass, und weil er nur Handgepäck hatte, ging er an den Laufbändern vorbei in Richtung Ausgang.

Natürlich kannte er den Mann, der in dieser Welt das Kommando führte und über das Kommen und Gehen genauso wachte wie über herrenlose Koffer und Taschen. Alfons Meier war wie er selbst direkt Elisabeth Kobler unterstellt. Sie hatten sich regelmäßig bei Führungssitzungen getroffen, bei Seminaren und Kaderausflügen. Beide hatten sie denselben Rang, auch wenn Eschenbach aufgrund seines Alters und dem deutlichen Plus an Dienstjahren zwei Gehaltsklassen über Meier lag.

In diese Gedanken versunken, steuerte Eschenbach auf die große Glastür zu, hinter der sich eine wartende Schar von Angehörigen auf ihre Liebsten freute. Der Kommissar zuckte zusammen, als plötzlich ein Zollbeamter vor ihm stand. Es war ein kleiner Dicker mit Schnurrbart und glänzender Stirn.

»Wenn Sie bitte mal hier nach drüben …«

Eschenbach unterdrückte einen Seufzer und wunderte sich, was man noch von ihm wollte.

»Ihre Tasche bitte.«

»Nur zu«, sagte der Kommissar. Er dachte daran, wie er letzten Herbst zusammen mit Alfons beim internen Tischfußballturnier den dritten Platz gewonnen hatte. Meier war für die Tore verantwortlich gewesen, während er selbst hinten dicht gemacht hatte.

»Was ist das hier?«

»Ein Notizbuch, schwarz«, sagte Eschenbach.

Für Kobler war es wichtig, dass man zusammenspannte, harmonierte und dieselben Ziele verfolgte. Es ginge nicht ums Gewinnen, hatte sie erklärt – vielleicht auch deshalb, weil sie selbst bei den Teamübungen nie auf die ersten Plätze kam.

»Und sonst?« Der Beamte, der sich bis zum Boden von Eschenbachs Tasche vorgekämpft hatte, sah Eschenbach etwas ungläubig an. In der Hand hielt er noch immer das schwarze Buch.

»Sonst nichts.« Eschenbach zuckte die Schultern.

Der kleine Mann blätterte durch die Notizen und sah zwischendurch dem Kommissar in die Augen.

»Reisenotizen«, sagte Eschenbach.

»Mhm«, machte der Mann, bevor er sich nochmals der Tasche zuwandte und den Bildband von William Turner genauer betrachtete.

»Ein Geschenk von einer Freundin.«

»Englisch.« Der Zollbeamte nickte. »Meine Kinder lernen's schon in der ersten Klasse. Die haben's besser als unsereins.«

»Da sehen Sie nur.«

Es folgte eine Leibesvisite, und es dauerte nicht lange, bis der kleine Mann die CD in den Händen hielt. »Ich werf da noch kurz einen Blick drauf, wenn Sie gestatten.«

Eschenbach nickte. Minuten vergingen, und der Kommissar fragte sich, was das alles zu bedeuten hatte.

»Ist alles in Ordnung«, sagte der Mann, als er zurückkam und Eschenbach die Hülle mit der CD entgegenstreckte. »Reine Routine. Ich danke Ihnen fürs Verständnis.«

Eschenbach brütete über den Vorfall nach, während er mit der S2 zum Bahnhof fuhr. War es wirklich Zufall, dass man gerade ihn aus der Masse herausgepickt hatte? Der Kommissar hatte ein ungutes Gefühl. Der Beamte hatte sogar den Boden seiner Reisetasche herausgerissen.

Vom Bahnhof bis zum Paradeplatz nahm Eschenbach die Tram. Sein Handy klingelte. Auf dem Display leuchtete *KOBLER* auf. Er steckte das Telefon zurück in die Hosentasche und stieg aus. Das kleine Stück bis zu seiner Wohnung ging er zu Fuß. Was wollte Kobler von ihm? Ein paarmal rutschte ihm die Tasche von den Schultern, so dass er anhalten und alles neu richten musste. Mit Krücken hatte der Mensch eine Hand zu wenig. Er würde morgen im Spital anrufen und sich bei Doktor Häberli für den verpassten Termin entschuldigen. Sein Gips war überfällig.

Im Treppenhaus roch es vertraut nach Bohnerwachs. Und für einmal genoss er jede einzelne Stufe hinauf in den obersten Stock.

Als er vor seiner Wohnungstür stand und den Schlüssel ins Schloss stecken wollte, hielt er plötzlich irritiert inne. Jemand war da gewesen. Das Schloss klemmte; es war aufgebrochen worden.

»Das gibt's doch gar nicht«, murmelte er und trat ein.

Hundertmal hatte Eschenbach das Bild schon gesehen: ausgeräumte Schränke, Schubladen, die herausgezogen und ausgekippt worden waren. Aufgeschnittene Polster!

Es waren immer andere Wohnungen gewesen. Fremde Leute, fremde Dinge. Jetzt waren es seine eigenen Sachen, die überall verstreut herumlagen. Er fühlte, wie sein Brustkorb enger wurde.

Auf dem Boden in der Küche lag das Geschirr: Hutschenreuther Zwiebelmuster, in kleinen Teilen. Ein Hochzeitsgeschenk von Corinas Eltern; man hatte es stapelweise aus den Regalen gefegt. Zwischen den weißblauen Mosaikstücken, großen und kleinen, lagen die Gläser, mundgeblasen aus Hergiswil, ebenfalls in Scherben. Zuckerdose, Spaghettipackungen, Pelatibüchsen, Cornflakes, Teebeutel. Die Plastikbehälter mit Mehl, mit Pinien- und Sonnenblumenkernen, Maizena, Reis. Was oben auf den Regalen gestanden hatte, war heruntergerissen worden. Ganzes und Zerbrochenes belegte die Steinplatten. Der Kühlschrank stand offen, schwitzte und brummte, und auf dem Boden mischte sich eingetrocknete Milch mit Rahm und ein paar zerschlagenen Eiern.

Eschenbach wollte sich hinsetzen. Aber weil auch die Stühle umgeworfen worden waren, zog es ihn weiter. Von der offenen Küche durchs Wohnzimmer, das Schlafzimmer und am Ende noch durch Kathrins kleine Stube, die, seit er alleine lebte, sein Büro war. Überall dasselbe Bild. Mit der Zeit bekam das Durcheinander etwas merkwürdig Armseliges. Ein Sammelsurium von Habseligkeiten, das verstreut auf dem Boden lag: hier CDs und Bücher, dort Kleider, da Lebensmittel, Geschirr und Gläser ...

Nach drei Rundgängen fand Eschenbach das Telefon. Es lag unter der ledergebundenen Gesamtausgabe von Gottfried Keller. Und wie schon hundertmal zuvor – aus anderen Wohnungen und von anderen Schauplätzen – rief der Kommissar die Spurensicherung an. Walter von Matts Nummer war eine der wenigen, die er auswendig kannte. Auch dann noch, wenn alles um ihn herum im Chaos versank.

Eschenbach saß in der Lobby des Hotel Storchen. Nachdem er mit von Matt telefoniert hatte, war er aus seiner Wohnung getürmt. Wenn die eigenen Sachen nicht mehr dort waren, wo sie hingehörten, sahen sie aus wie fremde.

Eine Dreiviertelstunde werde es dauern, bis er da war, hatte der Berner gemeint. Während Eschenbach wartete, hörte er Kobler zu. Sie hatte ihm auf der Combox eine Nachricht hinterlassen. »Ich hab's mir überlegt«, sagte sie. Ihre Stimme klang versöhnlich. »Kommen Sie zurück. Ihre Suspendierung ist aufgehoben.

Ich habe überreagiert ... Mein Gott, auch ich mache Fehler. Melden Sie sich?«

Der Kommissar seufzte. Was hatte das nun wieder zu bedeuten?

Die Kellnerin, eine freundliche Thai, brachte den zweiten Whisky. Und mit einem besorgten Lächeln wies sie darauf hin, dass sie in der Lobby auch kleine Snacks servierten.

»Es geht schon«, sagte Eschenbach. Er ließ den Laphroaig eine Weile stehen, dann trank er ihn wie Whisky, in kleinen Schlucken und nicht wie den ersten, den er wie Wasser hinuntergeleert hatte.

Eine halbe Stunde später kam von Matt. Der Berner war allein. Er trug ein kleines Köfferchen bei sich und lehnte dankend ab, als ihn Eschenbach zu einem Drink einladen wollte. »Es ist besser, wir gehen gleich.«

Als Eschenbach bemerkte, dass er nur englische Pfund dabeihatte, übernahm von Matt die Rechnung.

Sie verließen das Hotel und gingen langsam die Straße hoch zu Eschenbachs Wohnung.

»Letztes Jahr gab es knapp dreitausend Einbrüche in der Stadt«, sagte von Matt auf halber Strecke. »Irgendwann erwischt es einen, das ist fast schon normal.«

»Das ist kein Zufall, Walter.« Eschenbach blieb einen Moment stehen. Er erzählte dem Berner, wie er am Flughafen empfangen worden war.

Von Matt hörte geduldig zu. Ein paarmal schob er die Unterlippe vor oder kratzte sich im Nacken. Dann gingen sie schweigend weiter.

Von Matt sah sich in der Wohnung um. Mit der Miene eines Kunstbetrachters ging er von Zimmer zu Zimmer, sagte »unschön«, als er das Hutschenreuther Zwiebelmuster auf dem Boden liegen sah, und »schade« angesichts der aufgeschlitzten Polster. Dann machte er sich eine Weile an Eschenbachs Computer zu schaffen. Zum Schluss inspizierte er rund ein Dutzend Bücher und nahm an einigen Stellen Fingerabdrücke. »Hast du das Gefühl, es fehlt irgendwas?«

»Wie soll ich das denn wissen?« Eschenbach zuckte die Achseln. Er hatte dem Berner die ganze Zeit schweigend zugesehen. »Hier liegen Dinge rum, von denen ich nicht einmal wusste, dass ich sie noch habe ... Der Tennisschläger! Herrgott, wann habe ich das letzte Mal Tennis gespielt?«

»Und Wertgegenstände, Uhren, Schmuck?«

»Bilder und Bücher ...«, sagte Eschenbach. »Die einen hängen noch, und die anderen liegen. Ich nehme nicht an, dass sich Einbrecher für Erstausgaben deutscher Romantiker interessieren. Eine Scheiße ist das!«

Von Matt krempelte die Hemdsärmel herunter und schloss die Manschetten. »Trotzdem, so wie das Ganze hier herumliegt, ich glaube nicht, dass es ein Gelegenheitsjob war. Sie haben sich den Computer vorgenommen ... den Bürokram, Schränke und Regale. Es sieht ganz danach aus, als suchten sie etwas Bestimmtes ... Unterlagen, Akten zum Beispiel. Fällt dir da etwas ein?«

»Weshalb gerade Akten?«, fragte Eschenbach verdutzt.

»Ich kann mich natürlich auch täuschen«, meinte der Berner. Er rieb sich die müden Augen unter seiner Hornbrille, dann unterdrückte er ein Gähnen. »Also ich mach das jetzt schon bald vierzig Jahre. Und so langsam seh ich einer Sauerei an, was gesucht wurde.«

»Ach ja?« Eschenbach hob die Brauen. »Und die haben gezielt etwas gesucht ... bei dem ganzen Puff hier?«

»Es sind immer dieselben Verstecke«, sagte von Matt und ging ein paar Schritte zum Bücherregal. »Schau dir doch mal deine Bibliothek an. Die Dinger hat man nicht einfach heruntergerissen. Da wurde jedes Buch einzeln herausgezogen und angeschaut, bevor sie es ... Nun ja, zurückgestellt haben sie es nicht mehr. Ich glaube, der Vandalismus hier ist nur vorgetäuscht.«

Eschenbach strich sich mit der Hand durchs Haar. »Vielleicht hast du recht. Beim Zoll … also der Typ dort hat auch den ganzen Turner-Band durchgeblättert.«

»Eben. Die Muster bleiben dieselben, seit Jahrhunderten.« Von Matt räumte ein paar Kunstbücher zur Seite, nahm einen Band über Salvador Dalí und blätterte darin. »Männer verstecken ihre Geheimnisse in Büchern. Das haben schon die Mönche im Mittelalter so gemacht … haben die Dinger ausgehöhlt.«

»Sie könnten auch Edelsteine gesucht haben.«

»Du bist Polizist und kein Diamantenhändler.« Von Matt schüttelte den Kopf. »Es sind Papiere, Dokumente, Notizen. Irgendwas in der Art. Vielleicht auch Mikrofilme oder CDs. Jemand glaubt wohl, du hättest etwas, das du nicht haben solltest.«

»Soll glauben, was er will.« Eschenbach schob mit dem Fuß die Scherben einer Vase über das Parkett. Und als von Matt nicht aufhörte, ihn anzustarren, sagte er: »Ehrlich, Walter, ich hab keine Ahnung, was das sein sollte.«

Von Matt nickte. Er ging zur umgeworfenen Couch und nahm sein Jackett. »Dann halt.«

»Und Fingerabdrücke?«

»Ich hab mir die Bücher angesehen. Latexhandschuhe vermutlich. Man bekommt sie im Fünfzigerpack in jeder Apotheke. Auch Putzfrauen tragen sie heutzutage.«

»Mhm.« Der Kommissar biss sich auf die Unterlippe. »Danke trotzdem. Vielleicht habe ich irgendwo noch eine Flasche Bier.« Er ging vom Wohnzimmer in die Küche.

»Ach, lass nur«, rief von Matt. »Sonst wird's zu spät. Ich hab meiner Frau versprochen, dass ich morgen früh mit ihr zu IKEA fahre. Sie will ein neues Bett, nach zweiundzwanzig Jahren.«

»Ich bin zu alt für IKEA«, rief Eschenbach.

»Ich auch.«

In der Diele vor der Wohnungstür trafen sie sich zum Abschied.

»Deine Dienstwaffe hängt übrigens im Putzschrank neben dem Staubsauger. Ich dachte nur, falls du sie suchst.« Von Matt schob sich die Brille auf die Stirn. »Ich weiß ja nicht, wie oder wann du den Strauß mit Kobler ausgefochten hast. Mir hat sie gesagt, ich soll dir ausrichten, dass du zurückkommen sollst. Es liegt an dir. Ich glaube, sie weiß, dass sie einen Fehler gemacht hat.«

Als Eschenbach gegen halb drei endlich einschlief, war wenigstens das Schlafzimmer wiederhergestellt. Seine Hose lag zusammengefaltet auf dem Stuhl neben dem Kleiderschrank, das Hemd hing über der Lehne. Das Einzige, das ihm fehlte, war die Aufzeichnung des Gesprächs zwischen Laras Vater und Lenz. Er hatte die CD in seinen Computer gesteckt, gleich nachdem von Matt gegangen war. Nichts war mehr drauf. Die Datei war gelöscht oder zerstört – wie auch immer. Die Sache am Flughafen, der Einbruch hier – alles kein Zufall. Und mit dieser Erkenntnis wälzte er sich durch einen unruhigen Schlaf.

Um halb fünf schrak er plötzlich auf, weil er glaubte, er höre Geräusche. Fünf Minuten lag er regungslos im Bett und lauschte. Es war nichts. Nur sein Magen knurrte.

VERLÄNGERUNG

Wenn nach der regulären Spielzeit kein Gewinner ermittelt wird, trennt man sich unentschieden. Es ist ein fairer Kompromiss; keine Sieger und keine Verlierer – ein perfektes Ende in Frieden.

Aber ein Spiel mit solchem Ausgang ist kein großes Spiel. Die Mannschaften gehen auseinander und vergessen alles. Kein Ruhm hebt die einen in die höchsten Himmel; und keine Schmach verbannt die andern in die Hölle des Scheiterns.

Große Spiele werden entschieden.

Begegnungen, bei denen am Ende ein Sieger feststehen muss, wurden früher per Münzwurf entschieden. Der Zufall besiegelte, was die Akteure nicht erreichen konnten (oder wollten). Gewinnen oder Verlieren. Dazwischen gab es nichts. Nur die Täuschung.

Damit die Spieler ihr Schicksal wieder selbst in die Hand nehmen konnten, erfand man die Verlängerung. Sie wird unmittelbar (ohne längere Pause) an das Spiel angehängt, in der Hoffnung, dass nun endlich eine Entscheidung fallen möge.

1

Lara saß auf ihrem Bett im *Princess Grace* und blätterte in einem großen Album. Sie hatte es aus einer der Kisten, die neben dem Bett auf dem Boden standen. Der Ledereinband war an den Ecken etwas brüchig, und nur ein Fettfleck auf der Rückseite erinnerte an das tiefe Rubinrot früherer Tage.

Eine Seidenkordel aus Crêpe hing aus den Seiten, und auf jedem der kartonierten Blätter klebten zwei oder drei Fotos; darunter fand sich manchmal ein Kommentar: *Cannes 1975* oder *Charlotte und Lara in Cheltenham*. Es war die Handschrift ihrer Mutter, Lara erkannte sie sofort. Königsblaue, blässliche Tinte. Anders als die Schrift hatten die Bilder nichts von ihrem Glanz verloren; nur die Farben sahen verändert aus: Laras kleiner roter Dufflecoat war nun rosa, und Charlottes navyblauer Blazer schimmerte in keckem Türkis. Die Farbfotografie steckte damals genauso in den Kinderschuhen wie sie selbst, dachte Lara. Und die Zeit hatte aus den Farben der Erwachsenen eine rosatürkise Kinderwelt gezaubert.

Lara spürte plötzlich einen Hauch von Fröhlichkeit. Sie dachte an Eschenbach und daran, dass sie ihm das Buch gerne gezeigt hätte. Einen Moment überlegte sie, ob sie ihn anrufen sollte. Aber vielleicht war es noch zu früh.

In der Nacht, nachdem er gegangen war, hatte Lara zum ersten Mal geweint. Nicht nur eine Träne verdrückt wie sonst – oder energisch versucht, ein Zittern der zerbissenen Lippen in den

Griff zu bekommen. Nein, richtig geheult – geschluchzt – gewimmert – geflennt. Mit den Händen ins Kissen geschlagen. Das ganze Programm.

Da sie sich so lange gut im Griff gehabt hatte, kam es für sie überraschend. Wie im Sommer, wenn in den Bergen plötzlich ein Gewitter aufkommt.

Ihr neuer Chauffeur (sie mochte ihn nicht) hatte sie vom Flughafen abgeholt und ins *Grace* gefahren. Sie hatte sich bei Paresh zurückgemeldet, sich mit ihm zum Abendessen verabredet und eine Stunde später wieder abgesagt, weil sie allein sein wollte.

Lara ließ sich eine Pizza bringen. Eine Quattro Stagioni. Sie hatte genug von Kartoffelpüree und weichgekochtem Gemüse. Und von Hackbraten und Suppen auch.

Die erste Jahreszeit ging einigermaßen: Der Teig war mit Champignons belegt – vermutlich der Herbst. Dann begannen die Schmerzen in ihrem Kiefer.

Langsam kauend, legte sie ein paar CDs in den Wechsler der Bang & Olufsen und hörte sich Anfänge an: Das *Emperor*-Konzert von Beethoven in einer alten Aufnahme mit Furtwängler; dann zwei Impromptus von Chopin.

Die Schmerzen wurden heftiger.

Lara schnitt den Rand der Pizza weg und ließ ihn – zusammen mit dem Rest des Jahres – auf dem Teller liegen.

Der erste Satz der *Mondscheinsonate* zerrte an ihrem wackeligen Gemüt, und als sie es bemerkte, als ihr die Tränen schon in den Augen standen, versuchte sie mit den Rolling Stones dagegen anzukämpfen – *A Bigger Bang*. Aber die Jungs konnten es nicht mehr richten.

Schniefend setzte sich Lara vor den Fernseher, zappte durch die Kanäle. Bei den Wirtschaftsnachrichten auf CNN blieb sie einen Moment hängen – und etwas länger hielt sie es aus mit Gregory Peck und Ava Gardner am Fuße des Kilimandscharo. Lara dachte an Eschenbach, an die kurze Zeit mit ihm; dass es schön gewesen war und doch nicht halten würde.

Sie sah auf ihrem Handy nach (zum wievielten Mal?) – keine Anrufe, auch keine SMS.

Um halb zwei schlich sie durch die Gänge der Klinik, betrachtete im Halbdunkel die Fotografien an den Wänden und auch die Einsatzpläne im Schwesternhaus. Ging langsam zurück zu ihrem Zimmer, klappte im Badezimmer den Spiegelschrank auf, zählte die Schlaftabletten.

Kurz nach drei rief sie Paresh an. Sie bat ihn, die Kisten ihres Vaters aus dem Keller bei Goldmann Investments zu holen: »Und bring sie mir bitte gleich morgen ... gleich morgen früh, okay?«

»Es ist bereits Morgen«, hatte Paresh unleidig geantwortet; und als Lara eine knappe Stunde später ins Bett kroch, hatte sie nichts mehr, an dem sie sich festhalten konnte.

Warum gab man ihr nichts zu tun? Was sie erledigen wollte, war bereits getan oder wurde ihr abgenommen. Bei Goldmann lief es auch ohne sie – vielleicht sogar besser. Dass ihr Ausfall eine Lücke hinterlassen würde, dieser Illusion hatte sich Lara nie hingegeben. Die City war ein Haifischbecken, kein Seerosenteich. Und wenn man sie einmal über einen spektakulären Deal orientierte, dann aus reiner Freundlichkeit. Man schickte ihr stapelweise Berichte über den Geschäftsgang: die Leads und die Kennzahlen; aber wirklich etwas zu entscheiden gab es nicht.

Was die Besucher anging – die paar wenigen, die Paresh zuließ –, ihnen stand das Mitleid auf die Stirn geschrieben wie eine Leuchtreklame am Piccadilly.

Warum hatte es Charlotte getroffen? Lara vermisste sie – wie auch Vater und Mutter, und Randolph. Sie alle fehlten ihr. Wie Sterne waren sie verglüht und hatten finstere Löcher ins Firmament gerissen. Ein tiefer, schwarzer Himmel senkte sich über sie. Dann löste sich ihre Welt in Tränen auf.

Immer wieder dachte sie, ich bin nicht so stark, Charlotte. Nicht so stark und tapfer ... Warum habe ich das alle immer glauben lassen? Lara wusste nicht, wie ihr geschah. Sie kannte dieses tiefe Gefühl von Traurigkeit nicht, das nun in ihr aufstieg und über die Dämme hinwegschoss, die sie in all den Jahren mit konsequentem Verdrängen sorgsam errichtet hatte.

Ich bin nicht; du bist nicht; er ist nicht – ein perfektes Ego erlitt Schiffbruch, ersoff mit einem gurgelnden Laut.

Als Lara um die Mittagszeit aufgewacht war, hatten die Kisten neben ihrem Bett gestanden wie Piratenschätze, und die Vorhänge waren zugezogen gewesen.

Das große Buch mit dem Ledereinband war das Erste, was Lara aus der Kiste zog. Schon im Keller bei Goldmann Investments hatte sie kurz darin geblättert.

Sie machte es sich auf dem Bett so bequem sie konnte und steckte ihr kaputtes Gesicht in ihre Kindheit; und da fand sie die Welt wieder. Die Welt in kleinen, farbigen Fensterchen. In frischen Mädchengesichtern, die lachten oder weinten. Wie nahe lag alles beisammen.

Lara hatte bisher nie über Kinder nachgedacht, nicht ernsthaft jedenfalls. Ihre Babys hießen *Cotopaxi*, *Dusty* und *Sergeant Pepper*. Und sie hatte den Sport.

Das Military-Reiten war ein Überbleibsel aus der Zeit, als sich Offiziersanwärter und ihre Pferde schweren Prüfungen stellen mussten, um Offiziere zu werden. Es ging um Vielseitigkeit und ums Durchhalten. Ein Wettkampf dauerte drei Tage, wobei am ersten Tag eine Dressurprüfung auf dem Programm stand, am zweiten Tag ein ausdauernder Geländeritt (Cross-Country) und am dritten Tag eine Sprungprüfung. Vor allem der zwei bis vier Kilometer lange Geländeritt über Hecken und Baumstämme hinweg war anspruchsvoll und führte nicht selten zu Stürzen.

Hätte sie Kinder gehabt, so wären auch die über Hecken und Gräben gesprungen, durch den Dreck und den Wald gerannt. Ganz egal, ob Mädchen oder Junge, da war sich Lara sicher. Aber im Gegensatz zu den Pferden hätten sich die kleinen Bälger nicht dressieren lassen. Nicht, wenn sie so gewesen wären wie sie.

Lara legte das Buch zur Seite und wühlte im Fundus der Vergangenheit. Ein seltsamer Eifer hatte sie erfasst. *Der blaue Mond* kam zum Vorschein. Lara nahm ihn und wog den faustgroßen Kieselstein in der Hand. Charlotte hatte ihn mit Filzschreiber bemalt und Vater geschenkt, der ihn als Briefbeschwerer verwendete. Weil die Farbe nicht hielt, hatte der Stein überall auf den Dokumenten blaue Flecken hinterlassen. »Der Mond ist ein Blaublüter«, hatte Vater gesagt und ihn trotzdem benutzt.

Etwas Blau war noch dran und färbte auf Laras Finger ab. Sie sah sich weiter in der Kiste um. Zwischen der *roten Sonne* und dem *gelben Stern* (Charlottes Kieselsteinsammlung war endlos) fand sie auch ihre alten Hörkassetten: *Jim Knopf und Lukas der Lokomotivführer.* Eins, zwei, drei ... vier Stück waren es. Lara nahm sie heraus, legte sie nebeneinander auf das Bettlaken und betrachtete die Zeichnungen auf den Umschlägen. Plötzlich hatte sie Lust, die Geschichten noch einmal anzuhören.

Paresh kam gegen fünf Uhr nachmittags.

Lara lag dösend auf ihrem Bett, als das Sicherheitsschloss der Eingangstür geöffnet wurde. Sie hörte ein grobes Klacken und stellte sich vor, dass es so in Gefängnissen klang, wenn man die Zellen in Hochsicherheitstrakten auf- und zuschloss. Obwohl ihr das Sicherheit geben sollte, traf das Gegenteil zu. Bei ihr löste das Gefühl, von der Welt abgeschottet zu sein, Beklemmungen aus. Eine Empfindung, die von Tag zu Tag schlimmer wurde.

Lara erinnerte sich an eine von Vaters Geschichten: Ein Wolf, den man mit einer Fußfessel gefangen hielt, hatte sich das Bein durchgebissen, um in Freiheit sterben zu können.

»Ich will weg hier«, sagte Lara. Langsam richtete sie sich auf, schob sich ein Kissen in den Rücken und sah Paresh an. Er stand neben Laras Bett, trug einen dunkelblauen Sommeranzug mit weißem Hemd. Der oberste Kragenknopf stand offen.

»Wie stellst du dir das vor?«, fragte er mit hörbar schlechter

Laune. »Du bist hier in Behandlung, die kümmern sich gut um dich … Vielleicht hast du das auch schon gemerkt.«

»Dann mach wenigstens die Schlösser weg. Hört auf, mich dauernd zu überwachen.«

»Die Versicherungen bestehen darauf …«

»Dann kündigen wir die Policen«, warf Lara dazwischen. »Ich will wieder ein Leben führen … ein eigenes!«

»Du bist immer noch in Gefahr, Lara. Tut mir leid, wenn ich das so sagen muss. Es geht nicht ohne Polizeischutz.«

»Ich habe keine Angst. Ich hatte das nie. Eigentlich kenne ich dieses Gefühl überhaupt nicht …« Lara wurde lauter. »Aber seit ich hier eingebuchtet bin … Das ist Scheiße, Paresh, glaub mir. Angst wird schlimmer, wenn man eingesperrt ist.«

Als Paresh von dem Meeting mit Scotland Yard erzählen wollte, unterbrach ihn Lara ein zweites Mal: »Ich will davon nichts mehr wissen! Es wird nichts dabei herauskommen. Ich weiß es. Zuerst werden Aktenberge produziert, und dann kommt das große Schulterzucken … Lass es, es ist mir nicht mehr wichtig.«

»Es war ein Anschlag, Lara. Randolph ist tot. Es muss dich doch interessieren, wer es auf dich abgesehen hat? Wir können nicht einfach den Kopf in den Sand stecken, oder? Vielleicht gibt es bereits neue Pläne. Du bist in Gefahr, Lara … Ist dir das wirklich egal?«

»Ja, ist es. Es führt zu nichts. Versteh doch. Ich muss hier raus.«

»Der Yard glaubt … Nun, ich denke, sie haben eine Spur.«

»Sie haben immer Spuren und glauben irgendetwas. Ach, was weiß ich. London ist eine Hure geworden. Bezahlt von einem Haufen reicher Säcke. Und wenn du einen Handwerker brauchst, dann dauert es einen halben Tag, weil die sich die Mieten nicht mehr leisten können und irgendwo draußen in den Pampas wohnen.«

»Okay.« Paresh schob das Kinn vor. »Ich sag nichts mehr.«

Eine Weile sahen sie sich schweigend an. Dann blickte Lara neugierig auf die Ledermappe. Paresh hatte sie die ganze Zeit über nicht aus der Hand gelegt. »Du hast es doch, oder?« Lara streckte die Hand aus. »Ich hab's dir noch mal auf die Combox gesprochen ... Ich brauch das Gerät dringend, hast du's?«

»Weißt du eigentlich, dass es überhaupt keine Kassettenrekorder mehr gibt? In ganz London nicht.«

»Blödsinn!«

Für einen Moment hielt Paresh Laras fordernden Blicken stand, dann blinzelte er. »Okay, war nur ein Witz.« Er setzte sich auf die Bettkante. Er zog einen handgroßen Karton aus der Mappe. »Hier hast du's. Gehört Kerim, meinem Sohn. Ein Walkman von Sony ... war mal ein Riesenhit. Sein Patenonkel hat ihm den zu Weihnachten geschickt, aus Mombasa.«

»Sehr gut. Und kann er ihn denn ein paar Tage entbehren?« Lara streckte ihre Hand aus und nahm die kleine Schachtel entgegen.

»Kerim hat einen iPod ... und die Sachen, die er hört, lädt er sich aus dem Internet herunter. Ich hab's meinem Bruder nie gesagt, aber benutzt wurde das Ding nie. Irgendwie bin ich fast froh, dass es nun doch noch zum Einsatz kommt.«

Lara nickte. »Die Zeitrechnung ist nicht auf allen Kontinenten gleich.« Sie nahm das Gerät aus dem Karton und musterte es. »Und Batterien hast du auch?«

»Neue. Die sind schon drin.«

Es dauerte eine Weile, bis Lara merkte, dass Paresh auf eine Erklärung wartete. Der große Sicherheitsoffizier, sonst nie um einen Spruch verlegen, saß neben ihr und starrte auf das altmodische Utensil, als verberge sich dahinter ein zweites Watergate.

»Ach so.« Lara lachte. »Ich will mir Charlottes Kindergeschichten anhören, das ist eigentlich alles.«

»Sonst nichts?« Paresh schüttelte ungläubig den Kopf. »Kindergeschichten? Ehrlich gesagt, Lara, ich weiß nicht ...« Der große, dunkelhäutige Mann sah zur Decke und seufzte. »Du tust so, als interessiere es dich nicht, wer den Anschlag auf dich verübt hat ... Und was bei Goldmann läuft, davon willst du auch nichts wissen. Die ganzen Berichte dort«, er deutete auf einen Stapel verschlossener Kuverts. »Die hast du dir doch gar nicht angesehen.«

»Na und?« Lara rückte sich das Kissen in ihrem Rücken zurecht. »Was willst du damit sagen?«

»Dass ich dir das so nicht abkaufe ...« Paresh rieb sich das Kinn. »Ich habe wirklich darüber nachgedacht. Du bist keine Träumerin, Lara. Ich kenne dich lange genug. Du planst irgendetwas. Ich spür's. Nie und nimmer hättest du dich diesem Typen an den Hals geworfen, wenn du noch ...«

»Hör auf, Paresh!«, zischte Lara. »Das geht dich nichts an.«

»Du kennst ihn überhaupt nicht. Er nützt dich aus wegen der Sache mit Charlotte.«

»Ausnützen? Mich? Das ist doch dummes Zeug. Im Gegensatz zu dir will er herausfinden, was da in Zürich gelaufen ist. Du solltest ihm eigentlich dankbar sein und etwas mehr Respekt zollen ...« Laras Blick hielt sich eisig an Paresh fest.

»Ich kümmere mich um dich. Du bist immer noch in Gefahr, Lara.« Paresh seufzte. »Ich versteh ja, dass du dich einsam fühlst. Aber gerade deshalb bist du das ideale Opfer für so einen. Das habe ich dir damals im Park schon gesagt. Aber du wolltest ja nicht auf mich hören.«

»Du bist eifersüchtig, Paresh.«

»Ich?!« Der Sicherheitsoffizier lachte lauthals. »Auf einen Schweizer Polizisten? Hast du die ausgewaschenen schwarzen Hemden gesehen, die er trägt? Normalerweise gibst du solchen Leuten nicht einmal Trinkgeld, geschweige denn ...« Wieder lachte Paresh. »Und wie der mit dir durch den Park gehumpelt ist mit seinen Krücken. Du hättest euch sehen sollen. Es war ein Bild für die Götter.«

»Raus!«, schrie Lara. »Raus! Ich will dich nicht mehr ...« Lara verschluckte sich und begann zu husten.

Eine Weile verging.

Paresh wartete geduldig, und als Laras Gehuste nachließ, sagte er in ruhigem Tonfall: »Ich bleibe so lange, bis ich weiß, was hier gespielt wird. Ich seh's dir an, Lara. Irgendwas brütest du aus. Du bist nicht die Frau, die verträumt im Bett liegt und … na ja, Kindergeschichten hört. Herrgott noch mal, Lara, sag's mir. Was läuft da in deinem Kopf ab?«

»Du bist paranoid, Paresh. Weißt du das eigentlich?« Lara hatte noch immer Mühe, genügend Luft zu kriegen. »Du bist völlig besessen von Sicherheit und Ordnung …« Sie stand auf, wütend sah sie sich um. »Hier sind sie!« Lara bückte sich und sammelte die vier Kassetten zusammen, die verstreut auf dem Boden lagen. »Du kannst ja mithören, wenn du willst. Aber glaub mir, in deiner Welt hat das keinen Platz … Kinder sind chaotisch, lassen alles herumliegen …« Lara deutete auf die Sachen aus der Kiste ihres Vaters, die überall auf Bett und Boden verstreut waren. »Kinder machen nur Unfug … Sie müssen für einen Sicherheitsfuzzi wie dich der absolute Horror sein.«

Paresh schwieg.

Lara streckte ihm die Kassetten entgegen. »Hier, schau nach. Vielleicht ist ja eine Bombe drin.«

»*Jim Knopf.*« Paresh sah sich die Zeichnungen auf den Hüllen an. Eine Weile schwieg er. »Wusstest du, dass die Geschichte auch auf Suaheli übersetzt wurde?« Er nahm die erste Kassette und gab sie Lara. »Die hier sind auf Deutsch, ich werde sie wohl nicht verstehen.«

»Es sind Charlottes Kassetten«, sagte Lara. »Wir wohnten damals am Zürichsee. In Feldmeilen.«

»Ich weiß.« Paresh nickte. Er sah zu, wie Lara die Klappe des Walkmans öffnete und das Band einschob. Als sie die Kopfhörer zur Hand nahm, schlug er vor: »Wenn du willst, schließe ich dir das Gerät an die Anlage an, dann kannst du über die Lautsprecher hören.«

Eine Viertelstunde später war es so weit. »Schauen wir, ob es funktioniert«, sagte Paresh. Er drückte auf eine Taste des Walkmans. Beide standen sie erwartungsvoll davor.

In den Boxen knackte es. Ein paar Sekunden geschah nichts, dann erfüllte eine Männerstimme den Raum: »Also wir fangen an. Schießen Sie los!«

Lara zuckte zusammen. Wie bei der Aufnahme, die sie schon hatte, war es der rauchige Bariton ihres Vaters.

Verwundert sah Paresh zu Lara. »Was ist das?«, fragte er.

»Still«, sagte Lara. Sie hatte sich gerade in den Lesesessel setzen wollen, blieb nun aber wie angewurzelt stehen.

Sie hörten Papiergeraschel.

»Sie können jetzt sprechen«, sagte Vaters Stimme.

Wieder raschelte es. »Ich darf es doch ablesen?«, fragte die zweite Stimme, die Lara auch schon kannte.

Nach wenigen Sätzen war sich Lara sicher, dass es sich exakt um die Aufnahme handelte, die sie in Zürich zum ersten Mal gehört hatte.

Das Band lief weiter: »Aus den Unterlagen und Darstellungen, die ich gefunden habe, wird ersichtlich … [Rascheln] – ich überlasse Ihnen dann das ganze Material. Ist Ihnen das recht?«

»So haben wir es vereinbart.«

Paresh stoppte das Band: »Was ist das, Lara?« Mit besorgter Miene sah er Lara an.

»Mein Vater und ein Mann unterhalten sich, und dann liest der Mann diesen Bericht vor.«

»Du weißt das alles?« Paresh schluckte.

»Mein Gott, was denn?«, fragte Lara. Langsam löste sie sich aus der Erstarrung, ging zum Fenster und ließ sich dort in den Sessel fallen. »Ich hab das gehört, kurz bevor ich nach London zurückgeflogen bin. Charlotte hatte es mir geben wollen … eine CD in einem Kuvert. Es geht irgendwie um Fahrende.«

»Ist das so?« Der große Mann zögerte. »Die Unterlagen, oh Gott … die Akte.« Er blickte Lara beinahe flehend an. »Ihr wart nicht deshalb im Keller, oder? Du hast diesem Eschenbach doch nicht die Akte gegeben? Das muss doch, also ... wegen Charlotte.«

»Was hat denn Charlotte damit zu tun? Ich meine, gut, sie hatte die Unterlagen, aber das war's doch auch schon.«

»Damit Eschenbach ein Druckmittel hat, darum ging es also ... Ich meine, sonst steht der doch am Berg.«

»Was hast du denn gegen diesen Eschenbach?«

»Lass uns was essen gehen.«

»Nein, du sagst mir sofort, was hier los ist.«

»Lara, wir beide gehen jetzt was essen. Und dann erzählst du mir, was Eschenbach von dir wollte. Unterhalten wir uns in Ruhe über alles. In einer Viertelstunde hole ich dich ab. Verstau die Bänder wieder in der Kiste. Wir hören sie uns später an. Auf den vieren ist sicher mehr drauf als das, was du schon kennst.«

Paresh verließ das Zimmer. Lara blickte ihm fragend hinterher. Dann ging sie langsam ins Bad.

2

Als hätte man ihn durch die Nacht gepeitscht, wachte Eschenbach am nächsten Morgen auf. Nachdem er geduscht und sich angezogen hatte, schritt er abermals seine Wohnung ab. Abgesehen vom Schlafzimmer, bot sich ihm dasselbe Bild wie am Vorabend.

In der Küche am Boden fand er das angebrochene Paket mit Kaffeepulver. Der Inhalt reichte für einen Espresso. Der Kommissar trank ihn schwarz; aus einer Tasse, die er in der Spülmaschine gefunden hatte und die deswegen unversehrt war.

Dem Friedensangebot von Kobler traute er nicht über den Weg. Im Gegenteil. Sein Misstrauen hatte zugenommen, seit der Sache am Flughafen und seit man seine Wohnung auseinandergenommen hatte. Er rief Jagmetti an und erzählte ihm, was vorgefallen war.

Der Bündner war fassungslos: »Wie kann das denn sein? *Deine* Wohnung?!«

»Ja, meine.«

Dann berichtete Jagmetti ihm nochmals von den Verhören der Koleggers. »Es ist nichts dabei herausgekommen. Ehrlich. Die haben jetzt diesen Anwalt, Dr. Waser ... Ich glaub, ich hab dir das schon einmal erzählt.«

»Von der Kanzlei Kronenberger & Graf, stimmt.«

»Genau. Und der spricht ihnen quasi vor, was sie sagen sollen. Und jetzt behaupten die steif und fest, dass sie gar keine Papiere gefälscht hätten. Nämlich dass die Heimleitung die

Dokumente schon gehabt hätte und dass der Junge ganz freiwillig mitgekommen ist.«

Eschenbach nickte. »Und was sagen die Leute vom Heim? Die haben doch zu Protokoll gegeben, dass jemand mit Polizeipapieren den Kleinen geholt hat?«

»Nein. Die sagen jetzt auch, was die Koleggers sagen. Und dass sie, also die Heimleitung, die Papiere von der Polizei hatten. Und jetzt halt dich fest: von Kobler persönlich.«

»Das gibt's doch gar nicht«, rief Eschenbach in den Hörer. »Die machen mit uns doch den Netti …«

»Nein«, unterbrach Jagmetti. »Ich hab mit der Chefin gesprochen. Weil ich eben auch geglaubt habe, dass die uns alle verarschen. Aber sie sagte, das sei korrekt. Sie habe diese Idee gehabt, weil die Koleggers ja so eine Art Pflegeeltern sind für den Jungen. Und das sei an und für sich keine schlechte Idee, weil nach einem solchen Schock eben Nestwärme wichtig ist.«

Eschenbach schüttelte verärgert den Kopf: »Und woher bitte weiß Kobler das alles … Ich meine, das mit den Pflegeeltern, den Koleggers? Die konnte das doch überhaupt nicht wissen.«

»Kronenberger habe es ihr mitgeteilt«, meinte Jagmetti. »Aber dann hat die Chefin auch noch gesagt, dass wir es diesmal besser machen und von den Koleggers die Reisepässe vorübergehend einziehen. Wenigstens so lang, bis die Sache abgeschlossen ist. Im Nachhinein ist man immer klüger, hat sie gesagt.«

»Was heißt das jetzt?«, fragte Eschenbach ungeduldig. »Du willst mir doch nicht weismachen, dass wir Latscho …«

»Doch«, sagte Jagmetti. »Kobler will jetzt unter die ganze Sache einen Strich ziehen. Der *collateral damage* ist einfach zu groß, hat sie gesagt. Keine Ahnung, was sie damit meinte. Wir ziehen unsere Leute jedenfalls in Stäfa ab und bringen den Kleinen nach Seebach zu den Fahrenden. Schließlich haben die sich vorher auch schon um den Jungen gekümmert. Sollen sie's weiter tun. Und ohne Reisepässe werden sie auch nicht mehr ins Ausland verduften. Das ist der Plan.«

»Koblers Plan?«

»Ja, hab ich doch gesagt, oder?« Jagmetti machte eine Pause, dann fügte er hinzu: »Es seien schon zu viele Steuergelder verschleudert worden für eine Sache, die kaum der Rede wert ist. Herz-Kreislauf-Probleme sind die häufigste Todesursache heutzutage. Wir brauchen dich für wichtigere Dinge, hat sie gesagt.«

»Dich oder mich?«

»Dich hat sie gemeint. Und deine Suspendierung ist aufgehoben. Das hat sie auch gesagt. Und sie würde es dir sagen und dich anrufen. Eigentlich wundert es mich, dass sie es noch nicht getan hat.«

»Doch, hat sie.«

»Ach!« Jagmetti klang erstaunt, fuhr dann aber in leicht beleidigtem Ton fort: »Dann weißt du das alles ja schon und sagst nix ... Und ich rede mir den Mund fusslig. Dabei hätte ich wirklich noch anderes zu tun.«

»Ja, ich weiß«, sagte der Kommissar, nachdem er eine Weile nachgedacht hatte. »Dann lass mich das doch machen. Ich werde den Kleinen nach Seebach bringen. Das entlastet dich, und du kannst deine wertvolle Zeit dem Fußball opfern.«

»Die EURO 08, das ist nicht bloß Fußball – ist ein Mega-Event. Vielleicht der größte Sportanlass, den die Schweiz je ...«

»Natürlich. War nicht so gemeint«, fiel ihm der Kommissar ins Wort. »Also jetzt, gilt der Deal?«

»Von mir aus ... wenn's dich glücklich macht«, meinte Jagmetti. »Ich werde die Leute in Stäfa instruieren. Du musst mir nur sagen, wann du hinfährst.«

»Jetzt.«

Nachdem er das Gespräch mit Jagmetti beendet hatte, rief Eschenbach ein Taxi. Er nutzte die Zeit, die der Wagen für die Anfahrt benötigte, für den langen Abstieg durchs Treppenhaus, vom dritten Stock hinunter bis ins Parterre. Alles ging langsam und beschwerlich; Eschenbach hätte ein Königreich gegeben für einen Lift.

Sie fuhren über die Quai-Brücke und tuckerten entlang dem See in Richtung Zollikon. Kurz nach Goldbach nickte Eschenbach ein, und bei Stäfa, mehr als eine halbe Stunde später, riss ihn der Taxifahrer mit einer horrenden Rechnung aus dem Schlaf.

Eschenbach rieb sich die Augen. Sie befanden sich oberhalb von Stäfa inmitten eines Weinbergs. Das Heim bestand aus zwei Häusern, die so altertümlich aussahen, als hätte Conrad Ferdinand Meyer schon über sie berichtet.

»Säährr schään«, sagte der Fahrer, als er die Quittung ausstellte.

Eschenbach war sich nicht sicher, ob er den Betrag oder die Aussicht meinte. Denn tatsächlich bot sich vom Hügel ein grandioser Ausblick auf den Zürichsee.

»Sie kommen gerade rechtzeitig, es ist große Pause«, sagte der Heimleiter, der sich als Alfons Bangerter vorgestellt hatte. »Ihr Kollege hat uns bereits instruiert. Wir haben extra Kaffee und Kuchen bereitgestellt.«

Die anfängliche Herzlichkeit schlug in Skepsis um, als sich Eschenbach nach dem Verschwinden des Jungen erkundigte. »Aber das habe ich doch schon alles zu Protokoll gegeben, mehrmals«, erklärte der Heimleiter. »Ich tue gerne meine Pflicht … aber der Fall ist abgeschlossen, haben Ihre Kollegen gesagt. Der Junge wartet schon.«

Gemeinsam gingen sie ums Haus in den großangelegten Garten. Alles schien liebevoll gepflegt, ohne herausgeputzt zu sein. Eine alte Fichte stand wie ein finsterer Wächter mitten in einer Naturwiese. Zwischen zwei Obstbäumen hatte man eine Hängematte angebracht, und auf einem kleinen, kunstvoll mit Steinen gesäumten Teich schwammen Seerosen. Dafür, dass hier Kinder spielten, war es auffallend ruhig.

Bangerter klatschte in die Hände: »Es gibt Kuchen«, rief er.

»Juhuii«, riefen ein paar.

Ein knappes Dutzend Kinder und Jugendliche zählte Eschenbach. Sie schienen älter als der Junge, nach dem er Ausschau hielt. »Ist er denn hier?«, fragte er.

»Dort hinten, neben dem Trampolin.«

Eschenbach machte ein paar Schritte, dann sah er ihn.

Der Kleine stand etwas abseits. Man hatte ihn in neue Kleider gesteckt: sandfarbene Cargohosen und eine dunkelblaue Fleecejacke. Er stand ganz still und starrte wie gebannt auf zwei Mädchen und einen Jungen, die auf der großzügigen Sprungfläche eines Trampolins herumhüpften.

Eschenbach setzte seinen Gang fort entlang alter, von Gras halb überwachsener Steinplatten. Auf halbem Weg blieb er mit einer Krücke in einem Grasloch stecken. Er fluchte laut.

»Psst!«, machte Bangerter. Aber es war zu spät. Ein halbes Dutzend Augenpaare richteten sich nun auf den Kommissar.

»Gopferdammi« und »Scheiße!«, riefen zwei Jungs, die an einem Tisch Mühle spielten. Noch ein paarmal wiederholten sie Eschenbachs Gefluche.

»Schissideckel!«, rief ein dritter.

Zwei Mädchen blieben zwischen »Himmel und Hölle« stehen und kicherten.

Bangerter klatschte wieder in die Hände. »So, so« und »jetzt aber«, mahnte er, dann sah er Eschenbach an. Es war dieser Sie-sind-mir-aber-ein-Vorbild-Blick, den der Kommissar nur zu gut kannte.

Das unsichtbare Gefüge, in dem die Kinder sich selbst genügt hatten, war zerstört. Die Aufmerksamkeit galt nun ganz ihm, dem Besucher, der so gotteslästerlich geflucht hatte.

Eschenbach winkte verlegen mit einer Krücke.

»Tut es weh?«, wollten die zwei Mädchen wissen, die herbeigeeilt kamen und seine Nase und den Gipsfuß mit sorgenvoller Miene betrachteten.

Latscho schien ihn nun auch erkannt zu haben. Er näherte sich langsam, bis er ungefähr zwei Meter vor Eschenbach stehen blieb und den Kommissar mit großen indigoblauen Augen anstarrte.

»Wir gehen zu Josef und Meret«, sagte Eschenbach ruhig.

Aber Latscho reagierte nicht. Eschenbach war, als blickte der Kleine durch ihn hindurch.

Andere Kinder kamen ebenfalls. »Wer bist du?«, fragte ein Mädchen. Eschenbach schätzte sie auf zehn oder elf und er erinnerte sich, dass Kathrin damals ähnlich ausgesehen hatte.

»Der Mann ist Polizist«, sagte Bangerter, und schon auf dem Weg ins Esszimmer löcherten ihn die Kinder mit Fragen über Fragen. Am langen Holztisch, bei Kuchen, Sirup und Kaffee schöpfte der Kommissar aus seinem Fundus phantasievoll angereicherter Halbtatsachen. Möge der Zweck die Mittel heiligen, dachte er. Zwischendurch nahm er sich ein Stück Kuchen, teilte es und gab die größere Hälfte Latscho, der sich stumm neben ihn hingesetzt hatte.

Es war kurz nach elf, als Frau Bangerter Eschenbach und den Jungen in einem alten Peugeot-Kombi den Berg hinunter zum Schiffssteg nach Stäfa fuhr. Die Frau des Heimleiters, die in Anwesenheit ihres Mannes kaum etwas gesagt hatte, wurde auf einmal gesprächig. Sie erzählte, dass sie seit über zehn Jahren in der *Villa Waldisberg* arbeite, dass die Arbeit mit jungen Menschen eine große Herausforderung sei und dass sie mit Elisabeth Kobler befreundet sei.

»Schon seit wir zusammen in die Pfadi gegangen sind«, sagte sie mit einem Schmunzeln. »Das Bethli und ich.« Dass Eschenbachs Chefin bei den Pfadfindern vulgo *Gäggs* geheißen hatte, erfuhr der Kommissar ebenso wie auch, dass Latscho nur aufgrund dieser wunderbaren Freundschaft einen Platz im *Waldisberg* bekommen hatte. »Eigentlich betreuen wir nur Spezialfälle, Kinder, die eine große Aufmerksamkeit beanspruchen. Risikofälle, sozusagen.«

Eschenbach bat die Frau des Heimleiters, sie am Schiffssteg abzusetzen. »Wir machen zum Abschluss noch eine Fahrt über den See«, sagte er. Nachdem er mit Latscho ausgestiegen war, winkten sie, bis der Peugeot auf die Seestrasse einbog und verschwand. Der Kommissar atmete auf, nahm den Jungen bei der Hand. Sie waren gerade rechtzeitig gekommen. Das Motorschiff hatte bereits angelegt, und die wenigen Passagiere, die ausstiegen, kamen ihnen entgegen.

Die *Zimmerberg* war kein Prachtkahn wie die *Panta Rhei* oder die beiden Dampfschiffe *Stadt Zürich* und *Stadt Rapperswil,* die vornehmlich im Sommer Touristen herumschipperten. Das kleine Schiff, das zwischen Stäfa, Männedorf und Wädenswil verkehrte, war ein Arbeitstier. Es tat das ganze Jahr über seinen Fährdienst, brachte Passanten von der einen auf die andere Seeseite. Es war ein Müssen, nicht Müßiggang – und dies sah man ihr auch an.

Eschenbach saß mit Latscho an einem der Tische, sah auf den See hinaus oder musterte den mit Wolken verhangenen Himmel. »Wir fahren jetzt zur Wohnung deiner Mutter«, sagte er. Noch immer hatte er sich nicht daran gewöhnt, dass Gespräche mit dem Jungen eine Einbahnstraße waren. Nach ein paar Sätzen hörte er auf zu sprechen.

Vom Schiffssteg in Wädenswil waren es fünf Minuten zu Fuß, bis sie in der Türgass vor dem Fachwerkhaus standen, in dem sich er und Lara vor Tagen zum ersten Mal begegnet waren. Wie es ihr wohl ergangen war? Der Kommissar sah kurz nach oben, dann klingelte er.

Nichts tat sich.

Eschenbach bemerkte, dass Latscho von einem Bein auf das andere trat, dann kramte er seinen Schlüsselbund aus der Hosentasche. Den Schlüssel zur Haus- und Wohnungstür hatte ihm Lara in London auf seine Bitte hin gegeben.

Wenn es stimmte, was Lara und die Koleggers ihm erzählt hatten, musste der Kleine das Haus kennen. Die Antwort kam prompt. Eschenbach hatte die Haustür noch nicht geschlossen, da klackte es, und das Licht ging an. Neben dem Schalter stand

Latscho. »Klack«, sagte er, schlug mit der Hand noch zweimal auf den Lichtschalter und rannte darauf die Treppe hoch.

Eschenbach folgte ihm. Als er oben angelangt war, brannte Feuer in seinen Trizeps, und in den Schläfen hämmerte es. Er keuchte.

Der Junge hebelte an der Türklinke. Er hatte die richtige Wohnung gefunden. Und als Eschenbach die Tür öffnete, rannte Latscho hinein und verschwand aus Eschenbachs Blickfeld.

Drei Schritte folgte ihm der Kommissar, dann blieb er stehen. Die Wohnung von Charlotte war leer wie eine Turnhalle.

Irgendwo rauschte ein Spülbecken. Eine Tür ging, und Latscho kam zurück. Er nestelte am Gürtel seines Hosenbundes.

»Alles weg«, sagte Eschenbach und sah sich weiter um.

Man hatte ganze Arbeit geleistet. Die Einbauschränke waren leergeräumt, ebenso die Kästchen in der Küche und der Eisschrank. Es roch nach Putzmittel. In zwei Zimmern von insgesamt vier konnte Eschenbach eine hellere Färbung des Parketts erkennen. Auf einer Fläche von jeweils zwei auf zwei Metern hatten Teppiche gelegen, vermutete der Kommissar. Aber auch die waren weg. Einzig ein Besen und ein blauer Eimer standen in einer Ecke.

Auf Schritt und Tritt folgte Latscho dem Kommissar; wenn Eschenbach stehen blieb, tat er es auch.

»Da gibt es nicht mehr viel zu finden.« Eschenbach legte seinen Arm auf die kleinen Schultern neben ihm und drückte Latscho sanft an sich.

Sie waren bereits wieder unten angelangt, als sich die Tür der Parterrewohnung einen Spaltbreit öffnete. Eine kleine, mollige Frau mit blonder Dauerwelle zeigte sich.

Eschenbach hielt inne.

»Waren Sie ganz oben?«, kam es zögerlich.

»Ja, bei Frau Bischoff«, sagte der Kommissar.

»Die ist tot.«

»Ich weiß«, sagte Eschenbach. »Wir wollten eigentlich noch

ein paar persönliche Sachen ... Nun, es scheint, das hat sich erledigt.«

Die Tür ging nun ganz auf, und die Frau, mit großen Tigerpantoffeln und schwarzen Leggins, trat in den Flur. »Also da weiß ich auch nicht. In der Nacht vom Sechseläuten, da gab's hier einen Radau, sage ich Ihnen. Polizei und Sanität. Alle sind rumgestiefelt im ganzen Haus. Und einer von denen ist dann noch die Treppe hinuntergefallen. Stellen Sie sich vor, die ganzen steilen Stufen hier. Ich hab's nur gehört, weil die ja gesagt haben, es gibt nichts zu sehen und ich soll zurück in meine Wohnung.«

Eschenbach nickte.

»Am Dienstagmorgen, also gleich am nächsten Tag, ist dann der Möbelwagen gekommen ... Also das ging ruck, zuck, sage ich Ihnen. Und mir hat man überhaupt nichts gesagt, ich meine ja nur ... wo ich doch immer die Blumen gegossen habe, wenn Frau Bischoff in die Ferien gefahren ist.« Die Frau tätschelte ihre Frisur und machte einen Schmollmund. »Dass die tot ist, habe ich erst später in der Zeitung gelesen. Man sagt mir ja nichts. Aber das hier ...« Sie streckte Eschenbach einen weißblauen Stoffknäuel entgegen. »Das haben sie im Treppenhaus verloren. Gehört vermutlich dem Kleinen.«

»Néne!«, rief der Junge. Er rannte auf die Frau zu, riss ihr das Ding aus den Händen und flüchtete sich wieder hinter Eschenbachs Rücken.

»Na, also«, sagte Eschenbach. Er sah den Jungen an, der sich noch immer an ihm festhielt. »Dann ist das also dein Néne.« Der Kleine nickte, und zum ersten Mal sah der Kommissar, wie ein kleines Lächeln das finstere Gesicht erhellte.

»Ist ein armer Bub, jetzt wo die Mutter tot ist«, meinte die Frau. Argwöhnisch betrachtete sie den Kommissar. »Sind Sie der Vater?«

Eschenbach zögerte einen Moment. »Gewissermaßen«, sagte er.

»Aha. Gewissermaßen ein schlechtes Gewissen, eh?«

Eschenbach hatte sich bereits Richtung Haustür abgewandt, als die Frau hinter ihm her rief: »Warten Sie doch einen Moment.« Die Frau ging zurück in ihre Wohnung, und als sie kurz darauf wieder erschien, hielt sie einen Plastiksack in den Händen. »Also wenn Sie wirklich zur Familie ... Ich meine, dann kann ich Ihnen die hier mitgeben.« Sie gab Eschenbach die Tüte. »Diese Jeans gehört Frau Bischoff, wär mir eh viel zu klein. Ist im Trockner gewesen, unten in der Waschküche. Ich hab die Taschen geleert. Eigentlich sollte man das ja vorher tun. War aber nur ein Zettel drin, den habe ich dazugelegt. Nicht, dass Sie denken, ich behalt was. Hab nicht gern Sachen, die nicht mir gehören.«

Der Kommissar bedankte sich, und als sie draußen vor der Tür standen, fischte Eschenbach das Papierstück aus der Tasche. Es war eine Karte. Sie war zwei Mal gefaltet worden und durch das Waschen an den Kanten ausgefranst. Ein Rotkehlchen auf einem Weidenzweig, erkannte der Kommissar, als er das Papierstück sorgsam entfaltet hatte. Auf der Rückseite stand in blassem Blau, mit großer Handschrift:

Wenn Du Mulo triffst – sag nichts!
Lass es uns gemeinsam besprechen.
Vertrau mir,
Dein Vater

Auf dem Weg von der Türgass Richtung See schwieg Eschenbach. Sie hatten sich getäuscht. Mulo bedeutete nicht tot, wie Anna Lohl angenommen hatte. Hinter Mulo steckte ein Mensch.

»Néne«, sagte Latscho, als sie durch die Fußgängerzone gingen. Und abgelenkt durch die kleine Freude des Jungen, erzählte Eschenbach von den Kuscheltieren, die seine Tochter früher gehabt hatte. Vielleicht würde sich Latschos Blockade durch das wiedergefundene Stofftier lösen, dachte er.

Bei der Schiffsstation telefonierte Eschenbach mit seinem Kollegen Marco Näf von der Seepolizei. »Wenn du Zeit hast, dann schick uns doch rasch ein Boot«, meinte er. Danach rief er Rosa an. Eschenbach hatte seiner Sekretärin für die Zeit, die er in London war, seinen Wagen geliehen. Er bat sie, Latscho und ihn abzuholen. »Beim Bürkliplatz, in einer Stunde etwa.«

Die Fahrt mit dem Schiff der Seepolizei zurück nach Zürich dauerte keine zwanzig Minuten. Latscho schien es zu gefallen. Auf einem Teil der Strecke durfte er das Steuer selbst in die Hand nehmen.

Eschenbach saß auf der Backbordseite, eingewickelt in eine Wolldecke, und fröstelte. Noch einmal las er die Notiz, die in der Jeans gesteckt hatte. Wer zum Teufel war Mulo?

3

Latscho isch mit em Schmiereflosch tschaant. Grandig und schüübis ischs gsii. Und gflüderet hets wie nilperisch …« Der Junge erzählte es Meret, noch bevor sie ihn umarmen konnte.

»Kommen Sie doch bitte herein«, sagte Frau Kolegger höflich.

Erleichtert sah Eschenbach zu Rosa, dann traten sie ein. Der Kommissar hatte einen weitaus frostigeren Empfang erwartet und war nun angenehm überrascht. Vielleicht war es die Freude darüber, dass Latscho wieder sprach, dachte Eschenbach. Denn Meret und Josef Kolegger machten einen überaus versöhnlichen Eindruck.

»Er sagt, dass Sie mit dem Polizeischiff gefahren sind«, übersetzte Meret. »Ich glaube, es hat ihm mächtig Eindruck gemacht.«

Eschenbach nickte. Und wie er sich in der ordentlichen Wohnstube umsah, hatte er die Bilder wieder vor sich, wie es bei seinem letzten Besuch gewesen war, als die Spezialeinheit der Polizei das Haus gestürmt und Latscho gewaltsam nach draußen gezerrt hatte.

»Wollen wir uns nicht setzen?«, sagte Josef Kolegger. Er stellte zwei Bierdosen, eine Flasche Wein, Sirup und eine Mineralwasserflasche auf den Tisch.

Meret brachte Gläser und für Latscho einen Strohhalm. Sie nahmen Platz.

»Auf der Fahrt vom Bürkliplatz hierher hat es angefangen«,

berichtete Rosa. »Ich bin gefahren, und die zwei sind hinten gesessen«, sie deutete auf Eschenbach und Latscho. »Zuerst nur ein paar Worte, und dann sind es immer mehr geworden …«

»Latscho hat alles seinem Stofftier erzählt, diesem Eisbär.«

»Es ist ein Schwan«, sagte Meret. »Aber ich weiß, man erkennt's kaum. Ich hab ihn selbst genäht.«

»Néne«, sagte Latscho und knuddelte das handgroße Tierchen.

»Kann er denn kein Deutsch?«, wollte der Kommissar wissen.

»Doch, doch«, meinte Meret. »Ich denke, das kommt schon noch. Lassen wir ihm etwas Zeit.«

Sie tranken und schwiegen eine Weile.

Latscho machte mit dem Strohhalm ein schlürfendes Geräusch und grinste.

»Wenn du nicht anständig trinkst, nehm ich dir's weg«, sagte Josef.

Der Kleine stand auf, zog an Rosas Hand: »Meine Schrändi, tschaansch mit?«

»Er meint sein Zimmer«, sagte Meret.

Rosa stand auf und folgte dem Jungen.

»Sandro hat gemeint, dass nun alles vorbei ist«, sagte Josef, nachdem er Eschenbach nochmals Bier ins Glas gegossen hatte.

»Sandro Graf«, sagte Eschenbach bedächtig. »Über den würde ich mich gerne noch mit Ihnen unterhalten. Den gibt es nämlich nicht. Nicht bei der FIFA, wie Sie mir erzählt haben.«

»Aber doch«, sagte nun Meret. »Kronenberger.«

»In Kronenbergers Team arbeitet niemand mit diesem Namen. Ich hab da persönlich nachgefragt.«

»Sie haben uns nicht verstanden. Das ist ganz anders.« Meret Kolegger schüttelte den Kopf. »Sandro heißt, Sandro *ist* Kronenberger.«

Eschenbach schüttelte den Kopf. Es war wie bei diesen Sudoku-Rätseln, wenn die Sieben in einer Reihe doppelt vorkam. Er lehnte sich nach vorne. »Kronenberger heißt mit Vornamen

Alexander, das weiß ich zufälligerweise ganz genau. Zuerst habe ich gedacht, Sie meinen seinen Partner. Die Kanzlei heißt *Kronenberger & Graf* … Graf, das habe ich gedacht. Und dann bin ich dort auf die Homepage und habe nachgesehen. Aber einen Graf gibt's dort genauso wenig wie bei der FIFA. Graf – der steckt nur im Namen der Kanzlei. So wie bei Coca und Cola.«

Josef Kolegger lachte. »Aber genauso ist es. So hat es uns Sandro … also Alexander auch erklärt. Wie *Ich & Ich*.« Kolegger wischte sich mit dem Handrücken den Bierschaum vom Mund. »*Kronenberger & Graf*. Also, das ist beides Alexander Kronenberger. Und wir nennen ihn Sandro, weil er früher so geheißen hat. Es ist ein und dieselbe Person, wenn Sie verstehen, was ich meine.«

»Ja, ich glaube, jetzt verstehe ich.«

Latscho kam zurück und Rosa trippelnd hinter ihm. »Jetzt aber du, meine Wärm!«, rief er, und bei Eschenbach angelangt, zog er auch ihn beim Ärmel. »Du jetzt au mini Schrändi … chömet.«

Latschos Kinderzimmer war ein hellblau gestrichener, großzügiger Raum mit Vorhängen und Himmelbett. Der Junge steuerte direkt auf die kleine Garderobe neben dem Holzschrank zu: »Bäng, bäng«, rief er. Ein Revolvergurt hing dort. Der Kleine nahm ihn, versuchte sich das billige Lederimitat umzubinden, und als es nicht klappte, war Rosa als Erste zur Stelle und half.

Eschenbach nahm den schwarzen Filzhut, der neben dem Gurt gehangen hatte, und stülpte ihn über den kleinen Kinderkopf.

Peng! Peng! – Diesmal war es die Pistole, die er abgefeuert hatte. Latscho hielt sie in die Luft. Es stank und rauchte.

»So, mein Kleiner«, sagte Eschenbach und kniete sich neben ihn auf den Boden. »Sicher kannst du mir jetzt sagen, wer dieser Mulo ist …«

Latscho blieb wie vom Blitz getroffen stehen. Ungläubig, mit großen Augen unter dem schwarzen Filzhut, starrte er Eschenbach an. Langsam begann er zu zittern. Zuerst war es nur der

Mund, dann Schultern, Arme, Hände – bis der ganze kleine Körper bebte.

»Um Gottes willen«, stieß Rosa aus. »Sie können den Kleinen doch nicht verhören. Herrgott noch mal. Jetzt fängt alles wieder von vorne an!«

Fassungslos sah der Kommissar, wie sich Latscho nur langsam wieder beruhigte. Etwas stimmte mit dem Jungen nicht.

»Ist ja schon gut«, tröstete Rosa. Sie strich Latscho über die kleinen Schultern: »Ist nur Blödsinn, was der da sagt.« Und mit einem Seitenblick zu Eschenbach fügte sie hinzu: »Allerdings.«

In der kurzen Zeit hatten die Koleggers ein Abendbrot auf den Tisch gezaubert, das sich sehen ließ: Mit Käse, Salami, Gurken, Schinken und Spargeln belegte Brote präsentierten sich auf zwei großen Glasplatten. Dazwischen lag liebevoll etwas Petersilie zur Dekoration. »Was wir halt noch hatten«, bemerkte Meret.

Nachdem sie sich an den Tisch gesetzt hatten, sprach Josef Kolegger ein kurzes Gebet. Nach dem »Amen« klatschte Latscho in die Hände. Eschenbachs Frage schien vergessen.

Rosa war froh. Sie schmunzelte, und etwas später, mit einem dicken Salamibrot in den Fingern, begutachtete sie die geflochtenen Tischsets. »Machen Sie die selbst?«

»Das war Josefs Beruf«, sagte Meret Kolegger und tätschelte die Hand ihres Mannes. »Nur, mit seiner Gicht wurde es immer schwieriger halt.«

Der Alte nickte. »Es geht nicht mehr.« Kolegger rieb sich die knorpeligen Finger. »Wissen Sie, es ist eine Wissenschaft. Diese feinen Sachen, also man muss die Weidenruten spalten und das Mark entfernen … und natürlich einweichen vor dem Flechten. Das Einweichen ist das Heikelste.«

»De Peetres het mer's zinggt wie's holcht«, schoss Latscho dazwischen. Er riss die geflochtene Unterlage unter seinem Teller hoch. Es schepperte und der fliegende Plastikbecher mit Sirup verfehlte Rosas Weinglas nur knapp. Meret Kolegger nahm es gelassen: »Er ist halt aufgeregt«, sagte sie und behob den Schaden mit Papierservietten und stoischer Ruhe.

»Peetres … dein Papa also«, folgerte Eschenbach.

Der alte Kolegger lachte. »So wie es scheint, bin ich das wohl … für ihn jedenfalls. Mal Papa, mal Opa. Ich kann's mir aussuchen. Ist ja auch schwierig für den Kleinen. Latscho weiß nicht, wer …«

»Psst!«, kam es energisch von seiner Frau.

»Psst! Psst!«, machte Latscho.

Kolegger rollte die Augen, und als Rosa mit Latscho beschäftigt war, flüsterte er Eschenbach zu: »Wir wissen es ja auch nicht, wer der Vater ist.«

Latscho wollte lange nicht einschlafen. Er richtete sich in seinem Bett immer wieder auf und sah Rosa und Eschenbach erwartungsvoll an. Der Kommissar und seine Sekretärin saßen auf der Bettkante und kamen gerade mit ihrer Gute-Nacht-Geschichte ins Schleudern:

»Wie lang schluunt denn e Krokodill wo grandig gachlet het?«

Eschenbach und Rosa zuckten beinahe gleichzeitig die Schultern.

»Er will wissen, wie lange ein Krokodil schläft«, sagte Meret, die bisher still im Türrahmen gestanden hatte.

»Lange«, sagte Rosa.

»Wie lang?«

»Bis es wieder Hunger hat«, sprang Eschenbach ein und zeigte seine Zähne.

»De Jogg huurt au wieder Buttlagg.«

»Du hast aber die Zähne schon geputzt«, meinte Meret.

»Putze die Krokodill au d'Chracherlig?«

Alle Krokodile am Nil schliefen bereits (und hatten sich die Zähne geputzt), als auch Latscho seine Augen schloss. Endlich.

Er tat es zögernd, so als traute er der Dunkelheit seines Schlafes nicht.

Eschenbach stand schon in der Tür, als Meret sich noch zum schlafenden Jungen aufs Bett setzte. Sie küsste den Kleinen auf die Stirn und fuhr ihm ein paarmal durch sein krauses Haar. Es war Routine, Eschenbach sah es ihren Bewegungen an. Hundertfach erprobt. Und trotzdem lag noch immer die tiefe Sorge einer liebenden Mutter in Merets Gesicht.

»Sie haben auch Kinder, nicht wahr?«, sagte Eschenbach auf dem Weg ins Wohnzimmer. Als Meret zögerte, befürchtete Eschenbach, dass sie mit ihrem Mann ins Jenische flüchten würde. Er legte seine Hand sanft auf ihre Schultern und sah ihr in die Augen. »Erzählen Sie mir die Geschichte von Anfang an, bitte. Ihre eigene, die von Latscho ... von Charlotte, Sandro und allen anderen. Vertrauen Sie mir. Es ist der einzige Weg, wenn wir Latscho eine Zukunft geben wollen.«

»Eine Zukunft?« Ungläubig und mit wässerigen Augen starrte Meret den Kommissar an. »Wir kennen nicht einmal die Vergangenheit. Da ist es schwierig, an eine Zukunft zu glauben.«

»Das eine lässt sich nicht mehr ändern, das andere liegt jetzt bei Ihnen.« Eschenbach machte eine Pause, dann sagte er: »Es wurde entschieden, dass Latscho nun bei Ihnen bleibt.«

Meret musterte den Kommissar misstrauisch: »Latscho ist nicht unser Kind, Sie wissen das. Wir haben keine Rechte ... man kann ihn uns jederzeit wieder wegnehmen. Sandro hat gesagt, wir müssen schweigen. Und Sie, wie soll ich Ihnen vertrauen, nach dem, was letztes Mal passiert ist?« Merets Blick wich Eschenbach aus, aber der Kommissar ließ es nicht zu. Mit einem Schritt zur Seite fing er ihn wieder ein, sah in die hellblauen, flackernden Augen: »Ich habe auch ein Kind«, sagte er. »Es ist nicht mein eigenes Blut, aber das spielt keine Rolle. Latscho bleibt bei Ihnen.«

Der Kommissar kämpfte. Er hatte damals schon mit sich gerungen, im Tessin, im Auto, als sich dieses zerschundene Blau an ihm festgekrallt hatte. Er musste jetzt ausharren. Er war so nah dran.

In diesem einen Moment spielte sich vor seinem inneren Auge alles noch einmal ab: das Sechseläuten. Er spürte den Körper von Charlotte unter sich. Wie er auf ihr draufhockte und wie sich das bisschen Leben unter ihm einfach davonmachte. Er sah die blauen Flecken unter Charlottes bleichen Brüsten, die ihm Salvisberg gezeigt hatte. Später, auf Fotos. Aber es hatte gereicht. Hämatome von verzweifelten Händen. Seinen Händen. Es war ein dunkleres Blau als jenes in Merets Augen. Und wie eine Kette aus Gliedern unheilvollen Elends sah er den Fall vor sich. Er würde ihn zu Ende bringen ... ausharren und weitermachen. Ein Mulo – Geist oder Mensch, wer immer es war –, jemand hatte Charlotte auf dem Gewissen. Ihr Tod hatte einen Grund; und selbst wenn es die Hölle bedeutete, er würde diesen Grund finden.

»Also gut«, sagte Meret nach einer Weile.

Eschenbach schwitzte. Er hielt Meret noch immer bei der Schulter. Als die alte Frau ihre Hand auf die seine legte, zuckte er zusammen. »Hab ich Ihnen wehgetan?«, fragte er benommen.

»Setzen wir uns an den Tisch. Wir werden Ihnen alles erzählen.«

4

Ich war frühreif, und das wurde mir zum Verhängnis«, sagte Meret Kolegger. »Wir waren damals neun Mädchen, in Straßburg, im Heim zum guten Hirten. Ich war die Drittälteste. Das hatten wir untereinander so ausgemacht, denn ich wusste selbst nicht, wann und wo ich geboren worden war. Sofia, meine Freundin im Heim, war etwas größer als ich. Aber weil meine Brüste schon entwickelt waren, beschlossen wir, dass ich genau ein Jahr älter war als sie. Und die Geburtstage feierten wir gemeinsam.

Die Nonnen, die sich um uns kümmerten, waren gläubig und streng. Das war gut so. Wenn ich heute zurückblicke, muss ich sagen, es war das Beste, das uns hätte passieren können. Doch dann hat man das Heim geschlossen. Ich war nach Sofias Rechnung gerade sechzehn geworden, da wurden wir zurück in die Schweiz gebracht. Am Abend kamen Männer. Sie fuhren uns mit einem Laster an die Grenze bei Basel. Irgendwo in der Nähe von Flüh verfrachtete man die meisten von uns in Privatfahrzeuge. Die Kleinste, Sara, sie war fünf oder sechs damals … Jedenfalls hat sie die ganze Zeit geweint. Ich weiß nicht, wo man sie hingebracht hat. Sofia hat sie getröstet … hat aber auch geweint, weil man uns getrennt hat …«

Meret machte eine Pause, trank ein paar Schluck Wein und wischte sich den Mund mit einer Serviette ab.

Eschenbach sah zu Rosa. Sie saß wie versteinert da.

Josef Kolegger schenkte Wein nach.

»Die drei ältesten Mädchen, zu denen ich dummerweise ja auch gehörte«, sagte Meret und wischte sich abermals den Mund. »Wir wurden erst am nächsten Morgen abgeholt. Wir hatten eine Nacht lang darüber gerätselt, in welches Heim man uns wohl bringen würde. Vielleicht wäre ich damals schon geflüchtet, wenn ich's gewusst hätte …«

Es folgten zwei Schluck Rotwein und dann der Name »Bellechasse«.

Josef Kolegger sah, wie seine Frau mit den Worten rang. »Ins Frauengefängnis Bellechasse«, sagte er mit fester, leicht empörter Stimme. »Man hat ein vierzehnjähriges Mädchen nach Bellechasse gesteckt.«

»Ich habe älter ausgesehen«, sagte Meret wieder etwas gefasst.

»Jedenfalls minderjährig.«

»Es war kein schöner Ort, nein … Ich musste weg dort. Aber es war ein Gefängnis, das war nicht so einfach wie bei einem Heim. Da hab ich mich halt schwängern lassen. Das war nicht so schwer, als junges Mädchen … Sie können sich das sicher vorstellen.«

Eschenbach nickte. Er konnte es sich nicht vorstellen.

»Natürlich haben sie's gemerkt. Es waren Zwillinge, ich durfte sie gebären. Zwei Mädchen, süße kleine Geschöpfe. Ich nannte sie Saba und …« An dieser Stelle zögerte Meret.

»Charlotte«, sagte Eschenbach. »Charlotte war Ihre Tochter, ist es nicht so?«

Meret nickte, und ihre Augen glänzten. »Deshalb sind Sie doch nochmals gekommen, nicht wahr? Sie haben es gespürt, schon als wir uns zum ersten Mal unterhalten haben.«

Eschenbach senkte seinen Blick. »Und der Vater ist Kronenberger, nehme ich an.«

»Sie dürfen Sandro nicht in die Sache hineinziehen«, meldete sich nun Josef Kolegger. »Er hat Buße getan … hat uns geholfen, in all den Jahren hat er sich für unsere Interessen eingesetzt.«

»Und Schweigegeld bezahlt«, sagte Eschenbach.

»Von der Wahrheit konnten wir schlecht leben«, erwiderte Josef düster, und Meret fügte hinzu: »Es ist der Preis dafür, dass ich seinen Namen nie genannt habe.«

»Ist er auch ein Jenischer?«, fragte Eschenbach.

Die Koleggers schwiegen.

»Und wie haben Sie ihn gefunden?«, hakte Eschenbach nach. »Ich nehme nicht an, dass er Sie die ganze Zeit über freiwillig unterstützt hat.«

Meret seufzte. »Es war Charlotte. Sie hat bei der FIFA mit Kronenberger zusammengearbeitet. Ich weiß nicht, wie sie herausgefunden hat, dass er ihr Vater ist. Aber sie hat auch mich gefunden. So gesehen, hat Charlotte uns alle wieder zusammengebracht.« Meret nahm die Papierserviette und schnäuzte sich. »Ich bin ja froh, dass es so herausgekommen ist. Manchmal kriegt man eine zweite Chance. Ein Geschenk, als wolle das Schicksal etwas gutmachen, was es vermasselt hat.« Sie sah zu ihrem Mann. »Nicht wahr, Josef? So war es doch. Das haben wir auch gesagt, als Charlotte zu uns gekommen ist mit dem Baby im Bauch.«

»Und der Vater des Kleinen?«, fragte Eschenbach. »Wissen Sie wirklich nicht, wer …«

»Nein!«, rief Josef Kolegger. »Das ist es ja. Ich schwöre es bei Gott …« Er hob die Hand. »Charlotte hat daraus eine Staatsaffäre gemacht.«

Rosa, die bisher schweigend zugehört hatte, schüttelte den Kopf. »Und die Zwillinge?«, fragte sie. »Weshalb sind die Mädchen denn nicht bei Ihnen geblieben?«

Eschenbach seufzte, denn er ahnte, was kommen würde. Nicht nur die Aufnahme von Laras Vater hatte ihn darauf gestoßen. Er war im Studium damals, als 1973 das Vorgehen des Hilfswerks für die Kinder der Landstrasse allgemein publik wurde. Als angehender Jurist hatte er sich während einer Seminararbeit damit befasst. Und sie waren alle einhellig der Meinung gewesen: dass es sich bei der systematischen Verfolgung der Jenischen in der Schweiz um subjektive und objektive Tatbestände des Völkermords handelte. Was war daraus geworden?

»Natürlich konnte ich meine Mädchen nicht behalten«, sagte Meret. »Aber das wusste ich damals ja nicht ... dieser versteckte Plan hinter allem. Ich habe wirklich geglaubt, ich dürfe mein Kinder großziehen. Ich hätte es ganz bestimmt gekonnt.«

Es hatte angefangen zu regnen. Die Wischblätter von Eschenbachs altem Volvo quietschten, und die Lichter der Straße spiegelten sich und tanzten auf der Scheibe.

Rosa saß am Steuer. Sie sah geradeaus auf den nächtlichen Verkehr und schwieg. Seit sie in Seebach losgefahren waren, hatte sie kein einziges Wort gesagt. Auch zu Eschenbach hinüber geschaut hatte sie nicht. Nur immer geradeaus.

Als sie in den Milchbucktunnel eintauchten und der Scheibenwischer kratzend und knatternd über die trocken gewordenen Scheiben fuhr, griff Eschenbach nach dem Hebel der Wischanlage.

»Lassen Sie das«, zischte Rosa.

Eschenbach hob die Schultern. Er kannte Rosa schon lange; die Geschichte ihrer Eltern, wie sie Anfang der sechziger Jahre aus Neapel in die Schweiz gekommen waren. Er wusste, dass ihr Vater im Tiefbauamt gewesen war und die Schweizer Straßen mitgeteert und die Mutter bei einer Zürcher Familie den Haushalt geführt hatte. Rosa war eine Seconda: hier geboren, aufgewachsen und zur Schule gegangen. Schweizer Pass und Schweizer Matura.

»Haben Sie das gewusst?«, fragte Rosa, als sie beim Limmatquai wegen einer Ampel halten mussten. Es klang verächtlich, so als wollte sie von dieser Schweiz, die sie offenbar nicht kannte, nichts wissen.

»Nicht in solchen Details.«

»Details nennen Sie das?« Rosa sah Eschenbach an. »Man

hat diese Frau nicht nur gewaltsam von ihren Eltern getrennt, nein, man hat ihr später auch noch die eigenen Kinder weggenommen. Und immer noch nicht genug …«

Die Ampel wechselte auf Grün.

»Als sie wegen all dem übergeschnappt ist, und das ist ja völlig normal, da hat man sie ins Burghölzli gebracht, mit Pillen und Spritzen vollgepumpt und in eine Zwangsjacke gesteckt. Ich wusste gar nicht, dass es so etwas gibt in der Schweiz: Zwangsjacken! Und als sie sich nicht mehr wehrte … zugedröhnt mit Medikamenten«, Rosa schlug mit beiden Händen auf das Lenkrad, »dann hat man ihr noch die Gebärmutter herausgenommen.«

Ein paar Autos hinter ihnen hupten.

»Porco dio!«, rief Rosa. »Die Gebärmutter! Einer jungen Frau von nicht einmal zwanzig Jahren. Was für ein Scheißland ist das hier?«

Als die Ampel wieder auf Rot wechselte, fuhr Rosa los. »Schämen Sie sich denn nicht?!«, schrie sie mitten im Blitzlichtgewitter der Blechpolizisten. »Und nichts gesagt haben sie … Die Kleine hat nicht einmal gewusst, was man ihr angetan hatte. Eine Katastrophe … nein, eine Schande ist das.«

Eschenbach drückte mit seinem Gipsfuß dorthin, wo keine Bremsen waren.

In Zickzacklinien steuerte Rosa den Wagen über den Bahnhofplatz, gleichzeitig suchte sie in der Handtasche ihren Pass. Sie wolle ihn zurückgeben, gleich jetzt. Sofort. Diesen Puta-Madre-Schweizer-Scheißpass!

Eine halbe Stunde später saßen sie am Tisch in Eschenbachs Küche. Es war kurz nach Mitternacht. Der Kommissar ärgerte sich über die Putzmannschaft, die den Tag über bei ihm zu Hause gewesen war. Sie hatten die vollen Müllsäcke einfach in den Wohnungsflur gestellt, die Deppen!

Rosa war wieder bei Trost, noch immer aufgewühlt zwar, aber gefasst. Der Kommissar hatte die Espressomaschine angeworfen und zwei rabenschwarze Ristretti in kleine Tässchen tröpfeln lassen. Nun schob er Rosa das rote Büchlein mit dem Schweizerkreuz zu. Er hatte es ihr im Auto aus der Hand gerissen, gerade noch bevor sie es zum Fenster hinauswerfen konnte. »Ihr Puta-Madre-Dings«, sagte er.

Rosa biss sich auf die Unterlippe, leerte das Mokkatässchen mit einem Schluck und meinte: »Trotzdem grauenhaft.«

Eschenbach holte eine Handvoll dicker Filzstifte, und weil er keine dieser weißen Tafeln hatte, für die die Stifte gedacht waren, benutzte er den Kühlschrank. »Ich mal das jetzt mal hier auf. Charlotte ist die Tochter von Meret Kolegger und Alexander Kronenberger. Ein Mischling also. Schrapp nennt man die, hat Meret gesagt.« Er notierte die Namen und verband sie wie in einem Stammbaum durch Linien. Dann setzte er *SCHRAPP* in Klammern unter Charlottes Namen, wie auch den Jahrgang 1956. »Charlotte hat eine Schwester, Saba«, fuhr er fort. »Da wissen die Koleggers nichts. Eine, die nicht zurückgekommen ist. Das gibt es auch, haben sie gesagt.« Und wie der Kommissar es auf den Kühlschrank kritzelte, erinnerte er sich an das Foto, das er im Keller bei Goldmann Investments gesehen hatte. »Zwei Mädchen, Charlotte und Saba«, murmelte er nochmals.

Der Kommissar malte Kästchen um die Namen und ein Fragezeichen hinter Saba.

»Und dann ist Charlotte adoptiert worden«, sagte Rosa. Sie war nun aufgestanden und nahm sich ebenfalls einen Stift. Einen roten. »Von diesen Bischoffs. Vermutlich hat man die Kinder auseinandergerissen. So wie man alles auseinandergerissen hat.«

»Und dann ist da Latscho. Und der Vater von Latscho, der fehlt uns auch noch«, sagte Eschenbach.

Rosa malte ebenfalls ein Kästchen, setzte ein Fragezeichen hinein und verband es mit Latscho und Charlotte. »Ist Ihnen aufgefallen, dass mit dem Kind etwas nicht stimmt?«, fragte Rosa.

Der Kommissar nickte. »Er scheint etwas zurückgeblieben für sein Alter, das ist wahr. Andererseits ist er hellwach. Manchmal habe ich das Gefühl, er liest meine Gedanken, hört das Gras wachsen, der Kleine. So blöd ist der nämlich gar nicht.« Eschenbach zog aus der Gesäßtasche seiner Jeans die Karte, die ihm die Frau in Wädenswil mitgegeben hatte, und entfaltete sie. »Den Mulo gibt's übrigens wirklich«, meinte der Kommissar. Er las Rosa den Text vor.

»Vater ... Also in diesem Fall kennen Kronenberger und Charlotte unseren ominösen Mulo.« Rosa schrieb *MULO* auf den Kühlschrank.

Eschenbach malte ein Kästchen drum und verband es mit Strichen zu Vater und Tochter. Seufzend sah er auf den Filzstift.

»Fragen wir doch einfach diesen Kronenberger«, sagte Rosa und deutete auf den Kühlschrank. »Die ganzen Striche, die laufen alle zu ihm.«

»Das ist Quatsch, Frau Mazzoleni.« Eschenbach sah seine Sekretärin an wie ein Kind, das man vor einer Dummheit bewahren muss. »Kronenberger ist auf der Hut, da brauchen wir uns nichts vorzumachen. Der hat seine Hände überall drin.«

Rosa rümpfte die Nase. »Aber es ist doch offensichtlich, dass Charlotte und die Koleggers den erpresst haben.«

»Richtig«, grummelte der Kommissar. »Und wer sägt schon den Ast ab, auf dem er sitzt. Die Koleggers werden am Ende alles leugnen, und wir stehen da wie die Deppen.«

»Die Akte müssten wir haben«, sagte Rosa nachdenklich. »Irgendetwas Kompromittierendes gegen diesen Anwalt. Das würde helfen.«

Unruhig ging der Kommissar ins Wohnzimmer, griff in die Bibliothek zwischen die Bücher; ging zur Zeitungsablage neben der Couch.

»Suchen Sie etwas?«, rief Rosa.

Eschenbach kam zurück. Er zog die Schubladen in der Küche auf und fand schließlich im Besenschrank, wonach er gesucht hatte. Sie lagen neben den Staubsaugerbeuteln. »Meine Brissagos«, sagte er. »Ist nicht gesund, haben die im Spital gesagt ... so ein dummes Zeug.«

»Tödlich«, sagte Rosa. »Das steht auch auf den Schachteln.«

Er ließ sich von Rosa Feuer geben. »Aber jetzt merke ich, dass ich diese losen Enden ohne nicht zusammenkrieg.«

Rosa öffnete einen Spaltbreit das Küchenfenster. »Wir müssten etwas über diese Saba in Erfahrung bringen. Saba, was für ein Name ist das eigentlich?«

»Einer von sechshundert halt.« Eschenbach sog an seiner Brissago.

»Die Pro Juventute muss doch Buch geführt haben über diese ganzen Kinder, woher die kamen und wohin man sie gebracht hat.«

»Eben.« Der Kommissar seufzte. »Sie haben's ja selbst gehört. Meret Kolegger weiß bis heute nicht, was mit ihrem zweiten Mädchen geschehen ist. Sie hatte die Akte mehrmals angefordert. Nichts ist geschehen.«

»Aber das ist doch Wahnsinn«, sagte Rosa.

»Ja, Wahnsinn.« Eschenbach qualmte den Rauch unter die Decke. »Stellen Sie sich einmal vor, Frau Mazzoleni, Sie hätten all die Namen beisammen: die Väter und Mütter, Mündel und Adoptiveltern. Wohin die alle verbracht worden sind. Was die heute tun ... jede einzelne Biographie.«

»Vielleicht ist eines der Kinder später Bundesrat geworden«, sagte Rosa und lachte.

Eschenbach nahm Rosas Gelächter nur gedämpft wahr. Er sah seine Sekretärin an. Das Unvorstellbare, das sie gerade formuliert hatte ... Wer sagte, dass es ein Witz war?

»Sie denken doch nicht wirklich ...« Rosa hörte mit dem Lachen auf.

»Es ist mir soeben klargeworden, wie brisant diese Angelegenheit ist«, sagte Eschenbach. »Wer immer diese Akte besitzt, er könnte eine Menge Leute damit in Schwierigkeiten bringen.«

Nachdem er um halb zwei ein Taxi bestellt hatte und Rosa nach Hause gefahren war, dachte Eschenbach noch eine Weile nach.

Wenn er Lara richtig verstanden hatte, so war Charlotte kurz nach dem Tod der Bischoffs untergetaucht. Auf Elternsuche, sozusagen. Das passte zu dem, was auch die Koleggers erzählt hatten. Angenommen, Charlotte hatte die Akte aus dem Nachlass ihres Adoptivvaters erhalten und erpresste damit Kronenberger, dann hatte der Anwalt tatsächlich ein Motiv. Kein schlechtes, wie Eschenbach fand.

Der Kommissar öffnete die Tür, die von der Küche auf die Terrasse führte, und ging hinaus.

Es war eine klare, mondlose Nacht. Am Himmel suchte Eschenbach den Gürtel des Orion; aber jetzt, mit dem Anbruch des Sommerhalbjahrs hatte sich das Sternbild davongeschlichen. Leise, ohne Böögenknall und Getrommel. So wie sich die Akte des Hilfswerks davongestohlen hatte und eines schönen Tags auch nicht mehr da gewesen war. Einfach so, weg und verschwunden.

Als Eschenbach zurück in die Küche kam, schrieb er einen weiteren Namen auf den Kühlschrank: *LENZ*. Er hatte ihn Rosa bewusst vorenthalten. Weshalb genau, verstand der Kommissar selbst nicht. Er wollte zuerst mit dem Alten darüber reden. Wenn einer wusste, worum es bei der ganzen Geschichte ging, dann war es sein Exkollege und Freund. So wie es schien, hatte er die Akte schließlich zusammengetragen.

5

Paresh hatte einen der »Privacy Rooms« reserviert, die an den großen Raum der Klinikkantine angrenzten.

Es war ein kleiner, quadratischer Raum. In der Mitte stand ein Tisch mit zwei aus hellem, sandfarbenem Stoff bezogenen Stühlen. Die farbliche Note gaben ein melonenfarbenes Tischtuch und große Bilder von Blumen an der Wand. Das Geschirr stammte von Villeroy & Boch, ebenfalls mit Blumenmuster, und die gestärkten Stoffservietten fühlten sich an wie gefalteter Karton. Die Klinikleitung des *Princess Grace* war stolz, ihren exklusiven Gästen (die eigentlich Patienten waren) private Diners zu ermöglichen. Zu einem horrenden Preis, wie sich von selbst verstand.

Nach dem Entree (einer Hummercreme-Suppe) legte Lara den Löffel beiseite und begann ihren Hungerstreik: »Ich esse nichts mehr«, sagte sie. »Nicht bevor du mir erzählst, was du von der ganzen Sache weißt.«

»Nicht viel«, wich ihr Paresh aus.

Lara stand auf. »Dann geh ich nach oben und hör mir weiter die Kassetten an. So hat das keinen Sinn. Ich verplempere nur meine Zeit in diesem ... diesem Gefängnis hier.«

»Warte.«

Um ein Haar stieß Lara mit dem brasierten Rotbarschfilet zusammen, das zwei Serviceangestellte auf einem Wagen durch die Tür in das Zimmer schoben.

Lara ging zurück an ihren Platz und setzte sich wieder. Ungeduldig sah sie zu, wie der Hauptgang serviert wurde. Als sie wieder allein waren, meinte sie giftig: »Deine letzte Chance, Paresh!«

»Die Sache mit diesem Schweizer Hilfswerk«, seufzte er. »Dein Vater, Sir Peter, hatte die Akte damals, gleich nachdem er Charlotte adoptiert hat ... Nun ja, er hatte sich die Akte beschaffen lassen. Von diesem Mann, mit dem er sich auf dem Band unterhält. Ein Schweizer. Ist den ganzen Fällen nachgegangen, soweit ich orientiert bin. Dein Vater hat alles akribisch festgehalten ... dokumentiert und ergänzt. Kennst ihn ja, deinen alten Herrn. Wollte nichts dem Zufall überlassen.« Paresh machte eine kurze Pause, und als Lara nicht reagierte, fuhr er fort: »Du weißt es wirklich nicht?«

Lara schüttelte den Kopf. »Nein«, sagte sie bitter. »Sonst würde ich wohl kaum hier sitzen, oder?«

»Ich weiß es nur deshalb, weil er mich damals gefragt hatte, ob ich jemanden weiß, der sich mit Mikrofiche auskennt. Ich nannte ihm einen Kollegen, den ich von der Uni her kannte, und der sich auf so was spezialisiert hat.« An dieser Stelle schwieg der Sicherheitsoffizier einen Moment, dann lächelte er etwas verlegen. »Nun gut. Jedenfalls hat mein Bekannter ein paar Bemerkungen in dieser Richtung fallenlassen ... recht vage allerdings. Dein Vater muss die ganze Zeit neben ihm gestanden haben, als sie die Dokumente fotografierten. Sir Peter war ganz versessen darauf, dass sich niemand die Akte ansehen konnte.«

»Und du weißt nicht, wo die Akte jetzt ist?«

»Keine Ahnung, ehrlich.«

»Mhm ...«, machte Lara. Sie blickte an Paresh vorbei zur Wand, auf das Bild mit den stechend gelben Forsythien. »Vielleicht wollte er mit mir darüber sprechen ... später. Manchmal hat er gesagt: ›Es gibt so viele Dinge, die ich dir noch sagen muss, mein Liebling‹ – ja, ›mein Liebling‹ hat er gesagt.« Lara hielt einen Moment inne. »Eltern sind so, habe ich mir damals gedacht. Sie wollen einem immer noch etwas erzählen ... Aber es könnte ja auch sein, dass er mit dieser Arbeit noch gar nicht fertig war.« Von den Forsythien wanderte ihr Blick weiter durchs Zimmer. »Vater hasste Dinge, die nicht zu Ende gedacht waren … und er sprach erst darüber, wenn alles Hand und Fuß hatte.«

Paresh nickte.

Lara sah ihr Gegenüber nun wieder an. »Glaubst du, Charlotte war eines dieser jenischen Kinder, die man ihren Eltern weggenommen hatte?« Sie war erstaunt über den Tonfall, mit dem sie die Frage an Paresh richtete. Ihre Stimme hatte nicht die übliche Härte. Das fordernde Timbre war einer zurückhaltenden Melancholie gewichen. Vielleicht stellte man die großen Fragen leise, dachte sie.

Paresh seufzte, als wäre der Bruch in Laras Stimme auch ihm aufgefallen. »Ich weiß es nicht, Lara«, sagte er. »Aber weil ich diese Bänder auch noch nie gehört habe, ist es wohl am besten, wir beißen uns da durch.«

»Du meinst, es ist mehr drauf, als ich schon gehört habe?«

»Es sind vier Kassetten. Wir werden's herausfinden«, sagte Paresh.

Als das Servicepersonal den Flan Caramel bringen wollte, waren Lara und Paresh bereits auf dem Weg zurück zur Patientensuite.

»Ich versteh immer noch nicht, warum mein Vater sich für jedes einzelne dieser Schicksale interessierte. Und was es mit Charlotte auf sich hat …«

Sie hatten sich die zweite Kassette angehört, Lara hatte übersetzt und Paresh legte nun die dritte in den Walkman. »Hören wir weiter«, sagte er.

Paresh drückte die Play-Taste.

»Was denkst du, wie alt sind diese Aufnahmen?«

Paresh zuckte die Achseln.

Lara hatte sich an die Stimme ihres Vaters gewöhnt. Sie empfand sie nicht mehr als unangenehm, im Gegenteil. Dieser warme, fürsorgliche Bariton. Lara war, als käme ihr Vater für eine Weile zurück aus dem Jenseits. Als säße er bei ihnen, hier in ihrem Schlafzimmer im *Princess Grace*.

»Ich habe mir die Kategorien nochmals durch den Kopf gehenlassen«, sagte die vertraute Stimme. »Ich finde, wir sollten das so machen. Haben Sie die Aufteilung vorgenommen?«

Papier raschelte. Dann sprach der Fremde: »Insgesamt sind es 633 jenische Kinder, die man in der Zeit von 1926 bis 1973 von ihren Eltern weggenommen hat. Davon leben heute noch 412. Wobei ich in 65 Fällen noch recherchiere. Da weiß ich noch nicht, ob sie leben oder schon tot sind. Es ist nicht immer einfach, auch wenn wir uns die Akte des Hilfswerks mittlerweile beschaffen konnten.«

»Gut«, sagte ihr Vater. »Und für die heute noch lebenden Personen haben wir eine Aufteilung in die Gruppen A, B, C und D vorgenommen?«

»So haben wir es gemacht, Herr Bischoff. Und relevante Faktoren für die Zuteilung sind jeweils die gesellschaftliche, wirtschaftliche und politische Bedeutung der Einzelnen. Wie wir es besprochen haben.«

»Ganz genau.«

Der Fremde fuhr fort: »Die Gruppe A: Darin sind hohe Politiker, Priester, kirchliche und andere Würdenträger, Bankdirektoren, erfolgreiche Sportler und Kulturschaffende et cetera.«

»Die Prominenz, um es einmal salopp zu formulieren.« Ihr Vater lachte. »Erstaunlich, zu was es diese Kinder gebracht haben.«

»Genau.« Ein leises, krächzendes Lachen ertönte ebenso vom Fremden. »Und Gruppe B: Dort sind die ... nun, Sie haben gesagt, wir nennen sie die Passiven. Also wenn ein Mündel ins Umfeld einer prominenten Person gekommen ist. Zum Beispiel durch Heirat oder andere Pfade ...«

»Ja, ja«, meldete sich Laras Vater nun etwas ungeduldig. »Auch wenn das Kind von einer einflussreichen Person adoptiert wurde. Wir können das ruhig beim Namen nennen. Charlotte ist ein typischer Fall. Sie ist meine Tochter, und ich gehöre zu den fünfhundert einflussreichsten Personen hier auf der Insel.«

»Ich weiß«, sagte der Fremde.

»Wir müssen da gar nicht um den heißen Brei herumreden, Herr Lenz. Es geht um Abhängigkeiten. Deshalb machen wir diese ganze Sache überhaupt. Wir ergründen ein Netzwerk, das sich künftig als überaus profitabel erweisen wird.«

Der fremde Mann, den ihr Vater Lenz nannte, fuhr fort: »In der C-Gruppe haben wir dann Personen in unauffälligem Umfeld und schließlich und endlich die D-Gruppe mit randständigen Problemfällen und denjenigen, die in der Zwischenzeit wieder den Weg zurück in die alte Sippe gefunden haben.«

»Exakt, wie wir es besprochen haben.«

»Jetzt komme ich zur Verteilung der Personen auf die Gruppen. Sie sind wie folgt: In A sind es 23 ehemalige Mündel, in B 72, in C 104 und in D 213.«

Eine kurze Stille trat ein.

»Das sind mehr als fünfzig Prozent«, meldete sich ihr Vater wieder. »Und das ist ja nicht einmal schlecht. Ich meine, wenn man sich eine Übungskritik zu dieser Hilfswerk-Aktion erlauben darf. Über die Hälfte der Kinder hat es geschafft.«

»Die Toten habe ich allerdings nicht mit berücksichtigt.«

»Natürlich, Lenz. Aber die sind nicht von Interesse. Wir machen hier nichts für die Geschichtsbücher. Konzentrieren wir uns auf das, was wir haben. Das ist unser Kapital.«

Ein Räuspern erklang. »Ich habe mir noch überlegt, ob man in den Kategorien A und B noch Untergruppen bilden sollte«, sagte der Fremde.

»Das können wir später immer noch tun. Wissen Sie, Herr Lenz, wir legen hier gerade die Basis für ein sehr erträgliches Netzwerk. Säen und Ernten, das war schon immer meine Devise. So gesehen, ist diese Akte das Blumenbeet für die Geschäfte von morgen. Mein Freund Kronenberger, das ist ein schönes Beispiel. Habe ich Ihnen die Geschichte schon erzählt?«

»Nur kurz. Sie hätten Unterlagen dazu, haben Sie gesagt.«

»Habe ich Ihnen die noch nicht gegeben? Also ich werde noch vergesslich aufs Alter ...«

Ein Geräusch, wie wenn ein Stuhl verrückt wurde. Dann Schritte und das Öffnen eines Schrankes oder einer Schublade. Wieder Schritte ... »Hier sind die Sachen. Es ist sozusagen die Ur-Akte. So bin ich überhaupt auf diese Idee gekommen.«

»Ich bin froh, wenn Sie es mir kurz erzählen«, sagte der Fremde.

»Gut. Ich versuche mich kurzzufassen ... Es ist nämlich eine verrückte Sache. Als mich damals Dr. Siegfried, also der Leiter des Hilfswerks für die Kinder der Landstrasse, anrief, er hätte nun doch ein Kind für uns, da wollte ich natürlich auch die Hintergründe erfahren. Über die Eltern, die Umstände ... Na, Sie wissen schon. Ist ja auch verständlich. Bestimmt hätten Sie auch so gehandelt, Herr Lenz.«

»Bestimmt.«

»Wer will schon die Katze im Sack, nicht wahr? Aber Dr. Siegfried war alles andere als angetan. Egal. Machte mir wenig Eindruck. Sie kennen mich ja inzwischen.«

»Und ob.« Ein Räuspern.

»Und siehe da. Es war eine wundersame Geschichte, die ich zutage förderte. Der alte Luzius Kronenberger, dazumal Direktor der Haftanstalt Bellechasse, der hatte das schwangere Mädchen in Obhut, von dem wir das Kind erhalten würden. Und er hatte eine Heidenangst, dass alles herauskäme. Weil es sein Sohn gewesen war, der die Kleine geschwängert hatte. Nun gut, er wusste um meinen Einfluss bei Justiz und Behörden ... deshalb hatte er mir das alles anvertraut. Meinte, dass ich ihm vielleicht helfen könnte, es zu vertuschen. Aber das war gar nicht nötig gewesen. Die Kleine hatte nichts gesagt. Es blieb unentdeckt. Und als es später doch noch ein Thema wurde, da habe ich mit Geld nachgeholfen.«

Im Hintergrund des Gesprächs klingelte ein Telefon.

»Lassen wir's läuten«, sagte Laras Vater. »Der Clou ist nämlich, dass der Sohn von Kronenberger, Alexander heißt er, das ist ebenfalls ein Zögling des Hilfswerks – also auch adoptiert. Von der Familie des Direktors der Haftanstalt.«

Das Klingeln verstummte.

»Da schwängert ein Zögling den andern, beide jenisch, und sie wissen es nicht einmal voneinander. Ist doch Wahnsinn, oder?« Ihr Vater lachte schallend.

Etwas leiser, vermutlich auf seiten des Fremden, war ein verlegenes Husten zu hören.

»Aber verstehen Sie mich nicht falsch, Herr Lenz. Sie wissen ja, dass ich überhaupt nichts gegen die Jenischen habe. Im Gegenteil. Wollte eigentlich nur sagen, dass Charlotte ganz zufällig eine reinrassige Jenische geworden ist. Fast retortenmäßig, so im Gefängnis.«

»Weiß sie es denn?«, wollte der Fremde wissen.

»Ach wo«, sagte Vater. »Man muss den Kindern nicht immer alles sagen. Das schlägt nur auf das Gewissen. Finden Sie nicht auch, Herr Lenz? – Aber Sie haben ja keine Kinder.«

»Nein, keine.«

»Es wurden übrigens Zwillinge in Bellechasse. Und wenn es nach mir gegangen wäre ... nun, ich hätte wohl beide genommen. Nur meine Frau ... Für sie wäre es zu viel gewesen. Aber lassen wir das.«

»Und hier drin steht alles über diesen Alexander, nehme ich an.« Es raschelte.

»Richtig. Sein jenischer Name lautet übrigens Sandro Graf. Ist auch in der Hilfswerk-Akte vermerkt – Sie haben ja alle Unterlagen jetzt.«

»Ich denke schon.« Wieder raschelte es. »Hier haben wir's gleich: GRAF, Sandro – heute KRONENBERGER, Alexander, Gruppe A, richtig«, sagte die fremde Stimme.

»Alexander ... Natürlich habe ich den Jungen im Auge behalten. Glücklicherweise, muss man nachträglich sagen. Denn er und sein Vater haben dieses Spielchen in Bellechasse noch ein weiteres Mal getrieben. Belle-Chasse! Der Name sagt's doch: Ist der richtige Ort für so was.« Bischoff lachte eine Weile. Und als er sich wieder gefasst hatte, da meinte er: »Und die drei Babys, die haben sie dann an wohlhabende, kinderlose Eltern weitergegeben. Sind sicher alle jetzt in den Gruppen A und B.«

»Werden wir natürlich herausfinden«, sagte der Fremde.

»So kam mir halt der Gedanke, diese Stammbäume mit den ganzen Verzweigungen und Verästelungen einmal aufzustellen. Nicht nur buchhalterisch, wie es die Pro Juventute gemacht hat, sondern mit den ganzen Abhängigkeiten, Beziehungen und Querverbindungen. Und mein erster Schritt in diese Richtung war eben Kronenberger.

Ein tüchtiger Junge, übrigens ... Hatte später studiert. Und über zwei Ecken hab ich den in meine Geschäfte mit der FIFA eingebunden. Sehr erfolgreich alles. Gehört fast schon zur Familie, ohne dass Charlotte natürlich weiß, dass er ihr Vater ist. Es hängt alles miteinander zusammen, Herr Lenz. Verdeckt, wie Wurzeln unter der Erde.«

»Wie geht es nun weiter?«, wollte der Fremde wissen.

»Ich möchte, dass Sie diese Arbeit fortsetzen, Herr Lenz. Untersuchen Sie die Fälle im Einzelnen. Komplettieren Sie. Vor allem die A- und B-Fälle sind wichtig. Sie sehen ja, worauf es hinausläuft. Unser Musterfall, Kronenberger. Sein Einfluss bei der FIFA ist heute schon stark, und er wird wachsen. Wir müssen uns über die Geschäfte keine Sorgen machen. Und das hier ...«

Ein dumpfer Schlag erklang.

»Das ist der Schlüssel, Herr Lenz. In den A- und B-Gruppen warten schon die nächsten Kronenbergers auf uns. Vogel, friss oder stirb!«

Eine Stimme rief im Hintergrund: »Mr Bischoff – Herr Dr. Kronenberger ist am Apparat ...«

»Soll warten!«

»Ist schon das dritte Mal ... Es sei dringend, sagt er.«

»Da sehen Sie's, Herr Lenz. Das Geschäft ruft. Machen Sie weiter. Leuchten Sie akribisch jeden Winkel aus. Es lohnt sich.«

»Einverstanden.«

»Und Sie haben unbeschränkte Mittel, wie bisher. Gute Arbeit, Herr Lenz. Sehr gute Arbeit!«

6

Nach ein paar Stunden unruhigen Schlafs stand Eschenbach auf. Es war nicht mehr dunkel draußen – auch nicht hell. Ein schmieriger Dunst lag auf den Dächern. Und als er später durch den Flur humpelte, frisch geduscht, mit übergestreiftem Hemd und Hose auf halbmast, da nervten ihn die drei großen Müllsäcke wieder. Wie giftige, schwarze Pilze standen sie neben der Kommode beim Eingang und warteten darauf, dass man sie wegbrachte. Die ganze Sauerei des Einbruchs, abgepackt und zugeschnürt. Ein paar Scherben hatten das Plastik aufgeschlitzt und lugten gefährlich ins Freie. Hutschenreuther in Müllsäcken war kein schöner Anblick. Er hätte sie sofort nach unten gebracht. Aber mit dem Gips und den Scherben – er durfte sich auf keine Abenteuer mehr einlassen.

Auch Rosa, die ihm am Abend zuvor hatte helfen wollen, hatte er energisch davon abgehalten. Anderes war wichtiger. Die Suche nach der Akte zum Beispiel. Er hatte Rosa damit beauftragt. »Rufen Sie bei der Pro Juventute an. Und beim Bund natürlich. Und tun Sie einfach so, als seien Sie selbst davon betroffen.« Er wusste, dass sich Rosa nichts einzureden brauchte. Sie war betroffen. Geschichten wie die der Jenischen und des Hilfswerks gingen ihr nahe. Viel zu nahe. Sie würde sich auf ihrer Suche im Räderwerk der Instanzen in eine emotionale Zeitbombe verwandeln. Unaufhaltsam zwar, aber auch unkontrollierbar.

Einen Moment hatte Eschenbach Zweifel. War es richtig,

Rosa loszuschicken? Einfach so, in diesen Krieg, in dem er nicht einmal sicher war, ob sie den Gegner kannten.

Eschenbach wählte die Nummer von Ewald Lenz. Ungeduldig, den Hörer zwischen Schulter und Ohr eingeklemmt, wartete er und knöpfte sich die Hose zu. In dieser Frühe, es war noch nicht sieben, da müsste der Alte doch zu Hause sein. Der Kommissar grummelte einen Fluch in den Hörer; und mit jedem weiteren Summton malträtierte Besorgnis seinen flauen Magen.

Ewald Lenz meldete sich nicht.

Als Eschenbach kurz vor acht in der Mühle eintraf, hatte er weder gefrühstückt noch einen Kaffee getrunken. Die Reinigungsmannschaft hatte auch das Kaffeepulver – den letzten Rest – einfach weggeworfen. Die Deppen!

Eschenbach zog an der Hausglocke. Er wusste, dass Lenz seine Wohnung nie zuschloss. Er wartete, und als nichts weiter geschah, öffnete er behutsam die Tür.

Es war still.

Der Kommissar wollte rufen. Ein »Hallo« als Zeichen, dass er es war. Immerhin war es unchristlich früh für einen Pensionär wie Lenz. Für einen, der manchmal bis tief in die Morgenstunden gegen sich selbst Schach spielte, las oder einfach nur nachdachte. Aber der Kommissar blieb wie angewurzelt stehen, mit seinen Krücken in der Hand und einem »Hallo«, das ihm im Hals steckengeblieben war.

Er hatte dieses Bild schon einmal gesehen. Bei sich zu Hause. Erst kürzlich. Hier, in der kleinen Bude von Lenz, war's übersichtlicher. Kompakter. Aber am Ende war's dasselbe.

»Ewald!«, schrie der Kommissar.

Nichts rührte sich.

Angetrieben von einer panischen Angst, dass dem Alten etwas Schreckliches zugestoßen sein könnte, spurtete Eschenbach los. Er rannte, so gut es mit Krücken eben ging, über Scherben, Bücher und Schachfiguren in Richtung Schlafzimmer. Die Wohnung hatte nur zwei Räume, sie war klein. Trotzdem dauerte es. Die Möbel waren umgekippt worden, standen oder lagen im Weg. Es war Slalom und Hürdenlauf in einem.

Als Eschenbach im Schlafzimmer stand, konnte er Lenz nirgends entdecken. Er räumte die aufgeschlitzte Matratze von der einen auf die andere Seite; einfach um sicherzugehen, dass Lenz nicht irgendwo darunterlag. Dann schritt er die Wohnung ab. Langsamer diesmal, nicht mehr so hektisch. Aber die Sorge um seinen alten Freund ließ Eschenbach die Knie zittern. Er rückte einen Stuhl zurecht, holte sein Handy hervor und setzte sich.

Er erreichte Jagmetti sofort, aber der hatte auch nichts von Lenz gehört. Überhaupt schien der Bündner den Ernst der Lage nicht richtig zu erfassen. Er werde Männer schicken, sagte Claudio. Morgen oder übermorgen. Dann, wenn er eben Zeit dafür fände. Und Männer, die er eigentlich nicht hatte, weil sie sich um die Fanmeile, um den VIP-Bereich der Public Viewing Zone und natürlich und vor allem um den Sicherheitszugang zum Lezistadion kümmern müssten.

An einem anderen Tag hätte Eschenbach geschrien. Er hätte diesen Bündner Knorz zusammengestaucht und ihm gezeigt, wo der Barthel seinen Most holt. Diesem Sitzpinkler und Kuscher. Schließlich hatte er Jagmetti mehr als einmal aus der Patsche geholfen, früher, als Claudio noch sein Assistent gewesen war. Und jetzt? In der Verlängerung des Spiels (oder war es nun wirklich Krieg?), wenn einem die Zeit wie Sand durch die Finger rinnt, war er nicht da. Was hatte das für einen Sinn. Eschenbach stand offside und hatte den Pfiff gehört. Ball liegen lassen und zurück auf den Posten, das war's. Kräfte einteilen, wie Wasservorräte in der Wüste.

»Arschloch«, sagte Eschenbach, dann legte er auf. Er sammelte sich, nahm die Krücken und ging zur Tür. Der Geigenbauer, vielleicht wussten die etwas.

Mühsam kraxelte er den Weg hoch, der um das Haus herum zum Haupteingang führte. Zwischen zwei Steinplatten fand er

Lenzens Pfeife. Die alte Bent aus Bruyèreholz mit zerbissenem Mundstück. Eschenbach nahm sie in die Hand, musterte sie mit besorgtem Blick und steckte sie dann in seine Jackentasche.

Es hatte leicht zu regnen angefangen.

Beim Geigenbauer öffnete niemand, und im Gegensatz zu Lenz' Wohnung war die Tür fest verschlossen.

Gesenkten Hauptes ging Eschenbach zurück. Vielleicht erreichte er etwas, wenn er die Krankenhäuser anrief. Mit diesem Gedanken watete er durch das Chaos in der Wohnung, nahm den Hörer, setzte sich und rief die Auskunft an. Er ließ sich die Rufnummern der Krankenhäuser in Zürich geben, notierte alles auf der Rückseite einer alten Restaurantrechnung, legte auf und seufzte.

Erst jetzt sah Eschenbach den Gärtner. Es war derselbe stämmige Mann, den der Kommissar von seinem letzten Besuch her kannte. Der Kommissar winkte ihn zu sich. »Kommen Sie nur, Sie sehen ja, dass hier alles etwas durcheinander ist.«

Zögerlich und mit einem Blick auf seine klobigen, schwarzen Schuhe trat der Mann in die Wohnung, rieb sich seine großen Hände und meinte nach einem kurzen Räuspern: »Sie sind doch der Freund vom Alten. Ich erinnere mich ... habe Sie doch mitgenommen in dem Wagen. Vor einer Woche oder so.«

Der Kommissar nickte. »Wissen Sie, wo er ist?«

»Haben ihn abgeholt. Das war vorgestern, glaube ich. Im Krankenwagen. Hab mir schon gedacht, ist schade, gerade jetzt, wo er doch die Mühle gekauft hat.«

»Die Mühle?« Eschenbach zog die Brauen hoch. »Das Haus gehört dem Geigenbauer. Herr Lenz kümmert sich nur um den Garten.«

»Ach so«, sagte der Mann und sah wieder auf seine Schuhe. »Ich hab mir nur gedacht, weil der Herr Lenz die Rechnungen bezahlt und weil er mir's ja gesagt hat.«

»Dass er die Mühle gekauft hat?«

»Dass sie ihm gehört, ja ... Und dass wir endlich einen schönen Garten bauen, mit Seerosenteich und Buchensträuchern. Sie haben es ja gesehen. Ist bald fertig alles ... und weil ich Sie gesehen habe, also da habe ich gedacht, ich frage Sie, wie's dem Herrn Lenz so geht?«

»Wenn ich das wüsste.« Eschenbach sah den Gärtner an und dachte an Ewald. Der Kommissar wusste, wie hoch die Pension von Lenz war. Er hatte sich damals sogar dafür eingesetzt, dass es ein paar Franken mehr wurden. Aber für eine Mühle reichte es nicht. »Die Mühle also«, murmelte er und meinte dann, wieder an den Gärtner gerichtet: »Ich werde mich auf jeden Fall darum kümmern. Und wegen der Rechnungen ... Nun, ich weiß nicht. Vielleicht ist es besser, Sie warten mit den restlichen Arbeiten.«

»Nein, nein.« Der Gärtner, der die ganze Zeit über wie ein Zirkuselefant von einem Bein aufs andere gewippt war, blieb stehen. »Es ist nicht wegen dem Geld, wissen Sie. Ich mach mir halt einfach Sorgen. Ist ein feiner Mensch, der Herr Lenz. Hat alles bezahlt, schon im Voraus. Und alles in bar. Das gibt's nicht mehr oft heutzutage.«

Nachdem sich der Gärtner für den Dreck an seinen Schuhen entschuldigt und verabschiedet hatte, wusste der Kommissar nicht, was er von der ganzen Sache halten sollte.

»Herrgott, Ewald«, rief er in die leere Wohnung. Am liebsten hätte er nach etwas gesucht, das die Aussagen des Gärtners bestätigt hätte. Bankbelege zum Beispiel, ein Ordner mit der Aufschrift: *Mühle* oder den Briefwechsel mit einer reichen Tante in Amerika. Aber so verwüstet, wie die Wohnung war – er hätte Stunden darauf verwenden müssen.

Eschenbach entschied sich für die Krankenhäuser. Er musste Lenz finden, das war wichtiger. Die Fragen zur Mühle konnte er später klären.

Für einmal hatte er schon beim ersten Versuch Glück. Lenz lag dort, wo er auch gelegen hatte. In diesem verdammten Triemli.

Als man ihn mit dem Zimmer von Lenz verband, meldete sich niemand; es kam wieder die Telefonistin. »Dann die Stationsärztin«, bat der Kommissar.

Es meldete sich eine Frau Dr. Sägässer. »Ich kann Sie beruhigen. Herrn Lenz geht es den Umständen entsprechend gut.«

»Und was sind das für Umstände?«

»Sie können ihn besuchen. Er ist im Moment in der Neurologischen für weitere Abklärungen. In zwei Stunden ist er wieder in seinem Zimmer. Herr Lenz hatte einen Schlaganfall, wissen Sie ... eine Transitorische Ischämische Attacke, vermuten wir. Einen Hirnschlag, um es kurz zu machen. Wenn wir Glück haben und es ist wirklich eine TIA, dann ist es reversibel. Trotzdem müssen wir sichergehen, dass es nicht zu einem Rückfall kommt. Eine solche Attacke kann auch ein Vorbote sein.«

»Vorbote für was?«

»Für Schlimmeres. Aber wenn Sie vorbeikommen, dann kann ich Ihnen das alles erklären.«

Eschenbach beendete das Gespräch, saß eine Weile regungslos auf dem Stuhl, mitten in Lenzens Chaos, und versuchte nachzudenken. Dann stand er auf und verließ die Wohnung.

7

Das Spitalzimmer lag im siebten Stock, und es war noch immer leer, als Eschenbach eintraf.

Die Ärztin, mit der er telefoniert hatte, fand er in der Station, ein paar Zimmer weiter. Sie erklärte ihm in kurzen, prägnanten Sätzen, was passiert war. Der Geigenbauer hatte den Alten verwirrt aufgefunden. Im Schlafrock habe Lenz im Garten gestanden, mitten in der Nacht, und seltsames Zeugs geredet. Von einem Schachspiel ohne Könige und von Seerosen, deren Wurzeln nicht im Boden, sondern im Wasser lägen.

Auch die Ischämische Attacke erklärte Dr. Sägässer nochmals; dass sie – weil transitorisch – eben reversibel sei. »Herr Lenz ist wieder bei bestem Verstand«, versicherte sie Eschenbach. »Es war eine kurze Unterversorgung im Hirn. Hoffen wir jetzt das Beste.«

Eschenbach wartete und hoffte. Unruhig schritt er das Zimmer ab, blieb hin und wieder stehen und sah zum Fenster hinaus, hinunter auf die Stadt. Eigentlich war das Triemli ein Aussichtspunkt. Es gab kaum schönere Blicke auf Zürich. Wenn man hier, in einem dieser oberen Stockwerke stürbe, dann hätte man einen letzten guten Eindruck von der Welt, dachte er.

Eine halbe Stunde später kamen die Pfleger. Ein dicker Bärtiger und ein Schlaks mit getönten Augenbrauen. Sie schoben Lenzens Bett mit dem Kopfende zur Wand neben den kleinen Tisch, auf dem eine Box mit Tabletten und eine Flasche Mineralwasser standen. »Sie haben Besuch«, riefen sie fröhlich.

Der Alte öffnete die Augen.

Weder Eschenbach noch Lenz sagten etwas. Sie sahen sich an und warteten, bis die Pfleger das Zimmer verließen.

Eschenbach kramte in seiner Tasche, holte die Bruyèrepfeife hervor und gab sie dem Alten. »Die hast du vermutlich verloren, als man dich zum Krankenwagen gebracht hat.«

»Ich kann mich an alles erinnern«, begann Lenz. Seine Stimme klang zerbrechlich.

»Was wolltest du nachts im Garten, Ewald?«

»Das weiß ich nicht mehr.«

Der Kommissar blickte in müde Augen, die immer wieder unter schweren Lidern verschwanden. »Wie fühlst du dich?« Und als Lenz nicht reagierte, da konnte er sich nicht mehr zurückhalten. Er fragte, was ihm die ganze Zeit über durch den Kopf spukte: »Die Akte, Ewald. Du hast vor x Jahren eine Akte erstellt für einen Geschäftsmann in London. Bischoff hieß der, du weißt schon. Kinder der Landstrasse ... Pro Juventute.«

Lenz bekam einen Hustenanfall.

»Verdammt, Ewald«, sagte der Kommissar. »Mach jetzt bitte kein Theater. Ich hab dich gehört, eine Aufnahme.«

Lenz krächzte und röchelte.

»Und die Mühle ... die hast du gekauft, habe ich gehört.«

Auf einen Schlag richtete sich der Alte in seinem Bett auf und sah Eschenbach an. Kein Röcheln und kein Husten mehr. »Also gut«, sagte er. »Wenn du's wissen willst: Es ist Unabhängigkeit.«

»Wie meinst du das?«

»Weshalb das Ganze, und wieso? Das willst du doch wissen. Und was das Ziel ist. Drum sag ich's: Meines ist Unabhängigkeit.« Lenz zupfte demonstrativ an seinem Schnurrbart. »Hast du wirklich geglaubt, ich hock bei euch im Archiv und mach den Diener? Hast du dich nie gefragt, woher ich die ganzen Informationen hatte, die du so dringend gebraucht hast und von denen euer Polizeicomputer nicht einmal träumen konnte?«

»Es stimmt also.«

Lenz nickte.

»Und ich hoffte, du hättest eine Erbschaft …«

»Ich will dir keinen Mumpitz ans Bein binden«, sagte der Alte und sah Eschenbach direkt an. »Ich suche, finde oder kaufe Informationen. Es ist das Einzige, was ich wirklich kann. Und dass es finanziell interessant werden kann, das hat mir damals Bischoff beigebracht. Mit ihm hat alles angefangen.« Lenz, der noch immer gerade auf dem Bett saß, ließ nun die Rückenlehne hochfahren und entspannte sich. »Diese Geschichte mit den Kindern der Landstrasse … da ging es um eine gute Sache. Dachte ich jedenfalls. Später hat es ganz anderes gegeben.«

»Du machst also mit in diesem Spiel … *alle gegen alle,* wie du es nennst. Deshalb hast du mir das alles erzählt.« Eschenbach hatte Mühe, das, was er soeben gehört hatte, mit seinem Bild von Lenz in Einklang zu bringen. »Und ich Idiot habe geglaubt, du verdienst dir ein kleines Zubrot«, murmelte er. »Indem du dich um das Anwesen kümmerst …« Eschenbach schüttelte ungläubig den Kopf. »Dabei gehört's dir!«

Die beiden Freunde stritten nicht. Sie sparten sich eine Diskussion über Begriffe wie Moral und Ehre. Auch die über Bescheidenheit oder Würde. Schweigend ließen sie einen Moment sacken, was passiert war, und sahen sich stumm an, und Eschenbach dachte an die Könige, die es nicht mehr gab.

Lenz blickte schließlich zum Fenster hinaus, hinunter auf die Stadt und den See. »Es sprach wenig dagegen«, sagte er. »Ich bin kein großer Menschenfreund …«, und mit einem Seitenblick zu Eschenbach fügte er noch hinzu: »Es gibt Ausnahmen, das weißt du, aber nicht viele.«

»Aber du hast doch eine Pension … und bescheiden, wie du lebst, brauchst du den ganzen Zaster gar nicht. Du wärst auch so unabhängig.«

Lenz blinzelte, und Eschenbach beobachtete, dass der Schnurrbart des Alten ein wenig zitterte, bevor die Antwort kam: »Zwei Zimmer, ein Bett, Tisch, Stuhl und …« Lenz betrachtete die

Bruyère in seiner Hand. »Nur eine einzige Pfeife. Dreißig Jahre alt alles. Mindestens. Ich hab nie viel gebraucht, das ist wahr.«

»Na also.«

»Weißt du, es ist ... das ganze Anwesen, die Mühle.« Lenz machte eine fahrige Bewegung mit der Hand. »Es ist ein Familienbetrieb, seit drei Generationen. Geigenbauer nennt sich das ... machen aber auch Bratschen, Celli und Bässe. Ein feines Handwerk, du solltest mal zusehen, wie ein solches Instrument entsteht ... und riechen!« Lenz sog tief Luft durch die Nase. »Einheimisches Eschenholz. Hart, und trotzdem hat's eine Seele.«

»Komm auf den Punkt«, sagte Eschenbach.

Lenz zuckte zusammen und blinzelte leicht. »Vor etwa zwölf Jahren haben sie mir erzählt, sie müssten das Haus verkaufen. Sind zu mir gekommen ... die ganze Familie. Die Frau hat noch geheult. Die Mühle gehöre sowieso schon der Bank, hat sie gesagt. Und der, der es kaufen wollte, plane Eigentumswohnungen. Sauteuer. Und dass sie mir helfen würden, etwas Neues zu finden ... klein und bescheiden, so wie jetzt.«

Es war eine rührende Geschichte, die der Alte ihm erzählte. Und Eschenbach zweifelte keinen Moment daran, dass Lenz die Wahrheit sagte. Einen Teil der Wahrheit wenigstens.

»Gibt es noch etwas anderes, das du mir erzählen willst, Ewald?«

»Es ist niemand zu Schaden gekommen«, sagte Lenz. »Niemand Anständiger, jedenfalls.«

»Ewald, es wurde eingebrochen bei dir. Irgendwer hat deine ganze Wohnung auf den Kopf gestellt. Es wird jemand zu Schaden kommen, wenn du mir nicht sagst, was du weißt. Die Akte, Ewald. Wie ich dich kenne, hast du sie. Überleg bitte nicht zu lange.«

»Die Kinder sollten wieder Geige spielen lernen«, murmelte Lenz. »Anstatt an diesen Playstation-Dingern zu verblöden.«

Ewald Lenz war von Minute zu Minute blasser geworden, er

schien in den Kissen zu verschwinden, und in den kleinen, wässrig-blauen Augen erkannte Eschenbach Ratlosigkeit und Erschöpfung.

Eine Weile blieb der Kommissar noch. Er wechselte das Thema, sprach über den Seerosenteich, der Fortschritte machte, und suchte ein paar ermutigende Worte. Als er merkte, dass Lenz eingeschlafen war, ging er.

Rosa kam kurz vor acht Uhr. Sie sah müde aus. Abgekämpft, als hätte sie einen Pflug über Äcker gezogen. Eine große Stofftasche hing über ihrer linken Schulter. Sie schien unendlich schwer.

»Haben Sie schon etwas gegessen?« Eschenbach nahm ihr die Tasche ab. Gemeinsam gingen sie ins Wohnzimmer.

»Es ist, wie ich befürchtet habe«, sagte Rosa und schüttelte den Kopf. Sie setzte sich auf die Couch, hievte einen Stoß Papier aus der Tasche auf den Clubtisch und schnaufte.

»Haben Sie das aus dem Büro?«

»Von zu Hause«, sagte sie und sortierte die Klarsichthüllen: rote, blaue, gelbe und grüne. »Im Büro war ich ewig nicht mehr.«

Eschenbach ging in die Küche und kam etwas später mit zwei Espressi und einer Karaffe Leitungswasser zurück.

Rosa saß versunken in Gedanken und Papieren auf der Couch. »Wussten Sie eigentlich, dass trotz der schweren Anschuldigungen gegen das Vorgehen des Hilfswerks nie eine gerichtliche Untersuchung von Staates wegen eingeleitet worden ist? Und dies, obwohl sich einzelne Betroffene immer wieder auch gerichtlich gewehrt haben.«

»Schlafende Hunde«, sagte der Kommissar nachdenklich. Er setzte sich neben sie. »Und so, wie es aussieht, ist nun jemand daran, sie zu wecken.« Er schilderte kurz seinen Ausflug zu Lenz in der Mühle, der im Krankenhaus geendet hatte. »Jemand war da und hat aufgeräumt – und zwar gründlich. Ich vermute, man hat es nun auf ihn abgesehen.«

»Lenz, aber was hat denn unser Lenz damit zu tun?«

»Auch unser Lenz hat Geheimnisse – und ein großes Herz. Jedenfalls stehen jetzt zwei unserer Männer vor seiner Tür im Triemli.«

»Gott sei Dank«, stieß Rosa aus. Sie schien sichtlich erleichtert. Einen kurzen Moment blickte sie über den Brillenrand, dann fragte sie: »Hat Jagmetti das veranlasst?«

Eschenbach nickte zustimmend. Dass er Jagmetti deswegen anflehen musste und sich für sein »Arschloch« entschuldigt hatte, ließ er unerwähnt.

»Ich habe schon befürchtet, dass ihn die Kobler restlos unter dem Pantoffel hat«, murmelte Rosa. Sie legte ihre Papiere wie Patiencekarten vor sich auf den Tisch. Dann räusperte sie sich. Es war kein Verlegenheitshüsteln, und sicher hatte sie auch keine Halsschmerzen. Vielmehr war es ein Auftakt – so als hebe ein Dirigent den Taktstock, auf dass der Saal zu verstummen habe.

Eschenbach lehnte sich zurück.

»Es gibt diese Akte nicht«, sagte sie. Eine Eröffnung mit Paukenschlag. Und wie bei einem Paukenschlag üblich, schwieg Rosa nun eine Weile, damit der Satz seine Wirkung entfalten konnte, und genoss die Stille. Dann setzte sie ihre Brille auf und begann: »Es gibt eine Menge Hinweise, was diese Akte anbelangt. Gerüchte halt. Lauter Möglichkeiten und vor allem Ausreden. Ich habe mit einem Haufen Leute gesprochen, telefoniert und gefragt. Aber wirklich gefunden habe ich nichts.«

Eschenbach schwieg. Die Papierstöße auf dem Tisch vermittelten ihm das Gefühl, dass *nichts* nicht *gar nichts* bedeutete.

»Der Druck der Öffentlichkeit«, fuhr Rosa fort, »die Kritik an der Ideologie und dem Vorgehen des Hilfswerks führten 1973 zu einem abrupten Ende. Pro Juventute gab die Auflösung der letzten noch laufenden Vormundschaften über jenische Mündel bekannt. Die Fälle wurden von den zuständigen Behörden übernommen.« Sie räusperte sich. »Ich habe nichts darüber gefunden, dass sich die Pro Juventute klar und überzeugend von der Ideologie und dem Vorgehen des Hilfswerks distanziert hätte. Gegenüber der Öffentlichkeit und auch gegenüber den Jenischen wurde über die ganze Tragweite und die genauen Details dieses sozialpolitischen Massenexperiments keine Rechenschaft abgelegt. Man beschränkte sich darauf, neben den positiven Leistungen auch Fehler in einzelnen Fällen einzuräumen.« Rosa zückte ein Papier. »Fehler in einzelnen Fällen ... das steht so in der Pressemitteilung der Pro-Juventute-Stiftungskommission vom Frühjahr 1973.«

»Sie betreiben Geschichtsschreibung, Frau Mazzoleni. Das bringt uns nicht weiter.«

»Warten Sie doch.« Sie nahm das nächste Häufchen Papier zur Hand: »Von 1981 bis 1983 tagte eine Studienkommission des damaligen Eidgenössischen Justiz- und Polizeidepartements EJPD und übergab am 27. Juni 1983 den Bericht ›Fahrendes Volk in der Schweiz – Lage, Probleme, Empfehlungen‹ der Öffentlichkeit.

Dieser Bericht, an dessen Ausarbeitung auch Vertreter der Jenischen teilnahmen, geht die Thematik auf breiter Ebene an. Er umfasst auch den Abschnitt ›Folgen der Aktion Kinder der Landstrasse der Pro Juventute‹. Dort wird Folgendes festgehalten. Ich zitiere: Heute besteht vor allem ein persönliches und wissenschaftliches Informationsbedürfnis. Die Stiftung Pro Juventute, in deren Archiv alle Akten über die Aktion Kinder der Landstrasse aufbewahrt werden, sollte diese für beide Zwecke zur Verfügung stellen. Missbräuche müssen jedoch verhindert werden.«

Rosa trank den Espresso, der inzwischen kalt geworden war. »Man bekommt Gallensteine, wenn man sich mit diesen Dingen befasst«, sagte sie. »Jedenfalls habe ich in diesem Archiv angerufen. Sie wissen ja, wie das geht. Zuerst wird abgewimmelt, dann wird man vom einen zum andern verbunden. Am Schluss hing ich in der Warteschleife, und ein Kinderchor sang: Bruder Jakob, Bruder Jakob ... Ich hätte mir bei der ganzen Warterei die Nägel lackieren können, wenn ich nicht so aufgeregt gewesen wäre.«

Eschenbach brachte zwei weitere Espressi. Er hätte sich gerne eine Brissago angezündet, aber er wollte Rosas heiligen Eifer nicht stören – nicht mit einem dieser »Stinkstängel«, wie Rosa seine Zigarillos bezeichnete.

»Als ich in diesem Laden endlich jemanden dranhatte, der das Maul aufmachte, da hat sie mir erklärt, dass die Pro Juventute das Archiv des Hilfswerks ab Herbst 1983 unter strengem Verschluss halte. Danach habe man es nur noch ausnahmsweise einzelnen Wissenschaftlern zugänglich gemacht. Allerdings ohne Einverständnis der Personen, über die in diesem Archiv Akten geführt wurden.«

Auch Rosas zweiter Espresso wurde kalt.

»Ich hab nicht lockergelassen«, sagte sie. »Ich wollte wissen, welche Leute damals Zugriff hatten. Aber das wüssten sie heute nicht mehr, hat diese dumme Kuh behauptet ...« Rosa lächelte. »Glauben Sie mir, Kommissario. Ich hab denen dort die Hölle heißgemacht.«

»Sehr gut, Frau Mazzoleni!« In einem Anflug von Begeisterung stieß Eschenbach seine Sekretärin freundschaftlich in die Seite: »Jetzt wird's doch noch interessant.«

Rosa ließ sich nicht beirren. Sie legte eine Hülle zur Seite und nahm ein anderes Mäppchen zur Hand. »Ende 1984 richtete eine Gruppe von betroffenen Jenischen in einem offenen Brief an Bundesrätin Elisabeth Kopp und Alt-Bundesrat Rudolf Friedrich folgende Postulate: Anerkennung der Jenischen als kulturelle Minderheit, materielle Wiedergutmachung, die Zusammenführung von heute noch getrennten Familien und die Herausgabe der Akten des Hilfswerks Kinder der Landstrasse.« Rosa sah Eschenbach an. »Keine übertriebenen Forderungen, finde ich. Eigentlich das Minimum, könnte man meinen.« Rosa seufzte. »Wissen Sie, Kommissario. Mit der Zeit denkt man sich in diese Leute hinein, und dann tut es richtig weh.«

»Und was ist dann passiert?«

»Eben nichts. Der Brief wurde nie beantwortet.«

Es überraschte Eschenbach, dass Rosa an dieser Stelle nichts weiter sagte oder kommentierte. Kein Schimpfen und kein Puta-Madre-Schweizerland. Sie nahm einfach das nächste Häufchen Papier aus einer weiteren Hülle und fuhr fort.

»Ab 1985 betrauten immer mehr Betroffene die Kanzlei *Kronenberger & Graf* mit der anwaltlichen Wahrung ihrer Rechte. Auf Sitzungen mit Vertretern der Fahrenden tendierten die Vertreter der Pro Juventute und des Bundes dahin, dass die von Dr. Siegfried, dem Leiter des Hilfswerks, und seinen Nachfolgern als Vormundschaftsakten geführten Akten der Zuständigkeit der aktuellen Heimatkantone der einzelnen Mündel unterlägen. Man wollte so erreichen, dass sich der Aktenberg auf über zwanzig Kantonsarchive verzettelte.

Die jenischen Betroffenen und ihr Rechtsvertreter Graf sprachen sich dagegen aus und forderten eine integrale Herausgabe aller Akten des ›Hilfswerks‹. Die Pro Juventute erstellte am 24. April 1981 ein Verzeichnis der von Dr. Siegfried geführten Unterlagen. Darunter Buchhaltung, Korrespondenz et cetera. Vermutlich auch eine Reihe persönlicher Dokumente (Ausweise, Fotos, Zeugnisse) einzelner Mündel oder ihrer Verwandten.«

»Dann wollte Kronenberger doch, dass die Akte publik wird. Irgendwie ist das nicht logisch«, sagte Eschenbach und biss sich auf die Unterlippe.

»Warten Sie, es ist noch nicht fertig«, sagte Rosa. »Das Eidgenössische Departement des Innern, in dessen Zuständigkeit die Stiftungsaufsicht über die Pro Juventute liegt, verfügte aufgrund einer Aufsichtsbeschwerde von Rechtsanwalt Kronenberger vom 29. Mai 1986, die Akten des Hilfswerks unter Verschluss zu behalten und zu versiegeln.«

»Das ist ja ein Ding«, murmelte Eschenbach.

»Und am 3. Juni 1986, anlässlich der Nationalratsdebatte«, machte Rosa weiter, »da entschuldigte sich Bundespräsident Alfons Egli dafür, dass der Bund das Hilfswerk mitfinanziert hat. Gleichzeitig hielt er fest, dass das ›betrübliche Kapitel‹ der Aktivitäten des Hilfswerks ›unter der Ägide der Pro Juventute‹ und ›im Auftrag oder nach Wunsch der Kantone‹ durchgeführt worden sei.« Rosa wedelte mit drei zusammengehefteten Seiten. »Das steht alles hier drin: Amtliches Bulletin der Bundesversammlung, Sommersession 1986, Bern, Seite 559 – ich hab den Ausschnitt kopiert.«

»Donnerwetter, Frau Mazzoleni. Donnerwetter.« Eschenbach hätte applaudiert, wenn es sich nicht um ein derart schwarzes Kapitel der Schweizer Geschichte gehandelt hätte.

Rosa ließ die Schultern hängen. »Es ist nicht viel – trotzdem oder vielleicht gerade deshalb ist es so grauenhaft. Einiges davon steht auch im Internet. Ein paar Dinge habe ich aus den Archiven der Zeitungen und vom Bund. Heute geht das alles elektronisch ...«

»Ich weiß«, sagte Eschenbach. Er nahm nun doch eine Brissago, steckte sie sich, ohne sie anzuzünden, in den Mund. »Und es interessiert heute keinen mehr. Das ist es, was Sie am meisten erstaunt, nicht wahr?«

»Erstaunt? Es macht mich rasend.«

»Eben. Die Welt ist, wie sie ist, Frau Mazzoleni. Wie gehen wir nun weiter vor?« Nachdenklich schaute der Kommissar auf das Feuerzeug, das er in der Hosentasche gefunden hatte. »Immerhin wissen wir jetzt, dass Kronenberger die Akte kennt ... vielleicht nicht den ganzen Umfang. Aber mindestens Teile davon. Und so wie es aussieht, hatte er eines Tages plötzlich kein Interesse mehr daran, dass sie öffentlich wird.«

»Sehen Sie das auch so?«

»Ja.« Eschenbach zeigte auf die rote Hülle, die Rosa gleich zu Anfang auf die Seite gelegt hatte. »Das Pro-Juventute-Archiv. Sie haben dort angerufen ... denen die Hölle heißgemacht, wie Sie gesagt haben.«

Rosa holte die Unterlagen aus der Hülle. Es waren nur zwei

Blätter. »Ich wollte wissen, wer die Personen sind, die Einsicht in das gesamte Material des Hilfswerks bekommen haben«, sagte sie. »Ich meine, bevor die Sache versiegelt wurde. Schließlich hatte man Wissenschaftlern eine Zeitlang Zugriff gewährt ... Und auch die Kommissionen, die darüber beraten haben, mussten ja eine gewisse Grundkenntnis der Materie haben.«

»Und?« Eschenbach spielte mit dem Feuerzeug.

»Datenschutz«, sagte Rosa. »Immer wenn's um Namen geht, kommt der Datenschutz. Müsste eigentlich Namenschutz heißen. Trotzdem, ich hab gesagt, ich sei von der Kantonspolizei. Das stimmt ja auch. Und die Presse hätte ich am Hals und die Stadtregierung. Und es ginge um den Standplatz der Jenischen in Seebach ... Das ganze Arsenal habe ich denen aufgetischt.«

»Gut so«, grummelte Eschenbach. Gebannt sah er in die Flamme seines Feuerzeugs. »Und weiter?«

»Nach langem Hin und Her ... Also ich hab denen meinen Namen buchstabieren müssen, meinen Ausweis gefaxt, ich sage Ihnen, Kommissario, ein riesiges Affentheater haben die losgelassen. Und am Ende, also da haben sie mir wenigstens ein paar Namen genannt. Die Namen derer, die im Kanton Zürich leben. Immerhin. Auf diese hätten wir bestenfalls Anrecht, hat sie gemeint, diese Frau ...« Rosa sah auf das Blatt Papier. »Frau Marquardt hieß die Leuchte, und wenn wir es schriftlich wollten, dann müssen wir einen Antrag stellen.«

»Aber Sie haben's natürlich notiert. Anträge sparen wir uns.«

»Und ob.« Rosa hob das Papier. »Natürlich ist Kronenberger darunter. Ich meine natürlich Sandro Graf. Dann gibt es ein halbes Dutzend andere. Xaver Hegetschwiler, Dr. Oliver Lauper und so weiter.«

»Haben Sie mit denen gesprochen?«

»Ich hab's probiert«, sagte Rosa. »Man muss die erst einmal finden, verstehen Sie? Das ist gar nicht so einfach. 1986 ... Das sind mehr als zwanzig Jahre her, seit dort niemand mehr zu den Akten kann. Eigentlich wundere ich mich sowieso, dass die mir

Personen nennen konnten. Stellen Sie sich vor, Kommissario. Wenn bei uns jemand fragt, irgendwas, das so lange zurück liegt. Da hätten wir nicht einen Piepenschimmer. Das würde Tage dauern, bis ich da etwas finden würde.«

»Es sei denn, jemand hätte das schon einmal wissen wollen.«

»Ganz genau«, sagte Rosa. »Das hat man nicht einfach so. Da muss jemand anders schon einmal nachgefragt haben ... Aber jetzt passen Sie auf: Ich hatte nämlich Glück. Dieser Dr. Lauper ...« Rosa las vom Blatt: »Also das ist ein emeritierter Professor für Völkerkunde und Mediävistik, lebt in der Nähe von Bonn. Und den konnte ich tatsächlich erreichen. Ist ein berühmter Mensch, der Mann; deshalb hab ich den ja auch gefunden bei *Google*. Und jetzt stellen Sie sich vor, Kommissario: Der kann sich an nichts mehr erinnern. Ein Professor! – Das ist doch ein gescheiter Mann, so einer. Und ich hab dann gefragt, weil ich das alles gar nicht glauben kann, ob er Angst habe, etwas zu sagen. Nein, hat er gesagt. Er wäre sich ganz sicher, und es müsse sich um eine Verwechslung handeln. Eine Verwechslung! So ein Blödsinn.«

»Sie haben tatsächlich Blödsinn gesagt?«

»Natürlich nicht. Gedacht habe ich es. Das darf man, oder? Dass er aber doch bis 1992 in Zürich an der Universität gewesen sei, das habe ich gesagt. Aber er wurde immer stiller, und gebracht hat es dann auch nichts mehr.«

Eschenbach rieb sich das Kinn. »Und die andern?«

»Da fangen dann die echten Probleme an: nichts zu finden, wenigstens nicht so auf die Schnelle.« Rosa nahm die Brille von der Nase. »Entweder leben die nicht mehr in der Schweiz ... sind also ausgewandert, wie dieser vergessliche Professor. Oder sie sind tatsächlich verstorben.«

»Dranbleiben, Frau Mazzoleni. Es wäre gut, wenn wir noch den ein oder andern hätten. Nebst Kronenberger natürlich.«

»Aber wir haben jemanden«, sagte Rosa schließlich und seufzte. »Das ist es ja. Eigentlich direkt vor unserer Nase.« Sie sah auf das Papier, als müsse sie den Namen ablesen. Dann wanderte ihr Blick zu Eschenbach, so als wisse sie nicht recht, ob ihr Eschenbach etwas vorenthielt. »Sie haben wirklich keine Ahnung?«

»Jetzt sagen Sie schon«, sagte der Kommissar ungeduldig. Es musste Ewald Lenz sein, dachte er. Bestimmt hatte sich Lenz bereits früher mit dem Thema beschäftigt, und nicht erst vor zwölf Jahren, als er die Mühle kaufen wollte.

Rosa blieb stumm und schaute auf das Blatt in ihrer Hand. Eschenbach entschloss sich, nun doch die Brissago anzuzünden. Hustend griff er nach dem Papier. »Zeigen Sie her. Machen Sie es nicht immer so spannend.«

Rosa ließ es geschehen. Und als der Kommissar auf das Blatt starrte, erst da sagte sie: »Verstehen Sie jetzt, warum ich vorhin … Ich meine, als ich nicht sicher war, ob Sie es wüssten?«

Eschenbach atmete tief ein. Rosa hatte den Namen mit einem Bleistift dick eingekreist: Es war Elisabeth Kobler.

8

In derselben Nacht, Rosa war schon lange gegangen, lag der Kommissar wach. Er hatte es aufgegeben, Schlaf zu finden. Eschenbach starrte zur Decke und suchte nach Antworten. Kobler und Kronenberger – er sah die beiden vor sich, wie sie ihn in ihrem Meeting in die Zange genommen hatten. Diese abstruse Geschichte mit den E-Mails und dem Erste-Hilfe-Kurs. Ein abgekartetes Spiel war es gewesen. Kobler und Kronenberger – die beiden kannten sich, mussten sich ja kennen, nach allem, was Rosa herausgefunden hatte. Es war ein kleiner Klüngel Leute, die sich mit den Hilfswerk-Akten befasst und die vor allem auch Zugriff auf die Dokumente gehabt hatten.

Dass sich Kronenberger für das Schicksal der Fahrenden interessierte, konnte Eschenbach inzwischen nachvollziehen. Er hatte mit Meret Kolegger, einer Jenischen, ein Kind gezeugt. Charlotte. Unter indiskutablen Umständen. Und vor diesem Hintergrund schien es dem Kommissar nun auch plausibel, dass sich der Anwalt so ins Zeug gelegt hatte, so hart gegen ihn vorgegangen war. Kronenberger hatte überreagiert. Es war seine Tochter gewesen, die zu Tode gekommen war. Wäre mit Kathrin etwas Ähnliches passiert, dachte Eschenbach, vielleicht hätte er auch die Nerven verloren.

Aber Kobler – warum hatte sie sich nicht hinter ihn gestellt, wenigstens in dubio pro reo, bis alles restlos abgeklärt war? Weshalb schlug sie sich gleich zu Anfang auf die Seite Kronenbergers?

In die Dunkelheit dieser Fragen drang der Klingelton seines

Handys. Auf dem Display leuchtete eine Nummer auf. Er glaubte sie zu kennen, war sich aber nicht sicher. Sie war nicht auf dem Handy gespeichert – und nun fiel ihm auch wieder ein, warum: Weil er gehofft hatte, sie nie mehr zu brauchen.

Er meldete sich.

»Herr Eschenbach?« Es war die Nummer des Triemli. »Ich bin Frau Dr. Sägässer. Sie sind doch mit Herrn Lenz befreundet, nicht wahr?«

Der Kommissar schnellte hoch, setzte sich auf die Bettkante und sah zum Radiowecker auf dem Nachttisch. Es war halb drei. »Ja«, sagte er hastig. »Was ist mit ihm?«

»Herr Lenz hatte wieder einen Anfall. Gerade eben.«

»Und?«, schoss es aus Eschenbach heraus. »Ich meine, wissen Sie, ist es schlimm?«

»Im Moment ist Herr Lenz nicht bei Bewusstsein«, sagte Dr. Sägässer. »Wir haben ihn nun auf die Intensivstation verlegt. Aber als das Ganze angefangen hat … Also Herr Lenz war sehr aufgeregt, hat Ihren Namen wiederholt. Immer wieder. Sie sollen kommen … Und etwas von einer Akte hat er gesagt.« Sägässer schwieg einen Moment. »Ich wollte Ihnen das einfach mitteilen. Vielleicht schauen Sie morgen früh als Erstes vorbei. Familie hat er ja offenbar keine. Dann wissen wir bestimmt mehr.«

»Ja, sicher«, murmelte Eschenbach und legte auf.

Eine Dreiviertelstunde später stand er neben Lenzens Bett und sah auf den schlafenden alten Mann. »Mein Gott, Ewald, mach doch kein so dummes Zeug«, murmelte er.

Der Brustkorb hob und senkte sich. Über seinem mächtigen Schnurrbart, im rechten Nasenloch, verschwand ein kleiner Schlauch.

Eine Stunde verging. Eschenbach hatte sich neben Lenz auf einen Stuhl gesetzt. Hoffte und bangte und nickte schließlich mit dem Kinn auf der Brust für eine Weile ein.

Als er aus dem Schlaf aufschrak, sah er in die Augen der Stationsschwester. Ihre Hand lag auf seiner Schulter.

»Sie können hier nicht bleiben«, sagte sie.

»Doch«, sagte er.

»Warten Sie.« Die Schwester schien zu überlegen.

Eschenbach stand auf. »Ich muss bleiben«, sagte er und deutete mit der Hand auf Lenzens bleiches Gesicht. »Der darf sich jetzt nicht davonstehlen ... muss auch bleiben, der Lenz.«

»Der wird uns schon nicht davonlaufen«, sagte die Schwester. »Kommen Sie bitte.«

Der Kommissar rührte sich nicht. Er sah in die dunklen Augen der jungen Frau. Eine Inderin, dachte er, als er den Punkt auf ihrer Stirn entdeckte. »Der muss aufwachen, der Lenz.«

»Wird er auch«, sagte die Frau mit dem Punkt. »Und Sie sollten schlafen. Sehen todmüde aus. Ich werde Ihnen ein Bett richten, im Nebenzimmer.«

Der Kommissar nickte schwach. Dann folgte er der Schwester in Richtung Ausgang.

Zwei Stunden später stand Eschenbach an der Kasse in der Cafeteria des Spitals im Erdgeschoss. Er bezahlte für einen doppelten Espresso. Mit der Tasse in der Hand ging er ein paar Schritte zum Fenster, dort trank er ihn im Stehen.

Sein Blutdruck war im Keller, er fühlte sich schwindlig. An der Hauptpforte ließ er ein Taxi rufen. Dann ging er nach draußen. Die kühle Morgenluft tat ihm gut.

Lenz war noch immer nicht aufgewacht. Eine Schwester hatte Eschenbach geweckt und es ihm berichtet. »Wir haben jetzt Schichtwechsel«, hatte sie ihm erklärt. »Und wir brauchen das Bett. Aber falls sich bei Herrn Lenz etwas tut, werde ich Sie benachrichtigen.«

»Sofort?«

»Ja, sofort.«

Eschenbach rief im Büro von Kobler an, er wollte sich einen Termin geben lassen, sie mit dem konfrontieren, was er herausgefunden hatte. Aber Kobler war noch nicht aufgetaucht, erfuhr er von ihrer Sekretärin, Frau Kollreuter. Sie war guten Mutes: »Sie kommt bestimmt gleich.« Und als Eschenbach es fünf Minuten später wieder probierte, sagte sie: »Heute ist ihr Bürotag. Eigentlich hat sie gar keine Termine. Sie müsste jeden Moment kommen. Vielleicht rufen Sie noch einmal an?« Eva Kollreuter sagte es mit einem kleinen Säuseln in der Stimme.

Ein Taxi hielt vor der Pforte, Eschenbach stieg ein.

Beim Stauffacher ließ sich der Kommissar wieder absetzen, da er die letzten Meter bis zum Präsidium zu Fuß zurücklegen wollte. Er war noch immer nicht richtig klar im Kopf. Duslig und erschöpft. Vielleicht wurde es besser, wenn er sich bewegte.

Mit leicht gesenktem Kopf, etwas mürrisch angesichts dessen, was ihm nun mit Kobler bevorstand, bog der Kommissar in die Gessnerallee ein. Zweihundert Meter später merkte er, dass etwas nicht stimmte: Es waren die Krücken. Eschenbach hatte sie vergessen. Im Triemli. Erstaunlicherweise war es nicht der Schmerz, der ihn darauf aufmerksam gemacht hatte. Denn Schmerzen verspürte er seit Tagen nicht mehr. Es waren die Arme und Hände, die wie unnütz um den eigenen Körper schlingerten. Völlig frei, als hätten sie nichts Gescheiteres zu tun.

Eschenbach ging weiter. Unterwegs telefonierte er noch einmal mit Kollreuter. Sie versprach ihm, ihn zu benachrichtigen, sobald die Chefin käme.

Zehn Minuten später betrat der Kommissar zum ersten Mal seit seinem ungerechtfertigten Rausschmiss (als nichts anderes konnte er es bezeichnen) wieder als Chef der Kripo Zürich das Gebäude an der Kasernenstrasse. Er fuhr mit dem Lift in den fünften Stock, den Blick ungeduldig auf die Anzeige oberhalb der Türen gerichtet, auf der in roten Punkten die Etagen durchgezählt wurden.

Es roch nach feuchten Stiefeln und altem Rauch. Und weil es frühmorgens war, auch nach Rasierwasser. Es roch wie immer. Hätte man Eschenbach in diesem Moment gefragt, wie es sich anfühlte, wieder zurückzukommen, er hätte es nicht sagen können.

Er trat aus dem Aufzug, schritt den Flur entlang zu seinem Büro. Rechts von ihm befanden sich die offenen Arbeitsplätze. Hellgraue Tische und Rollschränke. Großzügig angeordnet, in Zweier- und Vierergruppen.

Sein Gipsfuß machte ein klopfendes Geräusch auf dem Laminatboden. Zwei Mitarbeiter hoben die Köpfe und grüßten flüchtig. Plötzlich kam sich der Kommissar vor wie Kapitän Ahab auf dem Oberdeck der *Pequod.*

Zehn Meter weiter links war sein Office. Rosas Schreibtisch war verwaist. Eschenbach trat in sein Zimmer, ging zum Fenster und öffnete es. Dann setzte er sich an seinen Schreibtisch und fuhr den Computer hoch.

Eschenbach hatte beschlossen, sich seine E-Mails anzusehen. Koblers Sekretärin würde sich schon melden, dachte er – und gleichzeitig hoffte der Kommissar auf eine positive Nachricht aus dem Triemli.

Es waren über fünfhundert. Bei vielen war er nur im CC gewesen, er musste also nicht antworten oder etwas unternehmen. Das störte den Kommissar keineswegs. Im Gegenteil. Es war wie ein Bach, der an ihm vorbeirauschte. An dessen Ufer er nun saß und den er interessiert beobachten konnte.

Auch bei der Mitteilung, die er gerade vor sich hatte, war er nur im CC gewesen. Es ging um eine neue Waffe. Eschenbach hatte mit Waffen nichts am Hut, hatte sie nie gemocht. Doch plötzlich interessierte ihn brennend, was in dieser Mail stand, denn diese Waffe war nicht tödlich.

Der Kommissar las den Text aufmerksam durch. In dem kurzen Bericht hieß es, dass der TASER (so der Name der Elektroschock-Pistole) künftig bei der Kantonspolizei zum Einsatz kommen werde. Eine Elektroimpulswaffe, die zwei mit Widerhaken versehene Projektile gegen den Körper der Zielperson schoss und danach kontrollierte elektrische Schläge durch die mit den Projektilen verbundenen Drähte schickte.

Den folgenden Absatz las der Kommissar zweimal. Darin wurde ausdrücklich darauf hingewiesen, dass die Waffe nicht gegen Personen mit Herzschrittmachern, Herzproblemen und dergleichen gerichtet werden dürfe. »Als ob man das vorher wüsste«, murmelte Eschenbach. Er ging zu Rosas Schreibtisch und suchte in der Rollkartei Salvisbergs Nummer.

»Rauchst du immer noch?«, fragte der Pathologe, als Eschenbach ihn endlich in der Leitung hatte.

»Hör auf mit dem Blödsinn – kennst du TASER?«

»Die neue Elektroschock. Wir haben sie letztes Jahr getestet. Fährt recht in die Glieder, kann man sagen.«

»Und ist besser als der Tod«, sagte Eschenbach mit einem Seufzer. »Ich hab's gerade gelesen. Vorausgesetzt natürlich, dass man kein krankes Herz hat. Und genau deshalb ruf ich dich an, Kurt. Ist es möglich, dass Charlotte Bischoff doch getötet wurde, und zwar mit einem TASER?«

Eine kurze Pause entstand.

»Möglich, möglich ...«, sagte Salvisberg etwas gehässig. »Du kommst aber auch immer mit Sachen.« Wieder wurde es still am anderen Ende.

»Bist du noch da, Kurt?«

»Ja!«, hallte es schwach aus weiter Ferne. »Ich suche gerade die Akte.«

»Herrgott, das müsstest du doch aus dem Kopf wissen. Sie hatte ein schwaches Herz. Da sind diese Dinger doch tödlich.«

Zeit verging.

Eschenbach trommelte mit den Fingern auf die Tischplatte. »Kuuuurt?!«

»Ich sehe nichts.« Die Stimme kam näher, und ein Hustenanfall folgte.

»Was heißt das, du siehst nichts?«

»Ich hab die Bilder vor mir. Thorax, frontal. Man müsste die Einschüsse der Projektile erkennen«, sagte der Pathologe.

»Und Rücken, Beine, Oberarme ... Die könnten ja auch dort sein. Würdest du so lieb sein und es an der Leiche überprüfen?«

Salvisberg seufzte. »Ist in London, das Kind. Vorgestern haben wir sie zurückgeschickt. Per Luftpost.«

Eschenbach schlug mit der flachen Hand auf den Tisch. »Scheiße!«

»Kannst du wohl laut sagen«, erwiderte Salvisberg. »Und stell dir vor, ich hab wieder zu rauchen angefangen.«

»Gibt es denn keinen Weg, wie wir das noch überprüfen können?«

»Du hörst mir gar nicht zu. Egal. Rauch jetzt leichtere ... 3 mg Teer, 0.3 mg Nikotin. Vielleicht kann ich mich rausschleichen.«

»London, Kurt! Kannst du da etwas machen?«

Krachender Husten. »... werde es versuchen. Aber ... versprich dir nicht zu viel davon. Diese Elektroschock-Dinger gibt's nämlich auch ohne Projektile. Meine Freundin hat so einen Apparat. Klein und handlich. Wenn du den jemandem auf die Brust drückst, dann siehst du gar nichts.«

»Aha. Versuch's trotzdem«, sagte Eschenbach. Und als er ein paar aufmunternde Worte hinterherschicken wollte, wegen Salvisbergs Rückfall (der wievielte eigentlich?), da stand plötzlich Rosa im Zimmer und machte hektische Gesten. Dazu bewegte sie die Lippen.

»Ich muss, Kurt«, sagte Eschenbach. Dann legte er auf.

»Die Klinik ist auf der anderen Leitung. Lenz.«

Wieder nahm der Kommissar den Hörer. »Ewald?«

Es knackte zweimal, dann spielte ein Streichquartett.

Eschenbach wartete. Sein Körper vibrierte leicht. Er spürte, wie seine Füße kalt geworden waren. Nicht nur der linke.

»Hallo?« Eine Stimme meldete sich. Es war nicht Lenz.

Eschenbach erkannte die Stimme der Schwester, die ihn am Morgen geweckt hatte. »Herr Lenz will Sie sprechen. Es geht ihm nicht gut. Sie müssen sich kurz fassen.«

»Klar.«

Dann erklang ein leises, kaum hörbares Krächzen am anderen Ende. Und ein Schlucken.

Der Kommissar hielt den Atem an. »Bist du's Ewald?«

»Mhm ... Seerosen, im Teich«, flüsterte Lenz.

»Schon gut«, sagte Eschenbach. »Ich kümmere mich darum. Schon deine Kräfte ... mein, Gott. Werd bitte gesund ...«

Als er eine Weile nichts hörte; nur langes, schwaches Schnaufen, setzte der Kommissar alles auf eine Karte: »Die Akte, Ewald. Weißt du, wo sie ist? Hast du sie?« Banges Warten. Eschenbach presste den Hörer an sein Ohr. Er wusste nicht, ob es sein eigener Atem war, oder jener von Lenz, den er vernahm. »Ewald?«

Flüstern erklang. Aber es war die Stimme der Schwester, die im Hintergrund leise mit jemandem sprach.

Stille.

»Es geht nicht mehr«, sagte nun laut und deutlich eine Männerstimme. »Krähenbühl, ich bin der Stationsarzt. Wir können das Gespräch nicht weiterführen. Müssen abwarten ... und hoffen.«

Eschenbach nickte stumm.

Der Arzt legte auf.

9

Um die Mittagszeit hatte es zu regnen begonnen.

Es waren keine Fluten, die aus den Wolken stürzten; auch war es kein Gewitter. Weder schüttete es, noch prasselte der Regen auf die Straßen. Man musste ganz genau hinsehen, wenn man den feinen Niesel erkennen wollte. Völlig anders war es, wenn man im Freien stand. Dort spürte jeder die Nässe sofort, die sich unauffällig und grau aus dem tiefverhangenen Himmel löste. Sie kroch in jede Öffnung.

»Der Wetterbericht ist schlecht«, sagte der Kommissar. Mit einem Müllsack um den Gipsfuß (der Rechte steckte in einem Gummistiefel) stand er in einer braunen Pfütze auf matschigem Grund; in der Hand einen großen Pickel. Neben ihm war Jagmetti mit einer Schaufel.

Wenn Lenz zu Hause gewesen wäre und zum Wohnzimmerfenster hinaus in seinen Garten geschaut hätte; er hätte die beiden Männer nicht wiedererkannt, die in seinem Garten gruben: Nur die Oberkörper, von der Brust an aufwärts, waren überhaupt zu sehen. Die Köpfe steckten unter grellgelben Fischermützen – Lenz hätte sicher gelacht.

»Graben wir überhaupt an der richtigen Stelle?«, schnaufte Jagmetti.

»Ich glaube schon.«

»Glaubst du nur, oder weißt du es auch?« Jagmetti stützte sich auf den Griff seiner Schaufel und sah Eschenbach an.

»Ich weiß es«, sagte der Kommissar gepresst. »Wir können

von Glück reden, dass noch nicht mehr Wasser drin ist. Die nächsten Tage wird's garstig. Ich hab's im Radio gehört. Sintflutartige Regenfälle … wir müssen uns sputen.«

Der Bündner betrachtete das Riesenloch, das ungefähr dreißig Quadratmeter Grundfläche maß. »Bist du sicher, dass er kein Olympia-Schwimmbecken baut?«

»Seerosen«, keuchte Eschenbach, der wieder mit dem Pickel in den Matsch schlug. »Es sind Seerosen, Claudio … er spricht von nichts anderem mehr.«

Seit über zwei Stunden suchten die beiden Polizisten den aufgeweichten Grund des Seerosenteichs ab. Ohne Erfolg. Ihre Gesichter glänzten, und der Rhythmus ihrer Bewegungen war langsamer geworden.

Nur der Regen legte zu.

Die Plastikfolie, die die Gärtner ins Erdreich des Teichbodens eingezogen hatten, um ein Absickern des Wassers zu verhindern, war von Eschenbachs Pickel hundertfach durchlöchert worden; und Claudio redete schon seit zwanzig Minuten vom Aufhören.

Auch beim Kommissar ließen die Kräfte nach. »Dann hör doch auf«, bellte er. »Hol uns wenigstens etwas zum Essen.«

Mürrisch steckte Claudio seine Schaufel in den Morast und verließ die Grube.

Eschenbach hieb weiter seinen Pickel in die breiige Erde. Er begann zu zählen. Wie bei einem Countdown. »Zehn, neun, acht …« Und als er bei null angelangt war, fing er neu an: »Zwanzig, neunzehn …«

Bei achtunddreißig knackte es. Ein Geräusch, als ob spitzes Metall durch dünnes Holz schlug. Eschenbach zog an seinem Pickel. »Da ist etwas«, murmelte er. Und weil er Claudio noch immer in der Nähe glaubte, rief er laut: »Komm zurück! Wir haben es gefunden!«

Der Ruf ging ins Leere.

Dreißig Minuten später war der Bündner mit einer Tüte von McDonald's zurück, und eine weitere halbe Stunde verging, bis sie die gut zwanzig Kilo schwere Militärkiste ausgegraben, aus der Grube gehievt und in die Wohnung getragen hatten.

Nun stand sie auf dem Boden in Lenzens Stube. Drum herum noch immer ein heilloses Durcheinander. Nur den Esstisch und zwei Stühle hatten sie in der Eile aufgehoben und zurechtgerückt.

Das Öffnen ging leichter, als das Ausheben.

Es waren Aktenordner, eine ganze Menge davon. Sie standen zusammengepfercht, einer neben dem andern, auf dem Boden der Kiste. Drei weitere lagen obenauf. Vergilbtes Hellgrau, armdick mit Papier gefüllt. Eschenbach nahm sich den obersten, setzte sich an den Tisch und schlug ihn auf. Er spürte ein Kribbeln in den Händen.

Während der Kommissar die ersten Seiten überflog, griff er blind nach dem doppelstöckigen Hamburger auf der Tischplatte. Claudio hatte ihn schon vor einer Weile dort hingelegt. Ohne seinen Blick zu heben, biss Eschenbach in den weichen Berg und las kauend weiter. In diesem Moment hätte er auch Styropor gegessen oder Känguruhoden.

»Ist es das, wonach du suchst?«, fragte Claudio. Er hatte sich ebenfalls einen Ordner geschnappt und sich zu Eschenbach an den Tisch gesetzt. Er hatte seinen Teil Hamburger schon verschlungen.

Der Kommissar nickte, ohne aufzusehen.

Eine Weile blieb es still.

»Sieht aus wie Personalakten«, sagte der Bündner. Er stand auf, ging zur Kiste und zählte die Ordner durch. »Vierundzwanzig sind's insgesamt.« Er sah kurz zu Eschenbach, und als dieser nicht reagierte, nahm er einige der Ordner heraus und sah sich die Beschriftungen an.

»Was tust du?«, fragte der Kommissar in Gedanken versunken.

»Gruppe A1, Gruppe A2 …« Claudio zuckte die Schultern. »Ist irgendwie in Gruppen aufgeteilt das Ganze.« Er hantierte weiter mit den Akten, und als er sich alle Beschriftungen angesehen hatte, meinte er: »Vier Gruppen. A bis D.«

Eschenbach sah sich den Rücken des Ordners an, den er vor sich hatte. »C3«, sagte er. »Vielleicht sollte ich mit A1 beginnen.«

Um Mitternacht saß Eschenbach noch immer am Tisch und las. Es waren die Ordner der Gruppen A und B, die teils aufgeschlagen auf dem Tisch herumlagen. Auch die anderen hatte sich der Kommissar angesehen. Aber diese hier waren die wirklich interessanten.

Claudio hatte er nach Hause geschickt, gleich nachdem er einen Blick in A1 geworfen hatte. Es war nicht einfach gewesen. Der Bündner hatte ihm eine Szene gemacht, und sie hatten sich gestritten wie selten zuvor. Es sei das letzte Mal gewesen, hatte Claudio getobt, als er schon die Stiefel angehabt und mit durchnässten Kleidern in der Tür gestanden hatte. »Das allerletzte Mal, dass ich den Handlanger spiele … für deine Spezialeinsätze, deine … deine ewigen Alleingänge! Kobler hat recht, wenn sie sagt, dass du absolut teamunfähig bist. Ein ausgekochter Egoist!«

Claudios Vorwürfe schmerzten den Kommissar, trotzdem war es besser so.

Und was Elisabeth Kobler anging; seine Chefin hatte im Laufe des Nachmittags dreimal versucht, ihn zu erreichen. Eschenbach sah es nun auf dem Handy. Das wird sich zur rechten Zeit schon noch ergeben, dachte er. So wie sich auch der Streit mit Claudio wieder legen würde. Alles würde sich klären.

Der Kommissar stand auf, klappte die offenen Aktenordner zu und verstaute sie, zusammen mit allem anderen, wieder in der Kiste. Er kontrollierte kurz, ob er keinen vergessen hatte. Zufrieden ging er zurück an den Tisch. Dort lag noch ein kleines Häufchen Papier. Ungefähr zwanzig Seiten. Eschenbach hatte sie aus A1 herausgenommen. Auf dem Boden suchte er sich eine von Lenzens verstreuten Plastikhüllen, in die er die Blätter steckte. Zusammen mit seinem Handy legte er es auf den Tisch. Ein paar Stunden Schlaf brauchte er jetzt. Alles lag nun in seiner Hand; und zum ersten Mal, seit dieser Sache beim Sechseläuten, hatte Eschenbach einen konkreten Plan.

»Doktor Kronenberger ist nicht abkömmlich«, sagte die freundliche Frauenstimme am nächsten Morgen am Telefon. Es war exakt zehn nach acht.

»Das sollte er aber sein«, sagte Eschenbach ebenso höflich. »Holen Sie ihn bitte an den Apparat.« Der Kommissar saß frisch geduscht am Tisch, vor sich die Unterlagen. Weil sein Hemd vom Tag zuvor völlig durchgeschwitzt war, trug er eines von Lenz. Rotblaue Karos. Bestimmt zwanzig Jahre alt.

»Sagen Sie mir, um was es geht. Herr Kronenberger ist ein vielbeschäftigter Mann. Ein Stichwort zur Sache ... dann kann ich es ihm ausrichten.«

Eschenbach seufzte hörbar. Er blätterte kurz durch die Seiten. »Bellechasse ... Sagen Sie Herrn Kronenberger, es gehe um Bellechasse.«

»Und was soll das heißen, bitte? Belle-was?«

»Chasse!«, sagte Eschenbach noch immer höflich. »Die schöne Jagd – aber sagen Sie es ihm auf Französisch. Ich werde es Ihnen buchstabieren.«

»Jetzt, wo man's liest«, sagte die Frau.

Eschenbach gab ihr seine Telefonnummer. Der Rückruf erfolgte knapp fünf Minuten später.

»Kommen Sie, Eschenbach! Was spielen Sie sich denn auf? Sie wissen doch nichts.«

»Alles«, sagte der Kommissar, der sich inzwischen eine Brissago angezündet hatte. Er zog ein Blatt aus dem Mäppchen und begann zu lesen. Eine halbe Seite. »Soll ich weitermachen?«

»Nein, schon gut.« Ein Moment verging, bis Kronenbergers

Stimme wieder da war. »Kommen Sie vorbei … Ich sehe, Sie haben sich da regelrecht in etwas verbissen. Sind ein sturer Hund, Eschenbach. In einer Stunde, geht das? Sie wissen ja, wo wir sind.«

Nachdem der Kommissar aufgelegt hatte, setzte er sich für einen Moment draußen auf Lenzens Sitzplatz unters Vordach und hörte dem Regen zu, wie er unablässig auf die Dachrinne trommelte. Als er aufstand und wieder zurück in die Wohnung wollte, da fiel sein Blick auf die kleine Gartenschere, die auf dem Fenstersims lag. Eschenbach nahm sie, setzte sich nochmals hin und schnitt sich den Gips vom Fuß. Es dauerte nicht lange, und sein bleicher Knöchel war wieder frei. Der Kommissar wusste nicht, warum er nicht schon früher auf diesen Gedanken gekommen war.

ELFMETERSCHIESSEN

Der Tormann überlegt sich, in welche Ecke der andere schießen wird. Wenn er den Schützen kennt, weiß er, welche Ecke er sich in der Regel aussucht. Möglicherweise rechnet aber auch der Elfmeterschütze damit, dass der Tormann sich das überlegt. Also überlegt sich der Tormann weiter, dass der Ball heute einmal in die andere Ecke kommt. Wie aber, wenn der Schütze noch immer mit dem Tormann mitdenkt und nun doch in die übliche Ecke schießen will? Und so weiter, und so weiter.

[Aus: Peter Handke, *Die Angst des Tormanns beim Elfmeter,* Suhrkamp Verlag, Frankfurt am Main 1970]

Wenn Eschenbach früher diesen Weg gefahren war, hinauf auf den Zürichberg, dann war es wegen der Löwen gewesen. Kathrin liebte Löwen. Sie mochte auch Königspinguine, Strauße, Kamele, Ziegen – im Großen und Ganzen gefielen ihr alle Tiere, die es im Zürcher Zoo zu sehen gab. Aber bei den Löwen war es anders; Kathrin bewunderte sie. Und als der Zoo vor einigen Jahren ein neues Löwengehege geplant hatte und mit einem Spendenaufruf an die Öffentlichkeit gegangen war, hatte Kathrin ihr kleines Sparschwein geschlachtet: achtundsiebzig Franken und zwanzig Rappen. Corina und er hatten den Betrag großzügig aufgerundet. »Weil sie stark und mutig sind – und trotzdem sanft. Wie Könige.« Mit diesem Satz hatte ihre Tochter damals ihre Spende begründet und den kurzen Brief zusammen mit einer Zeichnung der Zooleitung geschickt. Eschenbach hatte Kathrin gefragt, weshalb es denn Mut brauche, in einem Gehege durchgefüttert zu werden. Und schließlich würde von den Mitbewohnern, den asiatischen Zwergottern und den paar großen Alexandersittichen, keine wirkliche Gefahr ausgehen.

»Ich weiß, dass sie mutig sind. Sie müssen es mir nicht beweisen«, hatte ihre knappe Antwort gelautet.

Als Eschenbach die Anhöhe erreichte, sah er das Gebäude der FIFA von weitem. Es lag direkt neben dem großangelegten Zoogelände. Vielleicht lag aber auch der Zoo neben dem gigantischen Bau des Weltfußballverbands. Es war eine Frage des Standpunktes und der Interessen. Möglicherweise spielte das Alter des Betrachters ebenfalls eine Rolle.

Eschenbach dachte nicht weiter darüber nach, stellte seinen Wagen auf den Parkplatz und stieg aus.

Es goss nun in Strömen.

Zügigen Schrittes, die Hülle unter seinem Jackett an die Brust gepresst, schritt der Kommissar durch die mit Fahnenmasten gesäumte Allee. Die Flaggen der Mitgliedsstaaten klebten reglos an den Metallstangen, als wollten sie ihre Identität verbergen.

Vor Eschenbach, der inzwischen bis auf die Knochen nass war, lag ein gewaltiger, mit Aluminiumnetzen umgarnter Betonklotz. Länge mal Breite entsprachen die Ausmaße ungefähr jenen eines Fußballfeldes. Über zehn Meter ragte der Bau in den düsteren Himmel.

Wie ein nasser Hund trat der Kommissar in die lichtdurchflutete Eingangshalle. Eine große Leere empfing ihn. Irgendwo oben, weit oben, hing eine Decke; und als würde das Gesetz der Perspektive außer Kraft gesetzt, weitete sich der Raum vor Eschenbachs Auge und schien nahtlos in den angrenzenden Park überzugehen.

Eine Kathedrale der Neuzeit.

Eschenbach blieb einen Moment stehen und verschnaufte. Er sah auf seine Schuhe. Etwas Wasser hatte sich um sie herum angesammelt. Eine kleine Pfütze, und durch sie schimmerte – wie durch ein Vergrößerungsglas – der Stein des Bodens. Verblüfft bückte sich der Kommissar, um ihn aus der Nähe zu betrachten. Steine hatten schon immer eine besondere Faszination auf ihn ausgeübt. Es war blauer Lapislazuli.

Der Kommissar erhob sich wieder. Er realisierte, dass sich der blaue Halbedelstein nicht nur hier fand. Er war überall! Eingebettet in sein sandfarbenes Muttergestein zog er sich durch Hunderte von Quadratmetern bis zum entfernten Ende dieses gewaltigen Entrees.

Mit einem unglaublichen Gefühl des Reichtums, weil dieser

Boden ihn trug, näherte er sich langsam den Empfangstischen in der Mitte der Halle.

»Sie wünschen, Monsieur?«

Noch immer ganz fasziniert, hob der Kommissar den Blick vom Boden und sagte: »Kronenberger … Alexander Kronenberger. Ich werde erwartet.«

Es vergingen keine zwei Minuten. Eine junge Frau in elegantem Deuxpièces kam und bat ihn, ihr zu folgen. Mit dem Aufzug fuhren sie in das dritte Untergeschoss. »Das eigentliche Herz der FIFA befindet sich hier unten«, sagte sie.

Eschenbach wurde durch einen Gang geführt bis vor eine Tür.

»Das ist unser großer Sitzungsraum«, sagte sie und bat den Kommissar einzutreten. »Hier tagen die ständigen Kommissionen … und natürlich auch das Exekutivkomitee. Sie wissen, das oberste Gremium des Weltfußballs.«

Eschenbach nickte. Ihm fiel als Erstes der gigantische Kristallleuchter an der Decke auf, von dem ein mildes Licht ausging und dessen Form ihn an eine Fußballarena erinnerte.

»Und hier in der Mitte …« Die Frau deutete auf die glänzende Fläche am Boden, direkt unter dem Leuchter. »Eingelassen in Lapislazuli, also da befindet sich der Grundstein des Home of FIFA. Es ist ein Betonkubus, der einen überdimensionierten Fußball umfasst. Und darin befinden sich Säcke mit Erde aus den Ländern aller FIFA-Verbände, damit sie für die Nachwelt erhalten bleiben.«

»So, so, für die Nachwelt«, sagte Eschenbach leise. Sein etwas spöttisches Grinsen verflog, als er bemerkte, wie ernst es der jungen Frau war. Wie eine demütige Hirtin stand sie neben ihm und starrte eine Weile auf den bläulich schimmernden Stein. Das Zentrum der Welt, dachte er.

Das Heiligtum in der Mitte wurde von einem überdimensionalen, rechteckigen Tischkomplex umschlossen, wie ein Spielfeld, das durch Seiten- und Torlinien abgegrenzt wird.

Der Kommissar begann die schwarzen Ledersessel zu zählen. Die Frau schien es zu bemerken und lächelte: »Jeder hat seinen

Platz. Hier oben der Präsident … dann die vierundzwanzig Mitglieder des Exekutivkomitees.« Sie blickte etwas nervös auf die Uhr. »Ich werde einmal nachsehen, wo Doktor Kronenberger bleibt.«

Eschenbach nickte und blieb stehen. Er war froh um diesen kurzen Moment der Besinnung. Es war ein imposanter Ort, an den er gekommen war. Und dennoch wollte er sich partout nicht einnehmen lassen von dem Charisma der Macht. Er schloss die Augen.

Es war die konsequente Fortführung der Geschichte, dachte er. Die Tempel der Pharaonen, später die sakralen Prunkbauten der Griechen, der Römer und schließlich jene der katholischen Kirche und des Islam. Aber die Zukunft, sie lag hier – einer ganz anderen Bewegung zu Füßen. Eschenbach öffnete die Augen, wieder sah er in das Licht des Kristallleuchters: Die Zukunft gehörte den Arenen des Fußballs. Das hatte er nun begriffen.

Die Frau im dunkelblauen Deuxpièces kam zurück und entschuldigte sich. »Doktor Kronenberger erwartet Sie gleich nebenan, bitte folgen Sie mir.«

Der Raum, in den Eschenbach als Nächstes geführt wurde, war weder hell noch dunkel. Das diffuse Licht strahlte von einem hellen Steinkörper aus, der sich nach oben ausweitete und wie eine überhängende, leuchtende Felswand wirkte. Vor dieser Wand erkannte er, dunkel wie einen Schatten, die Umrisse Alexander Kronenbergers.

Die Tür schloss sich hinter seinem Rücken. Sie waren allein.

»Es ist weißer Onyx, Herr Eschenbach.« Der Anwalt legte seine Hand an die Steinwand. Er stand mit dem Rücken zum Kommissar. »Sie haben es sicher gleich erkannt, nicht wahr? Böse Zungen nennen ihn den Stein der Egoisten. Ich würde eher sagen, er dient der Selbstverwirklichung. Aber das kann man sehen, wie man will.«

Der Kommissar beobachtete, wie sich die Gestalt von der Wand löste und sich ihm zuwandte. Aber weil der Onyx hell erleuchtet war, konnte Eschenbach das Gesicht des großen, schlanken Mannes nicht erkennen.

»Wir befinden uns hier im Andachtsraum, Herr Eschenbach. Er steht allen Religionen offen und bietet die Möglichkeit zur Meditation.« Wie schon zuvor brach sich die sonore Stimme des Anwalts an den kahlen Wänden.

»Ich komme nicht, um zu meditieren«, sagte Eschenbach.

»Ich weiß.« Ein kurzes Lachen erklang. »Ich bin nicht dumm, Herr Eschenbach. Sie sind hier, um Abmachungen zu treffen. Wissen Sie, ich bin Pragmatiker. Wenn ich in die Enge getrieben werde, dann beuge ich mich und suche einen Kompromiss. Und so wie es aussieht, haben Sie die Akte gefunden. Keine Ahnung, wie Sie das hinbekommen haben. Denn eigentlich hatte ich gedacht, dass ich das nun alles aus der Welt geschafft habe. Manchmal täuscht man sich eben. Und dann hat man den Dreck. Aber das ist mein Problem.«

»So sieht es wohl aus«, sagte Eschenbach.

»Wir müssen uns nichts vormachen, Eschenbach. Sie sehen ja, wo wir hier sind. Nur, das war nicht immer so. Als die FIFA gegründet wurde, war es ein kleiner Verein schweizerischen Rechts. Nicht größer als der Gesangverein Neerach, in dem ich gelegentlich mitsinge. Es gibt Tausende solcher Vereine in unserem Land. Sie wissen das ... sind ja auch Jurist, Herr Eschenbach.«

»Um das geht es hier nicht«, sagte der Kommissar.

»Doch! Um das geht es. Sie wollen es nur nicht richtig begreifen. Wir sind gewachsen, Eschenbach. Die Rechtsform ist zwar immer noch dieselbe – aber die Größe, die hat sich verändert. Wir sind die mächtigste Gemeinschaft auf diesem Planeten geworden, bedeutender noch als die katholische Kirche. Und das muss man sich erst einmal vor Augen führen.«

Kronenberger ging zwei Schritte auf Eschenbach zu. »Der Fußball macht's möglich. Man würde es nicht meinen. Und doch: Einen Markt dieser Größenordnung erobert man nicht, ohne einen Haufen Scherben zu hinterlassen. Das wussten wir alle.

Dieses Jahrhundert ist eine einzige Hure, Eschenbach. Es saugt denen, die etwas errichten und erobern wollen, das Mark aus den Knochen.« Kronenberger seufzte. »Aber Sir Peter, der alte Bischoff … das Alter hat ihn verweichlicht. Hatte Angst um sein bisschen Komfort. War abgenutzt, durch seine Kinder …«

»Er hat Sie erpresst, das war es doch, Herr Kronenberger, Erpressung«, unterbrach Eschenbach. »Er hatte Sie in der Hand. Und als Bischoff tot war und Charlotte seine Unterlagen in die Hände bekommen hat …«

»Ach was!«, rief der Anwalt verärgert. »Erpressung – Sie verstehen gar nichts, Eschenbach. Wir haben Abmachungen getroffen und verhandelt. Jeder zog seine Vorteile daraus. Auch Charlotte! Aber dann änderten sie die Spielregeln. Der alte Bischoff entdeckte bei sich plötzlich irgendwelche Skrupel, wie ein kleiner Buchhalter, und Charlotte, diese Idiotin, glaubte, ihr kleiner Balg würde alles verändern. Ein Präsident kann sich kein Zigeunerkind leisten, ein geistig zurückgebliebenes schon gar nicht.«

»Der Präsident also«, sagte der Kommissar.

»Wie ich sehe, sind Sie nicht selbst darauf gekommen. Nun gut. Jetzt wissen Sie's. Offenbar habe ich Sie überschätzt, Eschenbach.«

»Latscho ist das Kind Ihrer Tochter.«

»Töchter!« Kronenberger lachte laut auf. »Für diesen Fehltritt habe ich gebüßt. Ein Leben lang gebüßt, Kohle abgedrückt und den Hanswurst gespielt. Saba wollte Macht und Charlotte Gerechtigkeit. Da soll sich einer mal zurechtfinden. Und beide rannten sie doch nur den Krümeln hinterher. Ich stieg allein die Stufen empor …«

Es klackte in Eschenbachs Rücken. »Nicht umdrehen«, befahl eine schneidende Stimme. Dann hörte der Kommissar das Geräusch einer sich schließenden Tür.

Der Kommissar blieb wie angewurzelt stehen, den Blick auf Kronenberger gerichtet. Aber auch der Anwalt rührte sich nicht.

»Du hast sie alle umgebracht, Alex. Warum?« Schritte näherten sich von hinten.

»Was soll diese scheinheilige Frage? Du hast ja mitgemacht, konntest den Hals nicht voll genug kriegen …« Der Anwalt machte einen Schritt nach vorn: »Hören Sie nicht auf sie!«

Die Schritte in Eschenbachs Rücken kamen näher.

»Plötzlich entschied sich die ganze Bande, mich zu verraten«, fuhr Kronenberger unbeirrt fort. »Fingen an zu reden. Mir blieb keine Wahl. Nachdem ich den alten Bischoff erledigt hatte, ging es eine Weile gut. Saba hat dafür gesorgt, dass alles unter dem Deckel blieb, bis es kürzlich mit Charlotte wieder von vorne anfing. Und alles wegen dieses Kleinen. Es sind immer die Kinder, Eschenbach. Bringen alles durcheinander.«

Der Kommissar spürte, wie der Körper hinter ihm näher gekommen war. Er überlegte, ob er sich blitzschnell umdrehen sollte. War es die Stimme, die er kannte? Durch den Hall hatte sie sich leicht überschlagen. Eschenbach war sich nicht sicher. Dann bemerkte er die Waffe. Langsam schob sie sich auf der Höhe seiner rechten Schulter ins Blickfeld. Ein Revolver, sechsschüssig, mit braunem Griff. Dann die Hand, die er kannte – dann der Arm.

»Nicht bewegen«, flüsterte die vertraute Stimme in seinem Nacken.

Der gestreckte Arm zeigte auf die schattenhafte Gestalt Kronenbergers. Es war, als zielte Eschenbach selbst auf den Anwalt.

»Machen Sie etwas, Eschenbach. Sie wollen hier doch nicht zusehen, oder?« Kronenbergers Stimme klang noch immer verärgert, aber keineswegs panisch.

»Hat Saba Charlotte umgebracht?«, fragte Eschenbach.

»Ja«, flüsterte der Mund an seinem Ohr.

»Tot – mulo. Das spielt doch jetzt keine Rolle mehr«, bellte Kronenberger.

»Und Saba ist also Mulo?«

»In den Augen von Charlotte vielleicht.« Jetzt lachte der Anwalt. »Dieses Theater um diese Sagengestalt, ich kann's nicht mehr hören ...« Kronenberger machte einen Schritt vorwärts, lachte weiter. »Das ist Mulo!« Er streckte nun seinen Arm, zeigte auf den Kommissar. »Ein hässliches Gespenst. Drehen Sie sich einmal um, Eschenbach. Dann sehen Sie's!«

Der Kommissar erblickte das Mündungsfeuer der Waffe. Im Halbdunkel sah es aus, als würden Streichhölzer gleichzeitig angezündet und wieder ausgelöscht.

Rhythmisch – in kurzen, aufeinanderfolgenden Abständen feuerte Lara Bischoff eine Kugel nach der anderen in die lachende, zuckende, dunkle Silhouette Kronenbergers. Und als Lara bis auf fünf durchgezählt hatte, hielt sie einen Moment inne. Geschickt war sie Eschenbach ausgewichen, als er versucht hatte sie zu behindern. Nun sah er sie an. Warum tat er das? Er durfte sich nicht umdrehen. Hatte sie es ihm nicht verboten?

Bevor sie zu Saba gefahren war, da hatte sie sich den Verband abgenommen. Im Auto, vor dem Haus. Diese Schlampe sollte sehen, was sie mit ihrer Vertuscherei angerichtet hatte. Aber Saba war schon tot. Sie hätte Sabas Blick gerne gesehen.

Dafür sah sie jetzt Eschenbach, wie seine Augen voller Abscheu auf ihrem erbärmlichen Gesicht ruhten.

»Nicht ... Lara, tu's nicht!«, schrie er.

Lara biss auf das harte Metall und drückte ab. Eine helle, warme Sonne ergoss sich über all ihre Sinne.

Eine Stunde war vergangen, und im FIFA-Gebäude wimmelte es von Polizisten. Es war Jagmetti, der den Einsatz leitete. Eschenbach hatte ihn kurz nach dem Drama im Andachtsraum verständigt.

Auch die ersten Journalisten waren eingetroffen.

Eschenbach, der für eine kurze Weile draußen im Park gewesen war, ging nun zurück in die Eingangshalle. Von weitem sah er, wie der Präsident mit tiefbesorgter Miene in die Mikrophone der Medienleute sprach. Einen Steinwurf davon entfernt entdeckte er Claudio.

Der Bündner schien ihn ebenfalls gesehen zu haben. Er kam eilig herbei: »Geht's dir besser?«, fragte er.

Eschenbach nickte. »Der Kreislauf ... Bin draußen gewesen, an der frischen Luft, mich bewegen. Hast du schon etwas gehört?«

Jagmetti sah auf die Uhr, schüttelte den Kopf: »Die müssten bald dort sein. Aber der Präsident ... der wollte dich noch kurz sprechen. Allein, hat er gesagt. In seinem Büro.«

Einer der internen Sicherheitsleute der FIFA ging mit dem Kommissar die Treppe hoch und führte ihn in den Raum des mächtigsten Mannes des Weltfußballs. Eschenbach wartete. Dabei betrachtete er ein Bild an der Wand. Ein kleines Aquarell, nicht größer als ein DIN-A4-Blatt. Es war Eschenbach sofort aufgefallen, als er das Büro betreten hatte. Auf dem Messingplättchen, das am Holzrahmen befestigt war, las er: *JMW Turner: The Blue Rigi – Leihgabe Lara Bischoff.* Irritiert blieb Eschenbach eine Weile stehen. Dann löste er sich vom Bild, ging zur Fensterfront gegenüber und machte sich an seinem Handy zu schaffen. Als sich eine Frauenstimme meldete, wusste der Kommissar nicht, ob er die dazugehörige Schwester schon einmal gesehen hatte oder nicht.

»Dem Herrn Lenz seine Frau ist gerade hier ... ich glaube, sie sind zusammen in die Cafeteria gegangen.«

»Vollschlank, groß ... dunkle, kurze Haare?«

»Ja, genau. Rosa, hat sie gesagt, heißt sie.«

Schritte erklangen im Flur. Hastige, kurze Schritte.

Eschenbach legte auf.

In ausgesuchten, langen Sätzen, erfüllt von Schmerz und großer Trauer, erklärte der Präsident, dass er diesen tragischen Vorfall zutiefst bedaure: »Man sieht nicht in die Herzen der Menschen, nicht einmal in die der allernächsten.«

Latscho kam nicht zur Sprache. Und weil ihn der Präsident nicht erwähnte, tat es Eschenbach auch nicht. Schweigend standen sie einen Moment am Fenster und blickten zu dem neuen Löwengehege im Zoologischen Garten hinüber. Eschenbach dachte an Kathrin und daran, dass er Corina wegen Kanada anrufen musste.

»Der Große dort, das ist Bhagirath.« Der Präsident machte eine Bewegung mit dem Kinn. »Ist schon ein alter Knabe ... und die Löwin neben ihm heißt Saba. Wir nennen sie die Königin von Saba. Sie kennen die Geschichte bestimmt. Wir haben den größten Teil des Geheges finanziert vor zwei Jahren.«

»Und aus Saba wurde später der Name Elisabeth abgeleitet«, sagte Eschenbach mehr zu sich selbst.

»Wenn Sie es sagen«, erwiderte der Präsident freundlich.

Unten in der Halle, auf dem Weg nach draußen, lief der Kommissar wieder in Jagmetti hinein. »Gerade eben haben die Kollegen angerufen«, sagte der Bündner. »Aus Kilchberg. Sind jetzt in Elisabeth Koblers Haus. Hat sich erhängt, die Chefin ...«

Eschenbach nickte kurz und sah Jagmetti an. »Hat sie etwas hinterlassen? Einen Brief ... irgendwas?«

Claudio zuckte die Schultern. Er war sehr bleich. Seine schwarzen Haare hingen ihm ins Gesicht. »Die Sache fährt mir gewaltig in die Knochen, verstehst du?«

»Ja, mir auch.«

Zwei Journalisten kamen auf Eschenbach zugestürmt. »Können Sie schon etwas sagen?«

»Schreiben Sie, was Sie wollen«, sagte der Kommissar. Und zu Claudio, den er kurz umarmte, meinte er leise: »Tut mir leid. Ist wohl schiefgelaufen, alles.« Dann machte sich Eschenbach auf den Weg zu seinem Wagen.

Weil es Mittag war, herrschte kaum Verkehr in den Straßen am Zürichberg. Eschenbach brauchte keine fünfzehn Minuten von der FIFA bis zu Lenzens Mühle. Er parkte seinen Wagen auf dem Kiesplatz, hievte einen Kanister Benzin aus dem Kofferraum und trug ihn den kurzen Weg hinunter zur Wohnung.

Die Kiste mit den Akten war noch da. Eschenbach öffnete sie. Alles war unverändert, wie er es zurückgelassen hatte. Er zog sein Jackett aus, nahm das zusammengefaltete Mäppchen mit den Papieren aus der Innentasche und legte es zu den grauen Ordnern. Dann krempelte er die Hemdsärmel hoch und machte sich an die Arbeit.

Zehn Minuten später hatte er es geschafft. Die Kiste stand unten im Garten, direkt neben der Grube vom Seerosenteich. Eschenbach goss Benzin über die Akten und wartete eine Weile, bis alles ausreichend durchtränkt war. Dann warf er, aus sicherer Entfernung, ein brennendes Streichholz hinein.

Ein dumpfer Knall ließ die Flamme hochschießen. Zufrieden ging der Kommissar zurück in die Wohnung. In der Küche fand er einen Bündner Salsiz und einen halben Laib hart gewordenes Roggenbrot. Er schnitt beides in dünne Scheiben, lud es auf einen Teller und ging hinaus zu Lenzens Sitzplatz. Kauend sah er den Flammen zu.

Nachdem er gegessen hatte und die Feuerstelle bereits eine erste Glut zeigte, rief er Lenz an.

Der Alte meldete sich persönlich, und so wie er sprach, schien es ihm besser zu gehen. »Rosa war heute fast den ganzen Tag bei mir.«

»Ein richtiger Glückstag, also«, meinte der Kommissar.

»Und stell dir vor ... gestern Abend, da ist sogar Elisabeth Kobler vorbeigekommen und hat mich besucht.«

»Red keinen Blödsinn, Ewald. Das hast du geträumt.«

»Das hab ich zuerst auch gedacht, weil es in hundert Jahren nicht vorgekommen ist, dass die Chefin vorbeischaut. Bei mir im Spital, und dann noch persönlich. Drum hab ich die Schwester gefragt. Heute. Und doch, doch, hat sie gemeint ... die Schwester.«

Eschenbach, der nicht wusste, was er davon halten sollte, biss sich auf die Unterlippe. »Hat Kobler etwas von dir gewollt, Ewald?«

»Gewollt? Wieso kommst du denn darauf? Überhaupt nicht. Wir haben nur miteinander geredet, sagt die Schwester.«

»Willst du mir jetzt ... Ich meine, Kobler – die hat doch immer etwas gewollt. Du wirst wohl noch wissen, über was ihr euch unterhalten habt ... vergisst doch sonst nichts, Ewald. Ging es um die Akte? Hast du ihr gesagt, dass wir darüber gesprochen haben. Wusste sie es?«

»Welche Akte meinst du?«

»Ewald!«

Eine längere Pause entstand, an deren Ende ein krächzendes, leises Murmeln einsetzte. »Eine Akte also ... Sicher brauchst du sie sofort, nicht wahr?«

»Nein, Ewald. Es hat Zeit«, sagte Eschenbach. Einen Moment wusste der Kommissar nicht, ob der Alte nicht doch nur Theater spielte. »Ich komm dich besuchen. Morgen. Und pass auf dich auf, Ewald.«

»Und wegen der Akte ... Also das sagst du mir noch mal, wenn du kommst, oder? Was du genau brauchst. Ich glaube wirklich ... nun, ich denke, das habe ich tatsächlich vergessen. Aber beschaffen kann ich sie dir ganz bestimmt.«

»Ich weiß«, sagte Eschenbach. »Und vielleicht ist heute wirklich dein Glückstag.«

»Ja, ein Glückstag.«

NACH DEM SPIEL

Nach dem Spiel ist vor dem Spiel, hört man die Trainer manchmal orakeln. Aber das ist eine schlechte Lüge. Die Trainer wissen das, und weil sie es wissen, sagen sie es. Es ist immer dasselbe.

Eine bittere Niederlage wird nicht einfach aus den Köpfen der Spieler verschwinden; ebenso nicht ein grandioser Sieg. Hochmut hier, Geschlagenheit dort. Die meisten tragen es nach Hause, wie bunte Hüte oder die Krätze.

Nur die Großen reichen sich am Ende die Hand; halten eine Weile inne und gehen leise.

Respekt, Eschenbach. Respekt!

Der Zettel mit der kurzen Notiz war Eschenbach auf den Boden gefallen, als er am Flugschalter die Tickets aus der Tasche gezogen hatte. Es war nicht die einzige Hinterlassenschaft Koblers, die von Matt an jenem Nachmittag vor zwei Tagen im Haus der Polizeichefin gefunden hatte.

Nachdem Eschenbach den kleinen Berg Asche in die Grube von Lenzens Seerosenteich geschaufelt hatte, war er nach Kilchberg gefahren. Von Matt und seine Leute von der Spurensicherung waren bereits mit ihrer Arbeit fertig gewesen, als er am Tatort eingetroffen war.

»Vermutlich hat sie sich selbst erhängt«, hatte der Berner gesagt. »Tragisch, wirklich tragisch. Aber wir werden uns hier keinen Fehler leisten und alles bis ins letzte Detail abklären.«

»Gibt es denn einen Abschiedsbrief?«

»Keinen Brief ... nur ein Tagebuch. Sie hat's im Cheminée verbrannt.«

»Und lässt sich noch etwas rekonstruieren?«

»Doch, die ersten zwei Seiten. Klebten am Ledereinband und wurden so vom Feuer verschont. Sag mal, wusstest du, dass die Chefin eine ... nun ja, ein Problem hatte?«

»Wieso?«

Von Matt hatte den Kommissar etwas verunsichert angesehen und dann den ersten Satz des Tagebuchs wiedergegeben: *»Ich bin das Kind einer Feckerin«* – weißt du, was das bedeuten könnte? Und dann hatte die so einen Elektroschocker. Nicht den TASER, den wir angeschafft haben. Ein Handmodell, ohne Projektile. Lag auf der Espressomaschine, zusammen mit einer Notiz für dich. *Respekt, Eschenbach* … Keine Ahnung, was ihr da für einen Strauß ausgefochten habt. Ist wohl besser, du nimmst den Zettel mit. Trotz allem, ich glaube, sie hat dich gemocht.«

»Claudio übernimmt den Fall. Ich flieg übermorgen nach Kanada. Lachse fischen.«

»Aber die Saison beginnt doch erst im August.«

»Wer sagt's denn, dass ich nicht so lange bleibe?«

»Reihe zweiunddreißig.« Die Dame im dunkelblauen Kostüm händigte Eschenbach die Bordkarten aus. »Plätze C, D und E. Sie sitzen nebeneinander.«

Kathrin hievte ihren Koffer auf das Rollband.

»Neunzehn Kilo achthundert«, las Corina vom Display ab. »Erlaubt sind zwanzig. Da hast du aber Glück gehabt.«

»Von wegen Glück«, sagte Kathrin spitz. »Ich hab's zu Hause gewogen. Deine Waage ist ungenau, ich hätte gern noch ein T-Shirt mehr mitgenommen.«

Nachdem das Gepäck auf dem Rollband in einem Tunnel verschwunden war, passierten sie den Sicherheitscheck und setzten sie sich auf die Stühle in der Wartehalle. Kathrin vertiefte sich in eine *Bravo*, und Corina fragte zum zweiten Mal, ob die Zeit noch reichen würde, sich im Duty Free ein Parfum zu besorgen.

Aus dem Lautsprecher erklang Eschenbachs Name. Es war Kathrin, die es als Erste realisierte. »Papa, das bist ja du.«

Der Kommissar meldete sich beim Schalter. Zwei Beamte der Flughafenpolizei standen bereits dort. »Es wird nicht lange dauern«, sagte der Ältere der beiden.

»Dann kommen wir aber auch mit«, sagte Corina, die mit skeptischem Blick neben Eschenbach stand und ihren Arm beschützend um Kathrins Schultern gelegt hatte.

Sie wurden in ein kleines Büro geführt, das im hinteren Teil der Abflughalle lag. Ein quadratischer Tisch stand in der Mitte des Raums; in einer Ecke unterhielten sich stehend zwei Männer.

»Da haben wir dich zum Glück gerade noch gefunden.«

Eschenbach erkannte den großen, schlanken Mann im blauen Blazer sofort wieder. Es war Alfons Meier, der Leiter der Flughafenpolizei Zürich. »Geht's wohl nach Kanada …«, meinte sein Kollege freundlich. »Hast dir's ja auch wirklich verdient.«

Den Mann neben Meier kannte Eschenbach ebenfalls, auch wenn der Kommissar bislang kaum mehr als drei Worte mit ihm gewechselt hatte.

»Am besten ihr wartet draußen«, sagte Eschenbach zu seiner Frau. »Ist wohl etwas Geschäftliches.«

Kathrin seufzte einmal laut und rollte die Augen, bevor sie Corina zur Tür folgte.

Der Mann neben Meier trat einen Schritt auf Eschenbach zu und streckte ihm die Hand entgegen. »Wer hätte gedacht, dass wir uns nochmals sehen.«

»Sie kennen sich ja«, sagte Meier. »Mr Paresh Singh – Securityofficer von Goldmann Investments in London. Es geht nur um eine kurze Angelegenheit, die er mit dir besprechen möchte.«

Eschenbach nickte, während er Paresh Singh ebenfalls die Hand reichte und ihm in die Augen sah. »Mein Beileid.«

»Wir mussten noch einige Dinge klären, hier in Zürich«, sagte Mr Singh in zurückhaltendem, aber freundlichem Ton. »Unter anderem dies hier.« Er überreichte Eschenbach ein kleines, flaches Paket, kaum größer als der Bildband von Turner, den sich der Kommissar in London gekauft hatte. Es war mit braunem Packpapier umwickelt und einer hellen Kordel verschnürt. Der Kommissar nahm es an sich, wog es in den Händen und legte es neben sich auf den Tisch.

»Lara wollte, dass ich Ihnen das persönlich überreiche, weiß auch nicht, warum. Jedenfalls hat sie das in ihrem Testament so festgehalten. Und dieser Brief, der gehört ebenfalls dazu.«

Eschenbach nahm auch das Kuvert entgegen. Er blieb einen Moment stehen und wusste nicht, was er zu all dem sagen sollte. Und weil er dabei an Lara dachte, fiel ihm etwas ganz Merkwürdiges auf: Er konnte sich nicht mehr erinnern, wie sie ohne Gesichtsverband ausgesehen hatte, im Andachtsraum, kurz vor ihrem Tod. Es waren andere Bilder, die sich vor sein geistiges Auge drängten: Queen Mary's Gardens und die Parkbank, auf der sie gesessen hatten, als sich Laras einbandagierter Kopf langsam auf seine Schulter gelegt hatte. Ihre Stimme und die Bewegungen ihrer Hände, wie sie im Kartoffelpüree herumgestochert hatte. Vielleicht sind Gesichter gar nicht so wichtig.

»Es interessiert Sie vielleicht«, sagte Paresh Singh und riss Eschenbach aus seinen Gedanken. »Wir haben eine kleine Gruppe von Aktivisten ausfindig gemacht, die Alexander Kronenberger seit Jahren mitfinanziert hat. Wir verhören diese Leute derzeit. Wie es scheint, wurde über diese Verbindung auch der Anschlag auf Lara abgewickelt. Und was noch trauriger ist – den Grundstein zu dieser ... nun, ich möchte es nicht gerade eine Geschäftsbeziehung nennen – den hat bereits Laras Vater, Sir Peter Bischoff, in den späten siebziger Jahren gelegt. Dieser Zusammenhang wurde sichtbar, nachdem wir die Bänder ausgewertet haben, die Lara in den Sachen ihres Vaters gefunden hatte.«

Aus den Lautsprechern im Hintergrund hörte der Kommissar, wie sein Flug aufgerufen wurde. »Dann hatte Lara davon Kenntnis, nehme ich an.«

»Spätestens, nachdem sie die Aufzeichnungen angehört hat. Richtig. Und wir müssen davon ausgehen, dass sie weitere Nachforschungen angestellt hat. Wir fanden Belege zu den Kontoverbindungen zwischen Kronenberger und dieser Gruppe in Laras Patientensuite im *Princess Grace*.«

Eschenbach nickte. Er warf einen Blick auf die Uhr, dann nahm er das Paket vom Tisch. »Ich muss dann wohl.« Er reichte Paresh Singh die Hand.

»Ich habe Ihnen nie vertraut, das war ein Fehler.«

»So ging's mir auch«, sagte Eschenbach. Er wandte sich zur Tür. Alfons Meier, der dort gewartet hatte, nahm den Kommissar beim Arm. Mit dem Kinn deutete er auf das Päckchen. »Es ist wohl besser, du gibst mir das zur Aufbewahrung.«

Eschenbach hob die Augenbrauen.

»William Turner, The Blue Rigi«, sagte Mr Singh. Und zum ersten Mal sah Eschenbach ein Grinsen im Gesicht des Sicherheitsmannes. »Lara hatte ihn vor Jahren gekauft. Anonym natürlich. Nur der Preis kam in die Schlagzeilen. Knapp sechs Millionen.«

»Pfund«, sagte Meier.

Das Flugzeug war noch nicht gestartet, als Eschenbach Laras Brief aus der Jackentasche zog und ihn öffnete.

»Liest du ihn uns vor, Papa?«, sagte Kathrin, die links vor ihm saß.

»Von mir aus«, sagte Eschenbach.

»Lieber Lukas ...«, begann er.

»Warum nennt die dich Lukas?«, unterbrach Corina.

»Wenn ihr wollt, dass ich euch den Brief vorlese, dann müsst ihr still sein.«

Motorengeheul erklang. Sie starteten.

Lieber Lukas,

die Kunst ist die notwendigste aller Nebensächlichkeiten – das hat mir mein Vater immer gesagt. Und in diesem Punkt, nachträglich gesehen wohl der einzige, da muss ich meinem alten Herrn recht geben.

Vielleicht hätten wir doch noch in die Tate gehen sollen, um uns die Bilder anzuschauen. Es gibt Dinge, die darf man nicht verschieben. Aber im Nachhinein ist man immer klüger. Ich habe nun andere Pläne. Es wird mir nicht möglich sein, Dich noch einmal zu sehen. Vielleicht ist das ja auch besser so. Wenn du diesen Brief erhältst (den dir Paresh hoffentlich persönlich aushändigen wird), werde ich nicht mehr existieren. Ich weiß nicht, wohin es mich schlägt und wie es dort aussieht, wo man hinkommt, wenn alles vorbei ist. Ich hoffe nur, ich sitze nicht neben Kronenberger ... William wäre mir lieber: Der Maler oder der Dichter – das ist mir egal.

The Blue Rigi, *das Dir Paresh ebenfalls geben wird, gehört meinem Patenkind Latscho. Das Bild ist ungefähr sechs Millionen wert. Hebe das Bild für ihn auf, bis er erwachsen ist – und wenn du willst, lass eine schöne Kopie machen. Er wird sich bestimmt freuen.*

Damit kommen wir zum Geld: Es wird mehr als genug davon übrigbleiben. Ich habe Ira damit beauftragt, eine Stiftung zu gründen, mit dem Zweck, die kulturelle Vielfalt, insbesondere die der jenischen Fahrenden, weiter zu erhalten und zu fördern. Ein Teil der Erträge soll Latscho direkt zukommen, für seine Ausbildung et cetera. Er ist kein einfaches Kind, das hast du sicher gemerkt; die psychologischen Abklärungen, die Charlotte gemacht hat, haben ergeben, dass er über eine sprachliche Inselbegabung verfügt, die von einer leichten Form von Autismus umschattet wird.

Mit der Führung der Stiftung werden Meret und Josef betraut, Ira wird ihnen dabei zur Seite stehen – und wenn es dir möglich ist: auch du. Später soll Latscho nachfolgen, wenn er will und kann.

Ich hoffe, deine Nase kommt wieder hin. Und der Fuß ebenso (auch wenn dieser, streng genommen, nicht auf mein Konto geht).

Ich küsse Dich,
Lara

»Wow! Sechs Millionen«, sagte Kathrin.

»Pfund vermutlich«, sagte Corina.

»Und du meinst wirklich, die passen auf das Bild auf –

immerhin ist das ein Original ...« Kathrin fragte nach dem Wechselkurs Pfund zu Schweizer Franken.

»Zwölf Millionen«, sagte Corina, und ihre Tochter, die mit dem Ergebnis zufrieden war, meinte: »Dann muss ich diesen Latscho unbedingt kennenlernen.«

Drei Wochen später, in einer kleinen Lodge (deren Name hier nicht von Bedeutung ist), ungefähr siebzig Kilometer nordöstlich der Stadt Kamloops, British Columbia, Kanada, erreichte Eschenbach ein Brief. Der Kommissar saß gerade mit seinen beiden Frauen am Frühstückstisch auf der Veranda, als der Flugkurier mit seiner de Havilland Beaver auf dem unmittelbar an die Lodge angrenzenden See landete.

Etwas später, als ihm der Pilot in der Uniform der *West Coast Air* den Umschlag überreichte, wurde der Kommissar stutzig: Er erkannte die geschwungene Handschrift von Rosa Mazzoleni.

Eschenbach öffnete das Kuvert. Es war eine Fotografie, groß und kartoniert. Das Bild einer weißen Seerose. *Nymphaea alba* – wir haben den Teich heute eingeweiht«, stand auf der Rückseite. Unterzeichnet hatten: Rosa, Claudio, Meret, Josef, Ewald – und etwas ungelenk: L-A-T-S-C-H-O.

»Woher wissen die überhaupt, wo wir sind?«, fragte Corina, die ebenfalls einen Blick auf die Karte geworfen hatte. »Nicht mal wir wussten, dass wir hier landen würden.«

»Und das Handy funktioniert auch nicht in dieser Wildnis«, meinte Kathrin.

Eschenbach blickte hinaus auf den kleinen See, in dem sich – umsäumt von dunkelgrünen Zedern – hellblau der Himmel spiegelte. »Ewald«, sagte er. »Ich bin froh, dass es ihm wieder besser geht.«

DANK

Mein tiefempfundener Dank geht an:

– die jenischen Menschen, die bereit waren, mit mir über ihre Vergangenheit zu sprechen.

– Hansjörg Roth, Autor des *Jenischen Wörterbuches* und von: *Barthel und sein Most – Rotwelsch für Anfänger*, beide erschienen im Huber Verlag, Frauenfeld.

Er hat mir mit Humor und großem Sachverstand einen Einblick gewährt in die Vielfalt einer Sprache, die genaugenommen ein Soziolekt ist.

– Katrin Fieber, deren großartige Unterstützung weit über das hinausging, was man von einer Lektorin üblicherweise erwarten darf.

Und last but not least danke ich in freundschaftlicher Verbundenheit: Andreas, Bea, Benno, Caroline (der Ärztin), Gabriel, Housi, Miriam, Paul, Regine, Stephan, Uli, Walter und meiner großen Liebe Caroline. Sie alle haben mit Fachwissen und aufmunternder Hilfsbereitschaft wesentlich zum Gelingen dieses Buches beigetragen.

Michael Theurillat
Eistod

Kriminalroman. www.list-taschenbuch.de
ISBN 978-3-548-60823-5

Eine Leiche in der Limmat, ein verschwundener Assistent und ein Professor unter Mordverdacht. In seinem zweiten Fall gerät Kommissar Eschenbach in einen Sumpf aus Intrigen und tödlichem Ehrgeiz. Hat sein alter Schulfreund biochemische Substanzen zur Folterung islamischer Terroristen entwickelt? Und wem kann Eschenbach selbst in höchsten Polizei- und Politikerkreisen noch trauen?

»Michael Theurillat erweist sich mit seinem zweiten Roman *Eistod* endgültig als treffsicherer Gesellschaftsanalytiker.« *WDR*

»Ein temporeicher Krimi voller Einfühlungsvermögen« *Neue Zürcher Zeitung*

List Taschenbuch

L343

Michael Theurillat
Im Sommer sterben

Kriminalroman. www.list-taschenbuch.de
ISBN 978-3-548-60651-4

Ein Mordfall auf einem Golfplatz bei Zürich hält Kommissar Eschenbach in drückender Sommerhitze auf Trab. Wer könnte ein Interesse am Tod von Philipp Bettlach haben? Der Banker war außerordentlich beliebt und hatte scheinbar keine Feinde. Bis die Vergangenheit ihn einholte ...

»Ein ausgezeichneter Kriminalroman mit glaubwürdigen, lebendigen Figuren« *Handelsblatt*

»Mein Lieblingskrimi aus dem Schweizer Bankenmilieu« *Annemarie Stoltenberg, Hamburger Abendblatt*

Elisabeth Herrmann
Die letzte Instanz

Kriminalroman. www.list-taschenbuch.de
ISBN 978-3-548-60764-1

Eine Schachtel mit vergilbten Zeitungsausschnitten, ein Schrank mit unberührten Kindersachen, ein Schlafzimmer, das leersteht. Anwalt Joachim Vernau vertritt Margarethe Altenburg, die vor dem Berliner Landgericht auf einen Mann geschossen hat. Ihr Haus wirkt verstörend auf Vernau. Wie gut kennt er die alte Dame wirklich? Da geschehen weitere Morde. Die Fäden laufen an einem Ort zusammen: im Landgericht. Dort scheint Justitia mehr als einmal versagt zu haben. Vernau steht plötzlich vor der Frage: Was ist Gerechtigkeit?

»Es ist die faszinierende Mischung aus Realität, gut recherchierten wahren Begebenheiten und einer spannenden Krimihandlung, die alle Höhen und Tiefen des menschlichen Miteinanders in der gesamten Bandbreite abbildet.« *www.krimi-forum.de*

List Taschenbuch

L393